밀차 장편소설

그녀가 공작저로 가야 했던 사정

그녀가 공작저로 가야 했던 사정 1

1판 1쇄 발행 2016년 12월 28일
1판 15쇄 발행 2024년 2월 29일

지은이 밀차
발행인 최원영
편집장 예숙영
책임편집 이혜영
편집디자인 한방울
영업 김민원 조은걸
물류 이순우 최준혁 박찬수

펴낸곳 ㈜디앤씨미디어
출판등록 2002년 5월 1일 제117-90-51792호
주소 서울시 구로구 디지털로 26길 111 JnK디지털타워 503호
대표전화 (02)333-2513 팩스 (02)333-2514
전자우편 dncbooks@dncmedia.co.kr
디앤씨북스 블로그 http://blog.naver.com/dncbooks

ISBN 979-11-7033-775-1 04810
ISBN 979-11-7033-774-4 (SET)

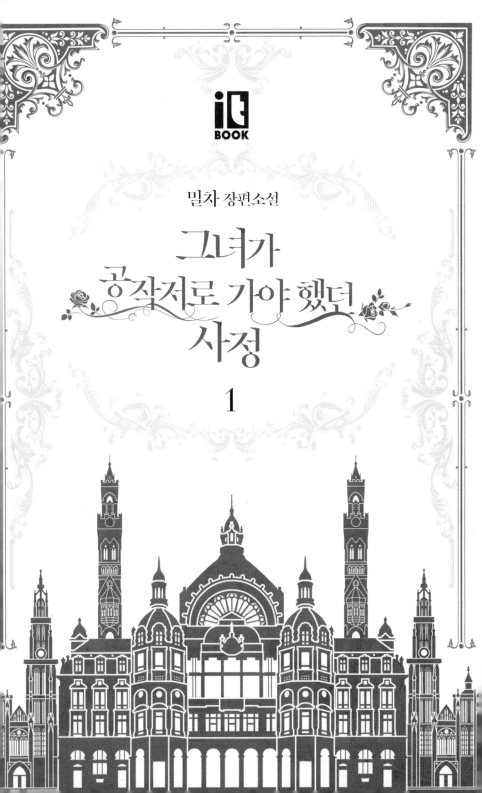

iT BOOK

밀차 장편소설

그녀가 공작저로 가야 했던 사정

1

차례

프롤로그 · 7

1장 레리아나 맥밀런은 살고 싶다 · 17

2장 노아 벌스테어 윈나이트에 대하여 · 31

3장 그와 그녀의 계약 · 51

4장 공작저로 가다 · 81

5장 납치 · 151

6장 공작가 · 189

7장 몬스터 토벌 · 243

8장 성화 · 283

9장 평화로운 일상? · 369

side story – END, AND · 403

프롤로그

프롤로그

레리아나 맥밀런은 이젠 습관이 되어 버린 것처럼 일어나자마자 창을 열고 몸을 내밀었다.

부드러운 햇살이 눈꺼풀 위로 스미고, 저택의 주변으로 잔잔히 흐르는 샴 케인 강이 보였다. 강 너머에는 철저하게 아름다운 풍경의 조형물로 계획된 상류층 저택들이 줄지어 서 있었다. 억만금을 줄 만큼 아름다운 풍경이었다.

그녀의 아버지인 존데인 맥밀런 남작이 이 노른자 땅의 저택을 사기 위해 얼마나 많은 금액을 쏟아 부었는지는, 이제 철 지난 계절 노래 취급을 받는다.

레리아나는 창 앞에 둔 스툴에 앉아 하염없이 샴 케인 강을 바라보았다. 수도를 한 바퀴 둘러싸고 안으로 말려 들어가는 모양의 샴 케인 강은 물의 도시라 불리는 수도의 자랑이었다.

이 강을 보기 위해 하루에도 수천 명의 관광객들이 이 도시를 방문한다. 지금도 강어귀에서는 관광객과 커플을 상대로 초상화를 그려 주는 화가가 이젤을 세우고 있었다.

레리아나는 턱을 괴고 한숨을 쉬었다. 벌써 두 달이 지났지만, 다시금 깨닫는다.

'우리 집이 아니야.'

그녀가 살던 세계에서 수도에 흐르는 강은 한강이었고, 그녀의 집은 한강이 보이기는커녕 그곳에서 억만 광년은 떨어진 곳이었다.

레리아나 맥밀런은…… 아니, 박은하는 비명을 지르며 킹사이즈 침대에 몸을 굴렸다.

"아, 왜-!"

그녀는 지금, 소설 속 세계에 들어와 있었다.

* * *

2015년 2월 18일. 박은하는 죽었다.

누군가에게 옥상에서 떠밀려서.

아직도 그녀는 자신이 왜 죽어야 했는지 이유를 모른다.

수능이 끝난 겨울, 지망 대학은 다 떨어졌고 추가 합격만 애타게 기다리며 독서실을 다니던 시기였다.

마음이 싱숭생숭하니 공부도 안 되고 독서실 옥상에 올라가 별이나 보며 생애의 고뇌와 아픔을 곱씹고 있는데, 낯선 남자가 말을 걸어왔다.

"안, 치지직- 칙-"

박은하는 그 남자와 3분여간 대화를 나누었지만, 지금은 고장 난 라디오처럼 지지직거리는 소리만 기억할 뿐이었다. 소설 속으로 빙의된 충격이나, 뭐 그런 것 때문이 아닐까 어렴풋이 추측해 봤지만 이유는 알 수 없다.

혹시나 그와의 대화에 단서가 있지 않을까 싶어 애써 기억하려 했으나, 남자의 목소리, 그 남자가 했던 말, 얼굴까지…… 어느 것 하나 온전히 기억하지 못했다.

그저 기억나는 것은 낯선 남자에 대한 의구심과 호기심, 그리고 무언가 즐겁다고 느끼던 감정뿐이었다.

그 상태로 대화를 진행하던 중에 손에 쥐고 있던 핸드폰에서 진동이 울렸다. 교대에 추가로 합격되었다는 전화였다. 어찌나 기뻤는지 소리를 치고 핸드폰을 들고 빙글빙글 도는 그 순간이었다.

별안간 시야가 훅 미끄러졌다.

"어?"

발이 붕 뜨고, 그네를 타고 내려올 때처럼 울렁임이 퍼졌다. 그녀의 놀란 눈과 마주친 남자는 웃고 있었다. 살려 달라는 말을 꺼내기도 전에 몸이 추락하기 시작했다. 죽기 전에는 주마등이 떠오른다더니, 온갖 생각이 다 떠올랐다.

홀몸으로 키워 주신 엄마, 망나니지만 착한 구석도 있는 오빠, 재밌고 상냥한 친구들, 그리고 그 끝에 떠올린 것은 바로…….

"단명할 상이네."

점쟁이의 한마디.

9살 무렵, 어머니가 데리고 갔던 점집에서 들은 이야기였다. 장군감이었던 어머니께서는 점쟁이 탁상을 뒤엎고 욕 한 바가지를 해 준 후에 어린 박은하를 끌고 나왔으나, 그 한 마디가 그녀의 뇌리 깊숙한 곳에 작은 가시처럼 박혀 있다가 불쑥 고개를 내밀었다.

'결국엔 단명이구나.'

그때 빛이 몸을 감쌌다.

그리고 다시 눈을 뜬 순간, 박은하는 레리아나 맥밀런이 되어 있었다.

* * *

"아가씨, 세숫물 들여왔어요."

하녀인 베니아가 레리아나의 비명을 듣고 문을 두드렸다.

아침마다 비명을 지르는 레리아나의 기행은 벌써 두 달째 이어졌으나, 베니아는 노련한 하녀였다. 그녀는 웃으며 고용주의 기행을 자연스레 넘겼다.

레리아나가 얼굴을 씻는 동안, 베니아는 그녀의 긴 머리를 부드럽게 빗었다. 레리아나는 얼굴을 닦는 보송보송한 수건의 감촉을 느끼며 거울을 바라보았다.

허리까지 오는 복실복실한 연갈색 머리칼과 싱그러운 연녹색 눈동자, 복숭아빛 뺨에 부드러운 곡선을 이루는 턱과 오밀조밀한 이목구비는 유독 미인이 많은 수도에서도 눈길을 끌 만한 얼굴이었다.

'매일 봐도 어색하네.'

근 20년간 봐 왔던 얼굴이 달라졌는데 두 달 만에 익숙해질 리가 없다. 그래도 다행인 것은 이 정도의 얼굴이라면 하루에 백만 번쯤 어색해도 좋다는 사실이었다.

그만큼 레리아나 맥밀런은 아름다웠다.

"식사하셔야죠."

그녀는 제 얼굴을 요모조모 뜯어보다가 베니아의 말에 고개를 끄덕였다.

"응."

1층으로 내려가 식당을 향하자, 응접실에서 아버지인 존데인 맥밀런이 신문을 접으며 아침 인사를 건넸다.

"레리, 잘 잤니?"

"아버지-"

존데인이 팔을 쭉 펴자 레리아나는 머뭇거리며 다가가 그의 품에 안겼다. 그가 레리아나의 뺨에 쪽쪽 입을 맞추고 그녀를 식당으로 이끌었다.

"언니!"

식탁에 앉아 포크를 잡고 휘두르던 동생, 로즈마리가 그녀의 다리로 달려들었다. 레리아나는 로즈마리를 안아들고 식탁으로 걸음을 옮겼다.

"로즈, 포크를 가지고 돌아다니지 말라고 했잖니! 예절을 지켜야지!"

어머니 케이티가 허리에 손을 올리고 짐짓 엄한 목소리로 로즈마리를 꾸짖었다.

"레리, 너도 자꾸 받아 주지 말라고 했잖니."

"자자, 식기 전에 앉으시죠, 마님."

존데인이 부드럽게 말하며 의자를 빼 케이티를 앉혔다.

"당신은 참 무르다니까."

케이티가 웃음기 섞인 말로 타박했다. 레리아나는 지난밤 하늘을 나는 꿈을 꿨다며 조잘대는 로즈마리에게서 포크를 빼앗고 식탁에 앉았다.

화기애애한 식탁이었다. 한국의 박은하가 소설 속 레리아나로 빠르게 적응할 수 있었던 것은 사려 깊은 맥밀런가의 가족들 덕분이었다.

두 달. 그들을 진정한 가족으로 받아들이기에는 짧은 시간이었지만, 그들을 소중한 사람으로 받아들이기에는 충분한 시간이었다.

그들은 하루아침에 모든 것을 혼란스러워하는 딸을 잘 다독여 주었고, 저택 내 모든 것이 그녀의 편의를 위해 움직이도록 명한 후에 성심성의껏 보살폈다.

그로 인해 지금은 이전 세계의 그리움이나, 현 세계에 대한 두려움이 많이 사그라든 상태였다.

"그래서 이번 계약은……."

"존, 식탁 위에서 일 얘기는 이제 그만해요. 너도 그렇게 생각하지, 레리?"

케이티가 묻자 레리아나는 화려한 식기에 담긴 풀떼기를 씹으며 맞장구를 쳤다.

레리아나 맥밀런은 맥밀런 남작 가문의 맏딸이었다. 가주인 존데인 맥밀런은 석유 사업으로 소위 대박을 친 인물로, 맥밀런 가문은 막대한 부로 남작위를 양도받은 이른바 졸부 집안이었다.

뭐, 졸부 집안이건 놀부 집안이건, 돈이면 다 되는 세상에서 살아왔던 그녀에게 이는 크게 거슬리는 일이 아니었다. 오히려 죽음에서 부활한 데다가 풍족하고 부유한 삶, 따뜻한 가족까지 얻었으니 감사해야 할 정도였다.

레리가 된 박은하도 처음엔 행복한 금수저로 환생했구나, 하며 내심 안도를 했었다. 아마 레리아나 맥밀런이 평범한 사람이었다면…… 그녀도 이 생각을 줄곧 지니고 있었을 것이다.

하지만 신은 아주 간단히 그녀에게 빅엿을 주고 떠났다.

이곳은 바로 소설 속 세계였고, 레리아나 맥밀런은 소설 속의 아주 보잘것없는 단역이었으니까. 그것도 도입부에서 유학 중인 여자 주인공이 귀국하는 계기가 될, 친구 사망 사건의 주인공.

그래, 레리아나 맥밀런은 조만간 행복한 금수저인 채로 단명할 상이었다.

1장

레리아나 맥밀런은 살고 싶다

레리아나 맥밀런은 살고 싶다

"아, 참. 레리, 내일 브룩스 경께서 6시에 도착하기로 했단다."

푸읍―

후식으로 차를 들던 레리아나가 저도 모르게 찻물을 뿜었다.

"왜, 왜요?"

"왜긴, 내일 왕실 무도회가 있잖니."

프렌치 브룩스. 그는 레리아나의 약혼자였다. 맥밀런 가에서는 그의 듬직한 어깨와 '브룩스'라는 명망 있는 가문을 사랑했으나. 레리아나는 그의 나이답지 않게 자글자글하게 진 눈가 주름이 싫었다.

하루 종일 저가 유혹의 소나타라도 부르는 것처럼 눈웃음을 쳐서 그래. 그의 느끼한 눈웃음을 떠올리며 레리아나는 잔을 부서트릴 정도로 세게 쥐었다.

그 망할 남자. 그가 모든 것의 원흉이었다.

단명의 원인. 레리아나 맥밀런의 예비 살해자!

"올라가 볼게요."

레리아나는 힘없이 잔을 내려놓고 터덜터덜 발을 옮겼다.

어디 아프니, 괜찮니, 뒤에서 걱정스런 말이 들려왔으나 아무렇지도 않다는 말로 일축했다. 맥밀런 부부는 그녀가 곧 있을 결혼식 때문에 긴장한 탓이라고 착각하는 듯했다.

'긴장이라면 긴장이겠지. 혼인 계약서 잉크가 마르기도 전에 죽게 될 테니.'

한 달 동안 레리아나가 그저 현실을 비관하며 베개에 눈물만 적시고 있었던 것은 아니었다. 일단 노트에 잘 기억나지 않는 소설 내용을 빼곡히 적어 놓고, 인물 관계와 줄거리를 파악한 다음 정확히 어떤 식으로 레리아나가 죽게 되는지를 파고들기 시작했다.

레리아나의 죽음은 비소 중독이었다. 혼인 계약서에 잉크도 마르기 전에 프렌치 브룩스가 매일 밤 타 올리는 차에 섞은 독약 때문이었다.

맥밀런가의 신임을 얻고 있던 프렌치 브룩스는 상심한 가족들을 구슬려 여행을 보내고, 회사를 완전히 집어먹을 흉계를 펼치게 된다.

그리고 소설에서는 이를 밝히는 것이 여주인공이었다. 레리아나 맥밀런의 친구였던 여주인공은 그녀가 죽었다는 소식을 듣고 귀국한 후에 그녀의 죽음에 대한 진상을 밝히기 시작한다.

그러나 그렇게 진행된다면 레리아나는, 자신은 이미 죽은 후가 아닌가! 소설의 바른 진행이고 뭐고, 우선은 약혼을 파기해야 했다.

하지만 그것이 큰 문제였다. 레리아나의 가족들은 모두 레리아나를 사랑했으나, '그냥 그런 기분이 든다, 갑자기 싫어졌다.' 정도로 약혼을 식당 예약 취소하듯 끊어 버릴 수는 없는 노릇이었다.

귀족의 경우, 가문끼리의 합의인 이상 약혼을 한쪽에서 일방적으로 파기할 수는 없다. 특히, 맥밀런가의 경우는 더 그러했다. 브룩스가 아무리 지난 영광을 잃었다 하더라도 브룩스 가문은 명망 있는 귀족 가문이었다. 연줄이 닿은 고위 귀족들이 많았기에 그들이 어떤 보복을 해 올지 알 수 없는 일이었다.

그렇다고 신들린 아기 점쟁이처럼 눈을 부릅뜨고 '저놈이에요! 저놈이 저를 죽일 거예요!'라고 소리칠 수도 없는 상황이었다. 과학 기술보다 마법이 발달한 이 세계에도 정신병이 있고, 정신 병원이 있었기 때문이다.

손에서 불을 뿜으면 정상이지만, 내가 소설에서 봤는데 약혼자가 날 죽일 거라고 폭로하면 병이 된다니…… 슬픈 현실이었다.

명분이 필요했다. 그와 정당하게 헤어지기 위한.

레리아나가 무슨 짓을 해도 프렌치 브룩스는 분명 결혼을 감행할 것이다. 그러니 최대한 그의 화를 사 폭력적이거나 강제적으로 반응하게끔 만들 필요가 있다. 그러면 이를 빌미로 이런 폭력적인 남편과는 살지 못하겠다며 어떻게든 파혼의 여지를 마련할 수 있겠지.

그래서, 레리아나는 프렌치 브룩스와 4번의 만남을 가졌다.

* * *

첫 번째 만남.

20년을 모태 솔로로 살아왔던 인생이었던지라 이별의 미학 같은 건 알지도 못했고, 예의를 지켜 줘야 할 만한 남자라는 생각도 들지 않았던 레리아나는 돌직구를 날렸다.

"헤어져요."

그러자 프렌치는 과장되게 웃으며 한쪽을 가리켰다. 가로등 위에 앉은 까마귀가 표독스런 얼굴로 똥을 싸며 둘을 내려다보고 있었다.

"아하하! 방금 봤어요?"

"뭘요? 아니, 제 말 들으셨나요?"

"무슨 말이요?"

"헤어져요, 브룩스 경."

"아하하하!! 저것 좀 봐요, 레리아나."

"저기요, 헤어지자니까요."

그에게 17번쯤 헤어지자고 더 말을 꺼내 본 후에야 레리아나는 저놈이 똥싸개 까마귀에게 관심이 있는 것이 아니라, 그저 못 들은 척하는 거라는 사실을 깨달았다.

첫 번째 데이트가 끝난 다음 날, 레리아나는 책방으로 달려갔다.

서점 주인은 심드렁한 표정으로 매대 안쪽에서 '남자친구와 이별하는 법'이라는 책을 꺼내 주었다. 레리아나는 밤새 그 책을 독파했다.

과연, 책은 지식의 보고였다.

두 번째 만남.

공부까지 하며 이별을 준비한 레리아나는 그와 회원제 레스토랑으로 향했다. 그리고 레스토랑에 도착한 지 10분 만에 그녀는 물과 갖가지 와인을 합해 총 5종류의 액체를 그의 머리와 사타구니에 쏟았다.

처음에는 자상한 모습을 보이려던 프렌치 브룩스도 3번째에 들어서자 두꺼운 입술을 씰룩였다. 4번째에는 깊게 한숨을 내쉬며 안절부절못했고, 특별히 사타구니 중심에 집중해 와인을 쏟았던 5번째에는 관자놀이에 핏줄이 서서 손을 부들부들 떨었다.

"어머, 또 쏟아 버렸네. 죄송해요."

레리아나는 하나도 미안하지 않다는 표정으로 사과한 후, 레스토랑의 중앙에 있는 피아노를 가리켰다.

"브룩스 경, 저 경의 연주가 듣고 싶어요."

프렌치 브룩스는 한숨 돌릴 겸 피아노로 다가갔다.

피아노의 선율이 들리기 시작하자 레리아나는 웨이터를 불러 와인의 향이 얼마나 좋은지, 레스토랑의 분위기가 얼마나 아늑한지, 요리장의 솜씨가 얼마나 훌륭한지 칭찬하기 시작했다.

프렌치 브룩스가 힐끔거렸으나 그녀의 칭찬은 끝나지 않았다. 레리아나가 전혀 들을 생각을 하지 않자, 그녀의 시선을 끌어야겠다고 생각한 프렌치 브룩스는 '아름다운 레리아나.'라며 운을 뗐다.

그러자 레리아나는 뒤도 안 돌아보고 화장실로 직진해 들어갔다. 그녀가 화장실에서 나온 건 피아노를 뚱땅거리는 소리가 다 끝난 이후였다.

헤어질 때가 되자 레리아나는 오줌이라도 싼 것처럼 하얗게 말라붙은 프렌치 브룩스의 사타구니를 바라보며 인상을 썼다. 그리고 정말 부끄럽다는 듯 몸서리를 치며 혼자 마차를 타고 집으로 쌩 돌아갔다.

레리아나는 아주 만족스러웠다.

'이대로라면 욕먹는 것도 시간문제지. 아니, 저런 미친 여자는 처음 본다며 한 대 맞을지도 몰라.'

이런 기대를 품었으나 결국 프렌치 브룩스의 욕 편지는 날아오지 않았다. 안타까운 일이었다.

세 번째 만남.

세 번째 데이트까지는 시간이 좀 걸렸다. 프렌치 브룩스는 여린 마음을 치유해야 할 시간이 필요한 듯했다.

데이트 날이 정해지고, 둘은 사냥을 하기로 했다. 프렌치 브룩스는 사냥으로 '유서 깊은 귀족나리'라는 자신의 위치를 바로잡으려 했을지도 모르나, 레리아나는 감히 자신을 '사냥계의 여왕'이라 자칭할 수 있는 실력자였다.

레리아나의 아버지 존데인이 취미 생활로 몇십 년을 즐겨 왔던 것이 사냥이었고, 걸어 다닐 수 있을 때부터 그를 매번 따라다닌 이는 레리아나였다. 비록 영혼은 바뀌었을지 몰라도 몸의 기억은 남아 있었기에, 그녀는 총기류를 아주 능숙하게 다룰 수 있었다.

그러나 프렌치 브룩스는 자신의 일천한 실력을 과시하며 그녀에게 사냥을 가르쳐 주겠다느니, 총은 이렇게 잡아야 한다느니, 번데기 앞에서 주름 잡는 것처럼 우쭐거렸다.

눈을 가늘게 뜨고 그의 쇼를 감상하던 레리아나는 그의 기대에 부응하기 위해 '사냥을 처음 나와 본 아가씨', '실수 연발 아가씨'를 연기했다.

그리고 그녀는 프렌치 브룩스의 관자놀이에 총알 자국을 스치듯 새겨 주었다.

"어머, 실수."

지렸으리라.

그 후, 레리아나는 능숙한 솜씨로 빠르게 총을 분리해 시종의 품에 맡겼다.

"브룩스 경께서 의복을 갈아입으셔야 할 것 같구나. 챙겨 드리렴."

이쯤 되면 주먹이 날아올 만도 하건만, 그놈은 자존심보다 돈이 더 중요한 놈이었다.

그리고 어제, 프렌치 브룩스는 기별도 없이 맥밀런 저택으로 찾아왔다. 저택 앞에서 산책을 하고 있던 레리아나는 굳은 얼굴로 그를 맞았다.

"브룩스 경, 여긴 갑자기 어쩐 일이시죠? 오늘 오신다는 이야기는 듣지 못했는데요."

"오, 레리아나. 우린 약혼한 사이 아닙니까."

그가 그 자글자글한 눈가 주름을 만들며 눈웃음을 쳤다.

'으, 소오름.'

"가까운 사이일수록 예의를 지켜야 하는 법. 그만 돌아가 주세요."

소름이 돋은 팔을 문지르던 레리아나가 매섭게 쏘아붙이고 돌아가려는데, 프렌치 브룩스가 그녀의 손목을 잡아챘다.

"레리아나, 갑자기 내게 왜 이러는지 알 수가 없군요."

"아니, 지금 뭐 하시는!"

"비록 정략혼이지만 우리 사이에는 더 깊은 감정이 자라고 있다고 생각했습니다. 하나 그렇게 여긴 것은 저뿐이었습니까?"

절박한 목소리였다.

박은하의 의사와는 다르게 레리아나의 심장이 철렁 내려앉았다.

원래 몸의 주인인 레리아나는 프렌치를 사랑했다.

잘못된 사업병을 가진 가주로 인해 잠시 가세가 기울긴 했으나,

브룩스가는 예전 같았으면 맥밀런가 같은 졸부는 거들떠도 보지 않았을 명망 있는 귀족가였다. 프렌치 브룩스는 그곳의 장남이며 겉으로만 보면 아주 훤칠한 사내였다.

뒤로는 독살을 준비할망정 앞에서는 살갑게 굴었기에, 온실 속에서 평온한 사랑을 꿈꾸던 레리아나의 마음이 흔들리는 것도 이상한 일은 아니었다.

그러니 맥밀런가에서도 브룩스가와의 결합을 쌍수 들고 환영한 것이다.

'원 주인의 마음이 아직 남아 있었나.'

그녀는 씁쓸한 미소를 띠었다.

하지만 이제 몸의 주인은 자신이다. 프렌치 브룩스는 속내를 숨긴 검은 손으로 레리아나의 몸과 마음을 유린할 것이다.

그 끝은 독이 든 홍차일 테고.

"경의 착각일 뿐입니다."

레리아나는 소란을 일으키는 대신 가라앉은 목소리로 말했다. 작은 입술에서 나온 박력에 그가 어깨를 움찔했다.

"놓으세요."

그는 직감적으로 깨달았다. 여느 때 같은 레리아나가 아니다. 워낙 소심해서 먼저 말을 걸 때면 볼을 붉히고 잘 들리지도 않는 목소리를 조곤조곤 내던 그녀가 아니다.

한동안 아프다는 핑계로 만남을 미룬 후에 그녀는 갑자기 다른 사람처럼 변해 자신 앞에 나타났다.

좋게 말로 구슬리려 했던 프렌치는 이를 악물었다. 그녀가 손을 내치고 돌아가려하자 프렌치가 힘을 주어 어깨를 잡아 세웠다.

"레리아나, 제 말은 마저 듣고 들어가시죠."

레리아나의 눈썹이 높게 올라갔다.

"얼마나 비싸게 굴려고 하는지는 몰라도 소용없습니다."

"갑자기 무슨 소리신지……."

"장난은 끝이라는 소리죠. 맥밀런가에서 가장 필요한 것은 브룩스 후작 가문의 명망입니다. 가진 건 돈뿐인 졸부 집안에서 이보다 좋은 혼처를 찾을 수 있을 것 같습니까? 우리는 곧 결혼하게 될 겁니다. 그 전에 지아비 모시는 법을 단단히 숙지해 두시는 것이 좋겠군요."

그의 눈은 마치 쥐처럼 번들거렸다. 레리아나는 손톱이 살을 파고들어 피가 날 때까지 주먹을 꾹 쥐었다.

* * *

그와 결혼하는 것도 하나의 방법일지 모른다. 어떻게 죽는지 알고 있으니까 잘 방비하면 죽음을 피할 수 있을 수도 있고.

물론, 그동안 온갖 위험에 몸을 떨어야 하겠지만.

먹을 것 하나 마음 편히 먹지 못하는 삶이 되리라. 아니면 숨죽이고 있다가 다른 곳으로 도망치거나. 그럴 수 있을까? 이런 낯선 세계에서 혼자 힘으로 살아가는 삶이 가능이나 한가.

레리아나는 침대 구석에 몸을 말고 앉아 이런저런 생각들을 떠올렸다.

'내일 아침에 일어났을 때, 프렌치 브룩스가 죽어 있었으면.'

그래, 내가 죽이자. 독살당하기 전에 죽이는 거야. 그녀는 베개에 머리를 박으며 중얼거렸다.

칼이나 독을 쓰면 들킬 염려가 있으니 피해가 오지 않을 만한 사소하고 엄청난 범죄를 저지르면 될 것이다. 그녀는 언젠가 들었던, 한 남자가 손으로 코털을 뽑다가 염증이 생겨서 뇌수막염으로 사망한 사건을 떠올렸다.

'……코털을 뽑아야겠다.'

그가 죽을 때까지 코털을 왕창 뽑는 것이다. 증거도 남지 않고 완전 범죄를 저지를 수 있으리라.

'좋아, 완벽해. 뽑자.'

이런저런 망상에 빠진 레리아나는 밤을 꼬박 새다시피 한 후에 겨우 잠에 빠졌다.

그녀가 일어난 것은 무도회 준비로 하녀들이 분주하게 움직이는 오후 즈음이었다. 하녀들이 능숙한 손놀림으로 머리를 매만지고 드레스를 입혔다. 포슬포슬한 머리카락을 높이 틀어 올려 가는 목덜미가 보였고, 어두운 붉은 색 드레스는 하얀 피부를 돋보여 주었다.

다들 그녀가 장미처럼 아름답다며 연신 칭찬을 거듭했으나, 레리아나는 다른 생각에 잠겨 입만 꾹 다물고 있을 뿐이었다.

그렇게 프렌치 브룩스의 에스코트를 받으며 무도회장으로 들어서는 순간에도, 귀부인들이 부채를 팔락이며 하하호호 담소를 나누는 곳에서도, 레리아나는 얼음땡 깍두기인 양 덩그마니 넋을 잃고 서 있었다.

'그 남자'가 들어서기 전까지는.

갑자기 장내가 소란스러워졌다.

그의 등장에 영애들의 기대에 찬 시선이 한곳으로 쏠렸다. 그 시선의 중심에 한 사내가 있었다. 주위 사람들을 모두 오징어로 만드는 수려한 외모에 혼자 반사판이라도 이고 다니는 것처럼 후광이 번쩍거렸다. 그는 신사다운 미소를 머금고 귀족들이 제게 건네는 모든 인사를 정중히 받았다.

남자의 이름은 노아 벌스테어 윈나이트.

그는 왕국의 공작이며, 이 소설의 남자 주인공이었다.

2장

노아 벌스테어 윈나이트에 대하여

노아 벌스테어 윈나이트에 대하여

과학 기술의 발전, 사상가들의 등장, 구교의 타락, 자본의 힘. 원인은 여럿 있었으나 왕권은 점점 더 약화되어 갔다.

반면 돈으로 작위를 산 신흥 귀족의 세력은 늘어가면서, 정치적 우위를 차지하기 위한 구귀족, 신귀족 간의 이권 싸움이 커지고 있었다.

적의 적은 같은 편이라 했던가. 왕권까지 위협하는 구귀족들의 득세에 왕실은 신귀족의 손을 잡으려 했으나 그것도 쉽지 않은 일이었다. 현 귀족 의회의 다수를 차지하고 있는 것이 구귀족이었던 데다가, 모든 귀족의 목소리가 동등하지 않다는 사실이 발목을 잡은 것이다.

신분제 사회가 기반이 되는 이 세계에서는 한 표가 같은 가치를 지니지 않는다. 현 의회에서 중요한 것은 표의 개수가 아니라 표를 던진 의원이 어느 파에 소속되어 있는가, 였다.

이처럼 유리한 상황임에도 불구하고 구귀족들은 자신들의 권리를 계속 유지하고 신귀족들의 힘을 억제하기 위해, 획기적인 방도를 찾아 법안을 하나 발의했다. 일명 '졸부 방지법'이라 불리는, 작위의 양도를 금지하는 법률이었다.

구귀족은 승리를 예감했으나, 그들이 예상하지 못했던 일이 발생했다. 법이 통과되려면 왕이 직접 옥새를 찍어야 하는데, 그 옥새가 감쪽같이 사라져 버린 것이다. 구귀족 모두가 사활을 거는 사안이었다. 그들은 절대 반지를 찾는 골룸처럼 절절맸지만 수사에 진척은 없었다.

신귀족을 위협할 무기는 사라지고 오히려 신귀족의 세력이 점차 커지는 상황에서 새로운 활로를 모색해야 한다는 의견이 속속들이 나오기 시작했다. 그때 혜성처럼 등장한 것이 노아 벌스테어 윈나이트였다.

노아 윈나이트 공작은 현 왕의 동생으로, 현 왕이 그냥 로열 블러드라면 공작은 로오열 젤리 블러드였다.

대대로 왕국 병력의 중심축을 담당해 왔던 건국 공신 윈나이트 가문의 공녀이자, 어린 나이로 명을 달리한 선왕의 둘째 부인이 낳은 외동아들.

그야말로 보수파의 끝판왕.

현 왕과 노아 윈나이트는 둘 다 출중한 능력을 자랑했으나, 노아에게 벌어진 비운의 '스캔들'로 인해 왕위는 현 왕에게로 돌아갔었다. 한동안 현 왕파에서 조작한 스캔들이란 이야기가 떠돌았지만 진위는 알 수 없는 일.

그는 왕권 다툼에서 물러난 뒤 윈나이트 가문의 수장으로 부활했고, 그에 맞게 구귀족들의 기대를 능숙하게 소화해 냈다. 사냥개처럼 옥새 분실 사건뿐만 아니라 그간 왕실의 케케묵은 먼지들을 털어 내 왕을 질타했고, 치안대 수장의 권한으로 옥새의 행방을 조사하기 위해 신귀족 세력들의 집을 속속들이 뒤졌다.

지금 구귀족은 아직 23살, 젊은 나이의 노아 원나이트 공작을 선봉장으로 내세우고 신귀족들을 사냥하려는 시기였다.

※　※　※

레리아나는 노아를 뚫어지게 바라보며 샴페인 잔을 연거푸 비웠다. 잘생기긴 정말 잘생겼다. 로맨스 소설 속 남자 주인공까지 꿰찼으니 어지간하겠느냐만.

노아의 주변에는 벌써 수많은 영애들이 그의 관심을 끌기 위해 노력을 하고 있었다. 그 매혹적인 꽃들 속에서 노아는 예의 바르고 정중하게 행동했으나, 누구에게도 틈을 보이지 않았다.

애인 한둘 정도는 흠도 되지 않는 이 귀족계에서 노아는 믿을 수 없을 만큼 사생활이 깨끗한 남자였다. 항간에서는 하반신에 문제가 있다거나, 여자는 상대하지 않는다는 헛소문도 돌 정도였다.

'어려울 것 같은데.'

한숨을 내쉰 그녀는 노아를 바라보며 마지막 수를 떠올리고 있었다. 이곳은 신분이 삶의 대부분에 영향을 미치는 사회였다. 따라서 프렌치 브룩스보다 더 높은 직위와 가문에 속해, 브룩스가의 힘을 저지할 수 있는 남자. 그리고……

'내가 거래할 수 있는 카드를 쥔 남자.'

레리아나는 노아에게 거래를 요청할 속셈이었다. 돈이나 미인계로 움직일 수 있는 사람은 아니다. 그러나 사방이 꽉 막힌 덫에 빠진 것 같은 이 상황에서, 한 가지…… 소설 바깥의 사람이었던 자신만이 쥘 수 있는 이점이 있다.

그것만이 레리아나가 내놓을 패였다.

문제는 그와의 거래에서 자신이 동등하게 맞설 수 있느냐는 것이었다. 그는 뼛속까지 노련한 귀족이다. 쉽게 봤다간 순진하게 휘둘려 제가 가진 패만 빼앗길 가능성이 컸다.

레리아나는 그의 일거수일투족을 감시하듯 한시도 눈을 떼지 않은 채 생각을 거듭했다.

'그래도 해 봐야 해.'

밑져야 본전.

레리아나는 조용히 타이밍을 쟀다. 지금 그녀가 그에게 건넬 말은 누구도 들어선 안 된다. 한참을 지켜보던 그녀는 노아가 잠시 양해를 구하며 정원으로 향하자 소리 없이 그 뒤를 따랐다.

* * *

"이게 누구야. 브룩스. 프렌치─ 브룩스!"

한 백작과 인사하던 프렌치 브룩스는 독특한 억양으로 자신을 부르는 남자에게 시선을 돌렸다.

눈물점을 가진 이국적인 남자는 싱글싱글 웃으며 그의 어깨를 두드렸다. 프렌치는 신음하듯 그의 이름을 읊조렸다.

"랭스턴……."

"오랜만이야, 브룩스."

"……밀수범 때문에 시찰에 시간이 걸릴 거라고 들었는데."

"그런 일이야, 굳이 내가 없어도 될 일 아닌가. 범죄자는 사형대로! 쉬운 일이지."

랭스턴이 프렌치의 어깨에 어깨동무하듯 팔을 두르고 속삭였다.

"안 그래?"

들리지 않게 욕설을 지껄인 프렌치는 백작에게 양해를 구하고 랭스턴을 구석진 곳으로 끌고 갔다. 랭스턴은 얌전히 끌려가며 시종이 든 쟁반에서 샴페인 잔 하나를 집어 들었다.

"귀여운 약혼녀는 어디에 두고 혼자 있는 거지?"

"네가 신경 쓸 일이 아니야."

"이거 섭섭하게 이러지 마. 우린 한 배를 탔잖아. 걱정하는 건 당연한 일이라고."

"일은 잘되어 가고 있어. ……그러니까."

"우리의 의뢰인도 걱정하고 계시더군. 네가 약혼녀와 사이가 안 좋다는 소문이 파다하단 말이야. 어?"

프렌치의 어깨가 눈에 띄게 경직됐다.

"…….."

랭스턴이 만족스러운 듯 웃자 그의 눈물점이 일그러졌다.

그는 프렌치의 귓가에 입술을 대고 말했다.

"내 동생을 대신해 얘기할 테니까 귀 파고 잘 들어, 이 구제불능 쓰레기야. 제대로 일하라고, 아니면 넌 끝장이야."

그가 프렌치의 얼굴을 툭툭 쳤다.

"이해했어?"

프렌치는 랭스턴의 손을 매섭게 내쳤다.

"알아서 처리할 테니 그만 꺼져."

"자, 그럼. 곧 결혼을 하실 분이니 약혼녀에게 신경이나 더 써 주라고. 이제 와서 다른 마음먹지 못하게 말이야."

랭스턴이 프렌치에게 샴페인 잔을 건네주고는 건들거리며 떠났다.

프렌치는 그의 뒷모습을 바라보다 곧 레리아나를 찾기 위해 주위를 두리번거렸다. 그새 어디로 빠져나갔는지 도통 보이지 않는다.

프렌치는 인상을 찌푸리며 중앙으로 발을 놀렸다. 이게 다 그 여자 때문이다. 약혼까지 했으면 얌전히 따르면 될 것을. 내성적이었던 여자가 갑자기 다른 사람이라도 된 것처럼 변해 버렸다.

'쉬운 여자라고 생각했는데.'

"칫."

짜증이 치밀어 올랐다. 그는 시종을 불러 맥밀런 영애가 어디로 갔는지 본 사람이 있다면 말을 전해 달라고 명했다.

고개를 끄덕인 시종은 여기저기에 묻더니 곧 돌아와 그녀가 정원으로 갔다며 한쪽 방향을 가리켰다.

"성가신 여자."

프렌치는 시종의 쟁반에 샴페인 잔을 내려놓고 빠른 걸음으로 그녀의 뒤를 따랐다.

* * *

달빛이 왕실 정원의 나뭇잎 새로 내려앉았다. 13대 여왕이었던 케이슈나가 그렇게나 사랑했던 장미 정원이었다.

얼음 여왕이라고 불렸던 그녀가 유일하게 사랑했던 이 장미들이 어떤 계절에도 지는 일이 없도록, 그녀는 왕국의 모든 마법사들을 동원해 영구 마법을 걸었다고 한다.

그 이후로 몇백 년의 시간이 지나 이곳은 귀족들이 밀애를 즐기는 은밀한 장소로 변질되었지만, 아직도 영원한 아름다움을 과시하고 있었다.

그 길 위에서 노아가 자박자박 걸음을 옮겼다.

레리아나는 그를 놓치지 않기 위해 적당한 거리를 두고 뒤따라 걸으며, 자신이 스토커가 된 느낌에 사로잡혔다.

아니, 느낌이 아니라 그냥 스토커 그 자체일 수도…….

일단 무작정 따라 나오기는 했는데 어떻게 말을 걸어야 할지. 레리아나는 그와 친분이 없었고, 모태 솔로인 박은하로서는 남자에게 어찌 말을 걸어야 할지 감이 잡히지 않았다.

레리아나는 입술을 잘근잘근 씹었다.

그때였다.

"무슨 용건이십니까?"

뒷짐을 지고 걸어가던 노아가 뒤를 돌아보며 물었다. 당황해서 혹시나 다른 사람에게 얘기한 건 아닌가 주변을 두리번거리던 레리아나는 자신 혼자라는 것을 확인하고 살짝 무릎을 굽혔다.

"아, 원나이트 공작님. 여신의 손길 안에서 평안하시기를. 저는 존데인 맥밀런 남작의 여식, 레리아나 맥밀런입니다."

"맥밀런 영애, 평안하시기를. 노아 원나이트 공작입니다."

그는 마치 성자 같은 미소를 머금고 있었는데 얼굴만으로는 한 맺힌 원혼도 그대로 성불시켜 줄 것 같은, 죄지은 자는 그대로 무릎 꿇고 고해성사라도 해야 할 것 같은, 그런 경건함이 묻어났다.

'경건함? 아니, 말도 안 되지. 저 얼굴에 속지 말자.'

레리아나는 제 생각을 부정하며 침을 삼켰다. 그녀가 이렇게 긴장하는 것이 거래 때문만은 아니었다. 그의 '진정한 얼굴'을 글로 읽어 이미 알고 있었기 때문이다.

레리아나는 무슨 말이라도 들어 줄 것처럼 자상한 얼굴로 기다리고 있는 노아에게 단도직입적으로 이야기를 꺼냈다.

"거래를 청하고 싶습니다."

"……거래요?"

노아는 짐짓 놀란 눈치였다. 밤의 정원에서 혈혈단신으로 자신을 찾아와 거래를 청한다 말하는 귀족 영애라니, 누구라도 놀라지 않을 수 없으리라.

"저와, 거래를 말입니까?"

레리아나는 좌우를 둘러보며 누군가 있는지 재차 확인했다.

"이렇게 트인 곳에서 말하기는 어렵습니다만."

레리아나가 눈꼬리를 둥글게 휘며 가벼운 미소를 지었다.

"옥새와 관련된 이야기입니다."

단단했던 그의 얼굴이 썰물이 지는 것처럼 허물어졌다. 순식간에 미소를 띤 가면이 사라지고 그의 본얼굴이 드러났다. 레리아나의 앞에는 평범한 이들은 무심코 어깨를 움츠릴 정도로 서늘한 표정의 남자가 서 있었다.

레리아나는 꼿꼿하게 고개를 들었다. 이미 소설은 다 보았다. 그가 원래 어떤 인간인지에 대해서는 너무나 확실하게 알고 있는 바였다.

'이중인격자.'

누구에게나 상냥하고 정중한 남자의 가면을 쓰고 있는, 오만하고 뒤틀린 공작.

"흐음."

그가 흥미로운 듯 목을 울렸다.

"그것참, 공교롭군."

노아가 한 발자국 앞으로 다가왔다. 레리아나는 뒤로 물러나고 싶은 본능을 간신히 이겨 냈다.

레리아나가 고개를 들어 비스듬하게 올라간 노아의 입술을, 그리고 묘한 생기로 반짝이는 황금색 눈을 바라보았다. 달빛으로 가득 찬 밤의 정원 아래서 그의 모습은 비현실적으로 보일 정도였다.

"그래서 나와 무슨 거래를 하고 싶은 거지?"

그가 속삭이듯 물었다.

'역시 협상 테이블에 앉을 정도는 되는 사안이야.'

레리아나는 주먹을 꾹 쥐었다.

'내 명줄은 내가 잡아야 해.'

레리아나가 입을 열려는데, 마침 그녀를 찾아 나온 프렌치 브룩스의 목소리가 잠시간의 침묵을 가로질렀다.

"레리아나?"

'프렌치 브룩스?'

레리아나가 뒤를 돌아보며 입술을 짓씹었다. 시야의 양옆에 펼쳐진 아름다운 정원 안에서 멍청한 표정의 프렌치 브룩스가 둘을 바라보며 서 있었다.

'지금 여기에 왜 나타난 거야!'

정말 일생에 도움이 안 되는 남자다.

레리아나는 제 머릿속에서 프렌치 브룩스란 남자에게 평생 까임 선고를 내렸다. 길 가다 비를 맞는 불쌍한 새끼 고양이를 주워 키운다 해도, 아랑곳없이 신랄하게 까 줄 것이다.

제 답답한 속을 아는지 모르는지, 프렌치는 왜 너희 둘이 이러고 있는지 모르겠다는 눈으로 레리아나와 노아를 바라보고 있었다.

레리아나는 눈동자를 이리저리 돌리며 머리를 굴렸다.

'이제 어쩌지.'

남자 둘 사이에 있는 여자 하나.

그 묘한 긴장감은 아무것도 모르는 이들이 본다면 치정극이라도 벌이는 듯한 모양새였다. 뭐, 노아만 아니라면 누구나 그리 생각할지도 모르지만.

그녀는 노아와 프렌치를 번갈아 보았다. 그는 당장이라도 레리아나의 손목을 잡고 데려갈 생각에 코가 드릉드릉하는 것처럼 보였고, 노아는 은연중에 무슨 일이 벌어질지 한껏 즐기기라도 해 주겠다는 얼굴이었다.

"하아, 레리아나."

프렌치가 노아의 눈치를 보며 한껏 짜증스러운 말투로 그녀를 불렀다.

레리아나는 한 걸음 물러났다.

'운은 뗐으니 다음 기회를 노려야 하나? 아니면-'

뒤집어 생각해 보면 지금이 좋은 기회일지도 모른다. 어쩌면 밀회를 하다 걸린 연인처럼 보일 수 있는 상황 아닌가. 그간 헤어지려던 그 수많은 더럽고 치사한 짓들에 쾅쾅, 종지부를 찍을 수 있다. 그것도 약혼녀의 외도로.

'남자친구와 헤어지는 법'을 다시 떠올린 레리아나는 조금 뻔뻔한 얼굴로 노아 옆에 바짝 붙어 섰다.

"이제 더 이상은 숨길 수 없게 되어 버렸네요."

"⋯⋯레리아나?"

"브룩스 경. 경께 사과드립니다."

"무슨?"

프렌치는 당황했고 노아는 잠자코 레리아나를 지켜보고 있었다.

"저는 원나이트 공작님과 마음이 통했습니다."

다가오려던 프렌치가 어색하게 발을 옮긴 상태로 굳었다. 노아도 예상치 못한 듯 그녀를 내려다보았고, 레리아나는 노아를 바라보며 입모양으로 '옥새'라는 단어를 만들었다.

노아에게 한순간 의외라는 기색이 감돌았다.

레리아나는 시한폭탄을 들고 있는 기분이었다. 터지느냐, 마느냐. 손이 축축하고 머리가 빙빙 도는 것 같았다.

프렌치는 너무 당황해 말을 잇지 못하고 있었다. 그러다 그게 사실이냐는 표정으로 노아를 바라보았다.

노아는 다시 빙긋 웃는 가면을 쓰고 레리아나의 어깨를 안아 품으로 끌었다. 그녀의 말이 사실이라는 무언의 표현이었다.

'됐나? 됐나?'

레리아나는 슬쩍 노아 쪽으로 눈동자를 굴리며 안도해야 할지,

말아야 할지 고민했다.

셋 사이에는 어둠 같은 적막이 깔려 있었다. 숨이 막힐 정도였다. 당황해 얼이 빠져 있던 프렌치가 어물어물 입을 열기 시작했을 때였다.

"아가씨! 어디 계세요!"

레리아나의 마부였다.

존데인 맥밀런은 그녀에게 엄격한 통금 시간을 걸었는데, 그 시간이 다 되자 마부가 그녀를 찾으러 온 것이었다.

그녀는 엄격한 통금을 걸어 준 아버지와 지금 타이밍에 맞춰 자신을 찾으러 온 마부에게 무한한 감사를 날렸다. 당장 돌아가서 마부의 월급이라도 올려 줘야겠다.

"여기! 여기야!"

레리아나가 손을 번쩍 들고 휘휘 흔들자 마부가 그녀에게로 다가왔다. 그는 주변의 귀족들을 보며 찔끔한 모습을 보이더니 굽실굽실 인사를 하며 그녀 옆에 섰다.

레리아나는 폭탄을 던진 게 자신이 아닌 것처럼 뻔뻔하고 산뜻한 표정으로 인사를 건넸다.

프렌치는 터질 것같이 시뻘게진 얼굴로 돌아서려는 그녀의 팔목을 잡아끌었다.

"잠깐, 이대로 갈 수는-!"

또야? 레리아나가 익숙한 데자뷔에 시달리며 심드렁한 얼굴로 멈췄고, 감히 귀족의 행동에 토를 달 수 없었던 마부가 쩔쩔매며 발을 굴렀다.

"레리아나!"

그는 입술을 잘근잘근 씹다가 혼란스러운 얼굴로 그녀와 눈을 마주쳤다.

"진심이야? 지금, 지금 말한 거."

"진심이에요. 이전부터 줄곧 말했지만 이제 그만 헤어져 주세요."

"잠깐, 잠깐! 잠깐!!"

프렌치가 조급한 투로 말을 끊었다. 그녀는 작게 한숨을 내쉬고 말을 이었다.

"늦었으니 여기까지 하죠."

그는 이를 악물었다.

"감히, 감히! 너 따위가 지금 내게 무슨 말을 한 건지 알고 있어?!"

분에 가득 찬 목소리가 쩌렁쩌렁 사방을 울렸다. 그는 속이 답답한 것처럼 씩씩거리며 거칠게 숨을 쉬었다. 당장이라도 손을 들어 올려 그녀의 뺨을 올려붙여도 이상하지 않을 얼굴이었다.

여기까지군. 뺨이라도 맞으면 더 좋겠지. 레리아나는 태연한 얼굴로 그와 마주 보고 섰다. 원한다면 뺨 정도는 내주지란 표정이었다.

프렌치도 이를 알아차렸고 무의식적으로 손이 올라가려는 순간이었다.

"그만."

프렌치의 팔목에 노아가 손을 올리며 나직이 말했다. 그러고는 마부에게 고갯짓을 했다.

"자네는 영애를 데리고 먼저 돌아가게."

"예, 예—"

마부는 황급히 인사하며 레리아나를 마차로 인도했다.

'괜찮을까.'

그녀는 뒤를 힐긋거리면서 마부를 따랐다.

"아가씨께서 늦으시면 제가 곤란합니다."

마부는 마차로 가는 내내 투덜거리는 것을 반복했지만, 레리아나는 관대한 마음으로 이를 들어 주었다. 실은 들어 주었다기보다 다른 생각으로 가득 차 들을 생각도 하지 않은 것이지만.

마부가 마차의 문을 열었고 레리아나는 마차로 들어서자마자 다리가 풀려 주저앉았다.

"아가씨? 괜찮으십니까?"

마부가 당황해 그녀를 부축하고 자리에 앉혔다.

"괜찮아. 그냥, 좀 취해서 그런가 봐."

레리아나는 뒤늦게 취기가 오르는지 머리가 핑 도는 것을 느끼며 소파에 몸을 기댔다.

"맙소사, 내가 미쳤지."

* * *

레리아나가 훌쩍 떠난 후에 두 남자 사이에는 긴장된 기류가 흘렀다.

분노에 몸을 떨던 프렌치 브룩스는 노아의 손을 뿌리치고 물러났다. 요즘 묘하게 자신을 피하던 그녀에게 이런 속사정이 있었다니.

'다른 남자도 아니고, 저 노아 윈나이트라고?'

지금까지 관계의 우위는 자신이 쥐고 있었다. 별 볼 일 없는 가문의, 그저 돈만 많은 여자. 결혼해 달라고 빌어야 하는 건 자신이 아니라 바로 그 여자였는데!

프렌치는 분에 찬 눈으로 노아를 찬찬히 살폈다. 가문, 재력, 외모, 성품. 노아 원나이트는 그야말로 완벽한 수컷이었다. 이것저것 다 비교해 재 봐도, 약혼자감으로서 노아 원나이트가 훨씬 좋은 조건이라는 것은 그조차 부정할 수가 없다.

남의 여자를 가로챈 노아는 무슨 생각을 하는지 모를 그저 평온한 얼굴이었다. 저자는 언제나 저런 모습이었다. 왕위에서 밀려나던 그때도 그러했듯이, 아직도 모든 것을 제 손아귀에 쥐고 있는 것처럼.

침묵의 맥을 끊은 것은 프렌치 브룩스였다.

"아무리 공작님이라 하셔도 이번에는 도가 지나치십니다."

"나로서는 더 할 말이 없군."

"맥밀런 영애는 제 약혼녀란 말입니다!"

노아는 비웃듯 입 끝을 비죽이 올렸다.

"이제 경은 그녀의 약혼자라 칭할 자격이 없지 않나."

프렌치는 치 떨리는 모욕감에 몸을 떨었다. 공작의 처사는 자신을, 아니, 브룩스 후작가를 능멸한 것이었다. 당장에라도 저 잘생긴 얼굴에 주먹을 꽂아 주고 싶었으나 프렌치는 떨리는 주먹만 꾹 쥐었다.

저자는 노아 벌스테어 원나이트다. 그와 여인을 사이에 두고 드잡이한다는 것은 정치적 자살을 의미했다.

그는 애꿎은 나무 기둥만 주먹으로 치고 등을 돌렸다.

"이대로 그냥 넘어가진 않을 겁니다."

노아는 대답하지 않았다. 장미 내음을 실은 메마른 바람이 그의 머리칼을 스치고 지나갔다. 달빛이 어느새 구름에 가려 정원은 더

욱더 짙은 어둠으로 가득 찼다.

프렌치는 장미 정원에 노아를 남겨 둔 채 저벅저벅 걸음을 옮겼다.

노아는 그의 뒷모습에 시선을 두다 문득 레리아나를 안았던 오른손을 바라보며 피식, 바람 빠지는 웃음소리를 냈다.

'거래를 청한다고. 나에게?'

그 당돌한 눈동자가 꽤 흥미로웠다.

'옥새…… 라.'

그녀는 과연 어디까지 알고 있을까? 노아는 오른손으로 제 입술을 톡톡 두드리다 그림자 속에 숨은 제 심복을 불렀다.

"휘튼."

"예."

수풀 속에서 검은 인영이 나타나 그 옆에 부복했다.

"레리아나 맥밀런에 대해 조사해 봐. 그리고 저 남자한테 사람을 붙여. 뭔가 들었다는 낌새가 보이면 바로 처리할 수 있도록."

"예."

노아 원나이트는 다시 장미 정원을 헤쳐 지나갔다. 어둠 속에 숨어 신음하는 이들의 목소리를 넘어, 길이 없는 것처럼 마법이 걸린 환영을 지나 특정 장소에 서자 마법진이 빛나며 게이트가 열렸다.

노아가 망설임 없이 안으로 들어서자, 초의 기름 냄새가 텁텁할 정도로 두껍게 쌓인 지하 공간이 나타났다. 그곳에서 먼저 기다리고 있던 두 명의 남자가 그에게로 시선을 돌렸다.

"늦으셨습니다."

"아아, 오다가 강아지를 만나는 바람에."

무슨 소리를 하는 거냐는 어리둥절한 되물음에도 노아는 미소만 지으며 대답을 피했다. 그는 레리아나의 강아지 같은 복슬복슬한 머리칼과 연녹색 눈동자를 떠올렸다.

　이상할 정도로 유쾌했다.

3장

그와 그녀의 계약

그와 그녀의 계약

어느 날 아침 뒤숭숭한 꿈에서 깨어난 그레고르는 침대 속에서 한 마리 흉측한 벌레로 변해 있는 자신의 모습을 발견했다.

레리아나는 카프카의 소설 한 구절을 떠올리며 일어났다. 숙취로 인해 침대 위에서 버르적거리는 벌레가 된 기분이었다.

무거운 머리는 들어도 자꾸 푹푹 아래로 떨어졌고, 눈꺼풀은 쇳 덩이라도 되는 것처럼 무거웠다.

'어지러워.'

그녀는 침대에 배를 깔고 누워 더 자고 싶었으나, 자꾸만 들리는 노크 소리가 잠을 방해했다.

"아가씨."

방 밖에서 베니아의 침착한 목소리가 들려왔다.

"베니아, 오늘 아침은 좀 더 자게 내버려 둬."

잠에 취한 목소리가 들리자 베니아가 방문을 열고 들어섰다.

"아가씨, 일어나세요. 손님이 오셨어요."

"무슨 손님-"

"원나이트 공작님입니다."

"으음, 나 너무 힘들어. 집에 다시 가라고 해."

"아가씨."

베니아가 다시 달래듯 레리아나를 불렀다. 그녀는 베개에 얼굴을 묻고 뭉그적거리다, 문득 자신의 귀를 의심하며 몸을 일으켰다.

"잠깐, 뭐라고?"

"원나이트 공작님이 방문하셨습니다."

레리아나가 이를 악물고 일어섰다.

"왜?! 아-!"

'어제 저질렀지.'

기름칠이 안 된 로봇처럼 머리가 삐걱거리며 잘 돌아가지 않는다. 레리아나의 몸은 보통 사람보다 술에 약한지 도통 숙취가 풀리질 않았다.

"아가씨, 만세 하세요."

레리아나가 얌전히 두 팔을 올리자, 베니아가 그녀의 슈미즈 드레스를 벗기고 코르셋과 단아한 베이지색 드레스를 입혔다. 한 치의 오차도 없는 손놀림이었다. 레리아나는 베니아가 머리를 만져 주는 손길에 몸을 얌전히 맡겼다.

'그래, 칼을 뽑았으면 끝을 봐야지.'

아무리 공작님이라도 우리 집에서 내게 엄한 짓은 못 할 것이라는 객기가 있었다.

레리아나는 깔끔하게 당신 약점은 내가 쥐고 있고, 나는 내 약혼자를 떼어 내고 싶으니 협력해 주십사, 당당하게 말하고 끝내리라고 생각했다.

"근데 베니아, 코르셋은 빼면 안 될까? 속이 안 좋아."

"안 됩니다."

베니아는 단호했다.

아, 정말 속이 안 좋은데. 구시렁거려도 베니아는 듣지 않았다.

결국 코르셋을 착용한 레리아나가 밖으로 나가자, 묻고 싶은 것이 참 많아 보이는 집사가 입을 벙긋벙긋하며 그녀를 바라보고 있었다. 집사는 얼굴이 시퍼레졌다가 벌게졌다가 하더니, 마치 내면의 싸움을 극복하고 그 사람은 저가 죽였다고 자백하는 투로 '윈나이트 공작님은 응접실에 모셨다.'는 말을 전했다.

레리아나는 집사의 자제심에 감탄했다.

레리아나가 아래층으로 내려가니 하녀들이 응접실 앞에 모여서 노아를 구경하고 있었다. 저마다 문틈 사이로 눈만 내놓고 수군거리다, 뛰어 내려온 레리아나를 보고 새된 목소리로 소리쳤다.

"아가씨!"

'아, 머리야.'

숙취로 인해 하이 톤 목소리에 취약했다.

"응, 알아."

그러나 그녀는 자애로운 고용주의 미소를 한번 지어 주곤 응접실로 들어섰다.

노아는 응접실 한가운데에서 꽃다발을 든 채 서 있었다. 레리아나가 들어오는 기색을 눈치챈 노아가 뒤를 돌아보았고, 그의 황금색 눈동자가 위아래로 움직이며 그녀를 머리끝에서 발끝까지 짧게 훑었다.

어째 기분이 나쁘다.

레리아나가 메슥거리는 느낌에 배를 만지며 서 있는데, 노아가 노련한 정치인처럼 빙긋이 웃으며 말했다.

"맥밀런 영애, 어제는 잘 돌아가신 것 같아 다행입니다."

"원나이트 공작님 덕분입니다."

황금색 눈동자를 번뜩이며 사람이라도 하나 잡아먹을 것 같았던 어제와는 달리, 그는 매력적인 신사로 돌아와 있었다.

"혹시 몸이 편찮으십니까? 얼굴색이 좋지 않은데요."

"아뇨, 전 괜찮습니다. 살짝 놀라서 그런 것뿐이랍니다."

"한시라도 빨리 영애를 뵙고 싶은 마음에 제가 실례를 범했군요. 부디 용서해 주시길."

"그렇게 말씀해 주시니 제가 부끄럽습니다."

노아의 한마디, 한마디에는 배려와 매너가 깃들어 있었다. 서늘한 표정으로 자신에게 반말을 해 대던 어제의 그 남자는 꿈이 아니었을까 생각될 정도였다.

노아는 레리아나의 손을 잡고 편히 얘기할 수 있는 소파로 걸음을 옮겼다. 레리아나는 일단 이곳은 보는 눈이 많으니 자신의 방이나 아버지의 서재로 옮겨야겠다고 제안하려 입을 열었다.

"공작님……."

노아가 눈을 마주쳤다. 레리아나는 그를 결연한 얼굴로 바라보다가 입을 막았다.

우읍.

                    *　*　*

　노아 윈나이트가 꽃다발을 전하며 영애의 몸이 안 좋은 것 같으니 다음에 방문하겠다는 말을 던지고 떠난 후, 맥밀런가에는 일대 파문이 일었다.

　노아 윈나이트. 그 윈나이트였다.

　왕국의 보석이라 불리는 비비안 샤말의 지속적 구애에도 눈 하나 깜짝하지 않던, 그 노아 윈나이트.

　깨끗하다 못해 한때는 성불구자라는 소문까지 돌았던 그가, 직접 꽃을 들고 맥밀런가를 찾은 것이다. 한시라도 빨리 만나고 싶었다는 이야기까지 입에 올리면서!

　고용인들은 모두 내막을 듣고 싶어 난리가 났다. 그러나 주인공인 레리아나는 홀연히 사라져 보이지 않았고, 하녀들은 팀을 짜서 레리아나가 지금 어디에 있는지 추적하고 있었다.

　반면 이들을 보기 좋게 따돌린 레리아나는 주방에 딸린 뒷방에 틀어박혀 소르베를 퍼먹고 있었다.

　"역시 숙취에는 아이스크림이지."

　"술도 잘 못하시면서 왜 그렇게 드셨어요."

　가문의 요리사인 엘마가 맞은편에 앉아 턱을 괴고 말했다.

　"오랜만에 먹어서 감을 잃었다고 해야 할까."

　레리아나는 눈을 데굴데굴 굴리며 변명했다. '내 몸이 아니라 조절을 잘 못했어.'라고 말할 수는 없으니까.

　엘마와는 채식 위주인 맥밀런가의 식탁에서 벗어나기 위해 필사적으로 주방을 들락날락거리다 친해진 사이였다. 그녀는 레리아나가 알려 주는 새로운 레시피를 좋아했고, 레리아나는 그녀의 완벽에 가까운 한국 요리 재현율을 사랑했다.

레리아나는 배시시 웃으며 다시 유리컵에 든 소르베 듬뿍 떠 오물거렸다. 차가워진 생과일 토핑이 입안에서 사르르 녹으며 달콤함을 더했다.

엘마는 제 음식을 천국에 온 것 같은 표정으로 먹는 아가씨를 보며 만족스러워하다가 조심스레 입을 열었다.

"그래서, 그 공작님은 왜 오신 거래요? 무슨 사이예요?"

"으음, 그게 그렇게 궁금해?"

"그럼요! 왕국 사람들 전부가 궁금해하고 있을걸요?"

레리아나는 딸기를 오물거리며 고개를 기울였다. 엘마에게 거짓말을 하고 싶진 않았으나, 진실을 말할 수도 없는 노릇이었고…….

레리아나는 숟가락을 만지작거리다 절충안으로 적당한 생략을 하기로 했다.

"우리는, 음…… 자세히 말해 줄 수는 없지만, ……이제 시작하는 사이야."

'계약을.'

엘마가 놀라 상기된 얼굴로 소리쳤다.

"맙소사! 어떻게 만나게 된 건데요?"

"음, 아주…… 운명적이었지. 우린 알다시피 원래 같았으면 접점이 없는 사이잖아."

'나는 엑스트라 빙의녀, 그는 소설 속 남자 주인공이니까.'

"그렇죠."

엘마가 고개를 끄덕였다. 레리아나는 눈을 옆으로 굴리며 소르베가 담긴 유리컵의 테두리를 슬슬 문질렀다.

"그런데 우연히도 무도회 뒤에서 마주치게 되었고, 이야기를 하다 보니 서로 마음이 맞는 부분이 있었던 거야. 공통점을 찾은 거지."

"공통점이라니요?"

"공작님 일이니까 자세한 건 말해 주기 어렵지만…… 그의 부족한 점을 내가 채워 주게 되었달까?"

"그럼 이제 두 분은?"

"마음은 확인했으니, 일이 잘된다면 이제 동반자가 될 거라고 생각해."

'비즈니스 파트너 말이야.'

철저한 비즈니스적 계약 관계가 엘마의 머릿속에서는 한 편의 달콤한 로맨스 소설로 변화하고 있었으나, 레리아나는 이를 모른 척했다. 과정이야 어쨌든, 결과만 좋으면 다가 아닌가. 엘마도 저런 꿈을 꿀 수 있어 행복하리라.

레리아나는 소르베를 한번 듬뿍 퍼서 오물거리며 생각에 잠겼다. 공작 앞에서 속이 뒤집혀 넘어오려고 했을 때는 잠깐 죽고 싶다는 마음이 떠올랐으나, 그래도 시간을 조금 더 벌 수 있어 다행이었다.

지금까지 해 본 계약이라고는, 인터넷에서 회원 가입할 때 개인 정보 활용 동의서에 체크한 것이 전부였기 때문에 조금 더 신중하게 들어설 필요가 있다.

'일단 계약서 쓰는 법부터 알아야지.'

엘마에게 소르베를 만들어 주어서 고맙다는 말을 남긴 레리아나는 서점으로 달려갔다.

사정을 설명하자 서점 주인이 심드렁한 표정으로 '원숭이도 호구 잡히지 않게 계약서 쓰는 법'이란 제목의 책을 건넸다.

과연, 책은 지식의 보고였다.

* * *

레리아나는 방에 틀어박혀 책을 독파하기 시작했다.

그리고 그날 밤, 맥밀런 부부가 레리아나의 방을 두드렸다. 그녀는 '원숭이도 호구 잡히지 않게 계약서 쓰는 법'을 읽다가 책을 황급히 베개 밑에 숨기곤 문을 열었다.

부부는 짐짓 심각한 표정으로 소파에 앉았고, 레리아나는 양전히 맞은편에 자리했다. 그들도 들었으리라. 노아가 꽃다발을 들고 저택에 왔다 갔다는 것쯤은.

"얘기 좀 하자꾸나."

존데인이 먼저 입을 열었다. 레리아나는 죄인이 된 심정으로 대답했다.

"말씀하세요."

"얘기는 들었다. 공작님이 왔다 가셨다고. 널 보러 온 게 맞니?"

레리아나는 조금 망설이다 대답했다.

"네, 맞아요."

어머니인 케이티의 표정이 조금 변했다. 그저 놀란 것뿐인지, 아니면 다른 생각을 포함한 것인지 가늠할 수가 없었다.

"어떻게 된 일인지 말해 줄 수 있겠니."

존데인은 조심스럽게 본론으로 접근했다.

뭐라고 해야 할까. 공작이 어제 말을 맞춰 주기도 했고 오늘 꽃다발도 들고 왔으니 구두 계약은 맺은 셈이라고 쳐도, 계약이 잘 성립될지는 아직 미지수건만.

"저희는…… 아니, 저는."

말을 잇는데 차를 들고 온 하녀가 문을 두드려 맥을 끊었다. 부인이 커피 테이블 위에 차를 두고 가라며 손짓했다.

레리아나는 앞에 둔 찻잔에서 김이 모락모락 나는 것을 보다가 다시 입을 열었다.

"브룩스 경과의 약혼을 파기하고 싶어요."

존데인은 잠시 뜸을 들이다 말했다.

"애야. 너는 브룩스 경을 마음에 들어 하지 않았니."

"결혼 전에는 원래 마음이 변덕스러워지기도 한단다."

케이티가 끼어들었다.

"다른 삶을 살아 보고 싶다거나, 후회할지도 모른다는 걱정이나, 이런 한순간 신기루처럼 사라지는 마음이 당시에는 마치 놓칠 수 없는 경고음처럼 느껴지기도 한단다."

존데인은 그녀의 말에 묵묵히 고개를 끄덕였다.

"저는, 브룩스 경을 좋아했던 것이 아니에요. 그저 맥밀런 가문을 위해 순응한 것뿐이에요."

레리아나는 가문의 영화를 위해 희생된 가련한 딸처럼 눈물이 살짝 젖은 눈썹을 파르르 떨었다.

"그런데 이제는…… 사랑을 하고 싶어요."

울먹이는 레리아나의 목소리에 맥밀런 부부는 침통한 표정으로 침묵했다.

레리아나는 잠시 눈치를 보았다. 딸을 사랑하는 안타까운 눈빛의 부부가 보였다.

"공작님을 만나고 나서 지금까지의 저는, 제 자신이 바라던 제가 아니란 것을 깨달았어요."

레리아나의 아름답고 청초한 외모는 현 상황을 가련하고 비극적으로 보이기에 충분한 설득력을 가지고 있었다.

그녀는 이 천부적 조건을 충분히 이용하며 부부의 마음을 들었다 놓았다 했다. 제가 바라던 전 제가 아니고, 저라는 존재의 이유에 대해 제 자신이 깨달아야 한다는 것을 깨달았고, 그런 존재 이유에 대한 탐색이 저라는 존재를 더 확고히 하게 해 줄지도 모른다는…… 등등.

자신도 잘 이해하지 못할 궤변을 늘어놓았다. 부부는 그녀 자신도 해석되지 않는 말을 이해한 것처럼 고개를 끄덕거리며 들어 주었다.

그리고 한참 이어진 궤변이 끝났을 때, 깊은 한숨 소리가 들렸다. 갑자기 '그렇구나. 네 뜻대로 하거라.'라는 희망적인 결과가 나올 리가 없지.

천천히 한 걸음씩 가자. 레리아나는 다른 변명을 생각하려 머리를 굴렸다.

그때 존데인이 말했다.

"그렇구나. 네 뜻대로 하거라."

"네, 그렇지만 저도 간단히는 포기하지 않을…… 네?!"

"레리. 우리는 언제나 네 행복을 응원할 거란다. 네 뜻이 그렇다면 어떤 선택이든 우리는 네 뜻을 따를 거야."

케이티가 살포시 미소 지으며 말했다.

"……아아, 음?"

아니, 생각보다 너무 쉽잖아. 레리아나는 무심코 차를 들이키다 입천장을 데고는 재차 되물었다.

"그렇지만 괜찮은 건가요? 저 혼자 이렇게 제멋대로…… 브룩스 가문에서도 가만있지 않을 테고."

너무 당황스러웠던 나머지 마음이 바뀌기 전에 얼른 알았다며 고개를 끄덕여야 하는데, 의도와는 반대의 말이 튀어나왔다.

"그건 신경 쓸 것 없다. 넌 그동안 얌전하게 우리의 말에 따르기만 했었지. 그럴 필요가 없는데도. 나는 줄곧 그런 딸이 예쁘기도 했지만 걱정스럽기도 했단다. 우리의 뜻이 과연 널 행복하게 만드는 일일까 고민스러웠으니까."

"그래, 꼭 말 잘 듣는 예쁜 딸이 될 필요는 없어. 언제나 널 사랑한단다. 그리고 언제나 네 사랑을 응원할 거야."

레리아나는 가슴이 간질간질해지는 떨림을 느꼈다. 마음 깊이 제 안위를 우선으로 하는 그들의 애정이 느껴지자, 심장이 울렁거리고 부끄러움이 엄습했다.

보드랍게 웃는 그들과 차마 눈을 마주칠 수 없어 그녀는 고개를 깊이 숙였다.

"……네."

부부가 쉬라는 말을 남기고 떠난 후에 레리아나는 베개를 껴안고 침대에 웅크렸다.

나는 당신들의 딸이 아닙니다.

미처 입 밖으로 나오지 못한 문장이 심장을 콕콕 찔러 왔다. 이 좋은 사람들의 예정된 파국을 막기 위해 자신이 이 세계에 떨어진 걸까.

자신이 이곳에 오지 않았다면 레리아나 맥밀런은 독살을 당하고, 맥밀런 부부는 딸의 죽음과 함께 평생 일군 회사를 맥없이 빼앗겼을 테니까.

'내가 이곳에 있는 게 그들을 위한 것이라면 좋을 텐데.'

그저 정말 아무 이유 없이, 목적 없이 이 세계에 떨어졌다는 생각을 하면 참을 수 없는 기분이 든다. 왜 나여야만 했느냐는 억울함인지, 갈 곳 없는 분함인지, 그저 그리움인지는 알 수 없지만.

레리아나는 베개에 얼굴을 파묻었다.

'엄마와 오빠는 뭐 할까.'

'내가 죽어서 슬퍼할까?'

'많이 울었겠지.'

엄마는 목이 터져라 울었을 테고, 아마 못난 딸이라며 화를 냈을지도 모른다.

'그리고 그 돼지는⋯⋯.'

레리아나는 3살 터울의 오빠를 떠올렸다. 오빠가 우는 것은 쉬이 상상이 안 간다. 아마 욕을 하지 않았을까?

또 수지, 소미, 인아, 교진이, 나연이, 정현이⋯⋯. 생각나는 친구들의 이름을 죽 나열해 보았다. 애들이 장례식에 꽃을 바치고 우는 모습을 상상하니 조금 우습다.

장례식장에 영정 사진은 어떤 걸 선택했을까. 고등학교 졸업 사진? 아니면 셀카? 문득 이제는 잘 떠올리지 않았던 물음이 불시에 터진 기침처럼 떠올랐다.

'돌아갈 수 있을까.'

맥밀런 부부의 아득한 애정을 느끼고 나니, 역설적으로 기약 없는 낯선 삶이 불안해진 탓이다. 이런 애정에 흠뻑 젖으면 맞지 않는 옷을 입은 것처럼 불편해질 때가 있다.

내 자리가 아닌 것을 탐하는 듯한 꺼림칙함.

처음 레리아나가 된 것을 깨달았을 적의 그 불안감이 다시 엄습했다.

하루에도 수백 번씩 눈앞이 캄캄해지던 순간들…….

다시 높은 곳에서 떨어지면 돌아갈 수 있는 게 아닐까 싶어, 저택 지붕을 타고 올라가기도 했다. 맥밀런 가문 사람들은 그녀가 자살을 하려는 줄 알고 한바탕 소동이 일었었다.

그녀는 머리를 흔들었다.

'그만하자.'

레리아나는 몸을 일으켜 창문 앞에 앉았다. 창밖은 땅거미가 내려, 깊은 어둠으로 잠식된 강변이 비쳤다. 그 아름다운 풍경을 얇은 레이스 커튼으로 가려 버린 후 침대로 돌아온 레리아나는 책의 가죽 표지를 손가락으로 두드렸다.

지금은 그저 내일 계약이 잘되기를 바랐다.

* * *

다음 날. 레리아나가 공작저에 갈 준비를 마치고 일어서는데 웬일로 베니아가 그녀에게 신문을 건넸다.

신문 1면의 사진과 표제가 그녀의 걸음을 멈추게 했다.

[충격, 노아 원나이트 공작의 데이트 장면 포착!]
[이 시대의 신데렐라 레리아나 맥밀런!? 그녀는 과연 유리 구두를 신게 될까?]

기사에는 맥밀런 가문의 비밀 정보원이 밝힌 말에 따르면 공작이 맥밀런 영애의 집에 인사를 온 것이라 부풀려져 있었다.

사진에는 공작이 커다란 꽃다발을 들고 마차에서 맥밀런 저택의 문 앞에 내리는 사진이 찍혀 있었다.

둘이 공식적으로 연을 맺은 것은 어젯밤이 처음이었는데, 어떻게 정보를 얻고 사진을 찍었는지 모를 일이었다. 아니, 노아 원나이트 공작이라면 파파라치가 쫓아다녀도 이상하지는 않지만.

사진은 그렇다 치고, 문제는 그 기사의 타이틀이었다.

"뭐어? 시, 뭐? 신데렐라?"

아무리 신분제 사회라지만 너무한 거 아니야? 내가 누군데! 검은 보석, 존데인 맥밀런 남작의 딸! 석유왕의 딸이 신데렐라라니!

현대 사회가 그리웠다. 현대로 돌아가면 신데렐라는 자신이 아니라 노아 원나이트였을 텐데. 아직 기계의 발달이 미숙하고 마법이 존재하는 이 소설의 세계관에서 석유의 가치가 현대만큼 높지 않다는 것이 아쉬울 따름이었다.

"흥."

그녀가 콧소리를 내며 신문을 바닥으로 던져 버리자, 베니아가 몰래 혀를 차며 고개를 저었다.

* * *

레리아나는 가문의 제일 비싸고 화려한 마차를 꺼내 공작저로 향했다. 존데인이 만취해 충동 구매한 이후로 먼지만 쌓였던 그 마차를 꺼낸 것은, 자신이 신데렐라가 아니란 걸 과시하는, 무척 졸부다운 의미가 담겨 있었다.

마차는 굽이치는 강변을 지나 시장 골목을 거쳐서 로열 로드의 입구에 들어섰다. 노아의 저택은 왕궁 근처의 명망 있는 귀족들이 사는 로열 로드에서도 제일 안쪽에 있었는데, 이는 마치 산을 깎아 빚은 것처럼 거대한 몸체를 과시하고 있었다.

그녀는 웅장한 저택의 규모에 한 번, 잘 정리된 정원의 아름다움에 한 번 놀라며 저택 앞으로 향했다.

마차가 철문으로 된 정문을 지나 저택의 입구에서 멈춰 서 레리아나가 마부의 에스코트를 받으며 내리자, 문 앞에서 기다리고 있던 집사가 그녀에게 깍듯이 허리를 굽혔다.

"주인님께서는 안에서 기다리고 계십니다."

노련한 고용인들이 으레 그렇듯 표정 변화 없는 얼굴로 집사가 안내한 곳은 1층 서관의 복도를 지나 바로 맞은편에 있는 양문이었다. 손잡이를 잡고 두드리자 안에서 노아의 들어오라는 목소리가 들렸다.

"드시지요."

집사의 말에 레리아나는 조심스레 안으로 들어갔다. 그곳은 서재인 듯 책장이 빼곡하게 늘어서 있었고, 복층 구조로 되어 있어 작은 도서관처럼 보였다.

레리아나가 예의 바르게 드레스 자락을 들고 인사를 하려는 순간.

"공작님, 여신의―"

"서로 인사치레는 그만두지."

노아가 서류를 모아 정리하며 말을 끊었다.

'뭐, 나로서는 편한 일이지.'

레리아나는 이렇게 조금 찜찜한 마음을 불식시키고 허리를 곧추세웠다. 레리아나가 뒤쪽에 체스판이 놓여 있는 것을 흘긋 살피다가 다시 노아에게로 시선을 향했다.

노아가 커피 테이블을 둘러싼 소파로 그녀를 인도하며 말했다.

"일단 거기 앉지."

성큼성큼 걸어가는 노아의 뒤로 레리아나가 주춤주춤 따라가 소파 앞에 살짝 엉덩이만 걸쳐 앉았다. 그녀가 백을 옆에 내려 두고 장갑을 벗는 것을 쭉 지켜본 노아가 먼저 입을 열었다.

"옥새 얘기부터 하지."

오만한 말투.

"좋습니다."

뼛속부터 윗사람이라는 것이 보이는 노아의 거만한 말투에 레리아나가 제법 뻔뻔하게 대답했다.

"옥새, 계속 애타게 찾고 계신 줄로 알고 있습니다."

"그런데?"

"제가 행방을 알고 있습니다."

"그렇군."

노아가 여상한 얼굴로 고개를 끄덕였다. 레리아나는 몸을 앞으로 기울였다.

"그리고 이를 공작님께 전하는 이유는…… 공작님이 제일 잘 아시리라 믿습니다."

"나와 계약을 맺고 싶을 테니까."

"아니요. 옥새의 행방을 아는 저를, 누구보다 공작님께서 두려워하실 테니까요."

"흐음―"

노아는 깍지를 낀 두 손을 입에 대며 흥미롭다는 미소를 지었다.

"왜 그렇게 생각하지?"

그가 제일 두려워하는 이유. 그것은…….

"옥새는 공작님께서 가지고 계시니까요."

고요한 침묵이 흘렀다. 그는 옥새를 찾아야 한다고 소리치는 구귀족의 선봉장이다. 누구도 그의 손에 옥새가 있으리라는 생각은 하지 못하리라.

그것이 노아가 쥔 제일 큰 이점. 신귀족들조차 알지 못하는 왕가의 노림수. 노아 원나이트는 구귀족의 머리가 아니라 왕의 수족이라는 것.

그것을 아는 이는 공작가와 왕가의 최측근, 그리고 소설 밖에서 온 자신뿐이었다. 사실 원작대로였다면 이를 알게 되는 것은 레리아나 맥밀런이 아니라 여주인공이고, 이로 인해 노아와의 접점을 만들기 시작하는 것도 그녀다.

아마 자신이 아니었다면 한참 뒤에 옥새 사건으로 여주인공과 만나 사랑을 쌓았겠지. 본의 아니게 둘의 사랑을 방해하는 장애물 1번이 되었지만, 죽는 것보단 나았다.

레리아나는 필사적으로 그의 얼굴에 다른 기색이 떠오르기를 기다렸다.

'어떻게 네가 그것을?'라든가, '함구한다면 뭐라도 들어주지.'라든가.

하지만 상상 속의 노아와 다르게 현실의 노아는 그녀가 바라던 그 어떤 반응도 보이지 않았다.

'왜지?'

그로서는 치명적일 수밖에 없는 약점이다. 그런데 왜 저렇게 덤덤한 표정이지? 레리아나는 초조하게 눈을 굴리며 실크 장갑을 만지작거렸다.

적막 속에서 노아가 입을 연 것은 조금 뒤였다.

"진심으로 하는 소리인가?"

굳이 입 아프게 대답하는 대신 그녀는 여유롭게 미소를 지었다. '진심입니다. 할아버지의 이름이라도 걸까요?' 하며 바짓가랑이 붙들고 절박하게 구는 것보다는, 여유를 보이고 우위를 점하고 싶었다. 그렇지 못할 이유가 어디 있는가.

'약점은 내가 쥐고 있는데.'

노아가 다리를 꼬며 고개를 기울였다.

"말을 맞춰 주었더니, 재미없는 장난이었군."

"……네?"

갑자기 뭐라는 거야? 미처 예상치 못했던 말에 레리아나의 미간이 좁아졌다.

"내가 영애를 잘못 평가한 것 같아."

'뭐라고?'

레리아나는 명치를 맞은 듯 얼얼한 기분이었다.

"아까운 시간만 버렸어."

노아는 혀를 차고는, 제 회중시계를 바라보며 황금색 눈을 내려떴다.

"거래는 없던 일로 하지."

노아의 날카로운 말투가 서늘한 칼날로 살을 베는 듯했다.

"──!!"

웃, 자칫 여유가 깨지고 페이스를 무너트릴 뻔했다. 그녀는 당장이라도 튀어 나가려 꿈틀거렸던 손가락을 다시 꾹 눌러 다리 위로모았다.

'흥분하지 말자. 이 사람은 지금 날 떠보는 거야. 만만하게 보도록 둘 수는 없지.'

레리아나는 침착하게 입을 열었다.

"반젤리오가 31번지에 공작가의 묘지가 있는 걸로 알고 있어요. 그곳에 '로버트 윈나이트'라는 죽은 형제분의 무덤이 있죠."

노아의 한쪽 눈썹이 사납게 위로 올라갔다.

"그곳에 묻혀 있지요?"

그녀가 의기양양하게 말하자 노아가 혀를 찼다.

"도저히 들어 줄 수가 없군. 그만 돌아가."

잠깐만, 이 정도까지 말했는데 그냥 보내겠다고? 저 무덤덤한 포커페이스는 레리아나의 말에도 당황은커녕, 아무런 내색도 보이지않은 채다. 당장 입술을 잘근잘근 씹는 대신, 레리아나는 빙긋 웃는 것을 택했다.

내가 질 줄 알고?

"할 수 없군요. 그럼 돌아가지요."

그녀는 쥐고 있던 장갑을 다시 끼고 소파 옆에 내려놓았던 백의 손잡이를 잡았다.

어제 그는 분명 옥새와 관련하여 가면을 벗고 민감한 반응을 보였다. 갑작스런 제 말을 순순히 따르기도 했다. 그러니 지금 그의 이러한 행동은 그저 계약에 앞서 기선 제압을 하는 것일 뿐이다.

"그럼 이만."

여유를 보여야 한다. 절박한 낌새를 보이면 저 황금색 괴물은 당장 그녀를 집어삼키고 자기 좋을 대로 요리해 버릴 것이다.

문고리를 향해 다가갔다. 한 땀, 한 땀 장인의 손길이 깃든 카펫은 뾰족한 굽의 소음을 모두 먹어 치웠다. 일부러 뒤를 돌아보지는 않았다.

사실 레리아나가 가진 선택지는 많지 않다. 그녀가 아무리 정보를 쥐고 있다고 해도, 듣는 이들에게 이 정보를 믿게 하는 것은 쉽지 않은 일이다. 기껏해야 음모론, 삼류 잡지 찌라시 수준의 취급을 받게 되겠지.

변호사가 증인의 신뢰도를 깎아내려 사람들이 받아들이는 증언의 신빙성을 낮추듯, 노아라면 레리아나의 신뢰도를 깎아내릴 수도 있으리라. 그런 후에 노아는 그저 유유히 상황을 지켜보고 옥새를 다른 장소로 옮기면 된다.

충분히 있을 법한 일이다. 레리아나는 그 모든 것들을 감수하며 어려운 길을 헤쳐 나가고 싶지는 않았다.

'그러니까 불러.'

아이보리색 실크 장갑을 낀 손이 황동으로 된 기역자 손잡이를 잡았다.

'불러 세워.'

레리아나가 손잡이를 잡고 밑으로 미끄러트리듯 내렸다. 손잡이를 내리는 속도가 물 먹은 달팽이보다 느리게 느껴졌다.

'왜 부르지 않는 거지.'

문고리가 내려가면 내려갈수록 불길한 예감이 척추 끝부터 타고 올라오기 시작했다. 사실은 노아가 진실을 말하고 있는 게 아닐까. 그가 저렇게 반응하는 것은 정말 옥새를 가진 것이 아니어서일지도 모른다.

소설의 내용과 모든 것이 같을 거라고 어떻게 확신할 수 있는가!

원작대로라면 지금쯤 자신은 프렌치 브룩스와 결혼 준비를 하고 있을 터.

자신의 행동이 나비효과처럼 영향을 미쳐 무언가 바뀌었거나, 실은 소설의 내용을 잘못 기억하고 있거나, 아니면 사실은 이곳이 소설의 세계가 아니거나!

'맙소사.'

오싹 소름이 돋았다. 상상할 수 있는 모든 부정적 상황들이 머릿속을 떠다녔다. 그리고 손잡이가 밑까지 전부 돌아갔다. 얼마나 관리를 잘했는지 문이 부드럽게 열리기 시작했다.

'끝인가.'

이대로 끝인가. 어떻게 할 수 없는 걸까. 레리아나가 눈을 질끈 감았다.

그때 문득 체스판 위를 어지럽게 수놓은 체스 말들이 떠올랐다.

'그건.'

킹이 단 하나밖에 서 있지 않았던 체스판. 숫자가 맞지 않는 수많은 말들……. 그것은, 체이머스 왕국 현 귀족들의 정세였다.

레리아나는 언뜻 본 말들의 위치를 떠올렸다. 그리고 자신이 기억하고 있는 정보를 대입했다.

마지막 기회다.

이름하야 '날 지금 놓치면 후회할걸' 작전.

이대로 아무 수확도 없이 집으로 돌아 갈 수는 없지. 어릴 때 취미 삼아 배웠던 체스 놀이가 이런 데 도움이 될 줄이야.

그녀가 고개를 돌렸다.

"공작님, 그 비숍. 오른쪽에 두세요."

"무슨 소리지?"

레리아나가 검지로 체스 판을 가리켰다. 노아의 시선이 손가락이 닿은 곳으로 옮겨갔다.

"게일 가문은 공작님 밑으로 들어가게 될 겁니다."

노아의 미간이 살짝 좁혀졌다. 그녀가 체스판을 읽어 낸 것이 상당히 의외였는지, 조금 동요한 기색이었다.

'음, 참 마음에 드는 표정이야.'

혼자 평정심을 잃지 않는 저 포커페이스가 얼마나 얄미웠던가. 노아를 마주한 이후로 순수하게 기뻐한 첫 순간이었다.

'침착하자.'

올라가는 입꼬리를 애써 내린 레리아나는 차분히 말을 이었다.

"게일 가문을 이을 사람은 첫째인 발두르가 아니라, 둘째인 헤럴슨 게일일 테니까요."

둘째인 헤럴슨 게일은 노아가 게이라면 제 아들이라도 바칠 인물이었다.

"현 게일 백작님은 사려 깊고 영민한 분이십니다. 발두르가 AGI
에 가입되어 있다는 이야기는 소문이 아니라 사실임을 이미 알고
계실 테죠. 그가 지속적으로 자금을 지원하고 있다는 사실도요. 왕
국에서는 지금 AGI의 활동을 주시하고 있어요. 이런 상황에서 발
두르는 언제 터질지 모르는 시한폭탄이에요. 지금은 저러다 그만
두길 기대하고 계실지 몰라도, 끝내는 어쩔 수 없이 헤럴슨 게일을
선택하시게 될 겁니다."

극단주의 무장 단체인 AGI에 가입해 있는 발두르를 떠올리며 한
말이었다.

이를 귀 기울여 듣던 노아가 팔짱을 꼈다.

"글쎄, 확신할 수 없는 일이야."

첫째에게 신체적으로 큰 결함이 있지 않는 이상, 현 귀족들의 사
회 안에서 둘째에게 작위를 물려주는 것은 상당한 리스크가 될 일
이었다. 구귀족이라면 더욱더. 전통과 관습은 그들의 방패이자 칼
이었다.

"두고 보시죠."

그러나 레리아나는 한 치의 망설임도 없이 단호히 답했다. 그녀
가 노아를 향해 도전장을 내밀 듯 당돌한 미소를 지었다. 연녹색
눈동자가 빛을 냈다. 그녀는 그 말을 끝으로 다시 몸을 돌려 문고
리를 잡았다.

그에 노아가 흥미롭다는 기색으로 입술을 두드렸다. 처음 만났을
때부터 자신을 똑바로 바라보던 그 눈동자가 각인되듯 사라지지
않는다.

노아의 입술이 호선을 그렸다. 그저 생소한 만남에 대한 유쾌함일까. 그녀에 대해 더 알고 싶다는 낯선 호기심이 노아를 움직였다.

"잠깐."

부드럽게 열리던 문이 그의 말과 함께 멈췄다. 레리아나는 입꼬리가 씰룩이는 것을 참았다.

잠시 뜸을 들인 후에 그녀가 당당하게 돌아서자, 노아가 책상 끄트머리에 엉덩이를 기대고 섰다. 그러고는 두 손을 책상 위에 올려 몸을 지탱한 채로 황금색 눈을 반짝였다.

"이제 거래를 시작하지."

그는 유쾌한 미소를 짓고 있었다.

프렌치 브룩스보다 더 악독한 남자에게 걸어 들어온 것은 아닐까? 레리아나는 섬광처럼 스쳐 지나가는 불길한 생각을 애써 털어 냈다.

* * *

"그러니까, 약혼자 노릇을 해 달라?"

노아는 소파에 몸을 기대고 계약서 너머로 눈을 마주쳤다.

"제가 원하는 것은 그것뿐이에요."

"어째서?"

"이유가 필요한가요?"

"상황에 따라서는."

"지금 상황에서는요?"

"필요해."

'거참, 보자 보자 하니까, 말이 짧네.'

레리아나는 팔짱을 끼고 손가락으로 팔을 톡톡 두드렸다.

'저는 다른 세계에서 온 사람이고, 이 세계에 대한 것은 소설로 읽었으며, 제 약혼자가 절 죽이려고 합니다. 아, 첨언하자면 옥새가 어디 있는지 알게 된 것도 그 덕분입니다. 참고하세요. 어쨌든 그놈을 내쫓기 위해서 협력 부탁드립니다.'

라고 말하면 저 남자, 무슨 표정을 지을까? 저 오만한 표정 대신 얼빠진 표정을 띄울 수만 있다면 정신 병원에 갇힐 위험이 있다 해도 한번 질러 볼 수 있을 것 같다.

그러나 그런 이야기를 꺼내도 얼빠진 표정은커녕 또 비죽 한쪽 입술만 끌어 올린 후 고용인들을 불러 저택에서 끌어낼 것만 같아서, 레리아나는 끓어오르는 충동을 참기로 했다.

"그 남자, 그러니까 제 약혼자가 절 죽이려 한다는 정보를 얻었습니다. 하지만 증거도, 증인도 없어요. 최대한 빠른 시일 내에 프렌치 브룩스와 약혼을 파기할 만한 그럴듯한 이유가 필요해요."

"증거도, 증인도 없는데 죽이려 한다는 사실을 알았다?"

레리아나는 어깨를 으쓱였다. 뭐 어쩌겠는가. 사실은 사실인데.

"믿으실 필요는 없습니다. 공작님께 중요한 사안은 아니니까요."

그녀는 건방져졌다. 몹쓸 신분제 사회에서 '저년이 주제를 모르고 날뛰는구나, 저 되바라진 년을 매우 쳐라!' 형에 처할 수도 있지 않나, 하는 불안감은 개미 눈물만큼 떠올랐다.

노아는 계약서를 테이블 위에 던져서 내려놓았다.

"옥새 정보의 출처와 같나?"

"말하자면 그렇습니다."

"그럼 그 출처 얘기로 들어가 보지."

"정보 출처는 알려 드릴 수 없어요. 이를 전제로 계약하고 싶습니다."

"아니. 그렇게는 안 되지."

"됩니다."

둘은 레리아나가 미리 준비한 계약서를 사이에 두고 옥신각신했다. 그녀로서는 하나도 양보할 수 없는 사안들이었으나, 노아는 계약 조건의 하나부터 열까지 걸고넘어졌다. 팽팽한 합의는 도돌이표로 돌아오며 계속 이어졌다.

"제게 정보를 건넨 이는 이미 죽었습니다. 신원을 확인해 드릴 수는 없지만, 앞으로 이 일로 귀찮게 해 드릴 사람이 없다는 것은 계약이든 뭐든, 어떤 식으로든 보증하겠어요."

"뭘 믿고?"

"후우우─"

레리아나는 배 속 그 어디에 있는 무저갱부터 올라오는 한숨을 내쉬었다. 반면 노아는 그저 재미있다는 얼굴이었다.

속이 부글부글 끓어올랐다. 당장 저 잘생긴 뺨을 날려 버리고 싶은 심정이다. 노아는 레리아나가 괴로워하면 괴로워할수록 좋아하는 새디스트 같아 보였다.

"어쨌든 그 부분은 양보할 수 없습니다. 합의가 안 된다면 계약은 없었던 일로 하지요. 제가 가진 정보는 아시겠지만 훌륭한 값어치를 가졌기 때문에, 다른 영식에게 가져가도 기꺼이 비싼 값을 치르리라 생각합니다. 공작님께 흠을 입힐 수만 있다면 제 발이라도 핥을 사람들이 적지 않다는 건 저잣거리 애들도 아는 사실 아닙니까."

노아가 피식 웃었다.

또, 또, 또, 비웃는다. 또.

"그들이 믿을 거라고 생각지 않으니 내게 온 것이 아닌가?"

"댐에 난 작은 구멍이 홍수로 번지는 법이지요."

"어떤 해프닝은 그저 해프닝으로 남기도 하지."

이것은 마치, '죽기 vs 고자 되기' 둘 중 하나를 선택하라는 멍청한 선택지에서 고민을 하는 심정이었다.

"이— 멍청하고 답답한—"

레리아나는 잠시 분노에 몸을 부르르 떨며 말을 멈추었다가 다시 이었다.

"……기 싸움은 그만하죠. 제가 원하는 건 단지 이것뿐입니다. 뭐, 절 구질구질한 공작님 스토커로 생각하시든, 제 값도 못 받는 거래를 하는 호구로 생각하시든, 뭐 다른 꿍꿍이가 있는 수상한 여인네라고 생각하시든. 마음대로 여기셔도 좋습니다. 제가 바라는 것은 사람들의 눈을 한동안 속일 정도의, 딱 이 비즈니스적 관계일 뿐이고, 그 계약에 따라 옥새에 관한 모든 사실을 함구할 것입니다. 이로 인해 공작님이 더 신경 쓰실 일은 없을 거예요. 단 6개월, 6개월만 약혼자 흉내를 내 주신다면, 그 이후에는 공작님 인생에서 깨끗이 사라져 드리겠습니다."

노아가 꾹 입을 다물었다. 무슨 생각을 하는지 모를 그 포커페이스에 레리아나가 다시 한 번 강조했다.

"깨끗이."

'그러니 빨리 도장 찍어.'라는 진의를 웃음 속에 내포한 레리아나는 손가락으로 계약서의 빈칸을 두드렸다.

이번이 마지막이다. 이제는 진짜 돌아갈 거다. 그렇게 속으로 곱씹고 또 곱씹는데, 노아의 눈이 초승달처럼 둥글게 휜다 싶더니 낮은 목소리가 흘러나왔다.

"좋아."

그는 계약서에 만년필로 서명했다.

'된 건가? 진짜?'

"대신 이 우스꽝스러운 연극을 하는 동안, 내가 필요할 때에는 꼭 내 약혼녀로서의 역할을 해내 줘야겠어."

"……필요할 때라니요?"

"싫어도 알게 되겠지."

레리아나는 엄습하는 불안감이 발끝을 조여 오는 것을 느꼈다. 그리고 머지않아, 그녀는 오늘의 이 계약을 두고두고 후회하게 된다.

4장

공작저로 가다

공작저로 가다

신문에서는 연일 레리아나 맥밀런과 프렌치 브룩스, 그리고 노아 원나이트의 삼각관계에 대해 떠들어 댔다.

여러모로 먹음직스러운 사안이었다. 한 여자를 사이에 둔 치정극도 그러하거니와, 그 주인공들이 하나같이 평균 이상의 수려한 미모를 가진 인사들이라는 것, 레리아나 맥밀런이라는 신귀족파와 노아 원나이트라는 구귀족 중의 구귀족의 결합이라는 것이 또 결정타를 먹였다.

그리고 또 하나.

[브룩스가에서는 맥밀런가에 막대한 위자료 청구해……]

'산 넘어 산이라더니.'

레리아나는 신문 기사를 보며 골머리를 앓았다. 계약 성공의 설렘이 가시기도 전에, 브룩스가에서 약혼 해제에 대한 귀책사유가 레리아나 맥밀런에게 있으므로 이에 대한 손해 배상을 청구한다는 내용의 기사가 떠오르고 있었다.

"후—"

다음 페이지에는 이전 가정 교사가 레리아나의 성품에 대해 증언하는 기사가 적혀 있었다.

그 가정 교사는 레리아나의 기억으로 분명 한 달을 채우지 못하고 더 좋은 조건의 가문으로 떠나 버렸었다. 그것도 꽤 오래전 일이었건만. 소설 밖이나 안이나, 사람 사는 곳은 다 똑같기 마련이라는 방증인가.

레리아나 맥밀런이 한 떨기 백합 같은 청초한 아름다움과 성품을 지닌 재녀였다는 기사를 읽던 그녀는 다시 앞으로 신문을 넘겼다.

맥밀런 부부는 재판을 불사하겠다고 강경하게 받아들였으나, 그녀의 속은 타들어 가는 중이었다. 설마하니 브룩스에서 이렇게 구차하게 나올 줄이야. 그가 제일 바라던 돈을 날름 줘 버리고 끝낼 것이었다면 공작과의 계약은 무엇 때문에 필요했나.

레리아나는 문득 회의감에 들었으나, 이미 체결한 계약을 어쩌겠는가. 어떻게든 해야지. 조용히 물러날 것이란 생각은 하지 않았지만, 감히 공작의 약혼자에게 소송을 걸 줄이야.

'간이 배 밖으로 나왔지.'

레리아나는 이를 어떻게 해결해야 좋을지 입술을 만지작거리며 생각하다, 문득 시야로 들어온 검에 눈치를 보며 고개를 들었다.

그곳에는 한 소년이 조용히 서 있었다. 쌍꺼풀 없이 옆으로 길게 빠진 눈의 붉은 눈동자가 그녀와 시선을 마주쳤다. 신경 쓰이는 것은 프렌치 브룩스만이 아니다.

"……?"

돌에다 얼굴을 새겨 놓은 것처럼 무표정한 저 소년…….

이름은 아담 테일러.

노아 윈나이트 공작이 자신의 약혼녀에게 붙인, 전속 호위 기사라고 쓰고 '감시자'라 읽는…… 노아의 심복이었다.

갓 18세가 된 아담 테일러에 대해 아무것도 모르는 사람이라면 그가 중책을 맡기에 너무 어리다고 생각할는지 모르겠지만, 검을 쓰는 그를 한 번이라도 본 사람이라면 단연컨대 그가 어리다는 생각은 하지 않을 것이다.

소설 내에서도 큰 비중을 차지했던 아담 테일러는 어린 나이부터 전쟁터를 전전하던 소년병 출신으로, 악명 높았던 해시랩 계곡 전투에서 홀로 멀쩡히 살아남아 돌아온 천재였다.

아담은 노아가 소년병 제도가 폐지되며 갈 곳을 잃은 이들을 가문의 기사로 받아들인 것부터 연을 맺어, 현재는 노아의 충직한 기사가 되었다. 그리고 지금은 노아의 공식 일정마다 그의 뒤를 따라다니며 최측근 자리를 공고히 하고 있었다.

맥밀런가의 사람들은 노아가 그의 최측근인 아담을 붙여 준 것이 사랑의 증명인 것처럼 호들갑을 떨었다. 그러나 실상은 수상한 움직임을 보이면 저 검에 네 목이 잘릴 수도 있다는 강력한 의사 표명일 뿐이다.

'스파이나 뭐 그런 걸로 생각하는 거겠지.'

자신이 생각해도 노아에게 레리아나는 수상한 냄새가 풀풀 풍기는 꿍꿍이가 있는 여자처럼 보일 것 같다. 뭐, 그것까지는 어쩔 수 없는 일이라 여겼으나…….

"테일러 경."

더 큰 문제는 또 남아 있다.

"공작저에서도 테일러 경께서 제 호위를 맡아 주시나요?"

잠시 싸한 침묵이 감돌았다.

과묵하기도 해라. 전쟁터를 전전했던 과거 때문인지 아니면 원래 성격이 그런 건지는 몰라도, 아담은 산어귀에 서 있는 바위처럼 무뚝뚝하고 말이 없었으며 일상적 대화를 나누기도 힘든 성격이었다.

끈기 있게 대답을 기다리자, 아담이 고개를 한 번 끄덕여 긍정을 표했다.

바로 이것이다. 내일부터 신부 수업을 위해 공작저로 들어가 살게 된다는 문제.

계약의 마무리를 끝내고 나서 노아는 말했었다.

"최대한 빨리, 공작저로 들어와 줘야겠어."

"네?"

"원나이트 가문의 예비 안주인이니까."

그가 선량한 사람의 가면을 쓰고 활짝 웃었다. 뭇 여인네 가슴속을 녹일 듯한 그 미소가 레리아나에게는 가슴을 불안하게 뛰도록 만들었다.

"예비…… 잖아요?"

"그러니 필요한 거지."

"뭐가요?"

"신부 수업."

노아는 그 깔끔한 한마디로 일축했다. 저 악마라도 속일 듯한 잘생긴 외모를 다른 선량한 사람에게 나눠 줘야 마땅하다.

레리아나는 더 말을 꺼내 보지도 못한 채 쫓겨났고, 그다음 날 공작저로 들어오라는 서신과 함께 아담 테일러가 맥밀런가로 온 것이었다.

'신부 수업? 신부 수업?'

레리아나는 그 낯선 단어를 곱씹으며 경악했다. 감시를 더 철저히 하고자 하는 구실이든, 진짜 약혼자 흉내를 내기 위한 구색 맞추기든 간에 남의집살이에 자연히 따라올 수업에 대한 평가까지. 부담스러운 일이 아닐 수 없다.

레리아나는 어차피 완벽한 신부가 될 필요는 없다며 자신을 위로했다. 그녀는 노아와 결혼까지 할 마음이 전혀 없었으니까.

"하아—"

창밖을 보며 한숨을 내쉰 레리아나는 일어나서 아담에게 말했다.

"저 정원에 산책 좀 하러 갈게요."

레리아나가 잠시 대답을 기다리다 방을 나서자, 그는 어떻다 저렇다 가타부타 말도 없이 조용히 뒤를 따랐다. 허리춤에 맨 검이 잘그락거리며 움직이는 소리를 듣고 그녀가 뒤를 돌아보니, 아담이 붉은 눈으로 가만히 내려다보았다.

"같이 가시는 건가요?"

아니, 그보다 '저 정원에 가도 되겠습니까?' 하는 허락을 받아야 할 것 같다. 레리아나가 묻고 조금 기다리자, 아담이 고개를 살짝 위아래로 움직였다. 그녀는 바로 몸을 돌려 부지런히 발을 옮기기 시작했다.

'……부담스러워.'

아담은 계속 이런 식이었다. 어느 곳에 가든 조용히 뒤를 따랐고, 뒤통수에 구멍이 뚫릴 정도로 집중해서 그녀만 바라보고 있었다.

아마 절대로 시선을 떼지 말라는 명이라도 받고 온 거겠지. 레리아나가 짧게 혀를 차고 발을 옮기는데, 정문으로 나가는 저택 복도에서 손이 불쑥 튀어나와 그녀를 향해 살랑살랑 흔들렸다.

"아가씨- 아가씨-"

"엘마?"

내내 레리아나의 뒤통수에 붙어 있던 아담의 시선이 갑자기 손의 주인에게로 옮겨 갔다. 남이 볼 땐 충분히 의심스러운 행동에 흠칫 놀란 레리아나가 서둘러 복도를 건너 엘마 앞으로 다가갔다.

엘마는 마치 비밀 임무라도 수행하는 것처럼 문 앞 살짝 파인 공간에서 그녀를 기다리고 있었다. 레리아나는 아담을 힐긋거리며 쾌활하게 말했다.

"엘마, 무슨 일이야? 누가 보면 수상하다고 생각하겠어."

'내 목의 행방이 묘연해질 수 있으니까 제발 이러지 말아 줘.'

레리아나가 아담의 눈치를 보았다. 아담은 그녀와 일 미터 정도 떨어진 곳에 서서 둘을 지켜보고 있었다.

"이런, 아가씨……."

엘마는 레리아나의 손을 잡고 물기 어린 목소리로 조용히 말했다.

"많이 무서우시죠?"

"엘마……?"

"전 다 이해해요. 어쩜, 주인님 내외는 무심도 하시지."

레리아나가 내일 갑자기 집을 떠나야 하니 걱정스러웠던 걸까. 집안사람들은 모두 이보다 좋은 혼처는 없다며 축하 인사만 전해 왔는데. 역시 짧은 교류였으나 내 맘 알아 주는 것은 엘마밖에 없다며 레리아나는 감동한 눈으로 대답했다.

"괜찮아. 영영 못 돌아오는 것도 아니고."

"저 붉은 눈 좀 보세요. 당장에라도 칼을 휘두를 것 같잖아요."

"……응?"

"……네?"

레리아나와 엘마가 서로를 의아한 눈으로 쳐다봤다.

"붉은 눈? 테일러 경 말이야?"

"네. 그럼 뭘 말하는 거겠어요. 다른 걱정거리라도 있으세요?"

"그…… 아니, 아니야."

레리아나는 시선을 피했다.

지금 자신이 들뜬 예비 신부가 아니라, 적진으로 진군하는 군인에 가깝다는 것은 결국 누구도 알아주지 않았다. 물론 그러는 것도 당연하다. 그 이중인격의 얼굴에 모두가 속아 넘어갔으니까.

"계속 저분이 따라다니고 계시잖아요. 하녀들 몇 명이 말을 걸어 봤는데 대답도 없고. 별명이 무슨 사신이라면서요?"

"음, 테일러 경께서는 날 지켜 주러 오신 분이야. 그러니 계속 뒤를 따르는 것은 어쩔 수 없는 일이지. 그리고 그렇게 무서운 분은 아니셔. 기다리면 늦게나마 대답도 해 주시고."

'귀신같이 사람을 죽이고 피를 뒤집어써서 별명이 검은 피의 사신이래.'라는 말은 엘마와 자신을 위해 생략했다.

"그리고 저 핏빛 눈동자는 알사사 출신이라는 거잖아요."

"알사사?"

"네. 그 야만족 말이에요."

"아아—"

알사사는 북쪽의 붉은 눈을 특징으로 하는 소수 민족을 칭하는 말로, 깊은 산속에 거주하며 사냥을 생업으로 하는 이들이 많아 대부분 호전적이고 검에 재주가 많다고 들었다. 그로 인해 용병으로 대성하는 이들이 많지만, 왕국 사람들의 인식은 꽤…… 아니, 아주 많이 나쁜 편이었다.

"알사사족은 피를 좋아해서 눈이 빨개졌대요."

"그런 소린 다 거짓말이야."

"아무리 최측근이라지만, 공작님 휘하에는 다른 좋은 출신의 기사님들도 많을 텐데 왜 저런 분을 붙여 주신 걸까요."

"……저런 분?"

레리아나의 미간이 찌푸려졌다.

"저런 분이라니, 그게 무슨 뜻이야?"

레리아나가 추궁하듯 목소리를 높이자, 엘마가 당황한 얼굴로 그녀를 불렀다.

"아가씨?"

"엘마, 저분이 어떤 출신이든 어릴 때부터 나라를 위해 희생한 전쟁 영웅이고, 훌륭한 한 사람의 기사야. 공작님께서도 그걸 아시니까 나한테 붙여 주신 거야."

"그래도……!"

"실례되는 말은 그만둬."

"······예, 아가씨."

엘마가 무안한 기색으로 고개를 숙였다. 그녀의 모습을 본 레리아나는 애써 화제를 다른 곳으로 돌렸다.

"그건 그렇고, 이 얘기하려고 부른 거야?"

"아니요. 전에 말씀하셨던 아몬드가 들어간 초콜릿, 가시기 전에 만들어 봤어요."

"어머, 그래?"

엘마가 앞치마에서 수가 놓인 주머니를 꺼냈다. 주머니를 열어 보자, 하나씩 비닐 포장된 초콜릿이 가득 담겨 있었다.

"와, 만드느라 고생했겠다."

기뻐하는 레리아나에게 앞치마를 만지작거리던 엘마가 조심스레 말했다.

"아가씨······ 저는 그저 아가씨가 걱정돼서 그런 거예요."

"응, 알아, 엘마. 나도 그저 그런 이유로 엘마가 다른 사람들을 차별하지 않았으면 해서 그랬던 거야."

"······예에."

엘마는 여전히 이해하지 못하겠다는 표정으로 고개를 주억거렸다.

이런 반응이 어쩌면 지금 이곳 사람들에게는 당연한 일인지도 모른다. 태어난 신분으로 차별받는 것이 당연한 세계니까. 신분제가 없고 인간이 그 자체로 서로 동등한 세계에 살았던 자신과는 기반이 전혀 다른 것이다.

"고마워, 잘 먹을게."

레리아나는 쓰게 웃으며 말을 줄였다. 발걸음을 옮기자 다시 뒤를 따르는 인기척이 조용히 느껴졌다.

* * *

산들바람이 불자 정원의 풀들이 비스듬히 몸을 누웠다. 그리 넓
지는 않았지만 좁은 공간을 활용하기 위해 레리아나의 어머니가
공을 많이 들인 곳이라 들었다.

그녀는 정원사가 매일 심혈을 기울여 다듬은 꽃들 사이를 거닐었다.

"언니!"

"로즈마리?"

로즈마리가 종종걸음으로 달려와 레리아나의 다리를 끌어안았
다. 손에는 노란 풍선이 달린 긴 줄을 꼭 쥔 채였다.

"언니-"

레리아나가 안아들자 아이가 배시시 웃으며 볼을 비볐다. 우락부
락한 산짐승 같은 오빠만 있었던 그녀는 이 자그마한 생물에게 간
이고 쓸개고 다 빼 줄 것처럼 마음을 사로잡힌 상태였다.

"뭐 하고 있었어?"

"으응, 기도-!"

"기도?"

"언니가 공작님이랑 행복하게 해 달라고."

"로즈마리……."

이렇게 예쁜 동생이라니, 레리아나는 사랑에 빠진 눈으로 로즈마
리를 안고 아이가 어지럽다고 할 때까지 빙글빙글 돌았다.

"로즈마리, 너는 신분이 높고 잘생겼다고 홀랑 넘어가 버리면 안

된다. 사람은 자고로 성격이 좋아야 해."

로즈마리는 무슨 뜻인지도 모르면서 방실방실 웃으며 응응, 고개를 끄덕였다. 레리아나 맥밀런의 박복한 운은 이런 귀여운 동생을 가졌기 때문에 균형을 맞추기 위함인지도 모른다며 그녀는 눈물을 삼켰다.

"그런데 이 풍선은 누가 준 거야?"

"아– 아니, 이건 이렇게–"

놓는 거야, 하고 덧붙이며 로즈마리가 손을 활짝 펼쳤다. 노란 풍선이 그와 동시에 바람을 타고 하늘로 떠올랐다.

"아!"

그런데 풍선이 날아가더니 옆에 있던 커다란 고목나무 가지에 줄이 걸린 채 매달렸다. 로즈마리가 레리아나 품에서 폴짝 내려서더니 나무 앞으로 달려가 동동걸음을 굴렀다.

"어떡해!"

"놓쳐 버렸네. 이따 한스가 오면 내려 달라고 하자."

정원사라면 사다리가 있으니 풍선을 내려 줄 거라고 말하며 로즈마리의 머리를 쓰다듬자, 아이가 시무룩한 얼굴로 중얼거렸다.

"풍선이 날아가야 한댔는데."

"음, 왜?"

"풍선이 하늘 신님한테 기도를 전달해 준다고 했어. 날아가는 데 너무 오래 걸려서 내가 뭐라고 했는지 잊어버리면 어떻게 해."

로즈마리가 커다란 눈망울을 적신 채 레리아나를 올려다보았다.

'아아, 어떡해– 귀여워–!'

레리아나는 로즈마리의 귀여움에 몸을 부르르 떨다가, 그렁그렁한 눈망울을 보곤 애써 마음을 다독였다.

"괜찮아. 다 기억할 거야. 이거 먹으면서 한스 기다릴까?"

레리아나가 몸을 굽혀 로즈마리와 눈을 마주치고는 주머니에서 초콜릿을 꺼내 쥐어 주었다.

"우웅."

로즈마리는 손에 쥔 초콜릿 비닐을 만지작거리면서 시무룩하게 고개를 끄덕였다. 레리아나가 기특하다며 아이의 등을 두드려 주던 그때.

스릉-

검이 뽑히는 소리가 들리더니 나뭇가지가 한번 작게 출렁였다.

"어?"

로즈마리가 눈을 둥그렇게 뜨고 하늘을 올려다보자, 가지에서 줄이 잘린 풍선이 다시 하늘로 떠오르기 시작했다.

"간다-!"

로즈마리가 상기된 얼굴로 풍선을 향해 손을 흔들었다. 레리아나는 날아가는 풍선을 보다가 다시 검을 집어넣는 아담에게로 시선을 돌렸다. 그는 여전히 얼굴에 금 하나 가지 않은 얼굴을 한 채였다.

'의외네. 이런 일에는 눈 하나 깜짝하지 않을 것 같아보였는데.'

"고마워요, 테일러 경."

테일러 경께 인사해야지, 레리아나가 로즈마리에게 말하니 아이가 그 앞으로 쪼르르 다가가 주먹을 내밀었다.

"손 주세요."

아담이 얼결에 손을 내밀자 로즈마리가 그 위에 초콜릿을 올려두었다.

"고맙습니다!"

로즈마리가 활짝 웃으며 인사했다. 아담은 제 손에 놓인 초콜릿에 시선을 고정하고는 조그맣게 고개를 끄덕였다.

어쩐지 평소보다 대답이 빠르다. 그렇게 그는 한참 동안 초콜릿을 만지작거리며 바라보면서 멀뚱히 서 있었다.

레리아나는 로즈마리에게 초콜릿을 더 꺼내 주며 아이 너머로 아담에게로 시선을 주었다. 그는 초콜릿과 사랑에라도 빠진 눈이었다.

"단 음식, 좋아하세요?"

이번에는 평소보다 조금 대답이 늦었다. 가만히 기다리자 아담이 고개를 끄덕였다.

'생각보다 귀여운 사람이네.'

레리아나가 웃으며 그의 손을 잡아끌고는 주머니 통째로 위에 올려 두었다. 아담이 당황했는지 처음으로 목소리를 냈다.

"아—"

맑은 목소리였다.

아담이 검은 피의 사신이나 노아의 최측근 같은 타이틀을 모두 벗은, 그저 당황한 소년의 표정을 지었다. 어릴 때부터 전장에 나갔다는 이야기는 어릴 적 충족되어야 했던 모든 것들을 제때 누리지 못했다는 뜻이겠지.

"앞으로 잘 부탁드려요."

레리아나는 공작가에 가기 전에 엘마에게 초콜릿을 더 많이 만들어 달래야겠다는 생각을 하며 그를 향해 미소 지었다.

아담은 주머니를 쥔 손을 오므리며 꿈뻑꿈뻑 눈을 깜빡였다.

                        * * *

공작저로 향하는 당일.

레리아나는 서신을 받았을 때부터 타고 가려고 했던 화려하고 멋진 마차를 꺼내지 못했다. 왜냐하면 그럴 필요가 없었으니까.

그녀는 새벽부터 일어나 제 앞에 선 고래처럼 거대한 마차와 푸르릉거리는 말들 앞에 멍하니 서 있었다.

'말이 집을 끌고 다니는 것 같아.'

"공작 가문의 마차는 제 집을 끌고 다니는 것 같네요."

레리아나를 배웅하러 나온 프로 하녀 베니아가 그녀의 심경을 대신 표현해 주었다.

크기부터 압도적이었다. 반질반질하게 코팅된 검은 마차는 가시나무와 매가 어우러진 공작가의 문양만 새겨져 있었으나, 그 단출함에도 불구하고 원나이트 가문의 위엄을 단적으로 보여 주는 듯했다.

레리아나는 에스코트를 받아 공작가의 마차에 올라타며, 그 화려하고 멋지고 졸부다운 마차를 꺼내지 않아서 다행이라고 생각했다. 공작가의 마차에 비하면 맥밀런가의 마차는 마치, '나는 졸부다! 이리 나와서 졸부 좀 보라고!'라는 외침을 보여 주는 모습이리라.

거대한 마차는 레리아나의 짐을 모두 싣고도 방을 통째로 가져갈 수 있을 만한 공간이 남았다. 마부는 짐은 이게 전부냐며 더 가져갈 것은 없는지 물었지만, 레리아나는 그 정도면 충분하다며 손짓했다.

문이 닫히고 가족들의 눈물이 그렁그렁한 눈으로 그녀를 배웅했다. 레리아나는 창밖으로 손을 흔들며 몇 번이고 인사를 했고, 40분에 걸친 배웅이 끝마칠 때쯤이 돼서야 마부는 마차를 움직였다.

고풍스러운 귀족들의 도시를 지나 공룡처럼 거대하게 서 있는 저택에 들어서자 그녀를 맞이한 것은 저택을 관리하는 4명의 집사였다.

"환영합니다, 맥밀런 영애. 총괄 집사 기디언 주라입니다. 기디언이라고 불러주십시오."

"반가워요, 기디언."

무슨 집에 집사만 4명이야? 레리아나는 놀란 인상을 절대 꺼내 보이지 않으며 영애다운 얼굴로 인사했다.

집사들은 저마다 긴 환영 인사를 전하며 자신을 소개했고, 총괄 집사인 기디언은 나머지 집사들을 업무에 돌려보낸 후에 레리아나를 보며 빙긋이 웃음을 보였다. 그는 총괄 집사에 걸맞게 반듯하게 넘긴 흰머리부터 소매 끝까지 잘 관리한 노인으로, 코가 길고 깐깐한 인상이었다.

"영애께서 가져오신 짐은 고용인들이 맡아 정리해 둘 겁니다."

"고마워요. 정말 믿음직스럽네요."

짐이라고 해 봤자 드레스 몇 벌과 보석 종류였으나, 레리아나는 어쩜 그렇게 세심하게 신경 써 주는지 역시 공작가의 사람이라며 감동했다는 말을 전했다. 무조건 이쪽 사람들에게 잘 보여 6개월을 편히 보내려는 처세술의 일환이었다.

레리아나에게 시중 들 하녀 몇 명을 소개해 준 기디언은 한 번 헛기침을 하더니 저택을 소개하겠다는 말을 전했다.

"그리고 함께 저택의 유래와 역사에 대해 설명드리겠습니다."

"아, 저택의 유래와 역사…… 라고요?"

"예, 유서 깊은 윈나이트 가문과 몇백 년을 함께 해 온 저택입니다. 윈나이트의 역사를 그대로 담고 있지요."

"아, 하하, 그것참…… 흥미롭겠네요!"

그런 걸 왜 알아야 하지? 레리아나의 입꼬리가 살짝 꿈틀거렸으나, 기디언은 이를 미처 보지 못한 채 앞서서 이야기를 시작했다. 기디언은 그녀를 데리고 공작저를 돌아다니며, 전혀 알고 싶지 않았던…… 저택의 유래와 역사에 대한 강연을 약 두 시간 반 동안 지속했다.

그리고 레리아나는 입가에 경련이 날 때까지 웃으며 그의 뒤를 따라야 했다.

'뭔가, 텃세 같은 건가? 신입 괴롭히기? 감히 너 따위가 공작님과? 내가 아들처럼 키워 온 공작님은 네게 너무 과분하다는 걸 알게 해 주겠어?'

그녀는 윈나이트 저택이 체이머스 왕국의 건국 왕이었던 '제이크 소이어 체이머스'가 제1공신이었던 윈나이트 가문을 위해 직접 하사한 것으로, 저택에 바른 칠 하나, 문양 하나마저 보물로 지정될 수 있을 만한 가치가 있다는 것부터 위치 선정이 몇 달간 어떤 식으로 이루어졌는지, 윈나이트의 용맹함을 모티브로 당대 최고의 설계자가 얼마나 공을 들여 설계했는지, 그동안 어떤 대단한 설계자들에게 영향을 주었는지에 대해 알게 되었다.

레리아나가 끝내 창문 밖으로 몸을 던지고 싶다고 생각하던 그때, 총괄 집사는 자부심 가득한 얼굴로 창문이 난 위치를 어떤 비율과 디자인을 고려하여 달았는지에 대해 열변을 토했다.

저택의 유지 보수가 어느 계절에 주기적으로 진행되는지에 대해서까지 듣고 난 후, 레리아나는 겨우 자신의 방으로 할당된 장소에 들어설 수 있게 되었다.

＊　＊　＊

방이 그녀의 본래 방보다 현저히 큰 것은 아니었으나, 인테리어 면에서 좀 더 고풍스럽고 중후한 멋이 흐르도록 꾸며져 있었다.

레리아나는 방을 이리저리 둘러본 후 뒤따라오는 하녀들을 모두 물렸다. 그리고는 발을 질질 끌며 침대에 쓰러지듯 누웠다.

"죽겠다."

그녀는 눈을 깜빡이며 캐노피를 바라보았다.

총괄 집사 기디언은 마치 이 저택을 위해서 유전자 조작을 당해 태어난 인간 같았다. 과학은 그리 발전하지 못했으나 마법이 존재하는 세계이므로 가능성이 아예 없는 일은 아닐지도 모른다.

'기디언 유전자 조작설'에 비중을 두던 레리아나는 피곤에 찌든 몸을 힘겹게 뒤집다가 번뜩 든 생각에 상반신을 일으켰다.

"⋯⋯설마 이 침대도 국보라는 건 아니겠지?"

오늘 하루 제일 많이 들었던 말을 꼽는다면, 지금 손을 대신 그것⋯⋯ 그림, 장식품, 손잡이, 그 외 등등이 국보로 지정되어 있다는 것이었다. 무심코 장식이 아름답다며 칭찬하려는 마음에 손을 댔던 그녀는 벌렁거리는 심장을 부여잡으며 얌전히 손을 모아야 했다.

더욱 무시무시한 것은 저택에 난 흠집이나 상처가 언제, 누가,

어떤 식으로 만들었는지에 대한 것도 그 집사는 모두 알고 있다는 사실이었다.

침대 위에서 함부로 굴러다녔다가 국보가 손상되면, 그 집사의 데이터에 레리아나 맥밀런이라는 이름을 아주 강렬하게 새겨 줄 수 있을 것이다.

'그럴 수는 없지. 내 꿈은 조용히 있다 조용히 사라지는 건데.'

레리아나가 고귀하신 침대님을 떠받들어 모셔야 하나 심각하게 고민하는데, 뒤에서 익숙한 목소리가 들렸다.

"그 침대는 아니니까 걱정 마."

"⋯⋯?!"

매섭게 고개를 돌리자 노아가 여상한 얼굴로 소파에 앉아 다리를 꼰 채로 시선을 마주했다.

"들겠나?"

레리아나가 멍한 얼굴로 그를 바라보자 그가 찻잔을 들어 보였다.

'아니, 언제부터 여기에 있었던 거야?!'

레리아나가 창백해진 얼굴로 치맛자락을 가다듬고 말했다.

"지금, 지금, 지금⋯⋯ 여기서 뭐 하시는 거죠? 여자 방에 함부로 들어오신 거예요?"

"프라이버시가 필요한가?"

"당연하죠!"

"포기해. 그런 걸 기대하면 지금부터 삶이 꽤 힘들어질 테니까."

노아가 태연하게 어깨를 으쓱였다.

그녀는 소리 없이 경악했다.

맙소사, 맙소사, 맙소사.

한적한 시골 마을에서 납치당해 악독한 귀족에게 팔려 온 처녀가 '이제부터 네 주인은 나다.'라는 소리를 들은 것처럼 아찔한 기분이었다.

"……여긴 어쩐 일이시죠?"

"공작저에 약혼자가 입성한 날 아닌가. 당연히 환영해야지."

'아이고, 그러셨습니까.'

레리아나가 못마땅한 얼굴로 시위하듯 침묵한 채 노아의 맞은편에 앉았다.

김이 모락모락 나는 차에서 깊은 향이 흘렀다. 그녀가 찻물로 입을 적시자 그가 나지막이 말했다.

"브룩스가에서 위자료 소송을 걸었더군."

"네. 그건……"

"남자 보는 눈이 나빠.

"그러게 말이죠."

프렌치 브룩스를 버리겠다고 노아 윈나이트를 선택하다니, 남자 보는 눈이 나쁘다는 소리를 들어도 할 말이 없다.

"그 일은 이쪽에서 조용히 처리할 테니, 우선은 이 생활에 익숙해지는 데 집중해."

예상을 벗어난 호의였다. 음, 벌써부터 권력자와 약혼한 맛이 나는군. 레리아나는 감사하다는 기색을 보이며 속으로 신분제에 브라보를 날렸다.

"그리고 내일부터 본격적인 수업에 들어가게 될 거야. 잘하는 걸 바라지 않으니까 적당히 구색만 맞춰."

잘하는 걸 바라지 않는다니, 누가 잘하고 싶댔나? 레리아나도 여상한 말투로 대꾸했다.

"뭐, 저도 공작님의 완벽한 약혼자가 될 생각은 없어요. 공작님도 제 완벽한 약혼자가 되실 필요는 없습니다. 적당히 구색만 맞추세요."

당돌하게 쏘아보는 연녹색 눈동자에 노아가 피식 웃으면서 말을 더했다.

"새겨 두지."

레리아나는 찻잔을 테이블에 올려 두고 주변을 살폈다. 깜짝 선물처럼 '사실은 나도 있었습니다-' 하고 암살자가 튀어나오지 않을까 걱정했지만, 한동안 그럴 일은 없어 보였다.

이를 확인한 후에 그녀는 조금 낮은 목소리로 말했다.

"여쭤 볼 게 있는데요, 공작님. 계약에 대해 알고 있는 사람은 누구누구죠? 저도 그에 알맞은 대처를 해야 할 것 같아서요."

노아는 마치 네가 그런 것까지 염두에 두고 있다니, 정말 놀랍다는 기색이었다.

"현 시점에서 우리의 계약에 대해 알고 있는 사람은 당신과 나를 제외하면 단둘이야. 그중 한 사람은 지금 저택에 있지."

노아는 문 밖을 눈짓했다.

"테일러 경이요?"

그녀의 물음에 그가 고개를 끄덕였다.

아담 테일러가 계약에 대해 알고 있다는 것은 당연히 주지하고 있었다. 그래야지 그녀가 수상한 행동을 할 시에 바로 목을 베어 버릴 것이 아닌가.

내 목을 말이다!

레리아나는 끔찍한 생각을 얼른 지우고 다음 답을 재촉했다.

"나머지 하나는, 싫어도 곧 알게 될 거야."

아마 그의 수석 보좌관이 아닐까. 소설에서 본 기억이 있다. 레리아나는 고개를 주억거렸다.

계약에 대해 아는 이들이 적으니, 저택 내에서는 서로를 너무나 사랑하는 풋풋한 커플의 모습을 보여야 의심을 사지 않을 것이다. 그런 레리아나의 생각을 읽은 것인지 노아가 말했다.

"당신은 이 집에서나 대외적으로나, 내가 너무나 사랑하는 약혼자가 될 거야."

레리아나가 양 손바닥을 펼치고 말을 막았다.

"잠깐 기다려 주세요."

"뭐지?"

"우리 계약서에 없는 세부 사항에 대해 조율할 필요성이 있겠어요."

노아가 물소 가죽으로 된 소파에 등을 기대며 어디 해 보라며 무언으로 재촉했다.

"우선, 당신이 아니라 레리아나예요."

그가 어깨를 으쓱 들어 올렸다.

"기억해 두지. 레리아나."

"그리고, 절 수상하다고 생각하는 마음은 십분 이해하겠으나, 이 방에서만큼은 프라이버시를 지켜 주셔야겠어요."

"불가능하다면?"

"제가 최대한으로 공작님의 편의를 봐 드리고 있다는 사실을 알아 두시면 좋겠죠."

"내 편의?"

"네, 기억하시죠? 옥새라든가, 알고 있는 건 저뿐이라든가 등등.

뭐, 그런 거?"

네 목줄은 내가 쥐고 있다고. 이 정도는 양보해 주는 게 어때? 레리아나가 가볍게 웃자 노아도 마주 웃었다.

"좋아, 눈요기도 안 되는 알몸이라도 마주치게 되면 곤란할 테니까."

뭐라고? 레리아나의 눈이 가늘어졌다. 이 빵빵한 가슴에 잘록한 허리가 안 보이나? 어디 가서 눈을 갈아 끼워야 하는 거 아냐?

"어머, 마치 벗겨 보기라도 하신 듯한 말씀이시네요. 평생 그럴 일 없을 텐데."

"굳이 벗겨 볼 필요도 없지."

노아의 황금빛 눈동자가 감별하는 것처럼 위아래로 움직였다 레리아나는 그 시선을 피해 조금 뒤로 물러났다.

"그거…… 그만두시죠. 성희롱이에요."

"원한다면."

노아가 생긋 웃었다.

큭, 레리아나는 왠지 모르게 진 것 같다는 분함을 삼켰다.

노아는 품에서 시계를 꺼내 시간을 확인해 보고 일어섰다.

"그럼 즐거운 만남은 이만하고 돌아가지."

누가 즐거웠는지 모르겠다. 혼자 즐겼나? 레리아나는 부루퉁한 얼굴로 고개를 끄덕이고는 문 앞으로 걸어가는 노아의 뒤를 따랐다.

그는 문고리를 돌리다가 문득 생각났는지 몸을 돌렸다.

"아, 뭐 필요한 게 있다면 꺼리지 말고 청하도록 해. 레리아나. 공작저에서 구할 수 없는 건 없으니까."

'너네 집에는 이런 거 없지?'란 건가. 무슨 점순이도 아니고.

물론, 국보 같은 건 없다. 이 세계에는 돈만으로는 가질 수 없는 것이 많다는 것을 절절히 통감하고 있었다. 레리아나는 방금까지 신분제에 브라보를 날렸던 일을 취소했다.

"그렇게 절 생각해 주시다니, 감동해서 눈물이 날 것 같네요. 공작님. 사양하지 않고 말씀드리자면 지금 제게 필요한 건 '혼자 있을 수 있는 공간'이에요."

그러자 노아가 입술을 비틀어 웃었다.

"약혼자에게는 공작님이 아니라 노아, 라고 해야지. 사랑하는 레리아나."

그가 레리아나에 악센트를 맞추고 진득한 눈빛으로 그녀를 쏘아보았다.

"윽."

그러고 보니…… 저도 뭔가 공작님을 사랑하는 어린 소녀 같은 모습을 보여야 하지 않는가. 이제부터 저 남자와 친한 척하며 이름을 부르라니, 어려운 주문이었다.

"노아라고 부르기는 싫은가? 그럼 애칭이라도 만들면 어떤가?"

"아뇨. 절대. 싫습니다. 이름으로 부르겠습니다."

레리아나가 정색을 했다.

"그럼 불러 봐."

"필요할 때는 그, 그거라고, 부르겠습니다."

"뭐든 입에 길들이지 않으면 정작 중요할 때 나오지 않는 법이야."

노아가 레리아나의 턱을 잡고 고개를 들어 올려 눈을 맞췄다. '뭐 하는 거지?'라는 의문이 끝나기도 전에 그가 입을 열었다.

"내 이름이 뭐라고?"

담담한 문장이 마치 슬로우 모션처럼 길게 들려왔다. 이런 순간에 쓸데없이 잘생겼다. 바닷속처럼 깊이 침잠한 황금색 눈동자에 압도되는 것만 같은 기분이다.

"노, 노⋯⋯."

'아니, 내가 왜 지금 이러고 있어야 하는 거지? 아니, 이 남자 얼굴은 왜 이렇게 가까워!'

눈앞이 팽팽 돌고 숨을 쉬기가 힘들어졌다.

"어서-"

그의 얼굴이, 서로의 숨결이 느껴질 만큼 가까이 다가왔다.

"⋯⋯노 ⋯⋯아."

"한 번 더."

이 자식. 레리아나는 이를 악물었다.

"⋯⋯노아."

"잘했어."

낮은 목소리로 칭찬한 노아가 눈을 휘며 즐겁게 웃었다. 신사 가면을 쓰고 정치가처럼 웃는 그런 노련한 미소가 아니라, 정말 즐겁다는 표정의 자연스러운 웃음이었다.

레리아나가 잠깐 놀라는 사이, 그의 얼굴이 순식간에 멀어졌다.

"이만 가 보지."

평소의 원나이트 공작으로 돌아온 노아가 문고리를 잡았다.

저 남자, 설마 새디스트 아냐?

레리아나는 식은땀이 난 제 손을 허리에 문지르곤, 방을 떠나는 노아의 뒷모습을 보지도 않은 채 다시 성큼성큼 걸어가 침대로 직행했다. 베개가 노아의 얼굴이라고 생각하고 흠씬 패 줄 생각이었다.

노아는 문을 닫으며 베개를 터트릴 듯 끌어안는 레리아나의 모습이 완전히 사라질 때까지 주시했다.

달칵.

문이 닫히고 그녀의 모습이 완전히 사라졌다. 닫힌 문 너머에서 그는 문에 머리를 기댔다.

"풉—"

노아는 그 상태로 소리를 죽여 웃기 시작했다.

그 당황한 얼굴이라니. 노아는 마지막으로 제 얼굴을 마주하고 사색이 되었다가 최대한 눈을 피하려고 눈동자를 옆으로 쭉 빼던 그녀의 얼굴을 떠올리며 웃음을 터트렸다.

레리아나 맥밀런은 참으로 신기한 생물이었다. 그 짧은 순간에 얼마나 표정이 순식간에 바뀌는지…… 당돌하게 굴다가도 곧 안절부절못하기도 하고, 부루퉁해지기도 하고. 그 다채로운 변화에 계속 지켜봐도 질리지 않을 것 같다.

레리아나의 감시 겸 호위를 맡는 아담이 방문 맞은편에 서 있다가 노아를 보고 드물게 의문스러운 표정을 지었다.

"아담."

"……?"

"그녀는 어떻지?"

붉은 눈이 두어 번 빠르게 깜빡였다. 아담의 손이 무의식적으로 레리아나가 준 초콜릿 주머니에 닿았다.

그간의 정보를 조합해 보자면, 레리아나 맥밀런은…… 자신 때문에 화를 내는 여자, 초콜릿을 주며 웃는 여자, 그리고…….

"……이상한 여자."

"그래?"

아담의 마음에 들었나? 노아는 살짝 놀란 눈으로 아담을 바라보았다. 본능적으로 인간을 적, 아군으로만 인식하는 아담에게, 이는 굉장히 후하고 이색적인 평이었다.

이상한 여자라니, 노아는 유쾌한 기분에 올라가는 입술을 손으로 가렸다.

"잘 지켜봐."

노아는 그 말을 남기고 자리를 떴다.

아담은 노아의 이상 행동에 그가 어디 아픈 건 아닌지 보좌관에게 알려야겠다는 생각을 하며 그의 뒷모습을 빤히 지켜보았다.

* * *

그녀가 예비 공작 부인으로서 공작저에 들어오게 되자, 중고등 과정의 기초 학문부터 교양과 예법에 이르기까지 각 분야에서 날고 기는 교사들이 줄을 지어 공작저를 방문했다.

다도, 춤, 자수, 예법 등 이전에는 해 볼 엄두조차 내지 못했던 교양 수업들을 앞두고 레리아나는 조금 경악했다.

'괜찮을까.'

그러나 걱정이 무색하게도 일단 일을 시작하면 몸이 자연스레 따라 움직였다. 사격을 할 때와 같은 움직임이었다.

레리아나 맥밀런은 부잣집에서 귀하게 자라 그에 걸맞은 고급 교양을 교육받은 여성이었고, 그녀의 몸에 남겨져 있던 기억들은 낯선 일들을 모자람 없이 수행할 수 있도록 해 주었다.

부인들은 어쩜 그리 교육을 잘 받은 숙녀냐며, 역시 공작이 선택한 사람답다는 둥, 수업을 받을 필요가 없겠다는 둥, 그녀를 칭찬하기 일쑤였다.

그러나 교사들이 레리아나에게 놀랐던 것은 교양 수업의 수행 능력뿐만이 아니었다.

현재 레리아나가 속해 있는 체이머스 왕국의 전신은 대륙을 거의 통일했던 레이지 제국이었다. 레이지 제국은 현 왕국보다 좀 더 세분화된 계급제를 차용하고 있었고 있었는데, 현 최고위 왕족과 귀족 계급인 카밀란 계급을 필두로, 그보다 낮은 에스토타 계급, 현 서민층이 된 바이타 계급, 그리고 노예 계급인 차밀란으로 나뉘었다.

왕국으로 들어서며 이전의 계급제는 사실상 폐지되었으나 실정법과는 관계없이 관습처럼 남아 있는 것들이 있는데, 그중 하나가 배울 수 있는 교육 범위의 차등이었다.

에스토타 계급의 여자들은 기초 학문, 그러니까 과학이나 수학 등을 배우지 않으며, 아직 낮은 계급의 여자들이 이런 학문에 손대는 것을 꺼림칙해하는 이들도 왕국 내에 만연해 있는 상태였다.

인식 개선은 좀처럼 이루어지지 않았고, 레리아나 맥밀런도 다른 평범한 에스토타 계급의 여성처럼 기초 학문이랑은 거리가 먼 사이였다.

공작저를 방문한 교사들의 걱정은 그것이었다. 과연 에스토타 계급의 여성이 수업에 잘 따라올 수 있을까?

그런 우려를 가진 교사들이 처음 레리아나에게 가져온 문제들을 보고, 그녀는 눈을 가늘게 떴다. 레리아나 맥밀런의 몸에 들어왔지만, 그녀의 영혼은 다른 세계에서 온 다른 인간이다.

그 영혼은 3개월에 한 번씩 모의고사를 보고 수능을 치렀으며, 빙의 전까지 독서실에서 재수를 준비하던 전직 수험생이었다. 중학생 교과 과정 정도의 기초는 숨 쉬듯 풀 수 있는 것이다.

레리아나는 코끝에 안경을 걸친 수학 교사가 사칙연산을 할 줄 아느냐 물었을 때, '로즈마리의 교사로 가야 할 사람이 잘못 온 것이 아닌가?' 고민했고, 어려울 거라며 1차 방정식을 보여 주었을 때는 '노아가 일부러 날 무시하려고 고용한 건가?'라는 생각이 들 정도였다.

레리아나는 교사들의 모든 걱정과 우려를 가뿐히 짓밟고, 놀라운 성취를 보여 냈다.

"영애, 오늘도 정말 완벽하십니다."

"칭찬이 지나치세요. 잘 가르쳐 주신 덕분인걸요. 아직 배울 게 많은 학생입니다."

수업을 마치고 여느 때처럼 교사가 그녀를 칭찬해 왔다. 레리아나는 기쁜 마음을 숨기며 겸손을 떨었다. 교사는 흐뭇한 기색으로 몇 번 더 칭찬을 주고받은 후에 방을 나섰다.

레리아나는 그가 떠나자마자 전생의 지식으로는 커버할 수 없었던 역사 과목까지 완벽하게 수행하기 위해 역사 개론서를 펼쳤다.

그녀가 아직 '박은하'였을 때, 그녀가 제일 처음 쓴 작문의 제목은 '나는 지고 싶지 않다.'였다. 이처럼 스무 해 동안 그녀를 키운 건 팔 할이 승부욕과 자존심이었다. 그러한 쓸데없는 승부욕과 책상 앞이 더 친근한 전직 수험생의 직업의식이 버무려지자, 목적을 상실한 노력이 남아 그녀를 기계처럼 움직이고 있었다.

책상 앞에 붙어 1000페이지가량 되는 역사 개론서를 넘기며 줄을 긋던 레리아나는 불현듯 고개를 들었다.

'잠깐, 나 너무 열심히 하는 거 아냐?'

잘한다는 뽕에 취해 미처 고려하지 못한 것이 있었으니…… 자신이 너무 잘하고 있다는 사실이었다.

신부 수업이고 뭐고, 어영부영 넘어가기로 결심했던 것이 바로 2주 전이었지 않은가. 이러다 뭔가 이상한 오해라도 사게 되면…… 레리아나는 엄습하는 불길함에 몸을 부르르 떨었다.

'안 돼지, 안 돼. 그만하자.'

고개를 젓던 레리아나는 찌뿌둥한 몸을 일으켜 기지개를 폈다. 역사 개론서는 너무 두껍고 글씨도 자그마해서 조금만 봐도 금세 피로를 몰고 왔다. 그녀는 책을 뭉텅이로 잡고 팔랑팔랑 페이지를 넘기다 피식, 웃음을 터트렸다.

공부라면 진절머리가 나던 때도 있었는데……. 그저 잘하고 싶다는 마음 때문이었지, 공부를 좋아했던 적은 한 번도 없다. 그런데 다른 세계까지 와서 책을 붙들고 싶어 하게 될 줄은 몰랐다.

레리아나는 개론서를 그대로 놔둔 채 창틀로 다가가 앉았다. 창밖으로 가을은 점점 더 짙어지고 있었다. 어딘지 모를 소설 속 세계에서도 계절이 바뀌고 낙엽이 진다. 마치 문득 채색된 도시에서 회색분자가 된 것 같은, 이상한 기분이다.

레리아나는 창틀을 등진 채 팔꿈치를 기대고 서서 가을바람을 맞았다. 바람을 타고 온 낙엽 냄새가 코끝에 훅, 향취를 남겼다.

공작가로 들어온 지 벌써 2주.

경황도 없고 낯선 삶에 적응하기 바쁘다 보니 시간 가는 줄 모르고 지냈다.

공작가의 분위기는 맥밀런가의 분위기와는 확실히 판이하게 달랐다. 맥밀런가의 고용인들이 대부분 활기차고 에너지가 있었다면, 공작가의 고용인들은 어디에서나 발소리를 죽였으며 옆에 있는데도 없는 것처럼 존재감이 옅었다.

그러다 보니 밤에 저택을 거닐다 보면 발소리를 내지 않고 다니는 하녀들 때문에 깜짝 놀라 소리를 지를 뻔하거나, 그대로 사색이 되어 굳어 버리는 일이 생기곤 했다.

하녀들은 그녀를 보면 깊게 인사를 하고 지나갔는데, 개중에는 이상할 정도로 얼굴이 창백하고 스산한 분위기를 풍기는 이들도 눈에 띄곤 했다. 역사가 긴 오래된 저택이니 유령 한둘쯤은 섞여 있는 게 아닐까, 추정한 이후로 그녀는 밤이 되면 방에서 한 발자국도 나가지 않는 것을 선택했다.

신부 수업이 예상했던 것보다 너무 쉬웠던 나머지, 그 외에 그녀를 불편하게 하는 일들은 거의 일어나지 않았다. 아담이 그녀의 곁을 계속 지킨다고는 하나 익숙해지니 큰 불편함은 없었고, 너무 자주 마주칠까 봐 걱정했던 노아는 밀린 일 때문인지 왕성에 잡혀서 근 2주간 코빼기도 보이지 않는 중이었다.

"……나른하다."

레리아나는 옆으로 머리를 기대고 중얼거렸다. 햇살이 머리에 살포시 내려앉았고 바람이 살랑살랑 불며 머리카락을 지분거렸다.

그녀가 바람을 느끼며 창틀에 걸터앉아 다리를 흔드는데, 느닷없이 머리 위로 짙게 진 그림자가 몸을 완전히 덮었다.

"어……?"

그녀가 고개를 들자 보인 것은 살짝 흔들리는 검은 머리칼 사이로 보이는 황금색 눈동자였다.

'노아?'

"언제……."

언제 왔느냐고 물으려는 사이, 노아가 불쑥 앞으로 얼굴을 내밀었다. 깜짝 놀란 그녀는 등을 젖히며 거리를 벌렸다. 그러나 아랑곳없이 다가온 노아가 그녀의 앞머리에서 낙엽을 떼어 냈다.

"보석이 필요하면 무엇이든 구해다 줄 테니 아무거나 주워 달지 마시죠."

그녀는 부끄러움에 조금 상기된 얼굴로 앞머리를 매만졌다.

'한 마디, 한 마디 참 밉상으로 한다니까.'

노아는 창틀 옆을 가볍게 뛰어넘어 안으로 들어왔다. 손에는 커다란 꽃다발을 든 채였다.

"그런데 갑자기 어쩐 일로……."

노아가 신사답게 웃으며 꽃다발을 내밀었다.

'꽃? 꽃을 왜…….'

레리아나가 엉겁결에 이를 받으려 손을 내밀자, 그는 레리아나의 손을 매끄럽게 피해 꽃다발을 창틀 위에 올려 버렸다.

'후, 저 인간이 진짜.'

레리아나는 입바람으로 앞머리를 날리며 화를 삭였다.

'내가 참자.'

비록 레리아나 맥밀런은 18살이지만, 영혼은 성인이 아닌가. 이 정도 애 같은 우스운 장난쯤이야 웃어넘겨 줄 수 있다.

애처럼 굴기는. 속으로 픽, 비웃어 준 레리아나는 곧 아무렇지 않다는 듯 덤덤하게 웃었다.

"간만이네요. 공작님."

"흠 잡을 곳이 없는 완벽한 신부라고 칭찬이 자자하더군요."

웬일로 존댓말이지? 누구라도 보고 있나 싶어 주위를 두리번거리는데, 그가 오만한 눈빛으로 그녀를 바라보며 맞은편에 다리를 꼬아 앉았다.

"완벽한 약혼자가 될 생각은 없다더니, 내가 잘못 들었었나?"

노아가 줄이 빽빽하게 쳐진 역사책을 흘겨보며 말했다.

"아…… 그건."

혹시 점수를 많이 따 옆에서 비벼 보려고 이러는 거라 착각하는 거 아냐? 아닌데. 이건 뭐랄까…… 그간의 못된 습관의 발현이랄까, 투철한 직업의식의 폐해랄까…….

당황하던 레리아나가 불쑥 대답했다.

"제 모자란 소양을 쌓기 위한 개인 공부일 뿐입니다. 공작님과는 절대 관련 없는 일입니다."

"노아."

"네, 노아…… 와는 관련 없는 제 공부예요. 게다가 제게 공작저 밖으로 나갈 기회를 주지 않으시니, 저로서는 수업을 열심히 하는 것밖에는 하루를 보낼 다른 방법이 없잖아요."

다 너 때문이란다. 레리아나가 꽤 그럴듯한 이유를 생각해 냈다며 의기양양해진 표정을 짓자 노아가 말했다.

"내 불찰이군."

"바로 그겁니다."

"마침 오늘 무도회 일정이 잡혀 있는데. 잘됐어, 함께 가지."

"아…… 음, 그러죠. 뭐, 할 일도 없고."

갑작스러운 이야기였지만, 마침 심심하던 차였기에 레리아나는
선뜻 답했다.

"그리고 오늘 약혼 발표를 할 거야."

"네에? 그걸 왜 갑자기 마음대로……."

"더 늦출 수는 없지. 일주일 뒤가 약혼식 날이니까."

맙소사, 레리아나가 순간 멍하게 그를 바라보았다.

"세상에. 약혼자도 오늘 안 약혼 발표가 어디 있죠?"

노아가 아직도 그걸 몰랐냐는 당당한 얼굴로 말했다.

"여기."

아, 그렇구나…….

"싫은가?"

"……아뇨."

"다행이군. 싫어도 어쩔 수 없거든."

아, 그렇구나……. 이제는 놀랍지도 않고, 화도 안 나는 것이 이
대로 도를 닦을 수 있을 것 같다. 벌써 적응하다니, 자신에게 놀라
울 정도였다.

"그럼 이제부터 갈 준비를……."

드레스도 해야 하고 머리도 해야 할 테니 지금부터 준비해야 하
겠다는 생각에 운을 떼려던 그때, 그가 레리아나를 막았다.

"걱정 마. 이미 사람을 불러 놨으니."

그가 들어오라 말하자 문이 열리고 거대한 인영이 저벅저벅 들어
왔다.

"반가워요, 반가워요. 레리아나 맥밀런 영애. 저는 닉 매덕스라
고 합니다. 오늘 무도회를 빛나게 할 당신의 마★법★사죠! 닉이라

고 불러 주세요."

"……아."

레리아나의 마법사가 되기를 자처한 이는 레이스가 잔뜩 달린 남성용 의장복을 입고 얼굴에는 공들여 화장을 한, 덩치가 곰처럼 큰 남자였다.

그가 붉은빛과 보랏빛을 섞어 그라데이션한 눈으로 레리아나를 훑었다.

닉은 눈꼬리가 매섭게 솟아 있고 홍채가 작아서 아주 날카롭고 사나운 인상이었는데, 얼굴만으로도 뒤 세계에서 한자리 차지할 수 있을 것 같다고 생각될 만큼 보는 사람으로 하여금 엄청난 두려움을 자아냈다.

'저 사람은 누구지?'

설마, 거짓말이지?라는 의미를 담아 사정없이 흔들리는 동공으로 노아를 바라보자, 그는 이제 자신도 준비를 해야겠다며 일어섰다.

"잠깐, 노아……."

하지만 노아는 레리아나의 어깨를 부드럽게 잡으며 닉에게 말했다.

"그럼, 닉. 제 약혼녀를 잘 부탁드립니다."

"그럼요—"

"잠……."

닉이 간드러진 목소리로 대답했고, 노아는 재차 자신을 부르려는 레리아나의 말을 막았다.

"아름다운 모습, 기대하겠습니다. 레리아나."

"노, 노아—!"

그녀의 부름에도 아랑곳없이 우아하게 말한 노아가 나가 버리자,

닉은 매니큐어를 바른 두툼한 손으로 그녀의 얼굴을 매만졌다.

"어머, 영애는 어쩜. 어려서 그런가. 이렇게 볼이 쫀득쫀득해-"

'야! 날 놔두고 어디로 가는 거야! 노아!'

레리아나는 바람처럼 사라지는 노아의 뒷모습을 향해 소리 없이 외쳤다.

"영애? 혹시 어디 편찮으신가요? 눈동자가 막- 살날이 하루밖에 안 남은 노인네 턱처럼 떨리는데."

"아니, 그…… 아니."

닉이 손가락을 좌우로 움직이며 눈동자가 떨린다는 제스처를 보이자, 레리아나는 최대한 떨리는 눈동자를 돌려 시선을 회피하고는 괜찮아요, 하고 답했다.

레리아나는 혼란에 빠졌다. 아무리 자신이 로맨스 판타지 소설 경력이 짧긴 해도 보통 이럴 때는, '마담 뭐시기' 하는 사교계에서 알아주는 인물이 찾아온다는 건 안다.

사교계 사람들과 친분을 과시하며 그 세계에서 먹히는 최신 유행 화장과 헤어와 드레스 경향을 꿰뚫는, 그런 사람 말이다.

그런데 그 인물이 바로 저 남자란 말인가? 이 세계 사교계는 도대체 어떤 개방성을 가진 사회란 말인가!

그녀는 자신이 이 세계를 얕보고 말았다며 통탄했다.

레리아나는 더듬거리며 그에게 물었다.

"음, 닉? 그럼, 닉은 사교계의 마담…… 의 남편쯤 되는 건가요?"

사실 마담의 남편보다는 히트맨에 가까워 보였다.

"오, 무슈. 무슈 닉이죠."

"아."

무슈구나. 레리아나가 중얼거리며 고개를 끄덕이는데, 닉이 느닷없이 눈을 동그랗게 뜨고 그녀의 얼굴을 샅샅이 살폈다. 그러고는…….

"실례."

닉이 레리아나의 턱을 엄지와 검지로 잡아 올리더니 얼굴을 이리저리 돌리면서 호들갑을 떨었다.

"어머, 어머, 어머- 자기 이거 봐요."

"자기? 자기라고 한 거예요?"

"사소한 건 신경 쓰지 말아요, 자기. 이거 봐, 눈 밑에 다크서클 좀 봐."

닉은 레리아나를 거울 앞으로 데려가더니 거뭇거뭇해진 눈 밑을 가리켰다.

"아, 요즘에 공부한다고 밤을 좀 샜더니 그런가 봐요."

"이리 와요. 내가 컨실러로 감쪽같이 가려 줄 테니까. 어머, 그러고 보니 피부도 거칠어. 밤샘은 미용의 적이에요. 곧 새 신부가 될 텐데 이렇게 피곤한 티를 내면 어떻게 해. 아, 그렇지만 너무 걱정 마요. 이 닉의 마법의 손★이 닿으면, 아주 매끄러운 도자기 피부로 재! 탄! 생! 할 테니까요."

그가 반짝임을 표시하는 것처럼 양손을 팔랑팔랑 흔들었다.

"아……."

레리아나는 침음을 삼켰다.

'믿어도 될까?'

닉 매덕스는 마치 노아의 질 나쁜 장난이 만들어 낸 존재 같았다. 물론, 노아는 제정신일 테고 공작가의 명성에 흠이 갈 짓은 하지 않을 테지만…….

닉의 손에서 우스꽝스러워진 모습으로 사교계에 첫 인사를 하러 가는 건 아니겠지. 레리아나는 조금 우울해하며 닉이 끌고 가는 대로 따라가 화장대 앞에 앉았다.

닉은 하녀들이 뒤늦게 갖고 들어온 자신의 전문 화장 박스를 들어 올렸다. 그러고는 화장대 앞에 화장품과 화장 도구들을 꺼내 늘어놓기 시작했다.

그는 화장품과 브러시 등을 점검하더니 아주 전문적인 손길로 그녀의 얼굴에 손대기 시작했다. 얼굴 부분에 따라 스펀지부터 퍼프까지 넘나들며 분주히 손을 놀리던 그가 이내 진지한 표정을 풀고 레리아나에게 말했다.

"이걸 이렇게 하면, 짠! 어때요?"

레리아나가 거울 속의 자신을 보고 깜짝 놀라 신음성을 냈다.

"오, 어쩜! 무슈 닉-!"

"그냥 닉이라고 불러 주세요."

"닉…… 도대체 제 피부에 무슨 짓을 한 거예요?"

믿기지 않는 것처럼 레리아나는 거울에 이리저리 얼굴을 돌려 보았다. 거울 속에 보인 레리아나의 얼굴은 그가 장담한 대로 매끈한 도자기 같았다. 아무리 거울에 눈을 박고 쳐다봐도 모공 하나 보이지 않는 완벽한 베이스였다.

만족스러워하는 고객의 모습에 닉이 씨익 웃으면서 말했다.

"자기, 나만 믿으면 오늘 완벽한 무도회의 주인공으로 만들어 드릴게."

레리아나는 겉보기로만 판단한 자신을 책망하며 열심히 고개를 끄덕였다.

* * *

닉은 하녀들을 일사분란하게 지휘해 엄청난 양의 드레스와 보석들을 끌어모았다. 그리고 레리아나와 어울리면서 현 사교계 흐름에서 벗어나지 않는 아이템들을 찾아 심혈을 기울였다.

닉의 노련한 지휘에 준비는 생각보다 빠르게 이루어졌다. 레리아나는 방 한가운데에 마네킹처럼 서서 그녀들의 손에 끌려다니며, 고개를 들라면 들고 팔을 치우라면 치우면서 얌전히 움직였다.

그가 레리아나를 위해 선택한 것은 어깨가 드러나는 드레스로, 가슴과 허벅지까지는 천이 밀착되어 그녀의 몸매가 돋보이고 그 밑으로는 화사하게 퍼지는 스타일이었다. 거기에 드레스 전체를 속이 드러나는 베일이 한 겹 더 감싸 여성스러움을 강조한 특이한 디자인이었다.

"와……."

레리아나 맥밀런이 되고 여러 가지 드레스를 입어 보았지만, 이런 스타일은 처음이다. 레리아나가 한 바퀴 돌며 탄성을 터트렸다. 그녀의 움직임에 따라 베일이 나풀나풀 나비의 날개처럼 날았다.

닉은 양손으로 입을 막으며 호들갑을 떨었다.

"어머, 어머, 어머! 역시 잘 어울릴 거라고 생각했어요!"

레리아나는 닉 덕에 이렇게 아름다운 드레스를 입는다며 웃음소리를 냈다.

그 후 손톱을 다듬고 머리를 장인처럼 한 올, 한 올 빗어 땋아 여성스럽게 올리는 그 지루한 시간들 동안, 닉은 사교계의 처세술에 대해 핵심만 쏙 추려 낸 압축 강의를 시작했다.

"사교계에서 알아야 하는 것 중 제일 중요한 건 웃는 방법이에요. 요즘 사교계에 유행하는 웃음이 두 가지 있어요. 하나는 일명 '노아 윈나이트식' 웃음이죠."

닉이 노아처럼 입꼬리를 씨익 올려 우아한 신사…… 를 따라 하는 것처럼 웃었다.

"모두에게 평등한 미소죠. 그건 '지금 네 입에서 나오는 게 말인지 똥인지 모르겠는데?'란 뜻이에요. 이건 노아 윈나이트만 사용이 가능한 거니까 패스하죠."

"맙소사, 닉…… 전 그 뜻을 아는 게 저뿐인 줄 알았어요."

닉의 신랄한 꼬집기에 레리아나는 감동해 상체를 들썩이며 말했다. 조용히 머리를 만지던 하녀들이 그녀의 어깨를 눌러 끌었다.

"호호, 웃음의 의미를 찾는 일쯤이야. 이 무슈 닉★에게는 쉬운 일이죠!"

그가 우쭐대며 말했다.

"그럼 이제 '비비안 샤말식' 웃음을 배워 보도록 할까요?"

"비비안 샤말이요?"

왜인지 익숙한 이름에 그녀가 되물었다.

"네. 그 불여시 같은 여자요."

"……네?"

'불여시? 지금 불여시라고 한 거 맞나?'

그러나 닉은 아무 말도 하지 않았던 것처럼 자연스럽게 말을 이었다.

"이게 바로 '비비안 샤말식'이에요."

그가 마치 치약 선전 모델처럼 가지런히 이를 드러내며 웃었다.

비록 닉의 외모는 그렇지 않았으나, 미소만은 반듯하고 우아해 보였다.

저런 외모로 저렇게 반듯한 분위기를 낼 수 있다는 것에서 자신을 매섭게 갈고닦은 프로 정신을 느낄 수 있었다.

"그리고 이제 자기가 유행시킬 웃음은 이거에요. '닉 매덕스식'이라고 칭하고 싶네요. 자! 잘 보고 따라해 보세요."

닉이 시범을 보였다. 과즙을 먹은 것처럼 한쪽 눈을 약간 더 찡그린 채 환하게 웃는, 아이돌 화보처럼 상큼하고 싱그러움을 어필하는 모습이었다.

레리아나는 다시 넋 나간 표정으로 돌아가 입을 벌리고 그를 바라보았다.

'······난이도 높아.'

닉이 그런 표정과 어울리고, 안 어울리고를 떠나서 자신이 저렇게 웃을 수 있느냐가 문제였다.

"자, 어서 따라해 보세요."

레리아나는 닉의 독촉에 눈을 찡긋하며 입꼬리를 올렸다.

"이, 이렇게요?"

"아뇨, 아뇨. 그렇게 입꼬리를 꿈틀거리면서 눈을 경련하면 안돼요. 그건 마치 '이것 봐! 내 몸에 마그네슘이 부족한 것 같은데?'라는 웃음이죠. 다시 해 보세요."

'마, 마그네슘······.'

레리아나는 그의 뒷배경에 왕이라도 있는 게 아닐까 고민했다.

단단히 믿는 빽이 있는 게 아니고서야, 공작의 예비 부인을 이렇게 홀대할 수는 없다.

"여기 보세요, 영애. 머릿속으로는 그 불여시 머리에 총알을 날리는 상상을 하면서, 겉으로는 행복해 보이게!"

"닉, 지금 방금 불여시라고 욕하지 않았어요?"

"아뇨. 자기, 사소한 건 신경 쓰지 말아요. 자, 제일 싫어하는 사람을 떠올려 보세요."

제일 싫어하는 사람이라면야, 레리아나는 지금쯤 제 생각만 하면 이를 벅벅 갈아 댈 프렌치 브룩스를 떠올렸다. 노아는 그다음 후보였다.

"그 사람을 만나면 머리를 쏠 것 같아요? 가슴을 쏠 것 같아요?"

닉은 아주 자연스럽게 쏘지 않는다는 선택지는 주지 않았다. 그러나 이미 레리아나는 그의 관자놀이에 총알 자국을 내 준 적이 있었으므로 개의치 않았다.

"음, 헤드샷이요."

"기분 좋을 것 같죠? 그런 기분으로 입꼬리를 살짝- 좋아요, 그거예요!"

"효과 좋은데요?"

그녀는 좋은 팁을 배웠다며 상큼하게 웃었다.

레리아나가 웃음을 연습하는 동안, 닉은 하녀들에게 잔머리의 양과 위치까지 계산해 지시했다. 그녀들은 불평 한마디 없이 섬세한 손길로 아주 정교하게 머리를 올렸다.

그리고 닉은 이제 포인트를 줘야겠다며 색조 화장품을 주섬주섬 꺼내 들었다. 그는 심각한 표정으로 레리아나의 얼굴 이곳저곳을 치장하기 시작했고, 레리아나는 눈앞에서 돌아다니는 그의 얼굴을 차마 바라보지 못하고 눈을 감았다.

그렇게 얼마나 시간이 지났을까.

"영애? 아직 준비가 안 끝나셨습니까?"

총괄 집사 기디언이 문을 두드렸다.

입술에 마무리를 하던 닉은 마침 끝난 참이라며 소리치곤 고개를 들었다.

"영애."

닉이 부르자 레리아나가 한쪽 눈을 빼꼼 떴다. 그러고는 당신 얼굴이 부담스러워 눈을 감은 게 아니라는 것처럼 배시시 웃었다.

그는 레리아나의 주위를 돌아다니며 그녀를 다각도로 살펴보더니 양손을 꼭 붙잡고 말했다.

"영애는 절 평생 고용해야 해요."

레리아나는 어리둥절한 얼굴로 알겠다며, 주저주저 대답했다.

* * *

방 바깥으로 쫓겨났던 아담이 벽에 기대 팔짱을 끼고 있다가, 방문이 열리자 자세를 바로 했다. 그러고는 안에서 빠져나온 레리아나와 눈을 마주쳤다.

아담이 바로 앞에 있을 줄 몰랐는지 눈을 동그랗게 뜬 그녀가 수줍게 웃으며 물었다.

"아, 테일러 경. 어때요? 괜찮나요?"

아담은 말이 없었다.

'으음…… 내가 테일러 경에게 너무 많은 걸 바랐나.'

무안해진 레리아나가 고개를 돌리려고 하자 가만히 바라보던 아담이 입을 달싹였다.

그때 옆에서 기다리던 기디언이 둘 사이에 끼어들며 레리아나를 노아가 있는 서재로 안내했다.

"너무나 아름다우십니다, 영애. 마치 이 저택의 오래된 역사처럼 고아함이 느껴지는……."

기디언은 레리아나를 칭찬하는 건지 저택을 칭찬하는 건지 모를 말을 쉴 새 없이 내뱉었고, 레리아나는 그의 뒤를 따르며 기디언의 말을 한 귀로 흘려들었다.

아담은 한 발자국 뒤에서 그녀를 따라가며 뒤늦게 고개를 연신 끄덕였다.

"주인님."

기디언이 서재 앞에서 문을 두드렸다. 들어오라는 허락의 말에 그가 문을 열었고, 기디언은 레리아나를 먼저 안에 들였다. 노아는 일찌감치 준비를 끝냈는지 책상에서 서류를 보고 있었다.

"잠깐, 이것만 마치고 출발……."

그가 서류를 가리키며 고개를 들다가 레리아나를 보고 말을 멈추었다.

'음?'

그녀는 그대로 굳어 있는 노아를 보다가 고개를 기울였다.

'왜 말이 없지.'

하다못해 호박에 줄 좀 그었느냐며 빈정거릴 줄 알았는데. 집사 눈치 보나? 그녀는 긴 침묵이 어색해 눈동자를 이리저리 굴리다가 조심스레 운을 뗐다.

"……이상해요?"

노아는 뭔가 말할 것처럼 잠깐 입을 열었다가 다시 다물었다.

왜 저런담. 레리아나가 한 걸음 앞으로 발을 뗐다.

"노아?"

그는 딱딱한 표정으로 일어서서 서류를 챙기더니 빠른 걸음으로 레리아나를 지나치며 말했다.

"……늦었으니 지금 출발하죠."

예의상 칭찬도 해 주기 싫은가. 레리아나는 입술을 삐죽이며 뒤를 따랐고, 노아에게 마차를 준비해 놨다고 말한 기디언이 흐뭇한 표정으로 레리아나의 귀에 속삭였다.

"아름답다고 진심을 말하기가 쑥스러우신가 봅니다."

집사 눈에 뭔가, 저택을 활보하던 그 유령이라든가 콩깍지라든가, 그런 게 쓰인 것이 분명하다. 그게 아니고서야 저 노아를 그렇게 판단할 리가 없다.

레리아나는 너무 솔직하다 못해 할 말, 못 할 말 안 가리고 꺼내는 인간이 그럴 리가 없다고 생각하면서도 조금 상기된 얼굴로 걸음을 옮겼다.

무도회로 가는 마차 안에서 레리아나는 폭신한 쿠션을 안아들었다. 노아는 아까 미처 처리하지 못한 서류를 들고 맞은편에 앉아 있었다. 그는 저택을 나선 이후로 줄곧 말이 없었다.

다각, 다각.

말굽 소리만 들리는 와중에 창밖을 무심히 바라보던 레리아나가 문득 생각난 듯 물었다.

"노아, 혹시 사교계에서 유행하는 두 가지 웃음법이라고 들어 보셨어요?"

"……?"

서류를 보고 있던 노아가 고개를 살짝 들더니 '노아 윈나이트식'으로 웃었다. 노아의 얼굴 뒤로 닉의 말이 자막처럼 떠올라 움직이는 것처럼 보였다.

"지금 네 입에서 나오는 게 말인지 똥인지 모르겠는데?란 뜻이죠."

"아니…… 음, 신경 쓰지 마세요……."

레리아나는 손을 내젓고 다시 마차 밖으로 시선을 돌렸다.

* * *

시선에 물리력이 담겨 있다면 레리아나는 지금쯤 가루가 되었을 것이다. 브룩스 가문의 장남인 프렌치와 윈나이트 가문의 공작인 노아가 한 영애를 두고 벌인 쟁탈전 이후로, 그저 얼굴 예쁘고 돈 많은 흔한 영애 중 한 명이었던 레리아나의 유명세는 그야말로 수직상승했다.

게다가 오늘은 윈나이트 공작과 약혼 발표까지 감행하기까지 했다.

도대체 내로라하는 남자들을 함락시킨 그녀의 매력이 무엇일까?

그녀가 원하든 원하지 않든 간에, 레리아나의 일거수일투족은 남들 연애사와 스캔들이 제일 재미있는 사교계 인사들에게 적어도 세 달은 우려먹을 수 있는 흥미로운 소재로 등극했다.

노아의 에스코트를 받으며 연회장에 들어서자마자, 궁금해 힐긋거리는 시선들이 굶주린 하이에나처럼 그녀를 쫓기 시작했다. 레리아나는 하이에나로 가득한 세렝게티 초원에 홀로 버려진 새끼 사슴이 되어 경직된 모습으로 노아의 리드를 따라가고 있었다.

'……시선이 따끔따끔해.'

이럴 줄 알았으면 노아보다 조금 급이 낮은 남자를 물색할 걸 그랬다. 이리저리 구워삶아서 노아 원나이트를 실각시켜 버리자고 악마의 속삭임을 건네는 건데.

그녀는 작게 한숨을 쉬었다.

'이미 엎질러진 물이지만.'

그녀가 예비 공작 부인이 되기 전까지는 본 척도 안 하던 고위 귀족들이 그녀에게 인사를 하려 줄을 섰다.

"이렇게 아름다운 영애와 약혼을 하시다니, 공작님께서 브룩스 가문과 척을 지시려 한 이유를 이제야 알겠습니다."

"정말 축하드립니다, 맥밀런 영애. 어쩐지, 요즘 따라 공작님 얼굴이 환히 펴진 것이 그 때문이었군요."

모두 신귀족이라면 코웃음도 안 보이는 보수파 콘크리트였다. 왠지 모르게 밀려오는 씁쓸함을 숨긴 채, 레리아나는 상큼한 웃음을 보이며 그들의 말을 경청하는 척했다.

"그랬나요?"

"그럼요, 평소보다 아주 혈색이 환- 하신 것이……."

콧수염을 만지작거리며 말하는 후작은 왕성에 붙들려 있던 2주간 노아가 얼마나 기뻐했는지를 소설을 쓰듯 지어냈다.

혈색이 환- 해지기는. 레리아나는 후작이 자신에게 잘 보이려 별수를 다 쓰는 모습에 비웃음을 삼켰다.

노아는 그냥 노아 원나이트 그대로였다. 그는 하나같이 입 발린 말들에 '노아 원나이트식'으로 웃어 주며 매끄럽게 대꾸했다.

기만자 같으니. '지금 저 사람이 당신들 말을 똥으로 듣고 있습니다.'라는 알림판이라도 달아 줘야 한다.

"제가 그녀를 만날 수 있어 얼마나 행운이라고 생각하는지 모르실 겁니다."

노아는 레리아나의 어깨에 손을 가볍게 올리며 다정함이 뚝뚝 떨어지는 어조로 말했다.

'으악……'

갑작스러운 다정함 공격으로 순식간에 사색이 된 레리아나는 필사적으로 프렌치 브룩스의 머리에 총알을 날리는 상상을 했다.

'상큼한 웃음, 상큼한 웃음.'

이렇게 중얼거리면서도 레리아나는 마그네슘이 부족한 것 같은 얼굴로 제 속의 답답함을 표현하고 있었다.

한 남자는 돈을 노리고 자신에게 접근했고, 한 남자는 자신이 약점을 잡아서 억지로 매어 두고 있을 뿐이다. 게다가 노아는 레리아나를 무슨 속셈이 있는지 모를 수상한 인물로 의심까지 하고 있지 않은가.

끝없이 사람들이 몰려드는 와중에 한 영식이 접근해 레리아나에게 춤을 권했다. 그러자 노아가 죄송하다며 남자의 접근을 원천 차단했다.

그의 행동은 사람들의 착각에 불을 지폈다. 그 노아가 어떤 남자의 접근도 허용치 않는, 눈에 넣어도 아프지 않을 만큼 물고 빠는 영애라며 온갖 로맨스 드라마가 펼쳐지는 중이었다. 둘을 보면서 '어머머-' 하며 수군거리더니 '꺄꺄-' 소리를 지르는 어린 영애들을 바라보며, 레리아나는 답답한 가슴만 두드렸다.

노아는 그저 자신의 시선이 닿지 않는 사이 그녀가 다른 사람과 접촉해 수상한 짓이라도 벌일까 두려운 것뿐이다.

레리아나는 연회장으로 들어서기 전에 노아가 속삭였던 말을 떠올렸다.

"레리아나, 여기서부터는 제 시야에서 5분 이상 떨어지지 마시길."

아니, 그게 무슨 헛소리람!

"노아, 여자는 화장을 고칠 시간이 필요하답니다."

화장실은 보내 줘야 할 것 아닌가. 레리아나가 에둘러 말하자, 노아는 가볍게 어깨를 으쓱하며 뒤를 가리켰다.

어느새 뒤따라온 일행이 고삐를 당겨 말에서 내리기 시작했다. 그들은 아담을 비롯한 5명의 기사였다. 기사들의 가슴에는 모두 가시나무와 매가 그려진 공작가의 문양이 새겨져 있었다.

공작이 기사들을 가리켰고, 레리아나가 공작을 넘어 바라보자 그들 중에서 머리를 하나로 질끈 동여맨 여자 기사가 까딱 고개를 숙여 인사했다.

아니, 아담 한 명도 모자라서 4명을 더 붙이나? 5명이나 되는 시선을 피해서 내가 뭘 어찌한단 말인가. 그보다 피할 수는 있나?

'이 의심병자.'

레리아나는 여기사를 향해 입술 끝을 경련시키며 웃어 보였다. 어딜 가든, 네가 뭘 하든, 자유롭게 놔둘 수 없다는 집요함이 엿보였다.

보아하니 이 남자, 좋아하는 여자가 생기면 구질구질한 집착남이 될 것이다. 앞으로 그의 레이더망에 걸려들 불쌍한 여주인공의 삶에 레리아나는 쯧쯧, 혀를 차며 안타까움을 표했다.

연회장의 분위기는 점점 더 무르익어 갔다. 악단이 자아내던 선율은 클라이맥스를 지나쳐, 잔잔한 음으로 다음 곡의 시작을 알리고 있었다.

노아는 레리아나에게 정중히 손을 내밀었다.

"한 곡 추시겠습니까?"

"기꺼이."

레리아나가 치맛자락을 살짝 들어 올려 청을 받아들였다. 노아는 몰려든 사람들에게 양해를 구하며 그녀의 손을 잡고 앞으로 나섰다. 레리아나도 노아를 따라가며 그들에게 고갯짓으로 인사했다.

적당한 박자를 찾으며 그가 레리아나의 허리를 안고 몸을 밀착했다.

"왜 팔려서 시집 온 시골 처녀 같은 얼굴을 하고 있지?"

"제 심정이 딱 그거라서요."

"따져 보면 그건 내 역할일 텐데 말이야."

'한껏 즐기던 사람이 누구면서, 참 나……'

레리아나가 미간을 좁히자 노아가 그녀를 리드하며 작게 말했다.

"인상 펴. 그런 얼굴로 누굴 속이려고."

그가 싱글싱글 웃으며 속삭였다. 레리아나도 턴을 한 후에 마주 웃으며 속삭였다.

"기만자."

노아도 지지 않았다.

"협박범."

"······참 저열한 단어를 사용하시네요. 다른 분들도 노아가 이런 사람이란 걸 알아야 할 텐데."

"어떤가. 누구 말마따나 기만자인데."

'······이 이중인격자가.'

눈을 가늘게 뜬 그녀는 이전 무도회 때 프렌치 브룩스에게 쓰려고 했던 스킬을 사용하기로 결심했다. 왼발에 고이 봉인해 두었던 '남자친구와 헤어질 수 있는 스킬'을!

마침 노아의 발이 앞으로 나왔다. 레리아나가 다음 스텝을 밟으며 실수인 척 왼발을 조금 앞으로 밀어 넣었다. 노아의 질 좋은 가죽 구두에 싸인 발등은 레리아나의 높은 힐에 꾸욱 짓밟히고, 그대로 좌우로 움직이는 힐에 뭉개지며 확인 사살까지 당했다.

"이런, 실수."

레리아나가 입을 작게 모으며 윙크했다. 싱글싱글 웃던 노아의 얼굴이 좌로 기울어졌다.

"흐응—"

그러고는 길게 콧소리를 낸 후에 그는 레리아나를 뒤로 훅, 눕혀 안아 버렸다.

'……어어?!'

몸이 확 뒤집혀지자 시야가 뒤로 롤러코스터를 타는 것처럼 급격하게 쏠렸다. 어지러운 나머지 레리아나가 자신도 모르게 노아를 마주 끌어안자, 노아가 한 팔은 그녀의 허리를 단단히 부여잡고 다른 팔로는 허벅지를 안아 고정시켰다.

즐거워 보이는 노아의 얼굴은 바로 코끝을 살짝 지나치며 다가와 있었다.

"갑자기 무……!"

레리아나가 당황한 목소리를 내려는데, 과감한 퍼포먼스에 주변에서 박수와 탄성이 쏟아졌다.

"좀 더 수련하고 오는 게 좋겠어, 레리아나."

노아가 그 상태 그대로 귓가에 대고 속삭였다. 레리아나는 애써 상큼하게 웃으며 대답했다.

"……그러죠."

* * *

뒤늦게 도착한 닉은 사교계에서 알음알음 컬트적인 인기를 구가하고 있었는지, 꽤 이름 있는 영애들이 우르르 몰려가 그를 감싸며 인사를 나누었다. 그는 익숙한 일인 것처럼 누구 영애는 귀걸이가 예쁘고, 누구 부인은 머리가 참 잘됐다며 가벼운 칭찬을 건넸다. 그녀들은 마치 성은이라도 입은 것처럼 자지러졌다.

'역시 무슈 닉…….'

아까의 얼굴 화끈해지는 춤 이후로 좀 쉬어야겠다며 연회장 한쪽으로 빠진 레리아나는 와인 잔을 들이켜며 닉을 지켜보고 있었다.

새끼손가락을 번쩍 들어 올린 채 잔을 들고서 샴페인을 들이켜던 닉이 레리아나의 시선을 알아채고 눈짓으로 인사를 보냈다.

레리아나가 환하게 웃으며 마주 인사했다. 그러자 닉이 눈을 찡그리는 표정을 지으며 손가락으로 제 눈을 가리켰다.

'……아이고.'

속으로 앓는 소리를 낸 그녀가 고개를 끄덕이며 다시 상큼하게 웃었다. 닉이 엄지를 추켜세웠다. 본 임무를 마친 레리아나는 서둘러 시선을 돌려 버렸다.

호위를 맡은 기사들은 그녀를 시야 안에 두고 홀 가장자리에 앉아 즐겁게 떠들고 있었다. 노아는 그녀의 옆에서 시종에게 이런저런 지시를 내렸다.

'어쩐지 뒤통수가 따가운데.'

레리아나는 또 누가 자신을 힐끔거리나 주위를 두리번거렸지만, 뜨거운 시선의 주인공은 좀처럼 보이지 않았다.

악단은 잠시 쉬는 시간을 가지려는지 음악을 멈추었다. 부드러운 선율이 사라지자 떠들썩한 사람들의 웅성임이 홀을 가득 메웠다.

그때였다. 레리아나의 시야에 또각또각 소리를 내며 홀 안으로 들어오는 붉은 머리의 여인이 잡혔다. 사람들이 술렁이기 시작했다. 턱을 꼿꼿하게 든 그녀는 그윽한 눈길로 주위를 돌아보았다.

왜일까. 그녀의 수려한 얼굴이 유독 시선을 끌었다. 허리까지 굽이치는 붉은 머리칼, 이에 대비되는 눈처럼 새하얀 피부, 저절로 시선을 끄는 화려한 이목구비.

레리아나는 저도 모르게 그녀의 이름을 읊조리고 있었다.

"비비안 샤말?"

닉이 붙여시라고 칭했던 그 여자. 어쩐지 익숙한 이름이다 싶더라니……. 레리아나는 자신의 머리를 콩콩 두드렸다. 비비안 샤말은 원작에서도 나오는 주조연이었다. 그것도 여주인공인 베아트리스를 견제하는 소위 '악녀'.

비비안 샤말은 끈질기게 노아에게 구애했지만 끝내 노아는 그녀를 받아들이지 않았다. 실의에 빠진 그녀는 마침 들어온 왕의 구혼을 받아들였고, 현재는 하나뿐인 왕비 후보로 왕성의 교육을 받는 중이었다.

왕의 결혼은 특정한 길일을 잡아야 하기 때문에 왕비가 된 것이 미뤄진 것뿐이라, 사람들은 그녀가 아직 샤말이라는 성을 가지고 있음에도 왕비와 다름없이 대우하였다.

'비비안 샤말.'

여자 주인공인 베아트리스가 노아와 핑크빛 연애를 시작하자, 둘 사이에 훼방을 놓기 위해 음습하게 괴롭히던 바로 그녀……

순간 비비안의 얼굴이 빠른 속도로 레리아나 쪽을 향해 움직였다. 그러자 레리아나는 슬쩍 걸음을 옮겨 비비안의 사각으로 움직였다.

'제 발로 앞에 나설 수는 없지.'

지금 노아도 충분히 버겁다. 그런데 굳이 노아에게 차인 악녀에게 들켜서 더 괴로워지고 싶지는 않았다. 레리아나가 움직이는 사람들과 비비안의 시선에 따라 앞뒤로 걸음을 옮기며 샤샥샤샥 움직이고 있는데, 노아가 그녀를 찾다가 어리둥절한 얼굴로 고개를 기울였다.

"레리아나……?"

그녀가 옆으로 펑퍼짐한 영식 뒤에서 고개를 수그리며 숨어 있다가 되물었다.

"네, 네?"

노아가 무릎을 두 손으로 짚으며 눈을 맞췄다.

"거기서 뭐 해?"

"아뇨. ……아무것도. 아− 찌뿌둥해."

눈을 피한 레리아나는 기지개를 펴는 것처럼 슬그머니 몸을 곧추세웠다.

노아는 피식 웃더니 그녀에게 제 용건을 입에 올렸다.

"레리아나, 지금 그때 건넸던 말을 다시 상기해 줘야겠어."

"네? 뭘요?"

"필요할 때는 약혼녀 역할을 해 줘야겠다는 말."

"어디에 필요하신데요?"

노아가 슬쩍 고갯짓을 했다.

"저 여자에게."

레리아나가 노아가 가리킨 쪽을 바라보며 눈을 꿈뻑거렸다.

"……? 노아, 아까 발 밟혀서 정신이 좀 혼미해요? 저 사람 비비 안 샤말이에요. 아니, 잠깐. 그럼 설마……."

'저 여자에게 날 바쳐서 성가신 일로부터 피할 수 있는 제물을 삼으려는 건가!'

레리아나의 얼굴이 일그러졌다.

"난 제정신이야. 그리고 내가 가리킨 건 그녀가 아니라 그 옆."

"……아."

그제서야 레리아나는 비비안 옆에 덩그마니 서 있는 자그마한 여자를 눈치챘다.

"프리스 에리틸. 에리틸 후작의 어린 아내지."

"아, 그 콧수염의……."

콧수염 후작은 적어도 40살은 되어 보였는데, 프리스 에리틸은 이제 갓 20살이 된 것처럼 파릇파릇해 보였다. 완전 도둑놈이구만. 레리아나가 고개를 절레절레 저었다.

"구귀족 부인들 사이에 사교 모임이 하나 있어."

딱히 부르는 명칭은 없고 멤버가 누구인지도 잘 알려져 있지 않다. 그저 고위 인사의 부인들이 알음알음 가입해 있다는 소문이었다. 그녀들 하나하나가 막강한 지위를 가진 이들에게 영향을 주는 인물이다 보니, 그곳에서 오가는 말들이 나라를 움직인다는 우스갯소리도 돈다.

노아는 돌아다니는 시종의 쟁반에서 와인 잔을 두 개 집어 들어 레리아나에게 건넸다.

"그러니 레리아나, 그녀에게서 초대장을 받아 와 줘야겠어."

레리아나는 어느새 두 손에 들린 와인 잔을 번갈아 바라보았다. 잔 안에서 붉은 와인이 찰랑이며 그녀의 얼굴을 비추고 있었다.

'가서 와인이라도 건네며 친한 척이라도 하라는 건가.'

"그럼 부탁하지."

부탁하면서도 그는 꽤 뻔뻔한 얼굴이었다.

"으음……."

역시 꿍꿍이가 있었군. 레리아나는 못마땅하게 노아의 얼굴을 빤히 바라보다가 문득 그에게 물었다.

"저 의심하는 거 아니었어요?"

"……?"

그가 무슨 소리냐는 표정으로 고개를 기울였다.

"제가 저 모임에 들어가서 있는 말, 없는 말, 다 꺼내도 괜찮느냐는 뜻이에요."

노아가 작게 웃음소리를 흘렸다.

"그럴 수 있다면야. ……그리고 난, 이용할 수 있는 건 다 이용하자는 주의거든."

'이용한다니, 말본새하고는.'

레리아나는 콧방귀를 끼고는 잔을 들고 일어서서 프리스 에리틸에게 다가갔다.

그러다 그녀는 갑자기 걸음을 멈추더니 몸을 돌려 노아에게 쿵쿵거리며 다가갔다. 코 바로 아래까지 다가온 레리아나가 고개를 바짝 들고 말했다.

"이거 저한테 빚지는 거예요. 그리고 아주 비싼 빚일 거예요. 전 이용할 수 있는 건 다 이용하자는 주의거든요."

레리아나가 찡그린 얼굴로 빼꼼 혀를 내밀고는 다시 돌아섰다. 노아는 그녀의 뒷모습을 바라보며 유쾌한 웃음소리를 냈다.

* * *

'어떻게 접근한다.'

그녀는 눈치를 보며 지그재그로 사람들 사이를 쏘다녔다. 상황을 봐서 프리스 에리틸에게 접근하려고 했으나, 그녀는 비비안 샤말과 각별한 사이인지 곁에서 좀처럼 멀어질 생각을 하지 않았다.

'아니, 각별한 사이라기보다는…….'

프리스는 비비안 옆에 붙어서 그녀의 시중을 드는 개인 시녀처럼 굴었고, 비비안도 이런 상황이 익숙한지 무심하게 그녀에게 빈 잔이나 빈 그릇을 건넸다. 프리스는 그걸 또 대신 시종에게 전하곤 했다.

'일단 둘만 얘기를 할 수 있으면 좋으련만.'

흐음, 레리아나는 손에 쥔 와인 잔을 보고 잠시 고심하다 무언가 결심하곤 다시 걸음을 옮겼다.

레리아나는 비비안을 피하느라 미처 신경 쓰지 못했지만, 그녀가 사람들을 지나칠 때마다 그들의 눈동자는 저절로 레리아나를 향하고 있었다.

그녀의 움직임에 베일이 살랑거리며 신비한 분위기를 풍겼고, 그 베일 끝에서 하얀 얼굴의 레리아나는 무언가를 쫓는 것처럼 살짝 입술을 한일자로 다문 채 빠르게 걸음을 옮기고 있었다.

얘기를 나누던 사람들은 지나가는 그녀를 슬쩍 고개를 돌려 바라보다가 조용히 수군거렸다.

"너 예전에 말이야, 맥밀런 영애와 혼담 비슷하게 오가지 않았었어?"

"맞아."

"그때 잡았어야지, 자식아."

"그때는 맨날 벽에 붙어서 고개만 숙이고 다니니까, 좀……. 그런데 저렇게까지 예쁜 줄은 몰랐는데."

"하여간, 이놈은 지 복을 다 차는 재주가 있다니까. 들어봐, 얘가 저번에는 뭘 했는지 아냐?"

수군거리던 신귀족 영식 무리들이 와하하, 웃음을 터트렸다.

'다 들려.'

아까 뒤통수가 따가웠던 이유가 이 때문이었나. 레리아나는 민망한 나머지 눈을 어디에 둘지 모른 채 방황하다 고개를 푹 숙이곤 그들 옆을 종종걸음으로 지나쳤다.

'저렇게까지 예쁜 줄은 몰랐는데'라는 말은 마음속 한편에 고이 담아 두었다.

그녀는 일단 비비안과 프리스가 서 있는 장소 근처까지 다가갔다. 그러고는 주위를 담당한 시종과 그 둘의 움직임을 잘 살폈다.

비비안은 준비된 간식거리를 한 입 먹고는 마음에 들지 않는 표정으로 프리스에게 던지듯 그릇을 건넸다.

'......!'

레리아나는 프리스가 시종에게 그릇을 건네는 순간을 노려 그녀에게 다가갔다. 프리스의 팔이 레리아나가 들고 있던 와인 잔과 부딪혔다.

"앗!"

프리스의 외침과 함께 와인이 크게 출렁였다. 제멋대로 잔을 벗어난 와인은 레리아나의 손을 듬뿍 적시고, 프리스의 손에도 함께 튀었다. 그릇을 받으려던 시종은 사색이 되어 수건을 가져온다며 자리를 떠났다.

프리스는 깜짝 놀랐는지 잠시 멍해 있다가, 안절부절못하며 재차 사과하기 시작했다.

"죄송해요. 죄송해요, 영애. 어떡해⋯⋯."

"전 괜찮아요, 부인. 그런데 부인 손, 어서 닦아야겠어요."

레리아나가 프리스의 젖은 손을 바라보며 말했다. 그녀는 우물쭈물 '그래야겠어요.'라고 대답하며 제 손을 내려다보았다.

'됐다.'

레리아나가 흐뭇한 미소를 지으며 일어서는데, 높게 째진 목소리가 자리를 떠날 수 없도록 그녀의 발목을 잡고 붙들었다.

"이거, 맥밀런 영애 아니신가요? 여기서 뵙게 되는군요."

'아, 이런⋯⋯.'

레리아나가 살짝 체념한 얼굴로 고개를 돌렸다. 그곳에는 풍성한 붉은 머리칼을 가진 여자가 치약 선전에 나오는 것처럼 가지런한 미소를 지으며 그녀를 바라보고 있었다.

레리아나는 치맛자락을 살짝 들어 예를 보였다.

"아, 샤말 영애. 여신의 손길이 함께하시길. 레리아나 맥밀런입니다."

"절 알고 계시는군요?"

"그럼요. 왕국에서 비비안 샤말 영애를 모르는 이가 어디 있겠어요. 그런데 샤말 영애, 저희가 좀 난처한 상황에 처해서 말입니다만."

비비안이 날카로운 눈으로 프리스를 흘겼다. 프리스는 시선을 내리깔았다.

"시종에게 수건을 달라고 해야겠군요."

"흐르는 물로 닦으셔야 할 것 같아요. 자칫하면 손이 끈적일 것 같은데. 전 괜찮지만, 부인께서 불편하실 것 같아서요."

"괜찮으시다니 다행입니다. 에리틸 부인도 그리 생각하실 것 같은데요. 그렇죠?"

프리스는 비비안의 눈치를 보며 비비안과 레리아나를 번갈아 보더니 고개를 푹 숙이고 대답했다.

"아…… 네……. 전 괜찮습니다……."

만만치 않네. 레리아나는 시종이 가져다준 수건으로 손을 닦으며 몰래 혀를 찼다.

"그러고 보니, 맥밀런 영애. 영애에 대한 칭찬이 자자하더군요. 특히 기초 학문 같은 경우는 에스토타계의 여성들은 배울 기회가 없었을 텐데, 참으로 장하십니다."

소문이 그렇게나 빠른가?

하지만 그보다 신경 쓰이는 부분은 비비안이 은연중에 레리아나가 자신보다 낮은 계급이라는 걸 표현한 것에 있었다.

'졸부라 무시한다, 이건가.'

상큼하게 웃은 레리아나의 한쪽 눈썹이 높게 올라갔다. 술잔과 싸움은 받는 것이 예의라 했다. 레리아나는 노아에게서 받고 있던 혹독한 시달림으로 완성한 포커페이스를 고수했다.

"어여쁘게 봐 주셔서 부끄럽습니다. 배울 기회는 없었으나, 기초 학문인 만큼 습득하기 어려운 난이도가 아니어 다행이었답니다. 심오한 학문이었다면 짧은 시간 안에 따라가기는 힘들었겠지요. 그동안 공백이 있어 모자란 만큼 더 노력하여 다른 분들과 같은 성과가 나온 것 같습니다. 알아주시니 노력한 보람이 있어 기쁠 따름입니다."

'너네 배우는 거 엄청 쉽던데? 지금까지 뭐 했니? 놀았어?'

약이 오르기 시작한 비비안이 남들은 잘 알아챌 수 없을 정도로 아주 조금 미간을 좁혔다.

"요즘 에스토타계의 여성분들은 매사에 참 당당하다 하시더니, 정말이로군요."

'넌 아래 계급이라 겸손이 없구나?'

레리아나가 상큼한 웃음을 보이며 웃음소리를 냈다.

"감사하게도 국왕 폐하께서 두루 돌보시어 여성의 지위가 향상된 만큼, 변화에 민감한 젊은 세대의 움직임이 달라지면서 적극적인 마음가짐을 취하는 게 현 추세 아니겠습니까? 이전 세대에 비하면 어쩔 수 없이 당돌하게 느껴지시나 봅니다. 새로운 물결일 뿐이니 어여쁘게 보아 주시길."

'요즘 누가 겸손을 떨어? 시류 좀 읽어.'

말문이 막힌 비비안이 아랫입술을 살짝 깨물었다.

"……샤말 영애."

프리스가 난처한 듯 눈썹을 추욱 늘어트리곤 비비안의 소매를 살짝 잡아당겼다.

그때 어디선가 작게 찰칵거리는 소리가 들렸다. 레리아나가 놀라 돌아보니, 몰래 잠입해 사진을 찍은 이들이 시종들에게 끌려 나가고 있었다.

'파파라치인가?'

내일 신문 1페이지에 어떤 사진이 실릴지 보지 않아도 알 수 있을 것만 같다며 레리아나는 몰래 한숨을 쉬었다.

"맥밀런 영애. 칭찬이 자자하신 것 같더니만, 아직 예절 교육이 부족한 것 같군요. 저는-"

비비안이 마음을 가다듬고 다시 레리아나에게 쏘아붙이려는 그때였다.

"어머, 어머, 어머, 이게 누구야. 샤말 영애 아니세요?"

누군가 그녀의 말을 막았다.

"……닉?"

레리아나가 익숙한 말투에 그를 향해 시선을 돌렸다. 모두가 눈을 동그랗게 뜨고 자신들을 향해 다가온 곰 같은 사내를 바라보는데, 그는 새끼손가락을 번쩍 추켜올린 채로 들고 있던 잔을 지나가던 시종에게 맡기면서 말했다.

"그것참. 언제 오셨는지, 워낙 존재감이 없어 미처 알아차리지 못했네요. 사과드려요-"

"……닉 매덕스."

비비안이 이를 갈며 낮게 그의 이름을 읊조렸다.

레리아나는 아까 우아한 척하며 쏘아붙이던 여자가 갑자기 태세를 전환하자 조금 놀란 얼굴을 애써 감추었다.

"몸은 무거운 곰 같은데 처세는 가벼운 쥐처럼 취하더니, 언제 맥밀런 영애에게 들러붙으셨답니까? 뭐, 두 분이 잘 어울리긴 합니다만 말입니다."

비비안이 표독스럽게 쏘아붙였다. 그러자 닉은 주먹을 가볍게 말아 입을 막고 마치 재채기를 하는 것처럼 비비안을 모욕했다.

"옛! 시, 불옛! 시!"

'히익.'

지켜보던 레리아나는 한순간 얼굴 근육을 관리하지 못하여 경련을 일으켰고, 프리스는 얼굴이 창백해졌다.

"아, 이런. 재채기가- 붉은 머리 알레르기가 있어서 말이죠, 호호."

붉은 머리 알레르기는 뭐야……. 레리아나는 난처하게 웃었고, 비비안은 굴욕으로 새빨개진 얼굴을 한 채 닉을 노려보았다.

비비안이 주먹을 부르르 떨자, 닉은 비죽이 한쪽 입술 끝을 올려 웃었다.

잘은 몰라도 아마 둘의 이런 공방은 한두 번이 아닌 것으로 보였다.

'닉을 상대하려면 우아한 척으로는 감당이 되지 않겠지…….'

그렇게 생각하며 레리아나는 조금 고개를 끄덕였다.

"닉-!"

모욕감으로 물든 비비안이 닉으로 완전히 타깃을 옮겨 갔다. 그러자 닉이 고개를 조금 돌려 레리아나에게 윙크했다.

'닉…… 도와주려고 온 거구나.'

레리아나는 뒷짐 진 닉의 손바닥에 제 손바닥을 맞부딪히면서 고마움을 표시하고는 턴을 교대했다.

"에리틸 후작 부인, 어서 손을 닦으러 가셔야 하지 않을까요?"

갑자기 제 이름이 불린 프리스가 눈을 깜빡이다 작게 예, 라고 대답했다.

레리아나는 프리스 옆에 딱 붙어서 홀을 나와 휴게실로 향했다. 프리스 에리틸은 자그마한 몸집만큼 아주 소심한 여자였다. 비비안과 떨어져서 무언가 불안해 보이는 시선으로 계속 주위를 힐끔거렸다.

빈 휴게실을 찾아 들어가는데 갑자기 프리스가 불쑥 물어 왔다.

"저…… 저분들도 함께 들어오시는 건가요?"

"네?"

"저기에……."

프리스의 불안한 얼굴은 뒤에 따라오는 호위 기사 집단들 때문이었다. 붉은 눈을 가진 아담을 비롯해 5명이 한꺼번에 뒤를 쫓고 있으니, 두려워하는 것은 당연한 일인지도 모른다.

레리아나는 으음, 하고 목을 울렸다가 다정한 목소리로 물었다.

"경들, 자리를 좀 비켜 주셨으면 좋겠네요."

기사들은 난처한 얼굴이었다. 그러나 홀로 무표정한 아담은 고개를 좌우로 가볍게 저었다.

프리스가 아담의 붉은 눈을 보더니 대놓고 옆으로 고개를 돌렸다. 아담은 익숙하다는 표정이었지만 레리아나는 미간을 모았다. 그녀는 조금 못마땅한 표정으로 여기사를 가리켰다.

"그럼, 여성 기사분……."

"앤슬리입니다."

"앤슬리 경만 남아 주세요. 다른 분들은 연회장으로 돌아가 계시고요."

다른 기사들은 순응하려 했으나 아담은 그대로 묵묵부답이었다. 레리아나는 아담에게 다가가 귓속말로 노아에게 휴게실에서 후작부인과 만나고 있다고 전해 달라며 속삭였다.

아담은 고민하듯 살짝 눈을 내리깔았다.

"부탁드려요."

레리아나가 아담의 소매를 잡으며 말했다. 계속 눈을 내리깔고 있던 그가 뒤늦게 고개를 한 번 끄덕였다.

"그럼, 곧 돌아갈게요."

레리아나가 그렇게 말하자 어딘가 놀란 표정을 지은 앤슬리만이 남아 그녀를 따랐다. 앤슬리는 뒤돌아 가는 아담의 뒤를 바라보며 고개를 기울였다.

'저 아담 테일러가 그렇게 쉽게 돌아간다고?'

"앤슬리 경? 무슨 일 있어요?"

"아뇨."

앤슬리는 레리아나가 부르는 소리에 다시 발을 옮겼다.

* * *

프리스와 레리아나는 휴게실 안에 들어가 손을 씻으면서 잠시 담소를 나누었다.

프리스 에리틸은 지방의 귀족으로 나름 구귀족 가문 안에는 있었으나 세가 크지 않았고, 작은 영지는 몇 년간의 재해로 유령 도시처럼 변했다고 한다. 그러다가 후작과 결혼 후에 수도로 올라왔고, 그래서인지 수도에서 적응하는 데 꽤 힘들어하고 있다고 말했다.

'그래서 비비안 옆에서 시중을 들고 있었나.'

레리아나는 그녀의 말을 들어 주면서, 저도 신귀족이었는데 갑자기 환경이 바뀌니 적응하기 힘들다며 공감하곤 프리스의 손을 잡아 주었다. 줄곧 우울해 보였던 프리스는 그제야 조금 미소를 보였다.

"아까 후작님을 뵈었는데, 아주 풍채가 좋고 재치 있으신 분이더군요."

"예에……."

순간 프리스의 얼굴이 퀭해졌다.

'잘못 말했구나.'

후작한테 팔려 오기라도 했나. 하긴, 나이 차이가 20살은 더 나

보이던데. 아까 영지가 빈곤하다는 얘기를 들었을 때 알아차렸어야 했다. 순식간에 싸해진 분위기에 레리아나는 뒷걸음질하다 지뢰를 밟았다며 자신을 책망했다.

"아, 그러고 보니 부인들끼리의 모임이 있다면서요?"

레리아나는 급격하게 화제를 바꿨다.

"네, 오늘 무도회에 참여하신 분들 중에서도 같이 활동하고 계신 분들이 많아요."

"그런가요? 모임은 어떤 분위기죠? 부인이 너무 부러워요. 저는 지금부터 다른 분들과 어떻게 교류를 해야 할지 막막해서……."

실은 교류할 생각은 한 번도 해본 적이 없지만.

"맥밀런 영애……."

프리스가 어깨에 손을 살며시 올리고 안타깝다는 투로 말을 흘렸다.

레리아나는 제 속으로 무슨 생각을 하는지 능숙하게 감추고는, 우수에 찬 눈으로 살풋 고개를 앞으로 기울이며 가련한 척 내숭을 떨었다.

"그냥 레리아나라고 불러 주세요, 부인."

"저, 그럼……."

프리스가 눈을 데굴데굴 굴리며 조심스레 물었다.

"영애께서도 모임에 함께하시는 건…… 어떠신가요? 저도 함께 힘이 되는 분이 있으면 좋겠다고 생각하는데……."

"부인, 그럼 너무 감사드리죠."

"괜찮으신가요?"

"그럼요. 부인과 계속 어울릴 수 있게 되어서 기뻐요."

레리아나는 상큼하게 웃으며 프리스의 손을 꼭 쥐었다. 프리스는 자신의 이야기를 다정하게 들어 준 레리아나가 마음에 들었는지, 흔쾌히 초대장을 꼭꼭 보내 주겠다며 확언했다.

'쉽네.'

노아가 혼자 이런 쾌감을 즐기고 있었나. 매번 속내를 숨기고 다른 사람을 조종해 대는 남자를 떠올린 레리아나는, 훌륭하게 임무를 마치고 노아에게 빚을 만들어 낸 자신을 칭찬했다.

'뭘 요구하면 좋을까─'

그녀는 음흉한 속내를 숨긴 채 프리스를 마주 보며 상큼하게 웃었다.

"이제 그만 돌아가야겠네요. 걱정하겠어요."

레리아나가 말하자 프리스가 고개를 끄덕이며 동의했다. 그녀들이 일어서자 한쪽 벽에 서서 대기하고 있던 앤슬리가 앞장섰다.

앤슬리가 문고리를 잡았고 레리아나는 웃으며 프리스의 물음에 답을 하고 있는 중이었다.

"……어?"

문을 열던 앤슬리가 얼이 빠진 소리를 냈다. 레리아나와 프리스가 무슨 일인지 앞으로 고개를 돌렸다. 그와 동시에 문 안으로 자욱한 연기가 밀려 들어오기 시작했다.

"이게 무슨!?"

"꺄아아아악!"

한 치 앞도 보이지 않을 정도로 두껍게 깔린 연기가 그들을 덮쳤다. 레리아나는 손을 내밀어 앞을 휘저어 보았고, 겁에 질린 프리스는 비명을 질렀다.

"영애! 어디 계세요!"

검을 뽑은 앤슬리는 당황한 목소리로 소리를 질렀다. 탄 냄새는 나지 않는 걸 보니 화재 같은 이유로 생긴 연기가 아니다. 누군가 무슨 목적이 있어 인위적으로 피운 연기임에 틀림없었다. 앤슬리는 재차 레리아나를 부르며 주위를 돌아다녔다.

"큭, 영애!!"

앤슬리가 외쳤으나 끝내 대답은 돌아오지 않았다.

'앤슬리 경!'

그때 레리아나는 누군가에 의해 입이 틀어막힌 상태로 온몸을 결박당하고 있었다. 몸 뒤에서는 단단한 남자의 몸이, 그리고 코로는 약품 냄새가 느껴졌다.

'안 돼.'

숨이 거칠어지고 심장이 급격하게 뛰기 시작했다. 그녀는 자신을 속박한 손에서 벗어나기 위해 몸을 뒤틀어 보았지만, 괴한은 꿈쩍도 하지 않았다.

힘껏 저항해도 마취제는 점점 몸으로 퍼져 나갔다. 가물가물한 눈을 필사적으로 감지 않으려 노력하며 레리아나는 미간을 찌푸렸다.

'앤슬리!!'

그러나 레리아나의 외침은 끝내 입 밖으로 나오지 못했다.

'노……'

5장

납치

납치

프렌치 브룩스는 여자들의 사랑을 돈으로 환산했다. 그것이 그의 유일한 장기였다. 그럴듯한 외모와 가문의 이름은 투자자라는 이름의 눈먼 여성들을 자석처럼 끌어모았다.

제이크 랭스턴의 동생, 소피 랭스턴도 그중 하나였다. 소피 랭스턴은 그를 위해 엄청난 빚을 져 가며 헌신했다. 그러나 프렌치 브룩스가 그녀에게 남긴 것은 언젠가 결혼을 하자며 전했던 싸구려 반지 하나와 이별의 말뿐이었다.

'그녀가 그렇게 집요하고 정신 나간 여자인 줄 미리 알았더라면.'

이 모든 일은 벌어지지 않았을 것이다. 프렌치 브룩스는 주먹을 떨었다.

소피 랭스턴은 다른 여자들처럼 프렌치 브룩스를 쉽게 포기하지 않았다. 그의 마음을 돌리기 위해 자살 시도를 감행한 것이다.

프렌치는 손톱이 살갗을 파고들 정도로 주먹을 세게 쥐었다. 자신은 그저 그녀를 말리려던 것뿐이었다.

칼을 사이에 두고 몸싸움이 벌어졌다. 그러다 그녀의 목에 칼이 박힌 것은 정말 고의가 아니었다. 그리고 소피가 피를 쏟으며 죽어 가는 순간을, 프렌치가 넋을 놓는 그 순간을, 제이크 랭스턴이 모두 보고 있었던 것은 정말 고약한 우연이었다.

"내, 내 잘못이 아니야."

겁먹은 프렌치 브룩스에게 랭스턴이 말했다.

"너, 돈 많아?"

랭스턴은 프렌치 브룩스가 신흥 졸부 집안의 레리아나 맥밀런과 약혼하도록 강요했다.

"처음이 어렵지. 두 번째는 쉽잖아."

랭스턴이 웃으며 말했다. 그의 일그러진 눈물점이 미치도록 진절머리 나게 싫었다.

문득 뒤쪽에서 기척이 감지되었다. 짐칸에 묶여 있는 전 약혼녀의 존재감이 느껴진 것이다.

그러나 그는 이 모든 것이 자신의 잘못이 아니라고 생각했다. 지나가다 구정물을 밟는 날이 있는 것처럼, 자신은 그저 나쁜 운수에 시달리는 것일 뿐이다. 소피 랭스턴이라는, 잘못된 여자를 선택해서 생긴 나쁜 운수.

제기랄, 그는 낮게 욕설을 지껄였다. 계속 되뇌어 보았자 무슨 소용인가. 무엇이 문제였든 간에 이젠 돌이킬 수 없다. 프렌치는 이를 악물었다. 어쩔 수 없어. 그는 다시 한 번 다짐하듯 뇌까렸다.

"이제 어쩔 수 없어."

＊　＊　＊

"허억!"

레리아나가 물속에 있다가 밖으로 나온 것처럼 깊게 숨을 들이쉬며 눈을 떴다. 마치 긴 꿈을 꾼 것처럼 피로했고, 몸이 물에 젖은 솜처럼 무거웠다. 딱딱한 바닥에 엎어져 있는 채로 눈을 깜빡이자 보이는 것은 낯선 바닥이었다.

'뭐지?'

당황한 레리아나는 숨을 고르게 쉬며 몸을 일으켰다. 얼마나 오랜 시간 동안 딱딱한 바다 위에 쓰러져 있었던 건지, 관절 마디가 쑤시고 허리가 뻐근했다.

레리아나는 입술을 핥으며 주위를 살폈다. 목구멍이 달라붙는다고 생각될 정도로 갈증이 심했다. 주위를 둘러보니 사방이 막힌 어두운 공간 안이었다. 빛은 벽 위에 달린 세로 20센티, 가로 30센티 가량의 작은 창문에서 들어오는 것이 전부였다.

얼핏 눈이 어둠에 익자 보이는 것은 나무판자로 된 벽과 바닥이었고, 그녀가 있는 공간은 덜컹덜컹하는 소리와 함께 기우뚱거리며 움직이고 있었다. 무언가 마차 같은 것으로 옮겨지는 것처럼 보였다.

'내가 왜……'

몸을 완전히 일으키니 머리가 깨질 것 같다. 우선 침착하자고 되뇐 레리아나는 왜 자신이 여기에 있는지 하나씩 찬찬히 떠올리기 시작했다.

무도회에 있었고…… 노아의 부탁을 받아 후작 부인과 접촉했
고…… 방에 연기가, 그리고…….

'납치?'

납치인가. 그녀는 고개를 푹 숙이고 자신을 납치할 이가 누구일
지 여러 가지로 떠올려 보았다.

그러나 프렌치 브룩스, 이런 짓을 할 만한 사람은 그밖에 없다.
납치해서 돈을 뜯어내기라도 할 셈인가.

'야비한 자식.'

파티장에서 뒤통수가 뚫어져라 바라보던 것도 아마 그자였으리
라. 레리아나는 몰래 숨어서 스토커처럼 자신을 따라다녔을 프렌
치 브룩스를 떠올리며 소름이 끼치는 듯 입꼬리를 내렸다.

그리고 그때, 그녀의 짐작이 맞기라도 하다는 듯, 앞에서 프렌치
브룩스의 목소리가 들려왔다.

"깨어났는지 확인해 봐."

프렌치 브룩스 외에 또 다른 사람이 있는 건가? 달칵이며 문 여
는 소리와 함께 낯선 이의 목소리가 들리자 레리아나의 어깨가 흠
칫 떨렸다.

끼이익―

문이 완전히 열리기 전, 그녀는 바로 그 자리에 누워 눈을 감았다.
고르게 달리는 말굽 소리 사이로 저벅저벅 발소리가 크게 울렸다.

남자는 그대로 레리아나 바로 옆까지 다가와 쪼그려 앉았다. 그
러고는 말했다.

"일어나 있던 거 아니까 그만 눈 뜨지?"

'칫.'

그건 또 언제 봤대. 그녀가 속으로 혀를 차며 눈을 떴다.

"안녕, 아가씨."

눈물점이 있는 남자, 랭스턴이 킬킬 웃으며 손을 흔들었다.

* * *

레리아나는 벌떡 일어나 바짝 털을 세운 동물처럼 랭스턴을 경계하며 말했다.

"다가오면 소리 지를 거예요."

"질러도 돼. 어차피 아무도 없으니까."

"살려 주세요! 여기 사람 있어요! 살려 주세요-!!"

레리아나가 한 치의 망설임도 없이 소리를 지르기 시작했다. 나무판자 벽을 주먹으로 퍽퍽 쳐 보기도 하고, 다시 한 번 고래고래 소리를 지르기도 하고, 무시무시한 눈빛으로 랭스턴에게 고자나 되라며 하이 톤의 초음파를 날리기도 했다.

하지만 그의 말대로 누구도 지나가지 않는 한적한 도로를 달리는 듯, 그녀를 도와줄 이는 존재하지 않았다.

시끄러웠는지 귀를 후비던 랭스턴이 심드렁하게 말했다.

"이것 봐, 고자나 되라니."

"후손을 낳을 자격이 없어 보여서요."

랭스턴이 저벅저벅 그녀를 향해 일직선으로 걸어왔다. 레리아나는 벽에 딱 붙어서 그를 노려보았다.

"귀엽게 굴어, 아가씨. 원하는 것만 얻는다면 그냥 풀어 줄 수도 있잖아."

"저한테 착하게 구시죠. 공작님이 너무너무 사랑하는 여자를 납치한 납치범이지만 사형대에는 안 보낼 수도 있잖아요."

물론 노아와 레리아나에게는 사랑의 L자도 없다. 사실과는 조금 달랐지만 무슨 일이든 허세가 중요한 법이다.

랭스턴은 조금씩 심기가 불편해졌는지 허리에 두 손을 짚고 짝다리를 한 채 그녀를 껄렁한 표정으로 바라보았다.

"내가 그쪽을 잡고 있다는 걸 기억하는 게 좋을 텐데?"

"당신도 기억하는 게 좋을 텐데요. 돈은 나한테 있고 당신들은 내 돈을 받아야 한다는 거."

그가 입꼬리를 쫙 끌어 올려 웃더니 한걸음 만에 그녀 앞으로 불쑥 다가왔다. 레리아나가 미처 피할 새도, 공간도 없었다.

"이 아가씨가, 자기 상황을 아직 모르네. 예쁜 얼굴에 칼자국 좀 나 봐야 정신 차리겠지? 그치?"

랭스턴이 한 손으로 레리아나의 양 볼을 꾹 쥐고 들어 올린 채 허리춤에서 단검을 꺼내 들었다. 칼날이 눈앞에서 어른거리며 연녹색 눈동자를 빛냈다. 그녀의 얼굴이 새하얘졌다.

'아니, 인질에게 손을 대려고 하다니…… 제정신이야?!'

이러면 안 되는데. 레리아나의 손끝이 차갑게 식었다. 칼날은 그녀의 얼굴 위를 살짝 스치며 배회했다. 그녀의 눈동자가 거세게 흔들렸다.

"어차피 목숨만 붙어 있으면 되잖아. 안 그래?"

그거 아니야! 잘못 생각하고 있는 거야! 얼굴도 멀쩡해야 돼! 그녀는 누구보다 빠르게 태세를 전환했다.

"미아함미다."

"뭐라고? 잘 못 알아듣겠는데?"

"미안하다거여."

"뭐라고-?"

그는 한참 낄낄거리더니 손을 거칠게 놓았다.

"앗!"

레리아나는 인상을 찌푸리며 얼얼한 볼을 어루만졌다.

"하하핫! 아가씨 귀엽네."

"귀여우면 놔주시죠. 부탁드립니다."

레리아나가 기어 들어가는 목소리로 중얼거렸다.

"아가씨, 그냥 조용히 있어. 까불지 말라고. 알아들었지? 응? 칼
자국 나면 아가씨만 힘들어. 곧 그 대- 단하신 공작님이랑 딴따따
라- 할 거잖아. 그치?"

그는 장난스럽게 단검을 빙글빙글 돌리며 말했다. 둥글게 휘어진
눈은 칼날처럼 차가웠다.

그저 입을 다물게 하기 위한 협박조가 아니란 것을 그녀의 본능
이 속삭였다. 머릿속에 경보음이 울리기 시작한다. 이 남자는 진짜
다. 여차하면 자신을 죽일 수도 있으리라. 그녀는 굳은 얼굴로 살
짝 고개를 끄덕였다.

'칫.'

레리아나는 그대로 주저앉아 두 팔로 무릎을 안았다. 그러고는
엉덩이를 쭉쭉 밀어 짐마차 한쪽 구석까지 파고들어서 랭스턴과
프렌치가 죽어 버렸으면 좋겠다고 조그만 목소리로 저주했다.

둘은 한참 동안 침묵하고 있었다. 말굽 소리만 귀를 메우고 짐마
차 안으로 들어오는 달빛이 점점 흐릿해졌다.

"……저기요."

얌전히 쪼그려 앉아 있던 레리아나가 랭스턴을 불렀다.

"이런 짓은 왜 하는 거죠?"

랭스턴이 눈썹을 번쩍 들어 올리며 그녀를 바라보았다.

"그 정도는 말해 줘도 되잖아요."

그는 살짝 뜸을 들이는가 싶더니 곧 여상한 어조로 말했다.

"죽은 동생 때문이지. 소피가 저놈 때문에 죽었거든. 가족이 죽었는데 그에 대한 보상은 받아야 하지 않겠어?"

"프렌치 브룩스가 사람을 죽였나요?"

"뭐— 비슷해."

랭스턴이 살짝 어깨를 들썩였다.

더 이상 자세한 이야기는 해 주지 않을 셈인 듯 보였다.

잠시 고민하던 레리아나는 조심스레 운을 띄웠다.

"동생이 이런 일, 원할 것 같나요?"

랭스턴의 눈동자가 그녀에게로 천천히 굴러갔다.

"동생은 그런 걸 원하는 사람이었나요?"

동생은 원하지 않는 일이었을 거라며, 레리아나가 가련한 표정으로 호소했다. 물론 그의 동생이 어떤 사람이었는지는 모른다. 그러나 감정을 움직이는 데는 가족을 파는 게 제일 좋은 방법이 아닌가.

소설 같은 걸 보면 늘 그랬다. 여주인공이 일침을 날리면 범인들은 감화되는, 그런 수많은 에피소드들이 있지 않은가. 레리아나는 마치 그의 여동생을 지상에 강림한 천사처럼 묘사하며, 그녀가 지금쯤 천국에서 그를 보고 얼마나 슬퍼할지에 대해서 장황하게 이야기했다.

레리아나가 오빠를 사랑하는 마음으로만 소피를 성인급 반열에 올릴 정도로 미화하기 시작하자, 가만히 듣고 있던 랭스턴의 얼굴 근육이 꿈틀거렸다.

'통했나?!'

레리아나의 눈이 반짝였다. 랭스턴이 생기가 도는 그녀의 얼굴을 보더니 풋 웃음을 터트렸다.

"아하하, 하하하하하하핫! 뭐야? 그런 말로 설득할 수 있을 거라고 생각했어? 난 그저 돈이 좋은 것뿐이야. 크크큭, 크하하하하!"

랭스턴이 눈가에 눈물까지 닦으며 흐느끼는 것처럼 웃기 시작했다. 그는 곧 즐거운 듯이 말했다.

"귀족들은 제 지위가 모든 것을 해결해 주리라 생각하지만, 그건 멍청한 생각이야. 봐, 저놈은 브룩스가 장남인데 돈 때문에 이런 짓까지 하고 있잖아? 세상은 돈이야, 돈이 전부라고! 내 동생도 좋은 비석과 잠자리를 만들어 주는 편이 더 좋지 않겠어? 어차피 죽었는데 말이야."

랭스턴이 낄낄거리며 웃어 댔다.

'칫.'

레리아나는 부루퉁한 얼굴로 미간을 좁혔다. 그는 생각보다 더 속물이었다. 감화는커녕 녹록치 않은 세상만 경험했다.

'그래, 난 어차피 주인공도 아니지.'

레리아나는 무릎에 얼굴을 파묻었다. 아름다운 드레스에 화장이 묻어났지만 신경 쓰지 않았다. 이제는 뭘 시도해 보고자 해도 아무 생각도 나질 않는다. 어쩔 수 없이 성에 갇힌 공주님처럼 구해 주길 기다리는 것밖에는 도리가 없다.

'그 남자는 지금 뭘 하고 있지.'

레리아나는 노아를 떠올리며 속으로 툴툴거렸다. 그에게 자신은 협박범에 불과하니 그대로 어디선가 죽어 버리라고 저주나 하고 있는 건 아니겠지? 맥밀런 가문이나 다른 사람들의 눈도 있으니 찾는 시늉은 하려나? 레리아나는 최대한 희망적으로 생각하며 울렁이는 마음을 가다듬었다.

그때였다.

"랭스턴!"

프렌치 브룩스가 문을 활짝 열고 랭스턴을 불렀다. 다급한 목소리였다.

'프렌치 브룩스!'

레리아나가 그를 쏘아보았고 그는 인상을 찌푸리며 시선을 피했다.

"무슨 일이야."

"뒤에."

프렌치가 자세한 말을 아끼며 뒤를 고갯짓했다.

랭스턴은 웃차, 신음성을 내며 몸을 일으키더니 앞으로 다가가 프렌치와 심각하게 이야기를 나누었다. 그러고는 고개를 뒤로 쭉 내밀고 프렌치가 말한 것을 확인해 보았다.

'무슨 일 있는 건가?'

레리아나는 자신도 확인해 보려 했으나, 창이 너무 높은 곳에 있어 확인해 볼 수가 없다.

쯧, 랭스턴이 혀를 찼다.

"마차를 버려. 숲으로 들어간다."

여자를 맡으라는 랭스턴의 말이 들려왔다. 프렌치는 떨떠름한 표정을 지으면서도 알겠다며 고개를 끄덕이곤 레리아나가 있는 짐마차 안으로 들어섰다.

랭스턴은 고삐를 대신 쥐고 마차가 보이지 않을 정도로 나무가 우거진 곳을 찾아 마차를 세우며 말을 달랬다.

"프렌치 브룩스."

레리아나가 분노를 담은 낮은 목소리로 불렀으나, 그는 대답이 없다.

프렌치는 굳은 얼굴로 레리아나에게 다가왔다. 그가 움직일 때마다 허리춤에 단 단검집이 덜그럭거렸다.

레리아나는 입술을 잘근잘근 씹으며 주먹을 가볍게 쥐었다 폈다.

프렌치는 그녀에게 바짝 다가와 허리띠를 풀었다. 그러고는 그녀의 손을 묶기 위해 드레스의 베일을 뜯어냈다.

"프렌치."

"너무 원망하지 마. 나와 결혼만 했다면 모든 것이 다 원만했을 거야."

레리아나가 몰래 열려 있는 문 너머를 슬쩍 흘겼다.

"결혼해서는 날 가만히 살려 둘 생각이었고?"

프렌치의 머리가 살짝 들리기 시작했다.

"죽일 생각이었잖아. 그렇지? 비소로 죽여 버리려고 매일 밤마다 차를 타 올릴 생각이었잖아."

"어떻게……."

분주히 손을 놀려 베일을 찢던 프렌치의 움직임이 아주 잠시간 멈추었다. 레리아나가 그 틈을 노려 베일을 프렌치의 얼굴로 날렸다.

"이-!"

당황한 프렌치가 한 걸음 뒤로 물러났다. 레리아나는 그의 가슴 팍을 온몸으로 거세게 밀쳐 버렸다. 명치를 어깨로 가격당한 그의 몸이 기우뚱 무너졌고, 레리아나는 치맛자락을 가슴까지 끌어안고 바로 달리기 시작했다.

"레리아나!"

프렌치의 날카로운 비명이 그녀의 목덜미를 잡아챌 듯 섬뜩하게 다가왔다. 그러나 그녀는 아랑곳없이 그대로 달리기 시작했다.

* * *

"헉, 헉, 헉."

레리아나는 바로 어두운 수풀 안으로 뛰어 들어갔다. 멀찍이서 프렌치와 랭스턴이 욕설을 지껄이며 수풀을 헤치는 소리가 들려왔다.

그녀는 숨을 죽이고 그들의 소리가 나지 않는 쪽으로 살금살금 움직였다. 그러고는 큰 나무 기둥 아래에 약간 홈이 난 곳 안으로 파고들었다. 이곳이라면 잘 보이지 않을 터였다.

레리아나가 숨을 가다듬기 시작하자 나무에서 부엉이가 울었다. 하늘은 구름이 달을 가린 어두운 밤이었다. 레리아나는 하늘이 어둡고 나무는 스산한 것까지, 모든 것이 원망스러웠다.

좋게 생각해서 누가 어린 나이에 죽은 자신을 불쌍히 여겨 이쪽으로 보낸 거라면, 제대로 된 후처리 서비스라도 해 줘야 하는 것 아닌가? 그런데 이번에는 제대로 살아 보라는 좋은 의도기는커녕, 마치 고생 좀 더 해 보라고 던져 놓은 것처럼 악취미적 농간에 놀아나는 것만 같다.

'전생에 나라라도 팔았던 건가.'

레리아나는 나무 기둥에 머리를 기대고 깊은 한숨을 내쉬었다.

'살고 싶다.'

'무섭다.'

'누가 구해 줬으면 좋겠다.'

'집에 돌아가고 싶다.'

'엄마 보고 싶다.'

'오빠도.'

'친구들.'

그리고 붉은 립스틱을 짙게 바르던 그 보살님…….

"…….."

머릿속에서 보살님이 쥐라도 잡아먹은 듯 시뻘건 입술을 크게 움직였다.

"단명할 상이네."

그녀는 순식간에 인상을 찌푸리며 고개를 붕붕 저었다.

안 돼, 안 돼. 이건 명백한 사망 플래그다. 마치 전쟁을 앞두고 주인공 옆에서 '나 돌아와서 그녀에게 청혼할 거야.'라고 외치고는, 끝내 죽어서 돌아오는 조연이 하는 짓이나 다를 바가 없다.

이미 옥상에서 떨어졌던 때의 경험도 있지 않던가.

'정신 차리자, 나.'

그녀는 한쪽 눈에 맺힌 눈물을 거칠게 닦아 냈다.

'이대로는 안 죽어.'

일단 도움을 청해야 해. 레리아나는 치렁치렁한 드레스 밑자락을 이로 물어서 다 뜯어 버렸다. 그러고는 소리가 나지 않게 조심하며 풀숲으로 돌아가 주위를 살폈다. 여기서 기다리거나 아무 곳이나 되는 대로 움직이기보다는, 차라리 되돌아가 볼 생각이었다.

아까 그 둘의 반응으로 보면 분명 누군가가 도로를 지나고 있던 것이 분명하다. 그 도로로 나가서 누군가 만나기만 하면, 도움을 청할 수도 있으리라.

그렇게 생각하며 얼마나 걸었을까. 지저분하게 헤집힌 나무와 발자국이 보이기 시작했다. 프렌치와 랭스턴이 그녀를 찾기 위해 움직인 흔적이리라.

그녀는 기듯 뛰듯 서둘러 두 발과 손을 사용해서 허겁지겁 풀숲을 헤쳤고, 머리까지 올라온 덤불숲이 그녀를 먹어 치우듯 품 안에 삼켜 버렸다.

레리아나는 몸을 일으켜 정신없이 움직였다.

"허억, 허억. 헉-"

움직일 때마다 앞으로 나가지 못하는 것처럼 이파리들이 그녀의 얼굴과 몸을 쓸었다. 그래도 전진했다. 거친 숨에 가슴이 쉴 없이 오르락내리락했다.

그리고 잎을 모두 헤치고 그녀의 팔이 텅 빈 공간을 휘저으면서 눈앞에 확 트인 공간이 펼쳐지는, 바로 그 순간이었다.

뒤에서 손이 뻗어 나와 그녀의 팔을 잡아챘다.

"흐읍!"

갑작스레 옴짝달싹 못하게 된 레리아나의 목덜미에 식은땀이 흘러내렸다. 레리아나는 괴한의 손에 잡혀 뒤로 확 떠밀렸다. 그녀의 얼굴이 탄탄한 가슴에 부딪혔다.

"읏!"

레리아나가 신음성을 내자 그가 귓가에 바람 새는 소리를 내뱉었다.

"쉬이-"

쿵쿵쿵.

남자의 가슴에 닿은 귀에서 빠르게 뛰는 심장 박동이 들려왔다.

레리아나는 천천히 고개를 들어 손의 주인을 바라보았다.

"……!"

* * *

앤슬리는 고삐를 거세게 쥐었다. 말을 한계까지 몰아붙이며 속도를 냈으나 앞에서 달리는 두 사람을 따라잡기에는 역부족이었다.

아담과 노아를 필두로 한 공작가의 기사들은 납치된 레리아나를 쫓아 달리는 중이었다.

'내 잘못이야.'

오늘 그녀를 향한 온갖 시선이 셀 수 없이 많았다. 시기, 질투, 욕망, 모든 것이 뒤섞인 시선들은 그녀를 한순간도 놓치지 않았다. 그것이 기사들의 눈을 흐렸다.

'아니, 다 변명이지.'

앤슬리가 고통스러운 표정으로 눈을 질끈 감았다 떴다.

'방심했어.'

앤슬리가 상황을 파악한 것은 연기가 사라지면서부터였다. 프리스 에리틸 후작 부인은 애처롭게 바닥에 쓰러진 채 기절해 있었고,

레리아나는 어디에도 보이지 않았다.

앤슬리는 바로 창문을 통해 바로 달려 나갔지만, 레리아나는 이미 멀리 사라진 이후였다.

"제기랄!"

패닉에 빠진 앤슬리가 서둘러 연회장으로 돌아가 노아에게 보고했을 때, 그녀는 평생 그의 얼굴을 잊지 못하리라 예감했다. 앤슬리는 땀이 흥건한 주먹을 꾹 쥐었다.

'……그 자리에서 죽는 줄 알았다.'

앤슬리가 알고 있는 노아의 얼굴이 아니었다.

한순간 냉각된 것처럼 급격하게 식어 버린 공기를 깬 것은 아담이었다. 노아의 옆에 서서 레리아나의 말을 전했던 아담은 앤슬리의 말을 듣자마자 밖으로 달려 나갔다.

"……나중에 이야기하지, 앤슬리."

저절로 식은땀이 흐를 정도로 서늘하게 내뱉은 노아는 바로 아담의 뒤를 따랐다. 앤슬리는 일단 주최자에게 사정을 설명하고 도움을 청한 후에 그들의 뒤를 따랐다.

납치범들은 별다른 흔적을 남기지 않았다. 그러나 그들이 예상치 못했던 것은 아까 시종들에게 끌려 나갔던 파파라치였다. 파파라치가 다시 연회장으로 숨어 들기 위해 인적이 없는 곳을 기웃거리다 우연히 그들을 발견하지 않았다면 이렇게 빠른 추적은 불가능했으리라.

노아는 그가 원하는 것이 무엇이든 주겠다는 약속을 한 이후, 그에게서 납치범들이 어느 길로 떠났는지에 대한 정보를 얻어 냈다.

앤슬리는 이를 꽉 악물고 고삐로 말을 내리쳤다. 파파라치가 가리킨 곳은 마물이 잦게 출몰하여 인적이 거의 없는 산길로 통하는 곳이었다. 그저 길을 지나려는 사람이라면 최악의 선택지겠으나, 누군가를 납치한 범인들이라면 최적의 선택지였으리라.

말을 몰던 앤슬리는 노아와 아담이 세 갈래로 나뉜 길 앞까지 다 다른 것을 발견했다. 그녀는 그들이 길 앞에 멈춰 고민하리라 생각했지만, 먼저 달리던 두 사람은 눈빛을 주고받더니 서로 한 길을 택해 멈추지 않고 달려갔다.

앤슬리는 다른 기사에게 각자 노아의 뒤를 따라 가라고 지시한 후, 자신과 나머지 기사 한 명은 남은 길을 택해 달렸다.

"앤슬리! 멈춰!"

무아지경으로 달리던 앤슬리는 뒤에서 자신을 말리는 소리에 급하게 고삐를 바깥으로 당겼다.

"이런……!"

"막다른 길이잖아."

뒤에서 다른 기사가 내려 나무가 가득 쌓여 있는 길을 살폈다. 쓰러진 나무들의 밑동이 하나같이 고르지 않은 걸 보니 얼마 전 일어났던 산사태의 흔적인 듯했다.

이런 길을 지나가는 것은 효율이 나쁜 데다 만약 넘어갔다 해도 흔적이 남았으리라.

혹시 모르니 나무를 밟고 올라가 너머를 살펴본 기사가 말했다.

"남은 흔적은 없어."

"……타."

앤슬리가 낮게 중얼거리자 기사가 그녀를 되돌아보았다.

"응?"

"어서 말에 타! 어영부영할 시간이 없어!"

앤슬리가 피가 날 정도로 입술을 깨물곤 다시 고삐를 틀어잡고 세게 잡아당겼다. 말이 투레질을 하며 급격하게 방향을 틀기 시작했다. 그녀의 긴 머리가 거센 맞바람에 휘날렸다.

'제발, 영애…… 무사하시길!'

* * *

"……!"

숲에서 수많은 새 떼가 후드득 날개를 치며 날아갔다. 구름에 가려졌던 달이 천천히 모습을 드러내고 사내의 얼굴을 비쳤다.

쿵쿵 뛰는 심장 소리를 듣던 레리아나는 저를 내려다보는 붉은 눈동자를 담았다. 저도 모르게 그의 이름을 입에 담으려는데, 아담이 조용히 하라는 듯 입술에 검지를 댔다. 한순간 맥이 풀린 레리아나가 휘청거리자, 아담의 손이 어깨를 감싸 안고 그녀를 지탱시켰다.

'……살았다.'

아담을 만난 이후, 정확히는 '검은 피의 사신'이라는 그의 별명을 들은 이후로, 제 목의 안위만 걱정했지 이렇게 그를 반기게 될 날이 올 줄은 생각도 못했다.

레리아나가 진정한 것을 확인한 아담이 고개를 오른쪽으로 돌렸다. 그러고는 한 치의 미동도 없이 마치 맹수처럼 고요히 잠복하고 있었다.

'왜지?'

레리아나가 바짝 긴장해 아담의 시선을 따라 고개를 돌렸다. 곧 바로 옆에서 덤불을 헤치는 부스럭거리는 소리가 들려오기 시작했다.

그러자 그녀의 어깨를 꾹 잡은 아담이 순식간에 검을 빼고 옆으로 치고 나갔다. 레리아나는 너무나 빠른 움직임에 어떤 반응도 해보지 못하고 눈만 동그랗게 뜬 채 아담에게 끌려 나갔다.

챙.

그때 검이 부딪히는 소리가 들렸고, 아담의 재빠른 손놀림에 단검이 멀찍이 날아갔다.

그녀가 가까스로 숨을 내쉰 것은 모든 상황이 마무리된 후였다.

'수, 순간 이동하는 줄 알았네.'

너무 순식간이라 아담이 마법이라도 쓰는 줄 알았다.

레리아나는 두근거리는 심장을 부여잡고 앞을 바라보았다. 그곳에서 아담의 한 손은 먹처럼 새카만 검을 들고 있었고, 그 칼끝이 겨눠진 곳에는 한 남자가 두 손을 들고 서 있었다.

"이거, 이거. 참."

랭스턴이 항복하는 자세로 과장되게 말했다.

"그 '아담 테일러'라니. 나도 그 전쟁에는 참전했었지. 거참, 영광이라고 해야 할지."

"……처리하겠습니다."

줄곧 입을 다물고 있던 아담의 목소리가 들려왔다. 랭스턴의 목에서 핏줄기 한 방울이 아래로 긴 자국을 남기며 흘러내렸고, 아담은 랭스턴의 목을 겨눈 채 명령을 기다리듯 멈춰 서 있었다.

'내 명령을 기다리는 건가.'

레리아나는 굳게 입을 다물었다. 모르긴 몰라도 아담이라면 아마

저 남자 하나 정도야 완벽하게 '처리'할 수 있으리라.

고민은 짧았다.

"테일러 경…… 저자를."

랭스턴이 레리아나의 말을 잘랐다.

"내 이름은 제이크 랭스턴."

뭐지, 갑자기? 레리아나가 랭스턴에게로 고개를 돌렸다.

랭스턴은 목 안으로 더 깊게 파고 들어오는 칼날을 느끼면서도
입을 다물지 않았다.

"27살. 동생은 말했듯 이미 죽었고, 빚을 잔뜩 진 영지 안에서 홀
어머니만 살아 계시지. 그 빚은 영지와 작위를 모두 팔아도 갚을
수 없을 거야. 평생 귀족으로 살아와 손에 물 한 방울도 대 보지 못
했던 어머니께서는 죽을 때까지 일을 하셔야겠지. 지금 잡히면 아
마 최대 종신형? 나도 귀족이니 적어도 사형대에는 오르진 않을 거
야. '이래 죽나, 저래 죽나'인 일이 아니라고. 지금 날 죽이면 말이
야, 아가씨. 당신은 저 살인귀랑 다르게 날 평생 기억하게 될 거야.
덧붙여 우리 어머니도."

"테일러 경을 살인귀라고 부르지 마세요."

"아가씨, 중요한 건 그게 아니잖아?"

레리아나가 얼굴을 일그러뜨렸다. 분하지만 그의 말이 맞았다.
홧김에 죽이라고 해 봤자, 매일 저 눈물점만 떠올리면 잠을 설칠,
평생 뒤숭숭한 일로 남으리라.

자신이 그에게 써먹었던 죄책감을 건드리는 수는 저치에게는 씨
알도 먹히지 않았지만, 그녀에게는 너무나 잘 먹혀들었다.

역시 세상은 녹록치 않다.

쯧, 레리아나는 속으로 혀를 차곤 그를 노려보았다. 그러자 랭스턴이 어깨를 가볍게 으쓱였다.

'저 인간이.'

레리아나가 눈을 가늘게 떴다. 당장 달려가 저 못된 어깨를 탈골시켜서 다시는 으쓱거리지 못하게 만들어 주고 싶을 정도로 화가 치밀어 올랐으나, 복수하는 것은 지금이 아니라도 충분히 가능하다고 자신을 달랬다.

어찌되었건 간에 아담에게 누군가를 죽이라는 명령을 내리고 싶지도 않았다.

"테일러 경…… 저자를 생포할 수 있나요?"

아담은 한참 동안 다문 입을 열지 않다가, 레리아나가 한 번 더 묻자 고개를 한 번 끄덕였다.

그녀가 설핏 망설이는 기색을 보이자 랭스턴은 두근거리는 심장을 가라앉히며 속으로 안도의 숨을 내쉬었다. 조금만 더 가면 의뢰인이 준비한 장소로 갈 수 있었는데. 마법 스크롤을 사용해 흔적은 남기지 않았다고 생각했건만, 이렇게 빨리 추적해 올 줄은 미처 예상하지 못했다.

랭스턴은 제 품 안을 슬쩍 살폈다.

'이걸 쓰게 되면 나까지 위험해질 수도 있지만.'

따끔한 통증과 함께 목에 닿은 서늘한 칼날의 느낌을 느끼며 랭스턴은 침을 삼켰다.

'……할 수 없지.'

랭스턴을 쏘아보던 아담이 검을 조금 물렸다. 목숨에 위해는 가지 않게 하되, 도망치지 못하도록 기절시킬 작정이었다.

그때 랭스턴이 아담을 향해 품에서 꺼낸 약병을 던졌다.

"……?"

아담은 여상한 표정으로 손목을 약간 비틀어 약병을 베었으나, 유리병이 갈라지며 검은 액체 두어 방울이 그의 손으로 튀었다. 그것을 확인한 랭스턴이 눈물점을 일그러트리며 웃었다.

아담이 서릿발 같은 얼굴로 다시 그를 향해 검을 겨누었지만, 곧 발밑이 기우뚱해지는 진동이 그를 막아섰다.

쿠구궁.

순간 굉장한 소음과 함께 대지가 진동하고 땅이 쩌저적 소리를 내며 갈라지기 시작했다.

"이거, 대어인가."

랭스턴은 땅이 갈라지는 가운데 가까스로 균형을 유지하며 입술을 끌어 올렸다.

그들을 향해서 언덕처럼 불룩 솟아오른 땅이 다가오기 시작했다. 아담은 레리아나의 팔목을 잡은 채 제 등 뒤로 보냈고, 레리아나는 사색이 된 얼굴로 모습을 드러내는 괴물을 멍하니 올려다보았다.

'저게 뭐야…….'

둥근 얼굴을 서서히 내보이는 그것이 핏발 선 눈을 희번득이며 3층 건물 높이의 거대한 몸체를 드러냈다. 마물이 콧바람을 뿜어내니 사방에 흙먼지가 자욱하게 풍겼다.

아담이 레리아나 앞을 완전히 가리며 한 걸음 움직이자 그것의 눈이 아담을 향해 고정됐다.

레리아나는 잔뜩 긴장한 기색으로 침을 삼켰다.

한편, 랭스턴은 터져 나오는 웃음을 가까스로 참았다.

산 아귀다. 보통은 산 아래 깊숙한 곳에 잠들어 있다가, 몇백 년 간 한 번씩 먹이를 찾아 얼굴을 내밀어 주변을 초토화시키는 괴물.

어지간해서는 보이지 않는 종이지만, 지난 산사태가 이미 괴물의 잠을 깨웠는지도 모른다. 저것이라면 아무리 아담 테일러라도 쉽 지 않으리라.

그가 마지막 보루로 사용한 것은 암살자 집단에서나 사용하는 비 약으로, 이는 아주 적은 양으로도 주변의 모든 마물을 꾀는 달콤한 향을 낸다. 저 괴물은 계속 아담을 쫓을 테고, 자신은 그 틈을 타 유유히 달아나면 될 것이다.

산 아귀의 꼬리가 바닥을 강하게 내리쳤다. 아담이 레리아나를 안아 들어 뛰었고, 랭스턴은 그들이 움직이는 방향을 주시하며 뒷 걸음질하다 이내 완전히 등을 돌리고는 땅을 박차 멀어져 갔다.

아담의 눈동자가 한순간 랭스턴을 향했으나 찰나일 뿐이었고, 그 는 다시 자세를 바로잡았다.

지금 레리아나를 두고 떠날 수는 없다. 멀리서 다른 진동이 더 느껴지고 있었다. 주기적으로 토벌에 나섰음에도 불구하고, 마기 때문인지 원체 마물이 많은 곳이다. 산 아귀 외에도 다른 마물들이 이쪽을 향해 달려들고 있는 중이리라.

산 아귀가 날카로운 이빨을 들이밀었다. 아담은 이빨을 검으로 막아 부드럽게 흘리며 옆으로 빠졌다. 레리아나는 놀란 얼굴로 그 의 움직임을 홀린 듯 바라보았다.

'대단해.'

그의 검술을 보는 것은 오늘이 처음이었다. 거대한 산 아귀의 공격을 아담은 한 손만으로 가볍게 막아 냈다.

챙, 챙, 챙.

검이 부딪히는 소리가 끊임없이 대지를 메웠다. 아담은 저를 향해 몸을 불쑥 내밀어 공격하는 산 아귀를 막으며, 계속 뒤로 걸음을 옮기는 중이었다.

정신없이 그의 손에 이끌려 움직이던 레리아나는 무심코 뒤를 돌아보았다가 길이 끊겨 있는 것을 발견했다.

'맙소사.'

"테일러 경! 뒤는 절벽이에요!"

레리아나가 외치자 아담의 검이 순간 붉은빛을 띠기 시작했다. 기를 불어 넣은 아담의 검이 산 아귀의 이빨을 베어 버리고, 레리아나를 안아 옆으로 미끄러지듯 움직였다. 밖으로 튕겨져 나온 이빨이 그들의 옆을 빗겨 나갔다.

'히익.'

레리아나의 등에 식은땀이 흘러내렸다. 그가 조금만 늦었다면 튀어나온 이빨이 옆구리를 스쳤으리라.

아담은 레리아나를 안은 채로 뒤를 흘깃 흘겨보았다. 그러고는 무언가를 알아차린 것처럼 작게 고개를 끄덕였다.

그의 손이 한순간 레리아나의 몸에서 떨어졌다. 이에 바닥에 내려선 레리아나가 자세를 추스르려는데, 느닷없이 가슴팍이 살짝 밀려 몸이 뒤로 기울어졌다. 레리아나의 발이 허공을 내딛었다.

"……어?"

어리둥절한 감탄사만을 남긴 레리아나의 시야에서 아담의 얼굴이 점점 멀어져 갔다.

'어째서?'

입안만을 맴도는 물음은 답이 돌아오지 않았다.

아담의 뒤로 입을 크게 벌려 다가오는 산아귀의 모습이 보였다. 그 뒤로 십여 마리의 마물들도 그를 향해 달려들고 있었다.

'아담……!'

당장 피하라고 외쳐야 하건만, 딱딱하게 다물린 입이 마음대로 움직이질 않는다. 레리아나는 비명 한번 내지르지 못한 채 손을 허공에 뻗었다.

아래로, 아래로 내장이 쏠리는 느낌. 심장부터 바닥에 떨어지는 듯한 울렁임. 익숙한 기억이 섬광처럼 눈앞을 번쩍였다. 옥상에서 자신을 밀어 떨어트린 남자의 웃는 얼굴이 오버랩됐다.

'이번에도.'

그녀가 눈을 질끈 감았다.

그때였다.

풀썩.

"……?"

'응?'

한참 떨어지리라 예상했던 레리아나는 떨어졌다고 하기에도 민망할 만큼 금세 멈춘 데다, 하나도 고통스럽지 않다는 사실에 당황했다.

'뭐지?'

그녀는 질끈 감은 눈을 살짝 떴다. 흙바람이 매섭게 휘날리고 있었다.

처음 시야를 가득 메우며 보인 것은 빛을 빨아들이는 심연처럼 검은 머리칼.

레리아나는 눈을 한 번 깜빡였다.

그리고 목에서 이어지는 매끄러운 턱선과 황금빛 눈동자.

그녀의 입이 천천히 벌어졌다.

그 존재는 레리아나의 등과 다리를 받치고 떨어지지 않도록 단단히 안은 채, 거칠게 숨을 몰아쉬고 있었다.

멍하니 그의 얼굴을 바라보던 레리아나가 입술을 움직였다.

"노아?"

노아는 그녀의 어깨를 잡아 품으로 끌어안았다. 귓가에 노아의 목소리가 한숨처럼 스며들었다.

"……레리아나."

* * *

콰광.

굉음이 귓전을 강타했다. 본의 아니게 노아의 품에 얼굴을 처박고 있던 레리아나는 꾸물거리며 그의 등을 퍽퍽 때렸다.

"잠깐, 잠깐만요! 이것 좀 놔 봐요!"

"가만히 있어."

"저기 위에, 테일러 경이 위험해요!"

"누가? 아담이?"

노아가 의아하다는 듯 되물었다.

"……네?"

무슨 대답이 그렇게 태평해! 레리아나가 겨우 노아의 손에서 빠져나와 위를 바라보았다. 자신들은 절벽 밑에 난 길 위에 있었고, 위쪽 절벽 끝에서는 아담을 덮치려던 마물들이 비처럼 떨어지고 있었다.

레리아나가 황당한 얼굴로 떨어지는 마물들의 그림자를 따라 시선을 옮겼다.

"아…….."

"요란하게도 해 대는군."

레리아나가 신음성을 냈으나, 노아는 전혀 아무렇지도 않은 것처럼 여상한 어조로 말했다.

'위험한 상황 아니었어?!'

그는 레리아나를 안은 채 길 뒤로 돌아가 낮은 쪽 벽을 타고 훌쩍 위로 올라갔다.

그녀가 떨어진 지 얼마나 되었다고 십여 마리의 마물들은 빗방울처럼 가련하게 사라진 채, 산 아귀만 지친 기색으로 아담과 대치하고 있었다. 거칠게 씩씩거리던 산 아귀는 꼬리를 사용해 추진력을 얻어 아담을 향해 몸을 쭉 뻗었다.

아담은 가볍게 산 아귀의 머리 위로 올라타더니 머리 중앙에 검을 박고 그대로 주욱 아래로 미끄러지기 시작했다. 산 아귀가 고통에 거대한 몸을 꿈틀거리면서 돌들이 총알처럼 빠르게 날아왔지만, 노아가 어느새 뽑은 검으로 탁탁 치며 막았다.

'날아오는 파편을 검으로 쳐 낸다거나, 저런 괴물을 손쉽게 죽인다거나, 그런 거…… 이곳 사람들한테는 충분히 가능한 범주인 건가.'

아니겠지……. 레리아나는 제 생각을 부정하며 고개를 저었다.

"끼에에엑!"

곧 산 아귀가 단말마를 지르며 얼굴을 높이 들었다. 그러고는 이내 기우뚱거리며 거대한 몸체를 지탱하지 못하고 쓰러지자, 사방에 흙먼지가 자욱하게 피어올랐다.

아담은 그 시체 위에 우뚝 서 있었다. 그는 노아와 레리아나를 발견한 후, 피가 묻은 검을 두어 번 털더니 검집에 넣고 다시 가볍게 뛰어 내려왔다.

'저 괴물, 엄청 컸는데…… 그랬는데, 막 잡아먹을 것처럼 그랬는데…….'

레리아나는 풀린 눈으로 산 아귀의 시체를 바라보다가 다가가서 살짝 눌러 보았다. 돌같이 단단한 껍질이 만져졌다. 쉬이 검을 박기도 힘들어 보였다.

'왜 괴물보다 더한 인간들이 옆에…….'

레리아나는 경악한 얼굴로 다시 산 아귀를 만지작거렸다.

노아는 아담에게 다가가 물었다.

"놓쳤나?"

아담이 고개를 한 번 끄덕였다. 노아는 알았다며 수긍했지만 레리아나는 입술을 깨물었다. 그냥 아담에게 처리하라고 했으면 어땠을까. 아담이 인간 외의 능력을 가졌기에 망정이지, 보통 사람이었다면 빼도 박도 못하는 위험 상황이 되었을 것이다.

레리아나는 주저하며 아담을 불렀다.

"테일러 경, 저……."

"……?"

노아와 이야기를 나누던 아담이 그녀에게로 다가가려던 그때, 멀리서 말굽 소리가 요란하게 들려왔다. 앤슬리 일행이었다. 앤슬리는 바로 말에서 내려 그녀에게로 뛰어갔다.

레리아나는 그런 그녀를 바라보면서도 뒤쪽의 인영에 신경이 쓰였다. 앤슬리가 제 말 옆구리에 양팔을 묶은 한 사내를 끼고 온 것이다. 그리고 그 사내는 눈물점을 가지고 있었다.

"괜찮으십니까, 영애?"

"아, 네. 걱정을 끼쳤네요, 앤슬리 경."

레리아나가 답하면서도 너머에 잡혀 있는 사내를 바라보고 있자 앤슬리가 아, 소리를 내고는 말했다.

"오는 길에 마주쳤는데, 저희를 피해 도망치더군요. 관련이 있을까 싶어 일단 잡아 왔는데……."

앤슬리가 눈치를 보며 말을 흐렸다.

"저자예요. 프렌치 브룩스와 저자가 절 납치했어요."

레리아나는 저자도 납치에 가담한 인물이었고 마침 도망친 참이었다며, 어떻게 그를 잡아 올 생각을 했는지 대단하다는 말로 그녀를 잔뜩 치켜세웠다.

그리고는 다른 사람들을 등진 후에, 랭스턴을 향해 웃으며 엄지손가락으로 목을 긋는 시늉을 해 보였다.

'넌 이제 죽은 목숨.'

레리아나의 얼굴에 사신 같은 검은 그림자가 진 것을 본 랭스턴이 사색이 되었다. 일그러진 랭스턴의 표정을 보며 레리아나가 낮게 웃었다.

"후후후."

가까운 곳에서 이를 지켜보던 앤슬리는 아무것도 보지 못한 척 고개를 돌렸다.

* * *

공작가의 기사들이 하나둘 모이기 시작했다. 노아는 프렌치 브룩스를 찾기 위해 각각 그들이 어디로 가야 할지 영역을 지정했다.

레리아나는 큰 바위 위에 앉아 있다가 노아가 제 위에 덮어 주는 프록코트를 얌전히 받았다. 생존을 위한 필사적인 몸부림의 일환으로 드레스를 찢어 버렸기 때문에 사실 남사스럽기 그지없는 기분을 느끼던 참이었다. 급격한 흥분 상태가 가라앉다 보니 갑자기 춥기도 했고…….

그에게 고맙다며 꾸벅 고개를 숙이는데 마침 레리아나는 허리춤에서 익숙한 손잡이를 발견했다.

'총?'

허리춤에 총과 검이 함께 매여 있었다.

기사들이 추적을 시작하려 말에 타려는 순간, 뒤에서 부스럭거리는 소리가 들려왔다.

"……?"

레리아나의 시선이 소리가 난 쪽을 향해 돌아갔다. 그녀의 뒤쪽에서 덩굴을 헤치는 손놀림이 보였다. 놀란 레리아나가 반쯤 몸을 일으켰다.

'프렌치 브룩스?'

레리아나를 쫓다가 랭스턴마저 어디로 갔는지 보이지 않아 그를 찾아 헤매던 프렌치 브룩스였다. 그는 몰려 있는 무리를 보고 상황을 파악했는지 바로 몸을 돌려 달리기 시작했다.

이를 눈치챈 기사가 칼 손잡이에 손을 대고 프렌치를 향해 움직였다.

"저기에 있다!"

기사들이 모두 그를 향해 달리기 시작했고 노아가 기사가 가리킨 곳으로 고개를 돌렸다.

그 와중에 눈을 매섭게 뜬 레리아나가 노아의 허리춤에서 날렵하게 권총을 빼내 능숙한 손놀림으로 장전하고는, 그의 발밑을 향해 난사했다.

탕, 탕, 탕, 탕, 탕, 탕.

"흐이익!"

도망치던 프렌치가 춤을 추는 것처럼 몸을 이리저리 움직이다 꼴사납게 바닥에 주저앉았다. 레리아나가 그에게로 성큼성큼 다가갔다.

"프렌치…… 브룩스……."

그녀가 여운을 남기듯 길게 그의 이름을 불렀다.

"레, 레리아나."

그가 총구를 올려다보며 말을 더듬었다.

"이게 다 무슨 고생이야. 너 때문에."

아, 정말이지, 생고생이었다. 레리아나는 눈물을 삼켰다. 지난 일들이 눈앞을 주르륵 흘러갔다. 다른 세계까지 온 것만 해도 좋다. 어쩔 수 없지, 그건.

그런데 이왕 온 거 잘 살아 보기는커녕, 이 남자 하나 때문에 약혼 협박에! 납치에! 도망에! 괴물에! 괴물보다 더한 인간들! ……은 차치해 두고.

하여간 이놈만 없었어도 새 삶을 행복한 금수저로서 좋은 것, 행복한 것만 누리며 살았을 것이다.

"그, 그게 아니라. 내 말 좀 들어 봐."

"아니긴, 뭐가 아니야. 각오는 됐겠지?"

그녀는 주저앉은 프렌치의 다리 사이로 총을 겨누었다.

"잠, 잠깐. 기다려!"

창백해진 프렌치가 두 손과 머리를 휘저으며 알아들을 수 없는 신음성을 냈다.

레리아나는 씨익 웃으며 말했다.

"나랑 결혼만 안 하려 들었어도 원만하게 끝났을 거야."

그녀가 총알을 한 번 더 발사했다.

"이익!"

탕.

프렌치는 당장 숨이 넘어갈 것같이 창백해진 얼굴로 헉헉대며 총알이 스친 허벅지께를 멍청하게 지켜보았다. 겨누고 있던 그의 다리 사이는 점점 어둡게 물들며 축축해지고 있었다.

"후─"

총구를 내린 레리아나는 숨을 내쉬며 뻐근한 고개를 돌렸다.

'아, 시원해.'

그간 얼마나 마음을 졸였던가. 저놈의 얼빠진 모습을 보고 있으니 10년 묵은 변비를 해결한 기분이다. 사진으로 찍어서 두고두고 놔뒀다가 앞으로 우울할 때마다 꺼내 보고 싶을 정도였다.

평생 허벅지의 상처를 기억하며 바지에 지리리라. 그뿐인가. 평생 빛도 제대로 들지 않는 감옥에 갇혀 옥살이할 프렌치를 생각하면, 시원하다 못해 짜릿했다.

'크-'

몸을 부르르 떤 그녀가 다시 대열에 합류하려 몸을 돌리니 노아, 아담, 기사들, 그를 쫓으려고 준비하던 사람들 모두가 조용히 그녀를 바라보고 있었다. 아담을 제외하고 모두 할 말이 많아 보이는 표정이었다.

"아."

가볍게 목을 울린 그녀는 고개를 돌려 정신이 좀 나간 것처럼 보이는 프렌치를 흘겼다가, 다시 앞으로 고개를 돌렸다.

레리아나가 총을 뒤로 숨긴 채 고개를 살짝 기울이며 부끄러운 듯 웃었다.

"제가 총은 좀 쏘거든요."

* * *

레리아나가 노아와 말을 함께 타게 된 것은 본의가 아니었다. 그저 말이 모자랐을 뿐.

마차의 말은 소리를 내지 않도록 랭스턴이 모두 죽여 버렸고, 다들 한 사람당 한 마리씩의 말만 가져왔기 때문에 필연적으로 그녀는 노아와 함께 말을 타야 했다.

레리아나는 노아의 가슴팍에서 살짝 거리를 두려 상체를 구부린 채 앉아 있었다. 하지만 잠깐은 괜찮았을지 모르나 불편한 자세에 곧 허리가 배겨 왔다.

그녀는 왜 이렇게 속도를 내지 않는지 속으로 불평을 하다가 조심스레 말했다.

"노아, 말이 너무 느린 것 같아요."

"당신이 너무 무거워서 그래."

그녀의 미간이 좁게 모였다. 그녀가 고개를 뒤로 꺾어 그를 보며 말했다.

"저 엄청, 가벼운데요."

"말은 그렇게 생각 안 하는 것 같은데."

노아가 말의 목을 한 번 치자 말이 마치 대답하는 것처럼 짧게 투레질을 했다. 그는 '봐, 맞지?'라고 말하는 것처럼 미소를 지어 보였다.

'아, 진짜……'

레리아나는 앞으로 고개를 확 돌려 버렸다.

"후우."

마음을 가다듬기 위해 길게 숨을 내쉰 레리아나는 자신이 가장 싫어하는 사람 1위에 프렌치 브룩스를 뺀 후, 노아 원나이트라는 이름을 고이 올려 두었다.

축하합니다, 노아 원나이트. 당신은 1위에 오를 자격이 충분합니다. 상으로 '레리아나가 가장 싫어하는' 타이틀을 드립니다.

날은 어느새 동이 터 오고 있었다.

하루가 이렇게 길었나. 레리아나는 황금색으로 물드는 하늘을 바라보다가 문득 입을 열었다.

"노아."

"……?"

"고마워요. 찾으러 와 줘서."

레리아나가 말의 갈기를 만지작거리며 말했다.

'나중에 다른 기사분들에게도 따로 인사해야겠다.'

"별말씀을."

뒤에서 작은 웃음소리가 들렸다.

고맙다 인사하는 게 뭐 별거라고. 왜 이렇게 부끄러운지 모르겠다. 그녀는 쑥스러운 듯 얼굴을 비볐다.

정면에서 떠오르는 해는 이제 완연히 모습을 드러내고 있었다. 레리아나는 눈을 게슴츠레하게 뜨고 동이 트는 모습을 바라보았다. 어쩐지 감회가 새롭다. 이제 정말 살았구나, 하는 실감이 든다.

어느새 긴장이 다 풀린 모양이었다. 다각다각, 규칙적인 말발굽 소리가 나자 레리아나의 눈이 저절로 감기기 시작했다.

'여기서 자면 안 되는데…….'

잠들지 않기 위해 몇 번 눈을 비비던 레리아나의 마지막 저항은 무용지물이었는지, 그녀는 곧 꾸벅꾸벅 고개를 끄덕이며 잠에 빠져들었다.

레리아나의 얼굴이 말갈기에 코를 박을 듯이 내려가자, 노아는 그녀의 머리카락을 매만지며 품으로 끌어당겼다. 가슴부터 적당한 체온이 스며들었다.

그는 곤히 잠든 레리아나의 얼굴을 지켜보다가 잠시 한쪽으로 고개를 기울였다. 아까는 왜 그렇게 화가 났던 걸까. 자신의 약점을 쥔 여자가 사라진 것뿐이다.

생각해 보면 어찌어찌 레리아나가 그대로 죽어 버린다 해도 자신에게는 득이면 득이지, 나쁜 일은 아니지 않는가. 그런데도 자신은 굳이 이렇게 그녀를 찾아 소중한 듯 품에 안고 있다.

"왜일까……."

레리아나의 머리카락을 장난치듯 만지작거리던 그는 아담을 불러 낮게 명했다.

"저 둘, 조용히 처리해."

아담이 고개를 끄덕였다.

6장

공작가

공작가

팔을 안으로 끌어당기자 침대 시트가 바스락거렸다. 따스한 기운
에 눈을 조금 뜨니 햇빛이 포슬포슬하게 가라앉아 있었다.

'기분 좋다.'

더 잘까. 몸이 노곤했다.

"일어났나?"

긴 손가락이 닿자 앞머리가 간질거렸다.

"으음."

레리아나는 작게 미소 지으며 고개를 돌렸다. 그러다 자신이 환
청을 들었나, 떠올리며 칼칼한 목소리로 물었다.

"······노아?"

"응?"

레리아나의 눈이 크게 뜨이더니 별안간 숨을 들이키며 벌떡 일어
나 앉았다.

"헉."

보인다. 눈앞에. 노아 원나이트가!

그는 위통을 벗은 채 침대 헤드에 상체를 기대고 앉아 책을 보고 있었다. 어째서?!

계속 머릿속으로 '어째서?'라는 질문을 던지던 레리아나는 마치 무언가를 연상시키게 하는 그의 모습을 훑어보다가 제 차림새로 시선을 돌렸다. 어제 입고 있었던 옷과는 분명 다른, 속살이 비치는 하얀 슈미즈 드레스…….

그녀는 곧바로 이불 속으로 들어갔다.

'없어! 없다고!'

이불 속에서 침대 위를 기어 다니며 샅샅이 찾았지만 핏방울은 보이지 않는다. 그걸 했다면 시트에 남아 있을 만한 흔적이 전혀 보이지 않는다.

'하나님, 부처님, 산신령님, 여신님, 모두 감사합니다. 잠든 여자 한테 못된 짓을 할 정도로 파렴치한 자식은 안 되도록 길러 주신 노아 어머님께도 감사드립니다.'

두 손을 모으고 굽실굽실 인사하던 레리아나는 문득 움직임을 멈췄다.

'아니, 잠깐.'

레리아나는 제 허리를 짚었다. 이상하다.

'……허리가, 아파.'

허리뿐만 아니라 가랑이 사이도 아프다.

그녀는 순식간에 심장이 입 밖으로 튀어나올 것 같은 끔찍한 기분에 휩싸였다. 설마 이게 그건가. 그거. 그거 하고 난 뒤에 남는다는 후유증.

충실한 모태 솔로로 살아왔던 지난날. 연애와 성(性)은 소설과 만화책으로만 배워 왔던 다년간의 경험이 그녀의 머리를 새하얗게 만들었다.

'거짓말…….'

그러고 보니 들은 적이 있다. 자전거를 탄다거나 승마를 한다거나, 이런 격한 운동을 하다 보면 처녀막이 손상될 수 있다고…….

그리고 레리아나 맥밀런은 세계관상 꾸준히 승마를 해 왔다. 여긴 자동차가 없으니까!

레리아나의 얼굴이 사색이 되었다.

'진정하자. 그럴 리 없잖아. 우선 물어보는 거야.'

침착하게. 아무렇지 않다는 듯이. 머릿속으로 되뇐 레리아나는 혀를 씹어 가며 물었다.

"우, 우, 우, 우리, 우리, 별일, 없었죠?"

"별일?"

레리아나의 얼굴을 즐거운 얼굴로 지켜보던 노아가 피식 웃으며 덧붙였다.

"잊었어? 밤새 그렇게 매달려 놓고."

'안 돼-!!'

듣기 싫은 듯 양쪽 귀를 꽉 막은 레리아나가 소리 없이 비명을 질렀다. 박은하가 20년, 레리아나 맥밀런이 18년 동안 지켜 온, 도합 38년의 순결이!

그녀는 침대 밑으로 재빠르게 기어가 이불 바깥으로 나왔다.

"……레리아나?"

그러고는 몸을 돌려 눈물이 그렁그렁한 눈으로 노아를 한번 쏘아보고 방 밖으로 달리기 시작했다.

"레-!"

노아가 당황해 그녀를 따라 나섰다.

레리아나는 노아를 피해 문을 벌컥 열어 재꼈다. 그녀는 맞은편 벽에 서 있는 아담을 지나쳐 달리다가 곧 걸음을 멈췄다. 노아도 아담 앞에서 걸음을 멈췄다.

"아담!"

"테일러 경!"

동시에 입을 연 둘의 시선이 아담을 향했다.

"레리아나를 데리고 와."

"절 잡지 마세요! 부탁이에요!"

아담은 둘 사이에서 눈을 깜빡였다.

하나는 흐트러진 슈미즈 차림에 눈물을 그렁그렁 담은 간절한 눈으로 쳐다보고 있었고, 하나는 어린 아낙네를 희롱하다 실패하기라도 한 것처럼 웃통을 벗어젖힌 불한당 같은 차림새로 삐딱하게 서 있었다.

아담은 노아와 눈을 지그시 마주치다 천천히 레리아나 쪽으로 걸음을 옮겼다. 레리아나는 입술을 깨물고 노아를 무섭게 노려보았다. 그는 만족스러운 미소를 지으며 그냥 포기하라는 듯한 얼굴로 아담을 기다렸다.

그때였다.

아담이 레리아나에게 다가가 허리와 허벅지를 안고 공주님 안기를 한 채 창틀 위로 훌쩍 뛰어올랐다.

"아담?"

"테일러 경?"

노아와 레리아나가 모두 놀라 그를 불렀다. 아담은 바람을 맞으며 레리아나를 안은 채로 서 있다가, 대답 없이 그대로 창문 밑으로 뛰어내렸다.

노아가 뒤늦게 창문으로 빠르게 다가갔으나, 아담은 이미 레리아나와 함께 멀찍이 사라진 뒤였다. 그가 아래를 내려다보며 얼굴을 쓸었다.

"하—"

* * *

공작저의 총괄 집사 기디언의 아침은 새벽 5시부터 시작한다. 혹시나 간밤에 이 아름다운 저택에서 무슨 변고라도 일어나지 않았나 꼼꼼하게 둘러보고, 주인님에게 올라갈 아침이 잘 준비되고 있는지 살핀 후, 7시경 노아를 깨워 하루의 일정을 알리는 것이다.

그러나 오늘은 일정 보고를 하기에는 꽤 늦게 발걸음을 옮긴 참이었다. 어제 새벽, 부를 때까지 오지 말라는 노아의 명이 있었기 때문이다.

기디언은 혹시 노아가 깨어나지 않았을까 확인하러 계단을 오르다, 복도의 창 앞에 서 있는 노아를 보곤 그를 향해 서둘러 다가갔다.

"주인님, 일어나셨군요. 지금 웨스턴버그 백작님께서 오셔서……."

"취소해."

"네? 하지만 주인님, 갑자기 그렇게 일정을 취소하시면……."

"레리아나가 납치당했어."

"네- 네? 영애께서! 맙소사! 이 저택에서 말입니까?"

"당장 모든 기사들을 소집해. 저택 밖으로 벗어나진 않을 거야."

"범인은 보셨습니까?"

"범인의 인상착의는 키 183센티에 검은 제복, 짙은 회색 곱슬머리, 붉은 눈동자, 10대 후반, 무기를 소지하고 있는 상당한 위험인물……."

진지하게 듣고 있던 기디언이 애잔한 눈빛으로 노아를 바라보았다.

"영애께서…… 테일러 경과 나들이라도 가셨습니까?"

"기디언."

노아가 '노아 원나이트식'으로 웃으며 서늘한 목소리로 말했다.

"뭐라고?"

"맥밀런 영애께서 마치 테일러 경인 듯, 테일러 경 아닌, 테일러 경 같은 분께 나- 압치를 당하셨군요."

"그거야."

"……알겠습니다."

기디언이 깊이 허리를 숙였다. 겉으로는 태연해 보였지만, 속으로는 맹렬한 고민을 하고 있는 와중이었다.

'갑자기 왜 저러실까.'

새벽에 어쩐지 꾀죄죄해져서 잠들어 있는 레리아나를 안고 저택으로 들어와 모두를 놀라게 하다가, 왜인지 싱글벙글한 얼굴로 누구도 들어오지 말라는 엄포를 내린 후 레리아나를 데리고 자기 방으로 들어가더니…….

'뭔가, 했나?'

아직 약혼식도 하기 전인데?

'게다가 다른 남자와 나가 버렸다면, ……강제로?!'

기디언은 싸한 눈으로 집 나간 마누라 찾듯 쓸쓸해 보이는 노아의 뒷모습을 흘겨보다가 고개를 절레절레 저었다.

'설마.'

* * *

공작저에는 성인 남자 세 명이 껴안아도 자리가 남을 만큼 거대한 몸통을 가진 계수나무 한 그루가 있다. 듣기로는 지금도 할아버지인 기디언의 할아버지의 할아버지 대에도 있었다고 전해지는 오래된 나무란다.

레리아나는 그 계수나무 가지 위에 앉아 먼발치를 바라보고 있었다. 아담은 그 옆에 서서 레리아나와 같은 방향을 응시했다.

바람이 불어 계수나무의 달콤한 향기를 실어 왔다. 앞머리를 가다듬은 그녀는 향을 맡으며 생각했다.

'호기롭게 나왔는데, 겨우 집 앞마당이라니…….'

"테일러 경, 우리 밖으로 나가면 안 될까요? 우리 집이라든가. 저쪽으로 가면 우리 집인데."

레리아나가 강 너머를 가리키며 말했으나, 아담은 고개를 가로저었다.

"……역시 그건 좀 그런가요."

레리아나는 눈물을 삼켰다.

그냥 잊자. 개에 물렸다고 생각하고. 따지고 보면 생명의 은인이

기도 하고, 목숨값으로 생각하면 싼 것 아닌가.

그렇게 자신을 달래 보았지만, 우울하다. 우울할 수밖에 없다. 마치 뇌 속에 잠복해 있던 프렌치 브룩스라는 종양 제거술을 받자마자, 노아 윈나이트라는 새로운 종양이 머리를 짓누르는 듯한 느낌이 든다.

'최악이다.'

그때 멀리서 기사들이 움직이는 모습이 눈에 띄었다.

'설마 기사를 풀어서 찾는 건 아니겠지.'

레리아나는 곧 고개를 절레절레 저었다. 테일러 경과 나간 걸 뻔히 아는데, 그렇게 막나갈 리가.

기둥에 머리를 기대고 우울함을 곱씹던 레리아나가 문득 제 어깨와 가슴께를 킁킁댔다. 그러다 아담에게 조심스럽게 물었다.

"혹시 저한테 냄새 안 나죠?"

왜 갑자기 그런 걸 묻는지 어리둥절한 아담이 고개를 기울였다.

"아, 계속…… 씻질 못했잖아요."

레리아나가 쑥스러운 듯 배시시 웃자, 잠시 고민하며 저택을 바라보던 아담이 레리아나의 손을 잡고 일으켰다. 얌전히 그를 따라 일어난 레리아나가 의문스럽다는 표정을 지으니, 아담이 그녀를 안고 저택 안쪽 한 창문으로 들어갔다.

아담이 데려온 곳은 하녀들이 쓰는 방이었다. 교대 시간 정도가 아니면 보통 방에는 통 들르질 않으니 들키지 않을 만한 최적의 장소였다.

"오."

레리아나는 안쪽에 이어진 넓은 공동 욕탕을 보고 탄성을 내지르며 아담에게 고맙다고 연신 인사했다. 여러 가지 의미로 계속 찝찝해서 씻고 싶은 마음이 간절했다.

'꼭 공중목욕탕에 온 것 같네.'

"그럼, 망 좀 봐 주세요."

레리아나가 문을 닫기 전에 당부하자 아담이 고개를 끄덕였다. 그녀가 들어간 후 얼마 뒤, 얇은 나무문은 방음이 잘 되지 않는지 안에서 사락사락 옷 벗는 소리가 나기 시작했다.

그러자 아담의 고개가 점점 내려갔다. 그러다 레리아나가 물에 발을 담그며 '앗, 차거.'라고 중얼거리는 목소리까지 들리자, 이내 그는 방 밖으로 나가 버렸다.

"노아 원나이트!!"

"이 나쁜 놈아!!"

"으아아아아!!!"

아담이 지키는 문 안으로 씩씩거리며 물을 첨벙첨벙 튀기는 소리와 함께, 잠시간 비명인지 기합인지 모를 외침이 들려왔다.

그는 혹시 이곳을 지나가는 사람이 있다면 레리아나의 명예를 지키기 위해서라도 어쩔 수 없이 기절시켜야겠다고 생각했으나, 다행히 그런 일은 벌어지지 않았다.

레리아나는 곧 언제 흥분한 적이 있었냐는 듯, 얌전한 숙녀처럼 조신하게 나왔다.

"후, 상쾌하네."

수건으로 머리를 말리던 레리아나는 주위를 살피다가 장롱을 찾아내 문을 열었다. 안에는 검은 바탕에 하얀색 레이스 카라가 달린 여벌의 하녀복이 잔뜩 걸려 있었다. 레리아나는 개중 사이즈가 맞을 만한 하녀복을 찾아 꺼냈다.

"한 번쯤 입어 보고 싶다고 생각했는데."

레리아나는 검은 하녀복을 입은 다음 앞치마를 매고, 긴 머리를 하나로 묶어 올리고, 앞머리도 올려 핀으로 대충 고정하고, 서랍에서 끄트머리가 깨진 안경을 찾아 썼다. 도수가 낮은지 크게 어지럽지는 않았다.

'코스튬 플레이라도 하는 것 같네.'

순식간에 하녀로 변장한 그녀는 거울 앞에서 한 바퀴를 뱅그르르 돌았다.

'이 정도면 한눈에 알아보기 힘들겠지.'

레리아나가 거울 속 자신을 보고 변장의 귀재라며 만족스러워하던 때였다. 전날 저녁부터 아무것도 먹지 못했던 배 속에서 천둥이 쳤다.

"흠."

그녀는 주린 배를 만지며 눈을 굴렸다.

방 안에서 레리아나가 한참 소식이 없어 아담이 문을 두드리려던 순간, 문이 빼꼼히 열리더니 하녀복을 입은 레리아나가 물었다.

"테일러 경, 배고프지 않아요?"

* * *

"죄송합니다."

기디언이 백작에게 사과하며 허리를 숙였다.

키이스 웨스턴버그는 기디언이 말한 것이 사실인지 아닌지를 가늠하고 있었다.

'그분이 나들이를 쫓아갔다니.'

물론 그가 거짓을 고할 이유는 없다만.

진짜인가. 키이스가 노집사의 얼굴을 뚫어지게 바라보았지만, 그는 여전히 노련한 고용인의 모습일 뿐이었다. 키이스는 이내 고개를 주억거렸다.

"괜찮습니다. 오늘은 더 이상 일정이 없으니 저택에서 기다리겠습니다."

기디언이 필요한 것이 있으면 불러 달라며 허리를 숙이고 문으로 돌아 나섰다.

"아, 기디언. 혹시 서재에 가 있어도 괜찮겠습니까?"

"예, 그쪽에서 기다리고 계신다고 주인님께 말씀 전하겠습니다."

키이스는 서재로 향하며 곰곰이 생각에 잠겼다.

"레리아나 맥밀런 영애라……."

레리아나는 자신을 부르는 듯한 목소리에 고개를 돌렸다. 하지만 복도에는 누구도 보이지 않았고 뒤따라오던 아담만 걸음을 멈추었다.

'아무도 없는데.'

그녀는 으음, 하고 말을 늘이다가 이내 다시 주방을 향해 걷기 시작했다.

"여기서 기다리고 계세요."

그녀는 주방 근처에 아담을 대기시키며 말했다.

점심께라 그런지 주방에서는 맡기만 해도 군침이 흐르는 온갖 음식 냄새가 가득했다. 원나이트가에서의 삶이 맥밀런가의 삶보다 조금 마음에 드는 것이 하나 있다면, 바로 식탁에 오르는 음식들이었다.

레리아나의 어머니인 케이티 맥밀런은 시대와 세계를 초월한 웰빙 선호자라서, 식탁에 올라오는 것은 보통 채소나 채소나 채소였다.

그에 반해 원나이트가의 식탁은 마치 이 모든 음식 중에 네 취향이 하나쯤은 있겠지, 라는 물량 공세처럼 보였다. 그리고 아주 감사하게도 그 음식의 대부분이 그녀의 취향에 들어맞았다.

레리아나는 주방장 둘만이 주방을 지키고 있는 것을 확인하고는 사각을 통해 살금살금 안으로 들어갔다. 그 둘은 각자 음식 준비를 하며 도란도란 이야기를 나누고 있었다.

"오늘따라 바깥이 왜 이렇게 소란스럽대?"

"으응, 영애께서 밖에 나가셨대."

"아니, 왜?"

"테일러 경이랑 나들이를 갔다나."

"오늘 날이 좋긴 하지."

"그래서 그분들 쫓는다고 바깥에 난리가 난 거야."

"왜? 테일러 경이랑 나들이 한번 갔다가 바람이라도 날까 봐?"

"글쎄다. 내가 주인님 맘을 어찌 아남."

"주인님도 참……. 안 그렇게 생겨서는, 의외로 속이 좁으셔?"

"이 사람이, 매일 불 앞에서 냄비만 돌리다 보니까 사람 볼 줄 모르는구면. 그런 쿨하게 생긴 사람이 한번 사랑에 빠지면 더 구질구질하고 궁상맞게 매달리는 법이야."

"……픕."

살금살금 지나가려던 레리아나는 갑작스럽게 들려온 노아의 험담에 자신도 모르게 바람 빠지는 웃음소리를 내고 말았다. 그 소리를 들은 밀가루 반죽을 치대던 주방장이 근육질의 거대한 몸을 돌려 레리아나를 가만히 응시했다.

"누구지? 못 보던 얼굴인데."

'히익-'

어깨를 흠칫한 레리아나가 더듬더듬 변명을 생각해 말했다.

"아, 저는 이번에 새로 들어온……."

"그쪽 애겠지. 남관 쪽. 그쪽에 사람이 부족해서 이번에 잔뜩 들어왔잖아."

뒤에서 국자를 든 주방장이 말을 거들었다.

"네, 맞아요! 이번에 남관에 배정됐어요."

"그런데 여긴 무슨 일로 온 건데?"

"영애께서 간단히 먹을 걸 싸서 따라오라고 하셨거든요."

주방장이 흐음, 소리를 내며 레리아나의 코앞까지 다가와 그녀를 살폈고, 레리아나가 태연한 척 빙긋 웃었다.

"가져가."

그는 옆으로 자리를 비켜 주었다. 레리아나가 사방에 깔려 있는 음식의 산에 함박웃음을 지으며 다가가려는데, 주방장이 다시 그녀를 불러 세웠다.

"잠깐."

"……네, 네에?"

들킨 건 아니겠지? 겁먹은 그녀가 어색하게 대답하는데.

"바구니는 챙겨야지."

친절한 주방장이 그녀에게 바구니를 건넸다. 레리아나는 허겁지겁 바구니에 음식을 쓸어 담았다.

아담은 벽에 등을 기대고 그녀를 기다리고 있었다. 레리아나는 양손에 성수라도 든 것처럼 은색 보울을 소중하게 들고 주방의 뒷문에서 뛰어나왔다.

"테일러 경! 이거 봐요!"

그가 고개를 돌리자 보울 안에 든 고동색 액체가 출렁였다. 초콜릿 풍듀였다.

이를 본 아담의 눈이 반짝였다. 그는 마치 초콜릿 기사 서임을 받는 것처럼 레리아나 앞에서 무릎이라도 꿇을 기세였다.

"우리 얼른 이거 먹으러 가요."

풍듀에 딸기를 찍어 먹을 생각에 흥분한 레리아나가 말했다.

"아, 그런데 어디로 가죠?"

다시 계수나무로 올라가기에는 어제부터 내내 고생을 한지라 그녀 자신이 너무 버거웠다.

'그러고 보니.'

첫날부터 저택의 소개를 받았던 때, 듣기로는 저택 내에 무슨 공연장도 있더랬다.

'이참에 거기나 가 볼까.'

레리아나는 공연장으로 가자며 아담과 팔짱을 꼈다. 아담이 팔짱을 낀 레리아나의 손을 바라보며 눈을 깜빡였다.

공연장에는 원나이트 가문 소속의 악단이 공연을 대비한 연습을 하고 있었다. 둘은 객석 가장자리에 자리를 잡고 음악을 감상하며 초콜릿 퐁듀에 딸기에 에클레어에, 갖가지 음식들을 늘어놓았다.

아담은 늘 그렇듯 무표정했지만 초콜릿을 다루는 행동 하나하나에는 행복함이 느껴졌다.

'의외로 귀여우시다니까.'

속으로 '오구오구, 많이 드세요.' 하며 흐뭇하게 지켜보던 레리아나도 곧 눈물을 찔끔 삼키며 초콜릿을 오물거렸다.

'우울할 때는 역시 단 걸 먹어 줘야 해. 많이 먹고 힘을 내서 노아 원나이트를 암살하고 지난밤 일은 모두 없던 일처럼 지우는 거야……!'

레리아나는 허황된 꿈을 꾸며 달콤한 점심으로 배를 채웠다.

악단은 단둘뿐인 관객을 위해 멋진 공연을 펼쳤다. 악단이 공연을 마치고 정중하게 인사하자, 레리아나가 박수를 쳤고, 이를 바라보던 아담도 같이 박수 쳤다.

레리아나는 슈가 하이 상태로 밖을 나섰다. 설탕 마약에 빠져, 이런 기분 좋은 상태라면 정말 암살이 가능할지도 모른다는 망상을 하던 중이었다.

그녀는 곧 복도를 지나는 고용인들의 매의 시선에 움찔하며 다시 안으로 들어왔다. 숨어서 고용인들의 이야기를 듣자니, 레리아나와 아담이 계속 보이질 않자 노아는 고용인 모두에게 그들을 발견하는 즉시 제 앞으로 데려오라고 지시했다고 한다.

'칫, 구질구질한 남자 같으니라고.'

문에 바짝 붙어서 고용인들의 대화를 훔쳐 듣던 레리아나는 인상을 찌푸렸다. 둘은 점점 늘어나는 사람들에 치여 최후의 선택을 하기로 했다.

노아의 복층으로 된 서재는 언제나 도서관 같은 분위기가 풍긴다. 책을 즐기는 노아는 장서를 더 들여놓기 위해서 서재 위의 천장을 뚫고 넓게 개조했다고 한다.

천장을 뚫을 당시 기디언이 조금 울었다는 이야기도 풍문으로 들은 것 같은데, 깐깐한 인상의 기디언이 우는 얼굴은 좀 상상이 되지 않았다.

게다가 기디언 방의 벽에는 그 천장의 파편들이 퍼즐처럼 맞춰져서 전시되어 있다는 소문도 돈다. 물론 소문일 뿐이겠지만, 저택에 영혼을 바친 것 같은 기디언을 생각하면 신빙성은 높았다.

레리아나는 복층 위에 올라가 읽을 만한 책을 찾아 돌아다녔다. 책장에 꽂힌 책들은 대개 정치나 경제에 관한 어려운 책들이었는데, 조금 놀라웠던 것은 자신이 어떤 외국어라 할지라도 가리지 않고 읽을 수 있다는 점이었다.

생각해 보면 이쪽 언어와 한국어가 다를 게 분명한데도, 한 치의 어색함 없이 읽고 쓸 줄 아는 것부터가 이상한 상황이었다.

'이 세계에 와서 외국어 능력 하나는 얻었구나.'

레리아나는 겨우 찾아낸 자신의 재능에 기뻐했다. 아직 어디에 써먹을지는 모르겠지만, 부자는 망해도 3년은 먹고 산다지만······ 나중에 어찌어찌 큰일이 생겨도 밥 벌어먹고 살기 힘들지는 않을 것 같다.

레리아나가 흐뭇해하며 위쪽 부근에 꽂힌 외국어로 된 서적 몇 개를 꺼내려고 하는데.

"도와 드릴까요?"

상냥한 말씨의 남자가 레리아나에게 말을 걸어왔다.

"아뇨, 괜찮……."

레리아나가 거절하며 고개를 돌리자, 물처럼 청량한 느낌이 드는 푸른 머리칼이 사락사락 흔들렸다.

'으잉?'

"불편하실 것 같은데요. 이 책, 맞습니까?"

그가 환하게 웃으며 책을 뽑았다.

키이스 웨스턴버그 백작!

그는 노아의 심복으로 독자들에게도 인기가 꽤 많던 캐릭터였다.

'진짜 실물이잖아.'

그녀는 마치 길 가다 연예인이라도 만난 것처럼 신기해하며 그를 뜯어보았다. 푸른색 머리가 잘 상상되지 않았는데, 이런 물 같은 느낌이구나.

그는 책 표지를 훑더니 놀란 눈으로 그녀에게 물었다.

"크립트어를 읽을 줄 아십니까?"

"아, 네……."

"국내에 크립트어를 읽을 줄 아는 여성분이 계시다니, 이거 놀라운데요."

이게 그렇게 대단한 언어인가. 좀 못하는 척할 걸 그랬나. 레리아나가 쑥스러운 척 방긋 웃었다.

"어떤 분께 수학하신 겁니까?"

"그…… 독학이에요."

딱히 누구에게 배웠다고 얘기할 사람이 없는 바람에 레리아나가 눈을 데굴데굴 굴리며 대답했다.

"그게 정말입니까?!"

그러자 그가 놀라며 레리아나의 손을 맞잡았다.

"크립트어를 독학으로 배웠다는 분은 처음입니다! 왜 하녀로 일하고 계신 겁니까? 학계로 나가 보실 생각은 없으십니까?"

뭔가 잘못 말했나! 설마 엄청난 천재라고 착각하는 거 아냐? 레리아나가 제 말을 후회하며 물러났다.

그러자 키이스가 달려들 듯 질문하다 이내 화들짝 놀라며 손을 치웠다.

"죄, 죄송합니다. 제가 그만 여성분께 결례를."

키이스가 멋쩍게 웃으며 연신 사과했다. 얼굴을 붉히며 몇 번이고 허리를 숙이는 모습에 레리아나가 입을 가리며 작게 웃었다.

"그만하세요. 전 괜찮아요."

역시 누구와는 다르게 좋은 사람이야. 예의를 알지, 라고 생각하는 순간이었다.

"그런 차림으로 다니니까 도통 찾질 못했던 거였군."

어딘지 화가 난 듯한 목소리가 바로 뒤에서 들려왔다.

'윽.'

"공작님?"

레리아나는 굳어 있었고, 키이스는 놀라서 노아를 불렀다. 그러나 노아는 제 이름이 불리든 말든, 아랑곳없이 성큼성큼 다가와 그녀의 안경을 벗겼다.

그러자 그녀가 화들짝 놀라 단숨에 일어서서 뒷걸음질하며 물러났다.

"다, 다, 다, 다가오지 마요! 이 파렴치한 같으니!"

"파렴……."

노아가 기가 차다는 얼굴로 말을 흐렸다. 레리아나는 그 틈을 타 아담을 불렀다.

"테일러 경!"

아래층에 있던 아담이 복층 위로 고개를 들었다.

"아담, 나가 있어."

그에 노아가 아래를 내려다보며 그에게 명했다. 아담은 저를 내려다보는 레리아나의 눈빛에 잠시 망설이는 눈치였으나, 노아가 그의 이름을 한 번 더 부르자 이내 고개를 끄덕이고는 밖으로 나갔다.

레리아나는 그사이 책장 너머로 슬그머니 도망가고 있었다. 노아가 그녀를 쫓았다.

"레리아나, 오해가 있는 것 같은데, 우리 아무 일도 없었어."

'……뭐? 그게 정말이야?'

그녀는 달콤한 꾐에 잠시 혹해 돌아보았으나, 다시 몰려오는 동통에 인상을 찌푸리며 말했다.

"허, 허리가, 아프다고요!"

레리아나가 책장 하나를 더 넘어가자 노아가 뒤를 따라가며 답했다.

"그건 당신이 말 위에서 잠들어서 그런 거고."

"아―"

그랬다. 피로가 누적돼서 그랬는지, 눈을 뜨고 있기가 너무 힘들어 그대로 까무룩 잠들었던 것도 같다.

'아, 왜 그걸 생각 못 했지.'

"만약 그런 일이 있었다면 허리만 아플 리가 없잖아."

노아를 피해 책장 뒤를 한 번 더 돌아가던 레리아나가 되물었다.

"네?"

"아니야."

순진무구한 레리아나의 얼굴에 노아가 천연덕스럽게 대답했다.

이젠 더 이상 갈 곳이 없는 막다른 길이었다. 노아는 레리아나와 약간 거리를 벌린 채 서 있었다.

"왜, 왜 매달렸다고 했어요."

"자면서 매달렸어."

'칫.'

왜 그랬을까. 너무 피곤했나. 아무튼 지난밤 살짝 미쳤던 게 분명하다.

노아가 경계하는 야생 동물 대하듯 그녀에게 천천히 다가가며 말했다.

"편하게 잠들게 해 주고 싶었던 것뿐이야. 저택 입구에서 내 방이 더 가까우니까 그쪽에 재운 거고."

"그럼 왜 아무 일도 없었다고 처음부터 솔직히 말하지 않은 건데요?"

그는 바로 앞까지 다가왔다. 노아가 팔 사이에 레리아나를 가두고 고개를 내렸다. 어차피 더 갈 곳도 없어진 마당에 레리아나는 피하지 않고 고개를 바짝 들어 마주 보았다.

그는 잠시 고민하는 기색을 보이다가 나직이 입을 열었다.

"미안해. 울릴 생각은 없었어."

"……?"

레리아나가 눈을 한 번 깜빡였다.

"……."

"……?"

'어?'

레리아나의 눈동자가 왼쪽으로 굴러갔다가 다시 오른쪽으로 쭈욱 움직였다.

사과했다?

저 노아 윈나이트가?

'꿈…… 아니지?'

볼 안쪽을 깨물어 보니 분명 아프다. 꿈이 아니야! 꿈이 아니란 것을 확인한 레리아나의 입꼬리가 꿈틀거렸다.

남자는 여자의 눈물에 약하다더니! 노아 윈나이트, 너도 어쩔 수 없는 남자였구나! 이 기념할 만한 날을 승리의 날로 칭해야겠다.

레리아나 맥밀런, 지난날 그 수많은 모욕과 수모를 겪어야 했음에도 결국엔 승리했노라!

사실은 지난밤 아무 일도 없었겠다, 이제 의기양양해진 레리아나는 새침하게 말했다.

"그 사과, 진심이시죠?"

"진심이야."

"그럼, 다시는 이런 질 나쁜 장난 하지 않으셨으면 좋겠군요."

"그러지."

그가 살짝 어깨를 들썩이며 답했다.

"자는 사람 희롱할 생각을 하다니, 정말 저질이라고요. 아니, 물론 정말 그런 일이 있었다는 건 아니지만, 그런 파렴치한 일을 떠올리게 하는 것만으로도……."

레리아나가 투덜거리면서 노아의 팔 밑으로 벗어나려는데, 노아가 갑자기 그녀의 손을 매끄러운 움직임으로 잡아 깍지를 꼈다. 그의 움직임에 따라 춤을 추는 것처럼 레리아나의 몸이 그 앞으로 돌아갔다.

"이제 용서해 줄 건가?"

"흐음."

레리아나가 눈을 가늘게 뜨고 그를 올려다보자, '응?'이라며 노아가 눈웃음을 쳤다.

지금까지의 수모와 치욕을 생각하면 더 굴려 줘야 하지만……. 이제 자신이 갑이라는 제 지위를 되찾았다는 생각에 레리아나가 장난스럽게 씨익 웃는데, 그가 맞잡고 있던 손을 입으로 가져가더니 그녀의 손등을 콱 깨물었다.

"아-!"

'이, 이 남자가 지금 뭐 하는 거야! 이거 안 놔?'

"용서해 줄 거지, 응?"

"이, 거부터 놔주시죠."

레리아나가 깍지 낀 손을 빼내려 해도, 그가 살짝 쥔 힘에는 당해 내질 못했다. 노아는 쿡쿡 웃으며 손등을 잘근잘근 깨물었다.

"용서해 주기 전에는 안 놔줄 건데."

"……으!"

'안 돼! 여기서 물러날 수는 없어!'

레리아나가 조금 더 버티려는데, 노아가 한 번 더 손등을 콱 깨물었다. 그러자 그녀의 손등에 말캉말캉한 혀가 닿았다. 그 혀의 체온이 닿는 순간, 쭈뼛 소름인지 두근거림인지 모를 애매하고 이상하고 당황스러운 감정이 치밀어 올랐다.

'뭐야, 뭔데. 갑자기 왜 이러는데.'

노아의 둥글게 휜 눈이 붉게 물든 레리아나의 얼굴을 그대로 담았다.

"아, 아, 알았어요! 알았으니까! 좀 놔요!"

들쑥날쑥한 외침에 노아가 힘을 풀었다. 레리아나는 노아의 손을 확 뿌리치고 뒤로 제 두 손을 감췄다.

그녀는 뭐라고 쏘아 주려 입을 벙긋거리다가, 태연한 노아의 얼굴을 보고 씩씩거리며 바깥으로 달려 나갔다. 레리아나는 자신을 부르는 소리를 무시한 채 빠르게 서재를 빠져나왔다. 심장이 줄곧 내달리는데 멈추질 않았다.

'⋯⋯이상해.'

'거참.'

순간 암수 정다운 가운데, 눈치 없이 끼어드는 날파리보다 못한 존재로 전락한 키이스는 한 손으로 눈을 꾹 눌렀다.

자신이 직접 눈으로 보고도 저 노아 원나이트의 모습을 믿을 수가 없다. 어디서 약이라도 잔뜩 먹고 온 게 아닌가 싶을 정도였다.

'저분이 레리아나 맥밀런 영애였나.'

하녀복 차림으로 있었기에 그녀일 줄은 상상도 못 했는데.

게다가 공작과 영애는⋯⋯.

예상했던 바와 너무 다른 상황이었다. 레리아나와 노아가 계약으로 묶여 있는 상태임은 알고 있다. 노아는 그녀를 경계하겠다 했고, 자신도 나름대로 그녀에 대한 조사를 끝마친 후였다.

별 특이한 점이 없어 오히려 수상함만 급증하는 중이었는데⋯⋯.

공작저에 와 보니 경계는커녕, 약 먹은 버전의 원나이트 공작만 남아 있었다.

"키이스."

"공작님."

이제야 저를 발견하고 다가오는 노아를 보며 키이스는 버릇처럼 미간을 톡톡 두드렸다.

'설마 맥밀런 영애께 진심이라도 되셨나.'

* * *

마리 웨인의 드레스 공방은 결혼을 앞둔 신부 모두가 꿈꾸는 곳이었다. 그녀의 맞춤 드레스를 입기 위해서는 어느 정도 이상의 작위와 재산이 필요하며, 드레스 공방에서의 지난 구매 실적도 굉장히 중요하다.

그런 조건들을 주렁주렁 달고서도 마리 웨인의 드레스를 입으려면 1년의 대기 줄을 기다려야 한다는 소문이 있었다.

"제 회심의 역작이죠."

그 마리 웨인이 허리에 두 손을 올린 채 레리아나 앞에서 당당하게 말을 꺼낸 것은 오늘 오전이었다. 마리 웨인 뒤로 고용인들이 드레스가 걸린 마네킹과 그녀의 짐을 들고 들어왔다.

그때까지만 해도 레리아나는 침대에 누운 채 눈만 동그랗게 뜨고 있었다. 노크가 끝나기도 전에 갑자기 나타난 여자는 당황스럽기만 했다.

"누구시죠?"

"공작님께 못 들으셨나요? 제가 바로 그, 마리 웨인입니다."

"……아."

그녀가 풍만한 가슴을 쭉 펴며 말했다.

"그, 마리 웨인이요."

"네…… 그, 마리 웨인."

레리아나는 아아, 하면서 고개만 주억거렸다. 열화와 같은 함성과 박수를 곁들인 환영식이라도 해야 하나 고민했으나, 그 정도까진 필요치 않은 듯했다.

마리 웨인의 물음에 답하자면, 레리아나는 못 들었다. 실은 손등이 갈기갈기 물어뜯긴…… 그날 이후로, 레리아나는 노아를 슬그머니 피해 다니고 있었다. 배가 아프다든가, 머리가 당긴다든가, 온갖 변명을 다 사용하다 이제는 써먹을 변명이 남아 있지 않을 정도였다.

그래서 누군가 그녀의 방을 노크했을 때 '오늘은 날씨가 맑아 아무도 방에 들일 수 없다.'고 말하려던 차였다. 그런데 마리 웨인은 그녀의 답을 기다리지 않고 당당하게 방에 들어섰다. 거절할 것이라는 선택지가 아예 머릿속에 없는 듯했다.

레리아나도 마리 웨인에 대해서는 알고 있다. 수도의 누가 마리 웨인을 모를 수 있을까. 그러나 레리아나가 내심 우아한 부인일 것이라 생각했던 마리 웨인은 코에 안경을 걸치고 머리를 아무렇게나 틀어 올린, 자부심 강한 커리어 우먼이었다.

"어쨌든, 이게 바로 약혼식 날 영애께서 입으실 드레스입니다."

그녀는 어쩐지 얼이 빠져 보이는 레리아나에게 제 회심의 역작을 소개했다. 그러면서 노아가 얼마나 일정을 촉박하게 주었는지, 자신이 그로 인해 얼마나 힘이 들었는지를, '개고생'이라는 단어로 짧고 시원하게 표현했다.

"노아가 좀 배려가 부족한 편이죠. 저를 봐서라도 그이의 부족한 개념과 무책임을 용서하세요, 부인."

레리아나는 마리 웨인을 위로하는 척하며 노아를 험담했다.

그녀는 피팅한 채로 수선이 필요한 곳이 있는지 봐야겠다며, 고용인들과 함께 레리아나가 드레스 입는 것을 도왔다.

드레스는 순백색으로 치맛단은 시폰 재질의 천을 덧대어 깃털을 단 것처럼 나풀거렸고, 이를 따라 보석 가루처럼 보이는 오색빛이 차르르 떨어졌다. 이 빛은 마법으로 인한 것이었는데, 마리 웨인의 이 주문을 소화하기 위해 몇 명의 마법사가 갈려 나갔는지는 정확하지 않다고 한다.

레리아나가 몰래 그녀에게 묻자, 마리 웨인은 잠시 고심하더니 곧 으스스한 미소를 지으며 비밀이라 답했다. 개중 한 명쯤은 공방 밖을 죽어서 나갔다 해도 이상하지 않을 미소였다.

"돌아보세요."

레리아나는 얌전히 그녀의 말에 따라 마네킹처럼 돌아보았다. 갈아 넣은 마법사가 많은 만큼 성능 좋은 빛 가루가 아름답게 휘날렸다.

그녀는 이곳저곳 수선할 곳이 없는지를 찾고 있었다.

그새 몸 라인에 변화는 없는 것 같아 다행이라는 이야기를 들으며, 레리아나는 전신 거울 앞에서 살며시 고개를 기울였다.

'벌써 약혼식인가.'

마리 웨인의 아름다운 드레스보다는 그쪽에 신경이 쓰였다. 사실 그간 노아를 완전히 피할 수 있던 것은 아니었다. 맥밀런 가문의 사람들이 신문을 들고 공작저를 찾아왔기 때문이다.

신문의 1면에는 레리아나 맥밀런 납치 사건에 대한 기사가 쓰여 있었다.

그녀의 어머니는 레리아나를 부둥켜안은 채 울며 놓으려 하지 않았고, 아버지는 당장 프렌치 브룩스를 조각내 버릴 듯한 살벌한 분위기로 노아 앞에서 갈 곳 없는 분노를 내뿜고 있었다.

그런 둘을 진정시킨 것은 부드럽지만 강하게 내뱉은 노아의 한마디였다.

"레리아나에게 앞으로 어떤 위험이 닥친다 해도, 제가 그녀를 평생 지킬 겁니다."

입술에 침이나 바르시지. 레리아나는 어머니 품에서 인상을 찌푸리며 입을 벙긋거렸지만, 노아는 뻔뻔한 표정으로 웃었고 그녀의 부모는 노아와 사랑에 빠질 기세였다.

겉으로 보기에는, 듬직하고 믿음직스러운 예비 약혼자의 대처에 한풀 꺾인 존데인이 노아에게 물었다.

"그럼, 프렌치 브룩스는 잡혔습니까? 이제 재판을 치르게 되는 건가요?"

"프렌치 브룩스와 그 일당은 이미 제 권한으로 치안대에 넘겼습니다. 재판 없이 바로 세인트 벨로 가게 될 겁니다."

'세인트 벨'은 알카트라즈와 비견될 만한 엄중한 형무소였다. 늘상 파도가 치고 해류가 강해 일단 발을 들이면 저승에 갈 때까지는 절대 떠날 수 없다는 악명 높은 곳.

존데인 맥밀런과 케이티 맥밀런은 그것으로 만족한 듯했다. 세인트 벨로 보냈다는 것은 사실상 사형에 가까운 선고를 내린다는 것과 일맥상통했으니까.

"그럼 약혼은 예정대로 진행되는 건가요?"

레리아나를 안고 있던 케이티가 물었다.

"그렇습니다. 걱정하실 만한 일은 이제 없을 겁니다."

노아가 대답하며 레리아나와 눈을 마주쳤다.

'잠깐, 잠깐?'

그녀는 두 손으로 엑스자를 표시하며 잠시 타임을 외쳤지만, 노아는 네 생각 따위는 이미 꿰뚫고 있다는 눈빛으로 무시했다.

'기다려, 잠깐만.'

레리아나는 좀 더 격하게 제 의견을 표시하려 했으나, 노아는 아주 깔끔하게 무시했고 안심하는 맥밀런 가족을 기디언에게 맡겼다. 맥밀런 부부는 관광이라도 온 것처럼 기디언의 가이드를 받아 저택을 느긋하게 둘러본 후에나 돌아갔다.

"팔을 좀 들어 보시겠어요, 영애?"

상념에서 깨어난 레리아나가 팔을 들어 올리자, 마리 웨인이 천이 우는 곳은 없는지 꼼꼼하게 살폈다. 레리아나는 마리 웨인의 빠르고 거친 손놀림을 느끼며 침울한 얼굴로 작게 한숨을 내쉬었다.

'이 약혼, 이대로 계속 진행해도 되는 건가.'

마리 웨인은 드레스를 남겨 둔 채, 행복한 약혼이 되길 바란다는 말을 하곤 성큼성큼 떠났다.

＊　＊　＊

저택 내의 모든 고용인들은 약혼식 준비를 위해 분주히 움직였다. 레리아나는 기둥마다 꽃을 다는 작은 여자아이의 옆을 지나쳤다.

"행복하세요!"

레리아나를 발견한 아이는 활짝 웃으며 그녀에게 꽃을 건넸다. 레리아나는 머뭇머뭇 꽃을 받아 들었다. 죽은 것같이 조용하던 저택에는 활기가 감돌고 있었다. 달콤한 꽃향기, 아이들의 웃음소리, 모든 것이 좀 더 생생하게 느껴진다.

프렌치 브룩스는 세인트 벨로 들어갈 것이다. 생명의 위협은 사라진 것이나 마찬가지. 이제 레리아나로서는 약혼을 지속할 이유가 없었다.

그녀는 조금씩 욱신거리는 손등을 쓰다듬었다. 그러고는 바람에 꽃을 태우듯 손에 쥔 걸 살짝 놓았다. 꽃잎이 흩날려 하늘을 수놓았다.

＊　＊　＊

잠에서 깨어나 눈을 뜨니 밤하늘이 보였다. 꿈인가. 당장이라도 쏟아질 듯한 별을 보며 레리아나는 천천히 눈을 깜빡였다.

귀로 찰랑찰랑, 물이 흘러가는 소리가 들려왔다. 그리고 주변을 둘러싼 꽃들의 향기가 느껴졌다. 몸을 슬쩍 움직이자 바닥을 푹신하게 받친 쿠션들이 바스락거렸다.

시야 끄트머리에 흑발의 남자가 노를 젓고 있는 모습이 어른거렸
다. 레리아나는 꽃과 쿠션으로 가득 찬, 자그마한 보트 위에 누워
있었다. 조금 쌀쌀한 강바람이 스쳐 지나간다.

'기분 좋다.'

지금 이 상황에서 아주 사소하게 신경 쓰이는 것은 자신이 얼마
전까지만 해도 분명히 침대 위에서 자고 있었다는 것뿐이었다.

레리아나는 나직이 입을 열었다.

"노아."

"응."

"……뭐 해요?"

"데이트."

"전 침대에서 자고 있었는데요."

"맞아."

"……왜죠?"

노아가 싱긋 웃었다.

"오늘 샴 케인 강에서 불꽃 축제를 하거든."

"……아아."

매년 이맘때마다 샴 케인 강에서는 불꽃 축제를 벌인다. 여유가
있는 이들은 작은 보트를 띄워 강 위에서 불꽃을 구경하곤 했다.

'어쨌든 그걸 물어본 건 아니었는데.'

레리아나가 상체를 일으키려 하자 보트가 출렁였다. 노아가 비틀
거리는 레리아나의 손을 잡았다.

"아, 고마워요."

노아가 그대로 손을 가볍게 당겨서 레리아나를 가까이 앉게 인도

했다. 레리아나가 졸졸 따라가 앞에 앉자 노아가 조용히 말했다.

"당신이 자꾸 피하니까."

"네?"

"의심받잖아."

역시, 그것 때문이었구나. 아주 약혼자 역에 몰입했구만. 레리아나가 혀를 차며 몸을 웅송그렸다.

그들의 보트 옆으로 다른 가족들과 연인이 탄 배들이 서서히 지나쳤다. 모두 즐거워 보이는 표정이었다.

레리아나는 문득 제 앞의 남자를 바라보았다. 눈이 마주치자 그가 고개를 기울이며 웃었다. 레리아나가 휙 다시 고개를 돌렸다.

다른 사람들이 보면 사이좋은 연인이라고 생각하겠지. 어쩌다 이런 위장 데이트까지 하게 된 걸까.

마침 하늘 위로 피융, 날아가는 소리와 함께 불꽃이 터졌다. 자색으로 빛나는 커다란 빛을 멍하니 바라보던 레리아나가 조심스레 입을 열었다.

"저, 노아. 말씀드리고 싶은 게 있어요……."

"알아."

안다고? 다리를 감싸 안은 레리아나가 무릎에 턱을 올리고 그를 응시했다.

"이제까지 날 좋을 대로 써먹고 이제 와서 필요 없어지니 버리겠다는 거잖아."

"왜 그렇게까지 매정한 여자처럼 표현하고 그러세요."

레리아나가 부루퉁하게 말했다. 노아가 음산하게 미소 지었다.

"맞잖아."

"……맞아요."

객관적으로 맞다. 레리아나는 순순히 인정하기로 했다.

"뭐 어때요. 어느 분 말마따나 협박범인데."

레리아나가 나직이 말하니 노아가 피식 웃으며 눈꺼풀을 접었다. 그녀는 왠지 눈을 마주치기가 어색해 고개를 돌렸다.

팡, 팡, 팡.

방금 터트렸던 불꽃이 시작이었다는 듯, 다음 불꽃들이 연달아 터지기 시작했다.

"내 옆에 있어."

그 말에 레리아나가 고개를 돌렸다.

"이용 가치가 떨어질 때까지는."

그러시겠지요. 그녀가 눈을 가늘게 떴다.

"그거 아세요? 무슨 말을 해도 참 예쁘게 한다는 거."

레리아나가 웃으며 말하자 노아도 웃으며 말을 받았다.

"칭찬 감사히 받지."

정말 예뻐 죽겠어. 레리아나가 눈을 가늘게 뜨고 허하게 웃었다.

보트에 꽃을 가득 담는 것은 누가 생각한 것일까. 우습다는 생각이 드는 것은 지나치게 낭만적이었기 때문이다. 레리아나는 이 낭만적 연출을 위한 노력과 열정에 대한 호의로 그녀를 몰래 납치한 것을 용서하기로 했다.

꽃이 보트에 하나 가득 담긴 것치고는 꽃향기가 연했다. 꽃향기 사이로 화약 냄새가 은은히 풍겼다. 레리아나는 퍼펑, 또 다시 터진 불꽃을 강물에 비쳐 보았다. 그러곤 강물에 손을 담그고 살랑살랑 흔들었다.

그녀는 문득 노아를 응시하며 물었다.

"단지 그것뿐?"

"⋯⋯?"

"단지 그 이유뿐이에요?"

노아가 레리아나를 바라보았다.

"⋯⋯."

"⋯⋯."

"그것뿐이야."

노아는 되뇌듯 말하며 레리아나를 바라보았다. 그녀를 옆에 두는 것은 그 이유 때문이다. 그녀를 옆에 매어 두고 혹시 모를 상황을 통제하려고. 영민하고 당돌한 이 여자를 그저 이용하기 위해서.

노아는 저를 빤히 바라보는 연녹색 눈동자 위로 손을 올렸다.

"그만 봐, 닳아."

이 인간이.

"⋯⋯만지지 마세요, 닳아."

노아가 좀 이리저리 깎아 내야 하는 것 아니겠냐며 시비를 걸고 레리아나는 이대로도 충분히 차고 넘친다며 투닥거리는데, 옆 보트가 다가와 선체에 부딪혔다. 문득 둘이 다툼을 멈추고 옆으로 시선을 돌렸다.

'⋯⋯으.'

옆 보트의 주인들은 아주 입을 비틀어 버릴 기세로 진한 키스를 하는 중이었다. 춥춥거리는 소리가 얼마나 적나라한지, 소름이 돋을 정도였다.

"⋯⋯큼."

순간 어색해진 공기에 레리아나가 헛기침을 하며 눈을 굴렸다. 노아가 무심히 노로 옆 보트를 밀어내자 보트가 그 상태로 흘러가는 모습이 보였다.

과감하네. 레리아나가 그들을 흘깃 보았다. 지나가는 연인들 위로 붉은색 불꽃이 터졌다.

"노아, 사랑해 본 적 있어요?"

"아니."

"왜요?"

"난 왕족에 공작이니까."

아, 그러셨구나. 오만한 어조에 레리아나의 얼굴이 일그러졌다. 그러나 어쩐지 가공할 만한 설득력이 있었다.

"그쪽 사람들은 사랑도 안 해요?"

그쪽 사람들이라니, 노아가 웃으며 답했다.

"안 해. 누군가를 사랑하는 순간 커다란 리스크를 지게 되거든."

단호하네. 레리아나가 눈을 꿈뻑거렸다.

"그래도 곧 누군가를 사랑하게 될걸요."

노아가 글쎄, 하며 말을 줄였다.

"두고 보세요. 게일 가문 일도 제가 맞았잖아요."

레리아나는 앞으로 모은 무릎에 볼을 댄 채 키득키득 웃었다. 다시 불꽃이 터져 하얀 빛무리가 레리아나의 얼굴에 소복이 내려앉았다.

강바람이 가만히 불자 레리아나의 얼굴로 갈색 머리칼이 사라락 흘러내렸다. 노아는 무심코 제 손이 그 머리칼을 넘겨 주고 있는 것을 발견했다.

그런데 그때, 레리아나가 갑작스레 몸을 일으켰다. 보트가 양옆으로 출렁였다. 하지만 그녀는 개의치 않고 어딘가를 뚫어지게 바라본 채 넋을 놓고 있었다.

"레리아나?"

의아한 기색의 노아가 레리아나의 팔꿈치를 잡고 그녀를 불렀다.

"무슨 일이야?"

"……아뇨, 아니에요. 그냥…… 금발을 본 것 같아서요."

금발? 노아가 되물었다. 그러나 레리아나는 답하지 않고 계속 한 곳만을 주시하고 있을 뿐이었다.

* * *

며칠 가을비가 내리기 시작해 뭇사람들의 걱정을 야기했으나, 약혼식 당일 거짓말처럼 비는 멈추었다.

레리아나는 목을 뻣뻣하게 굳힌 채 화장을 마무리 짓기 위해 앉아 있었다.

"목에 힘 좀 풀어요, 자기."

치장을 도우러 온 것은 닉 매덕스였다.

"이, 이렇게요?"

레리아나가 어색하게 목을 굽히자 닉이 정색했다.

"물 먹는 기린 새끼도 아니고. 그러지 말고 이렇게 확!"

'으꺄악!'

닉이 확 목을 꺾자 레리아나가 속으로 비명을 질렀다.

"……제 목에 걸린 거, 피어스 블루예요, 닉."

"……어머, 빨리 좀 말하지─"

피어스 블루의 네임 파워가 닉의 움직임을 조심스럽게 만들었다.

푸른 다이아를 가공해 만든 피어스 블루는, 오백 년 전 바이칸 제국의 대공인 피어스가 제국 최고의 미녀를 유혹하기 위해 만든 목걸이와 반지였다. 이는 지금은 찾아볼 수 없는 종족인 드워프 장인이 세공한 것으로, 커팅이 빛을 반사할 때 그 아름다움에 장인의 눈이 멀었다는 전설이 전해진단다.

레리아나는 기디언이 피어스 블루를 가져다주며 이에 대한 이야기를 전할 당시의 그 부리부리한 눈을 떠올렸다. 그 이후 그녀의 마음을 계속 옥죈 것은 원나이트가에 고스란히 반납해야 할 텐데 흠이라도 나면 어쩌나 하는 불안감이었다.

"이제 다 됐어요."

닉이 립글로즈로 레리아나의 입술을 톡톡 두드렸다.

그녀가 눈을 뜨자 거울 앞에 아름다운 레리아나 맥밀런의 모습이 비쳤다. 그녀는 가만히 거울을 주시하다 입을 열었다.

"닉, 운명이 있다고 믿어요?"

"운명이요?"

"네. 정해진 흐름이 있어서, 앞으로 가는 길은 전부 다 신이 안배한 거라고 믿어요?"

"어머, 자기. 지금 걱정돼요? 공작님이 영애의 운명의 짝이 아닐까 봐?"

"그렇다기보다는……."

'제가 그 앞길을 막고 있어서 말입니다.'

죽음으로써 여주인공을 불러내야 할 자신이 살아 있다. 그럼 이

제 이야기는 어떻게 진행되는 거지?

"자, 가 봐요. 기다리실 텐데."

닉이 그녀의 등을 살짝 밀었다. 레리아나의 움직임에 따라 오색 빛깔이 흘러내렸다.

문이 열리고 사람들의 시선이 한꺼번에 쏟아졌다. 그리고 연회장으로 가는 길목 앞에는 노아가 서 있었다. 노아가 레리아나에게 손을 내밀었다. 레리아나는 그의 손을 맞잡았다.

"이제 핑계는 다 떨어졌나?"

"글쎄요. 오늘은 비가 그치는 바람에 약혼을 못 할 것 같다는 건 어때요?"

노아가 웃었다.

레리아나는 노아의 걸음에 맞추어 움직였다. 박수 소리가 사방에서 쏟아졌다. 레리아나는 사람들에게 미소를 지으며 베아트리스 트란쳇을 떠올렸다.

여주인공은 지금, 어디에 있을까.

*　*　*

「레리아나, 프리스 에리틸입니다.

브룩스가의 장남에 의한 불미스러운 사건은 정말 유감스럽게 생각해요. 저 또한 그 사건으로 인해 몸을 보전하지 못해 바로 어제까지 침대 밖으로 나올 생각도 하지 못했답니다.

제 어머니께서는 제가 어렸을 적, 수도에 너 같은 아이가 가면 눈을 감는 순간 머리는 밀려서 팔리고, 옷은 벗겨져서 팔리고, 눈알과 사지와 장기는 각각 떼어서 팔리니, 갈 생각은 꿈도 꾸지 말라고 하셨죠.

어머니 말씀대로였어요. 수도는 정말 무서운 곳이에요. 앞으로 이곳에서 계속 잘 지낼 수 있을지, 걱정이 됩니다.

……」

'도대체 어떤 어머님이셨던 거지…….'

레리아나는 깨알 같은 글씨로 쓰인 프리스 에리틸 후작 부인의 편지를 읽으며 잠시 눈동자를 떨었다.

자신이 납치되고 나서의 상황을 앤슬리에게서 조금 들었던 레리아나는, 프리스 에리틸이 당시 그 불한당들에게 아무런 공격을 받지 않았음에도 왜 그리 애처롭게 기절했던 건가에 대한 대답을 찾을 수 있었다.

눈만 감으면 저렇게 조각조각 팔려 나갈지도 모른다는 공포에 시달리고 있으니 기절할 만도 하다. 그녀의 소심한 성격이 어디서, 어떻게, 누구에 의해 비롯되었는지 당장 추론할 수 있을 것만 같다.

프리스 에리틸은 자신이 얼마나 힘들고 또 정신적 충격이 얼마나 지대했는지, A5용지 두 장에 8포인트로 여백 없이 꽉꽉 채워 장황하고 어지러운 의식의 흐름으로 빼곡하게 늘어놓았다.

두 줄가량을 읽던 레리아나는 이 편지를 꼼꼼히 맨정신으로 읽는다면, 지금까지 정상인으로서 지켜 왔던 자신의 소중한 무언가가 위태로워질 것이 분명하다는 것을 깨달았다.

그녀는 문득 아연해져서 바로 다음 장을 넘겼다.

「레리아나, 당신께서 겪은 그 불미스러운 사건으로 인해 마물 토벌전이 조금 앞당겨지게 되었다고 들었어요.

조만간 다시 볼 수 있게 되겠군요. 그날을 기다리겠습니다.

아, 일주일 전이 윈나이트 공작님과의 정식 약혼식이 있는 날이었죠? 정말 축하드려요.

편지와 함께 모임의 초대장을 동봉합니다. 부디 도움이 되길 바랍니다.

프리스 에리틸.」

레리아나는 혹시 더 이어진 건 아닐까 봉투를 들여다보았지만, 편지는 그것이 전부였고 동봉된 것은 모임의 초대장뿐이었다. 프리스의 정신적 충격에 대한 내용을 제외하면 정작 레리아나가 읽어야 했던 분량은 몇 줄 되지 않았다.

레리아나는 초대장을 슬쩍 들춰 보고는 다시 책상 위에 올려 두었다. 이것을 원하던 사람은 자신이 아니었기에 큰 관심은 가지 않았다.

그보다 신경이 쓰이는 것은…….

"마물 토벌전인가."

레리아나는 프리스가 적어 보낸 반듯한 글씨를 바라보며 입술을 톡톡 두드렸다.

매년 늦가을, 왕국에서는 겨울을 대비해 시크레트 산맥에서 3일간 마물 토벌전을 벌인다. 겨울이 되면 먹을 것을 찾지 못한 마물들이 때때로 산에서 내려와 민가를 습격하기도 하는데, 그에 대한 피해를 줄이고 이를 방지하려는 일종의 국가 프로젝트였다.

원래는 겨울이 다가오기 직전에 열리지만, 레리아나 납치 사건을 수사하면서 산 아귀 시체를 발견한 치안대의 보고가 발단이 되어 시일이 앞당겨졌다.

마물 토벌전에는 검술, 체술 등 무예로 내로라하는 각 계의 귀족들이 참여하는데, 특이한 것은 레이디들도 함께 참가한다는 점이었다. 그리고 그것이 바로 레리아나가 신경 쓰이는 부분이었다.

마물 토벌전은 기사들에게도 꽤 의미 있는 이벤트지만, 레이디들에게도 그러했다. 기사들이 자신이 잡은 마물을 레이디에게 바치기 때문이다.

그러니까 마치 게임처럼, 기사들을 조종…… 해서 좀 더 급이 높고 많은 마물을 받은 레이디의 레벨…… 이 올라가는 시스템인 것이다. 그리고 그렇게 마물을 제일 많이 받은 영애나 부인이, 토벌전의 마지막 이벤트인 '신전에 성화 올리기'의 주인공이 된다.

'지금껏 성화를 붙였던 것은 그 불여…… 아니, 비비안 샤말이었던가.'

비비안 샤말은 누가 뭐라 해도 왕국의 보석이었다. 그녀의 눈에 한 번 들고, 그녀의 미소를 한 번 보기 위해 마물을 바칠 기사들은 해변가의 모래처럼 차고 넘친다는 뜻이다.

물론 그녀가 제일 바랐던 것은 노아가 굽실대며 바칠 마물이었을 테지만, 그는 지금까지 단 한 번도 다른 레이디에게 마물을 바친 적이 없다고 들었다.

'뭐, 별로 상관은 없지만…….'

레리아나는 하녀가 가져다준 남은 편지와 소포를 뒤적거렸다.

약혼 이후로 이름 모를 이들이 잔뜩 축하 편지와 선물을 보내 왔다. 커다란 선물들은 집사들이 모두 확인 후 걸러 내는 작업을 거쳤고, 곧 그녀가 찾은 작은 소포에는 엘마가 만든 잼을 넣은 초콜릿이 담겨 있었다. 약혼을 축하드린다는 간단한 쪽지도 함께였다.

'고마워, 엘마.'

레리아나가 엘마의 따뜻한 마음씨에 기뻐하는데, 그 뒤로 익숙한 필체의 익숙한 편지가 눈에 띄었다. 레리아나가 황급히 소포를 치웠다.

끄트머리에 금박을 두른 편지 봉투 위에는 베아트리스 트란쳇이라는 이름이, 그리고 편지 중앙에는 보라색 도장이 찍혀 있었다. 레리아나는 그 도장에 적힌 단어를 읊조렸다.

"반송……?"

레리아나가 베아트리스 트란쳇에게 보낸 편지가 반송되어 온 것이었다.

*　*　*

허리께에서 굽이치는 눈부신 금발. 사랑스럽게 미소 짓는 아름다운 베아트리스.

레리아나가 서 있는 이 무대의 진정한 주인공.

레리아나는 무대를 망칠 생각은 없다. 무슨 조화로 자신이 이 이야기에 끼어들었는지는 알 수 없으나, 제 생명이 걸린 일이 아니고서야 무대를 헤집어 놓는 일에는 부정적이었다.

그렇기 때문에 살짝 비틀린 이야기를 다시 되돌리기 위해서 레리아나는 베아트리스 트란쳇이 필요했다. 그녀가 무대에 오를 계기가 이전에는 레리아나 맥밀런의 죽음이었다면, 지금은 레리아나 맥밀런의 부름으로 바뀌어도 좋으리라.

설정상, 레리아나 맥밀런은 베아트리스 트란쳇의 친구였다. 둘은 베아트리스가 국제 피아트 신학교의 신학생으로 유학을 가기 전까지 교류를 꽤 길게 지속해 왔었다.

레리아나의 기억과 박은하가 읽었던 원작의 기억은 모두 베아트리스가 현재 신학교에 있어야 함을 가리킨다.

'그런데 왜……'

베아트리스에게 보낸 레리아나의 편지는 다시 반송되었다.

'주소는 분명 정확했는데.'

'그럼 베아트리스 트란쳇이 편지를 받지 않았다는 건가?'

'받지 않는 것만으로 반송 도장이 찍힐 수 있나?'

'아니면 편지를 받지 못할 만한 무슨 다른 사정이 있다는 건가?'

일단 제대로 확인해 보기 위해 레리아나는 국제 피아트 신학교 측에 문의하는 서신을 보냈다. 약혼에 발목이 잡혀 저택 밖으로는 한 발자국도 나갈 수 없는 지금으로서는 그쪽의 답변을 기다리는 것밖에 할 수 있는 일이 없었다.

'지금은 아무것도 확신하지 말자.'

레리아나는 입술을 잘근잘근 깨물었다. 왜인지 알 수 없는 불안감이 엄습했다. 자신이 살아남음으로써 무언가가 근본적으로 바뀌어 버린 것은 아닐까, 하는 생각이 마치 흰개미처럼 조금씩 머릿속을 갉아 댄다.

레리아나는 한번 크게 심호흡을 했다. 인간의 뇌는 안정된 평형을 유지하는 것을 목표로 진화해 왔다는 글을 본 적이 있다.

낯선 것, 그리고 지속될 것이리라 믿었던 것의 변화는 마음을 혼란시키고 불안하고 두렵게 만든다.

'그냥 있을 수 있는 해프닝에 지레 겁먹고 불안해하는 것뿐이야.'

레리아나는 머릿속을 꽉 메운 생각에 잠긴 채, 정밀한 동작과 속도로 손을 기계처럼 쉼 없이 움직이는 중이었다.

"영애, 정말…… 완벽합니다만……."

한 땀, 한 땀, 전투적으로 불타는 자수를 놓던 레리아나는 켄드릭 부인의 말에 문득 상념에서 깨어났다.

"그…… 지금 두시고 계신 그 자수는, 토벌전을 염두에 두신 건가요?"

"……네?"

레리아나가 고개를 번쩍 들었다가 켄드릭 부인의 시선이 향한 곳으로 따라 내려갔다. 손에 든 천에는 구름 너머로 승천하는 용이 수놓아져 있었다.

'아, 눈 마주쳤어…….'

그녀는 정색하며 못 볼 것을 본 것처럼 시선을 피했다. 자수에 재능이 있었던 것인지 레리아나의 자수 실력은 나날이 일취월장하여, 용에서는 마치 불끈불끈한 형님 어깨에 새겨야 할 것 같은 싸구려 위엄과 생동감이 느껴졌다.

어쨌든 나름 칭찬할 만한 작품이긴 했으나, 문제는 부인이 오늘 놓아 보자고 제안했던 자수는 푸른 달리아 꽃이라는 점이었다. 그러나 달리아 꽃은 이미 꼬리 부분에 묻혀 자연스럽게 동화되어 있었다.

레리아나의 자수 교육을 담당하는 켄드릭 부인이 어색하게 미소를 지었다.

"토벌전을 생각하니 제가 조금…… 들떠 있었나 보네요."

레리아나도 마주 웃으며 슬며시 테이블에 자수를 내려놓았다.

눈을 부라리는 용의 시선을 피한 켄드릭 부인이 '네, 조금…….' 이라며 말을 흐렸다.

"공작님께 드리는 손수건에는 공작가의 문양을 새기시는 게 더 좋지 않을까요?"

켄드릭 부인은 살짝 가라앉은 분위기를 전환시키기 위해, 밝은 어조로 다른 화제를 꺼냈다.

"윈나이트 가문의 문양이라면 가시나무와 매죠?"

"예, 맞아요."

"영애께서 마물 토벌전에 따라가시는 건 이번이 처음이셨던가요?"

"예. 지금까지는 부모님께서 제가 위험할까 봐 떠나는 걸 만류하셨거든요."

'그렇군요.' 하고 추임새를 넣은 켄드릭 부인이 곧 흐뭇한 미소를 지었다.

"윈나이트 공작님께서는 지금까지 다른 레이디분들이 드리는 손수건을 한 번도 받지 않으셨다고 해요."

"아…… 네, 그렇군요."

노아가 그녀들의 손수건을 받지 않은 것이 그녀들에게는 행운이 아니었을까 생각하며, 레리아나는 손가락으로 머리카락을 배배 꼬면서 대답했다.

"윈나이트 공작님께서 처음으로 받는 손수건의 주인공이 되시겠어요, 영애."

켄드릭 부인이 두 손을 맞잡고 활짝 미소를 보였다.

'칫.'

"으음, 그럴까요?"

노아에게 직접 자수를 놓아 줄 생각 따위는 추호도 하지 않았던 레리아나가 속으로 혀를 차며 고개를 갸웃거렸다.

"당연하죠. 영애께서는 공작님의 하나뿐인 약혼자이신 걸요."

'약혼자는 하나면 충분하죠. 노아를 여기서 얼마나 더 쓰레기로 만들 셈이세요.'

"그러네요. 받아 주시면 참 기쁠 것 같아요."

레리아나의 연녹색 눈은 탁한 안개가 낀 것처럼 영혼이 없었으나, 입꼬리만은 방긋 웃으며 기대된다는 듯 대답했다.

레리아나는 오늘따라 숨을 쉴 때마다 가슴이 쿵쾅거리고 흥분가 오르락내리락하는 것이 심상치 않다며 일어나려 했으나, 켄드릭 부인은 자수의 도안을 다 짤 때까지 레리아나를 놓아줄 생각이 없는 듯했다.

레리아나는 결국 눈물을 삼키며 윈나이트 가문 문양의 도안을 짜야 했다.

"그럼, 맥밀런 영애. 다음에 봬요."

켄드릭 부인은 온갖 화려한 무늬들을 더 새기라고 게으른 소에 채찍질하듯 혹독하게 레리아나를 들볶아, 그녀가 보기에 만족스러운 도안을 만든 후에야 자리에서 일어섰다.

켄드릭 부인을 배웅하고 돌아온 레리아나는 너무나 화려해진 자수 도안을 노려보다가 홱 낚아채 방을 나섰다.

레리아나는 방으로 돌아가기 전에, 요즘 늘 찾게 된 서재로 향했다. 노아는 토벌전 준비 때문에 바빠 왕성에 있으니 만날 걱정은 없고, 서재에서 취침 전에 읽기 좋은 책이나 찾으며 돌아다니는 것이 하루를 보내는 낙이었다.

그렇게 레리아나가 서재의 문을 여는데…….

"어?"

가죽 소파 너머로 길쭉한 다리가 불쑥 튀어나와 있었다.

'누구?'

레리아나가 그쪽으로 조심스레 다가갔다. 소파에는 팔걸이를 아무렇게나 베고 곤히 잠들어 있는 남자가 누워 있었다.

"……노아?"

레리아나가 놀라 그의 이름을 불렀다. 노아 주위에 서류가 어지럽게 흩어져 있는 것을 보면, 계속 일에 묻혀 있다 겨우 잠에 빠진 듯싶었다.

"흐음."

노아가 저렇게 무방비하게 잠든 모습은 처음 본다. 깨워서 방에 데리고 가야 하나 고민하던 레리아나는 노아의 머리맡에 쪼그려 앉아서 긴 속눈썹이라든가, 곧게 솟은 코라든가, 붉은 입술 등을 감상하며 머리를 기울였다.

이 남자는 질풍노도의 사춘기 때 으레 거치게 되는 제 외모에 대한 의구심을 가져 본 적이 없을 것 같다.

'이왕 잘생기게 태어난 거, 얼굴값만 하면 좋을 텐데.'

으음, 레리아나는 작게 목을 울렸다. 아니, 되레 얼굴값 하는 건지도 모른다. 아무리 잘생겼다고 해도 당신 성격이면 독거노인으로 혼자 쓸쓸하게 가게 될 거라고, 욕을 해 주고 싶었으나…….

'어쨌든 남자 주인공이니까.'

남자 주인공은 어쨌든 마지막에는 여자 주인공과 맺어지는 법이다.

베아트리스 트란쳇과.

'그러고 보니 그 둘, 어떻게 사랑하게 되더라?'

레리아나는 멍하니 원작 내용을 떠올렸다.

베아트리스와 노아는 처음 만날 때 서로를 오해하지만, 그럼에도 알 수 없는 호감을 가지게 되고.

시장 한복판에서, 왕실의 정원에서, 탑 꼭대기에서, 우연히 만남을 지속하다가.

그리고 어느 날, 바람이 좋은 날에 그녀가 바람을 즐기며 머리카락을 쓸어 넘기는 순간.

노아는 문득 그녀의 이름을 입에 올리면서 사랑에 빠지는 것이었다.

한 음절, 한 음절.

마치 이름의 마법처럼.

"레리아나."

라고……

'……뭐?'

"……?!"

느닷없이 들려온 제 이름에 레리아나가 깜짝 놀라 몸을 굳혔다.

잠에 취한 노아의 황금빛 눈동자가 레리아나를 바라보고 있었다.

"레리아나?"

"……아."

"……?"

"그, 으…….."

레리아나가 말끝을 흐리며 침을 삼켰다. 노아의 흐릿한 시선은 계속 자신을 향해 있었다.

큰일이다. 잠든 남정네 옆에 붙어서 얼굴을 구경하고 있는 이 상황, 게다가 당사자에게 들킨 이 상황.

'어떡하지.'

'아, 뭐라고 변명하지.'

'자는 모습이 참 잘생겨 보여서?'

'미쳤어? 변태 아냐, 나?'

'죽자. 죽기 전에 마지막 인사를 하러 왔다고 하자.'

평생 기억에 남을 만한 창피한 사건 베스트 3위쯤 되는 민망한 상황이었다. 안절부절못해서 도망갈까 고민하는데, 노아는 살풋 인상을 찌푸리며 제 앞에 앉은 레리아나를 보더니 가늘게 뜬 눈을 두어 번 깜빡거렸다.

레리아나는 입을 꾹 다물고 어떻게 하면 레리아나지만 레리아나가 아닌 척, 슬그머니 멀어질 수 있을까 맹렬히 고민하고 있었다.

그때 노아가 부스스 몸을 일으키고는 이내 그녀를 향해 손을 뻗었다. 서늘한 손가락이 앞머리를 가르고 이마를 덮자 레리아나가 어깨를 흠칫 떨었다.

"어디, 아픈가?"

낮게 가라앉은 목소리가 물었다. 레리아나가 고개만 절레절레 저었다.

도통 피곤함이 가시질 않는지, 노아의 낮고 칼칼한 목소리가 다시 울렸다.

"얼굴에……."

그가 손을 레리아나의 볼께로 내렸다.

"······열이 있는데."

커다란 손바닥이 한쪽 얼굴을 폭 감쌌다.

"그건, 그냥."

"······?"

레리아나가 살며시 눈을 내리깔았다.

"좀 더워서."

잠시 침묵이 감돌았다. 침묵을 이기지 못한 레리아나가 슬쩍 자리를 피하려고 하자, 노아가 그대로 볼을 쭉 잡아당겼다.

"······."

"······."

한순간 둘의 시선에서 온갖 감정이 교차했다.

"······노아."

그녀가 인상을 찌푸리며 그를 불렀다. 노아는 요사스러운 악마처럼 웃으면서 말했다.

"자는 사람을 그렇게 훔쳐보면 쓰나."

레리아나의 눈썹이 하늘로 올라갔다.

"놔줘요."

"놔줘요?"

"······놔주세요."

그러자 그가 어린아이를 대하는 듯한 말투로 말했다.

"잘못했습니다, 라고 해야지."

잘못······ 뭐라고? 환청을 들은 거겠지. 레리아나는 자연스럽게 무시했다.

"노아."

"응."

"놔요."

'좋은 말로 할 때 놓는 게 어때?'라는 표정으로 바라봐 주었으나, 레리아나의 요청에는 한 톨 신경도 주지 않은 채 노아는 아주 오만한 시선으로 그녀를 바라보며 물었다.

"훔쳐보니 기분 좋았나?"

아니, 무슨 사람을 그렇게 변태 취급을 하고. 한 집에 같이 살다 보면 자는 모습을 볼 수도 있고, 뭐 그런 것 아닌가?

자기도 말이야. 얼마 전에 나한테 그랬으면서. 맞아, 그랬어. 그러니 당당하게 나가자. 레리아나는 한번 이를 꽉 악물었다가 대답했다.

"……자모해쓰미다."

"그런 취미가 있는 줄은 몰랐는데."

"사과함미다. 자모해쓰미다."

눈으로는 이미 넌 죽은 목숨이라는 것처럼 부릅뜨고 바라보면서, 입으로는 사과의 말을 건넨다.

노아는 그 언밸런스한 모습을 즐기듯 한참 바라보다가 말했다.

"좋아, 봐주지."

노아의 손이 떨어지자마자 레리아나는 하얀 볼에 난 손자국을 제 손으로 가렸다.

그가 낮게 웃으며 레리아나를 불렀다.

"레리아나."

그러나 그녀는 노아의 부름을 무시한 채, 아무 일도 없었던 것처럼 침착하게 일어나 곧장 서재를 나서서 자신의 방으로 돌아갔다.

방문을 닫고 후우- 깊게 숨을 내쉰 레리아나는 베개에 노아 윈 나이트라는 이름을 붙인 후, 속이 터져서 깃털이 휘날릴 때까지 폭력을 행사했다.

노아는 서재의 문이 쾅 닫히자, 쿡쿡 웃으며 다시 소파에 몸을 눕혔다. 약혼 때문에 미뤄 두었던 일을 한꺼번에 처리하느라 잠을 제대로 자기 힘들었다 보니, 인기척도 눈치채지 못했나 보다.

그는 천장으로 팔을 쭉 뻗어 제 손을 올려다보았다. 손에는 아이처럼 조금 높았던 체열이 아직 남아 있었다. 그는 가볍게 주먹을 쥐고 손을 비볐다. 그러고는 다시 눈을 감았다.

다음에 눈을 떴을 때도 레리아나의 얼굴을 제일 먼저 볼 수 있다면, 그리 나쁘지 않을 것 같다고 생각하면서.

7장

몬스터 토벌

몬스터 토벌

"더 입으셔야 해요."

가운 모양의 외투를 걸쳐 주던 하녀 헤일리가 말했다. 도톰한 겨울용 드레스 3겹, 겨울용 가운 2겹, 그렇게 5겹은 걸친 후에 나온 말이었다.

레리아나는 창문 너머로 오늘따라 더 포근한 햇빛을 바라보았다. 헤일리는 그녀의 시선을 눈치채고 덧붙였다.

"그쪽 지방은 워낙 추우니까요. 이 정도로는 버틸 수 없어요."

"이 정도면 이미 겨울을 여름처럼 날 수 있을 것 같은데……."

진심이었지만 헤일리는 재미있는 농을 들은 것처럼 콧소리를 내며 웃었다.

"시크레트 산맥에서는 가을에도 매일 얼어 죽는 사람이 나온답니다."

"아……."

재미있는 농처럼 들릴 만했다. 그냥저냥 수긍한 레리아나는 얌전히 몸을 맡겼다. 헤일리가 레리아나의 허리께에 오랏줄 묶듯이 풀리지 않도록 가운의 리본을 단단히 묶었다. 그러자 옆에서 다른 털옷이 더 준비되었다.

아무래도 팔을 굽히기가 힘들 것 같다. 바람을 빵빵하게 넣은 풍선 인형처럼 뒤뚱뒤뚱 끌려다니는 대로 따라다닐 것이 뻔해 보였다. 밥도 누군가가 먹여 줘야 할 것 같다.

마물은 이제 지긋지긋하건만. 그렇게 멀리까지 가지 않아도 이미 마물보다 더한 남자들 둘이 붙어 있다. 게다가 성화에는 관심도 없다.

그런데 보고 싶지도 않은 걸 봐야 한다고 노아의 뒤를 금붕어 똥처럼 따라가야 한다고 생각하니, 조금 슬퍼졌다.

침울한 얼굴의 레리아나는 흰 여우털이 달린 두꺼운 망토까지 걸친 후에야 방을 나설 수 있었다.

저택 앞으로 나가는 그녀 뒤로, 짐을 든 하인 세 명이 양손에 가방을 들고 따라나섰다. 고작 3일 나가는데 짐은 맥밀런가에서 공작저로 들어올 때보다 더 많이 가져간다.

하인들에게 짐을 어디로 가져다 놓으라고 지시하는 이는 공작저에서 제일 젊은 집사인 로이드였다. 그는 레리아나를 배웅하려다가 미쉐린 타이어 마스코트인 양 빵빵해진 레리아나의 팔뚝을 슬쩍 곁눈질했다.

그의 시선을 가늠한 레리아나는 변명처럼 덧붙였다.

"그쪽이 많이 춥다고 해서요."

"그럼요. 시크레트에서는 가을에도 사람이 얼어 죽으니까요."

헤일리가 '봐, 내 말이 맞지 않느냐.'는 얼굴로 방글방글 웃었다.

레리아나는 '그래 네가 옳다.'는 뜻으로 고개를 한 번 끄덕였다.

노아와 아담을 비롯한 기사들은 토벌 준비를 위해 먼저 말을 타고 출발했다고 전한 로이드는 레리아나를 마차 앞으로 안내했다.

그녀가 마차의 계단을 오르려는데, 뒤에서 기디언이 레리아나를 부르며 손을 흔들었다.

"기디언?"

"방금 영애께 온 서신입니다."

레리아나는 제 앞으로 불쑥 튀어나온 편지를 여유롭지 않은 관절 상태로 팔을 구겨서 받아 냈다. 편지지를 여는 것도 고통이었다.

'끙겨.'

결국 고통을 이겨 내며 레리아나가 한 장짜리 편지를 손에 쥐었다.

'됐다-!'

양손에 든 편지를 하늘로 들어 올리며 짧게 성취의 기쁨을 누리던 그녀는 곧 굳은 눈으로 빠르게 글을 훑었다.

"……영애?"

그녀의 표정이 점점 심상치 않아지자, 지켜보던 기디언이 걱정스레 그녀를 불렀다.

레리아나의 손에서 종이 한 장이 툭 떨어져 내렸다. 기디언이 바닥에 닿은 종이를 들어 올렸다. 종이에는 국제 피아트 신학교의 인장이 찍힌 짧은 문장이 적혀 있었다.

「국제 피아트 신학교입니다. 여쭤 보신 베아트리스 트란쳇이라는 학생은 재학생 명부에 실려 있지 않습니다. 혹시 이름을 착각하신 것은 아닌지 다시 한 번 확인 부탁드립니다.」

레리아나는 입술을 깨물었다.

'베아트리스······.'

* * *

왕성 앞에 기사들이 열과 횡을 맞추어 섰다. 그 앞에는 노아가 말을 타고 있었고, 왕이 서 있어야 할 단상에는 푸른 머리의 키이스가 대신 올라간 상태였다.

원래 같았다면 토벌전을 주재하는 건 왕인 '시아트리히 뉴리얼 체이머스'였을 것이다. 그러나 왕이 부상을 당해, 왕의 명령으로 키이스가 토벌전 주최를 위임받았다고 들었다.

왕인 시아트리히는 아주 공교롭게도 레리아나가 프렌치 브룩스와 사냥에 나가서 관자놀이에 총알 자국을 새겨 줄 때쯤, 사냥을 나갔다가 낙마했다고 한다. 약혼식 거행 후 왕에게 인사를 하러 가지 못했던 이유도 그 때문이었다.

"먼저 오늘 자리해 주신 여러분께 진심으로 감사의 말씀을 드리며······."

단상 위에는 왕성 부근에 음성을 울리게 하는 마법진이 그려져 있다. 키이스는 그곳에서 개회사를 시작했다.

그리고 레리아나는 여성들이 모여 있는 가장자리에 서서 오늘 받은 서신에 대해 떠올렸다.

베아트리스는 귀국한 것인가?

아니면 어떤 다른 곳에?

지금으로서는 어디에 있든 간에 원작의 내용과는 달라지게 된다.

'나 때문에?'

앞으로의 전개가 원작과 달라질 수도 있다는 것일까. 레리아나는 초조한 얼굴로 입술을 만지작거렸다.

'어째서⋯⋯.'

밀려오는 불안처럼 서늘한 바람이 목덜미를 어루만지고 지나갔다.

"마지막으로⋯⋯."

개회 연설을 하는 키이스의 눈동자가 슬쩍 옆으로 굴러갔다. 레리아나는 엉겁결에 눈을 마주치곤 살며시 자세를 바로 했다.

'왜 저렇게 힐끔힐끔 쳐다보지.'

연설을 하고 있는 키이스에게서 시선이 자꾸 느껴진다.

'왜지? 자기 말에 너무 집중을 안 해서 신경 쓰이나?'

레리아나는 혹시나 제가 다른 생각을 한 것을 알아챈 것인가 싶어 어색하게 웃으며 다시 그에게 집중했다.

"⋯⋯그럼, 건투를 빕니다."

키이스의 말이 끝나자 노아가 검을 빼 들어 올렸다. 그에 맞추어 모든 기사들이 한곳을 향해 검을 들었다. 검 끝에서부터 빛이 타고 흘러내렸다.

개회식이 끝난 후에는 마법사들이 준비한 게이트를 타고 산맥으로 넘어가게 되어 있다. 그렇지만 그 전에 참가자들 사이에서는 한바탕 소동이 벌어진다.

이미 비비안 샤말 앞에는 그녀에게 맹세하려는 기사들이 일렬로 줄을 서 있었다. 그녀는 아주 당연한 일인 것처럼 당당한 얼굴로 제 손을 내밀었다.

레리아나가 멍하니 그 모습을 바라보는데 비비안이 그녀를 향해 비웃음을 날렸다.

'으.'

레리아나는 인상을 찌푸리고 다시 노아에게로 시선을 돌렸다.

'흐음?'

노아는 둘러싸인 영애들의 손수건을 정중히 거절하고 있었다. 그네들에게는 노아의 약혼녀가 두 눈 부릅뜨고 살아 있든지 말든지, 전혀 상관없는 일인 듯했다.

물론 귀족들의 얽히고설킨 난잡한 관계성 때문에 이런 이벤트에는 모두 '좋은 게 좋은 거'란 식으로 굴고는 했으니, 영 못할 짓은 아니었다.

그들은 작위 계승이나 재산 등의 문제가 걸린 공식적 관계에는 누구보다 보수적이고 엄격했으나, 사적 관계에는 마른 우물에서도 관대함을 퍼 올릴 수 있었다.

"영애."

혀를 차며 노아를 바라보던 레리아나는 옆에서 들리는 목소리에 놀라 돌아보았다.

"아, 앤슬리 경."

앤슬리가 말을 끌고 그녀에게 다가와 있었다.

"영애, 오늘 참 따뜻하게 입으셨군요."

그렇게 다들 신경 쓸 만큼 두툼해 보이나…….

레리아나가 주변의 부인들을 흘겨보았다. 에베레스트 등산 가는 것처럼 껴입은 것은 자신 혼자뿐이었다.

'너무 두툼하잖아, 헤일리…….'

레리아나는 침착하게 제 여우 털 망토를 벗으며 대답했다.

"시크레트가 좀, 춥다고 해서요."

"그럼요. 시크레트에서는 가을에도 얼어 죽는 사람이 나오죠."

왜 저런 흉흉한 말을 줄줄 읊는 사람이 많은 건가. 저건, 이제 무슨 시크레트 산맥의 슬로건인가 싶다. '가을에도 사람이 얼어 죽는 시크레트!'라든가.

"영애, 잠시 손을."

"……네?"

레리아나가 손을 내밀자 앤슬리가 손등에 이마를 댔다. 레이디를 위한 맹세의 표시였다.

"아, 설마 경께서도 시크레트에 가시는 건가요? 원나이트가에서는 노아와 테일러 경만 가시는 줄 알았는데."

"이번에 근신이 풀려서요."

"경께서도 토벌전에 참여하시는 줄 알았더라면, 미리 손수건을 준비했을 텐데요."

"괜찮습니다. 손수건을 바라고 온 것은 아니니까요."

앤슬리는 몇 번이고 괜찮다 말했지만, 레리아나가 미안한 표정으로 당혹스러워하자 곧 단검을 꺼내 레리아나가 걸친 망토에서 길게 남은 끈을 싹둑 잘랐다. 그녀는 그 끈으로 제 팔목을 묶었다.

"전 이거로 충분합니다. 영애."

앤슬리가 씨익 미소 지으며 제 팔목을 들어 보였다. 그러더니 훌쩍 말에 올라타고 말했다.

"그럼, 행운을 빌어 주세요."

"앤슬리 경……."

레리아나는 여유롭지 않은 관절을 바짝 움직여 제 심장에 손을 올리려 했으나, 차마 손이 닿지 않아 그 부근의 허공에 다소곳이 손을 올렸다.

뭐지, 이 기분, 이 설렘.

앤슬리는 뭉클거리는 떨림만 남겨 놓고 긴 머리를 휘날리며 다시 대열로 돌아갔다.

'어쩜, 머리 휘날리는 것도 멋있어…….'

레리아나가 홀린 듯 그녀를 바라보는데, 그녀 곁으로 다각거리는 말굽 소리와 함께 노아와 아담이 다가왔다.

"레리아나."

"노아."

노아는 토벌전을 대비한 것인지 갑옷에 망토를 걸치고 있었다. 노아가 빙긋 웃는 낯으로 레리아나를 쭉 스캔했다.

"오늘따라……."

"따뜻해 보이죠. 시크레트에는 가을에도 사람이 얼어 죽으니까요."

레리아나는 영혼 없는 녹음기처럼 노아가 할 법한 말을 미리 치고 들어갔다. 자신을 미쉐린 타이어 마스코트로 만든 헤일리가 의기양양하게 웃는 모습이 스쳐 지나갔다.

"지금 출발하나요?"

레리아나가 묻자 말에서 내리던 노아가 주위를 의식했는지, 경어로 다정하게 말했다.

"그보다 레리아나, 뭔가 잊은 게 있지 않습니까?"

맞다. 레리아나가 손뼉을 마주쳤다.

"테일러 경, 잠시만요."

아담이 고개를 끄덕이고 레리아나가 클러치를 뒤적였다.

말고삐를 잡고 다가온 노아가 고개를 기울이며 말꼬리를 올렸다.

"테일러 경-?"

레리아나는 클러치에서 작은 손수건과 초콜릿 주머니를 꺼내 들었다. 이번에 엘마가 만들어서 보내 준 초콜릿이었다. 이에 아담이 그녀를 향해 다가오려는데, 노아가 레리아나 앞으로 성큼 다가와 손수건을 맞잡았다.

그러고는 다른 이에게는 들리지 않도록 조용히 말했다.

"사랑하는 약혼자가 여기 있는데 바로 앞에서 다른 남자한테 손수건을 주려 해서 고맙군."

"이런, 사랑하는 약혼자가 아니라 사랑 없는 약혼자잖아요."

레리아나가 팔을 부들부들 떨며 손수건을 빼앗기지 않으려 힘을 주면서 답했다.

"서로 합의한 설정 정도는 맞춰야지."

레리아나는 노아의 손에서 손수건을 빼내려고 힘을 주었지만, 예상대로 실패였다.

그녀는 입바람으로 앞머리를 날리면서 체념한 듯 말했다.

"후, 뭘 바라시는데요."

"손수건."

"없어요."

"이건?"

"테일러 경 거."

"아닐걸."

레리아나가 눈을 가늘게 떴다.

'맞을걸?'

"원래 손수건 안 받으시잖아요."

"오늘은 받고 싶어졌어."

"아까 저기서 잔뜩-"

레리아나가 눈짓으로 너머를 가리키며 말하자, 노아가 빙긋 웃으며 말을 잘랐다.

"내 약혼녀가 만든 걸로."

아아, 그러셨구나. 레리아나가 배시시 웃었다.

"어쩌죠. 받고 싶지 않으실 줄 알았어요."

노아도 마주 웃었다.

"어쩔 수 없군. 이것으로 대신하지."

"아! 안 돼요!"

노아가 확 빼앗아 머리 위로 들어 올리자, 레리아나가 밑에서 잡아 보겠다고 퍼덕거렸다. 그러나 20센티가량의 키 차이는 얕볼 수 없었다. 노아는 가소롭다는 눈빛이었다.

씩씩거리던 레리아나가 '알았어요, 알았어요.'라며 항복했다.

쯧, 레리아나는 혀를 찼다. 역시 만만치 않아. 버틸 수 있을 줄 알았건만, 노아의 예상외의 손수건 욕심에 실패했다.

'생전 한 번도 안 받았다는 사람이 왜 갑자기 손수건 타령이람.'

뼈를 깎는 실패의 고통이 느껴졌지만, 미운 놈 떡 하나 더 준다는 심정으로 레리아나는 클러치를 뒤적였다.

제 것이 따로 있음을 알아챈 노아가 아담에게 손수건과 주머니를 던졌고, 아담이 이를 낚아챘다.

노아는 레리아나에게서 손수건을 받으려 팔을 뻗었다.

"에헤이."

그러자 레리아나가 노아를 피해 손수건을 훅 뒤로 뺐다.

"그보다 잊으신 것 없나요?"

그녀가 눈을 오만하게 뜨고 빈손을 내밀었다.

'자, 어서 내 앞에서 고개를 조아리라고.'라는 얼굴로 레리아나가 바라보자, 눈을 둥글게 휘며 웃은 노아가 그녀에게서 한 발자국 멀어졌다.

"잊을 뻔했군요."

레리아나가 보란 듯이 손가락을 팔랑팔랑 흔드는데, 순간 칠흑처럼 검은 망토가 펄럭이며 바닥에 널리 퍼졌다.

"……어?"

레리아나가 놀라서 눈을 동그랗게 뜨니, 노아가 그대로 레리아나 앞에 무릎을 꿇고 그녀를 올려다보았다.

갑작스레 주변이 술렁이기 시작했다.

'아니, 그냥 평범하게 하지. 왜 갑자기…….'

당황한 레리아나가 창백해진 얼굴로 주위를 두리번거렸다.

주변의 수군거림이 들리지도 않는지, 표정에 흐트러짐 하나 없는 노아가 레리아나의 손을 끌어 손등에 이마를 댔다. 사락거리는 머릿결과 매끄러운 피부가 손등에 닿아 간지러운 기분에 오소소 소름이 돋았다.

입술을 깨문 레리아나가 손을 빼내려고 하자, 그가 더 꽉 쥐어왔다.

'으으…….'

체념한 레리아나가 손에 힘을 풀었고, 맹세를 마친 노아가 곧 고개를 들어 눈을 마주쳤다.

"……."

"……."

레리아나는 조용히 다른 손에 쥐고 있던 손수건을 내밀었다. 노아가 웃으며 손수건을 받아 들었다.

* * *

한바탕 파장을 일으킨 노아가 말에 오르자 아담은 레리아나의 손등에 이마를 마주 댔다. 레리아나가 '다치지 마세요.'라고 조곤조곤 속삭이니, 아담이 고개를 끄덕였다.

게이트가 열리기 시작하고, 아담은 말에 타기 전 확인 차 손수건을 활짝 폈다. 순간 갑자기 시간이 멈춘 것처럼 그의 몸이 딱딱하게 굳었다.

"……."

구름 사이로 승천하는 용의 부릅뜬 눈과 눈을 마주치게 된 아담은, 이 자수가 드래곤이라도 잡아다 달라는 기원이 담긴 토테미즘 의식의 무언가쯤 되는 것인지 심도 있게 고민하기 시작했다.

* * *

시크레트 산맥은 국경에 맞닿아 있어, 추위와 국경에 포진한 갖가지 적들, 그리고 마물의 침략에 시달린다. 그리고 이 열악한 최전방을 지키는 것이 그래인저 가문이었다.

해발 800미터가량의 고원 지대에 자리 잡은 그래인저 가문의 성 앞에서 레리아나는 숨을 크게 들이쉬었다.

'공기 좋다.'

폐 속으로 스며드는 차가운 기운이 볼을 발갛게 물들여도 즐겁다. 이 세계로 온 이후로 수도를 벗어난 적이 한 번도 없었던 레리아나는 연신 주위를 둘러보며 풍경을 감상했다.

눈앞에 만년설이 소복하게 쌓여 내려오는 산봉우리들이 장엄함과 아름다움을 동시에 뽐내고 있었다. 그리고 그 산허리에 눈에 띄는 새하얀 건물이 신전이었다. 신전의 위명은 전 세계적으로도 잘 알려져 있어 순례자들부터, 신도들, 구경 온 객까지 시크레트의 주요 관광지 역할을 톡톡히 하고 있다 들었다.

토벌전이 끝나는 날. 마물들을 여신에게 바치는 의미로, 저 신전에서 레이디 중 한 명이 성화를 올리게 될 것이다.

레리아나는 다시 성으로 시선을 돌렸다. 그래인저 성은 높고 복잡한 구조의 독특한 양식으로 지어져 있었는데, 지정학적 특징상 방어를 중시하기 위함이라고 한다.

적색 돌을 촘촘하게 쌓아 올린 성벽 앞에서 노아는 기사들을 조대로 배치시켰다. 그들은 이제 산으로 들어가 천막을 치고 사냥을 준비할 것이다.

"조심히 다녀오세요!"

한 영애가 기사들이 떠나기 전 한쪽을 향해 손을 마구 흔들며 소리쳤다.

"당신을 위해서라면 목숨이라도 바치겠소!"

그러자 기사는 제 앞에 칼을 세우고 비장하게 외쳤다.

목숨을 바친다니, 저렇게 위험한 곳이었나. 레리아나가 당황하던 와중…….

"누가 보면 전쟁에라도 나가시는 줄 알겠어요."

비비안 샤말 옆에서 팔짱을 끼고 관망하던 스테파니가 빈정거렸다.

"풉."

"스테파니 영애."

크리스틴이 웃음을 터트렸고, 비비안이 점잖게 타이르는 척했다.

"저 영애께는 첫 기사분이잖습니까. 언제 그런 영예를 얻어 보셨겠습니까. 다소 경망스럽게 군다 해도 너그럽게 이해해 주셔야죠."

비비안의 말에 스테파니와 크리스틴이 입을 가리며 웃었고, 프리스는 난처한 얼굴로 주위를 두리번거렸다.

'완전체로 모였나.'

비비안 샤말, 스테파니 칼라일, 크리스틴 바클리.

불여시와 그 새끼 여시들.

원작에서도 여자 주인공인 베아트리스를 지독하게 괴롭히고 모함하던 무리들이었다. 가만히 듣고 있던 레리아나는 짧게 혀를 차며 그녀들을 모른 체했다.

배치가 끝났는지, 깃발을 든 기사가 휘파람을 길게 불었다.

레리아나가 떠나려는 이들을 살펴보다 노아와 눈이 마주쳤다. 그러자 그는 몸을 살짝 틀어 제 허리춤을 가리켰다. 켄드릭 부인이 심혈을 기울여 레리아나를 달달 볶아 만든, 화려한 원나이트가의 문양이 수놓인 손수건이 칼집 위로 감겨 있었다.

레리아나가 피식 웃으니 노아가 마주 웃으며 말의 고삐를 당겼다.

기사들의 열이 다 정비되자 노아는 기사들을 이끌고 성벽을 나서기 시작했다. 말을 탄 기사들의 긴 대열을 지켜보던 레리아나는 곧 몸을 돌렸다.

'자기들이 괴물인데, 별일은 없겠지.'

그래인저 성에는 구조 말고도 시선을 끄는 것이 또 하나 있다. 성 외벽에 대각선으로 깊게 파인 네 개의 긴 자국이었는데, 레리아나가 이를 보고 있으니 한 남자가 다가와 말했다.

"크리오더의 발톱 자국이죠. 크리오더의 공격을 막아 냈다는 역사가 저희 성의 자랑입니다."

산지의 소수 종족과 마물의 침략, 그리고 추위는 시크레트 거주민들의 강인함을 길러 냈다.

제스퍼 그래인저는 시크레트를 다스리는 영주답게 몸이 건장하고 생채기가 많이 나 있었다. 그러나 레리아나에게 말을 건 활기찬 말투, 동그란 광대와 올라간 입꼬리는 묘하게 곰살궂은 인상을 만들어 냈다.

"크리오더요?"

"예, 흑사자 형태의 마물이죠. 시크레트 산맥의 진정한 주인들입니다."

"호오."

레리아나가 관심을 보이자 그래인저는 팔에 난 상처를 보여 주곤, 이것도 그 크리오더라는 마물이 낸 상처라며 자랑스럽게 이야기했다.

"하하, 언젠가는 꼭 잡을 수 있을 테죠. 그날만을 기다리며 살고 있습니다."

그가 호탕하게 웃으며 이야기했다. 대호를 기다리는 사냥꾼처럼, 그 평생의 낙으로 삼고 있는 듯했다.

레리아나와 담소를 나눈 후, 성주는 곧 키이스를 찾아 인사하고 성에 남은 레이디들을 만찬회장으로 안내했다. 만찬회장은 성에서도 꽤 높은 층에 자리했고 한쪽 면을 모두 유리벽으로 만든 형태였다. 레이디들이 긴 타원형 식탁에 앉아 만찬을 즐기며 기사들의 움직임을 볼 수 있도록 한 배려였다.

'토벌전으로 지원금을 많이 받는다더니…….'

흐음, 레리아나는 왜 이런 볼거리를 만들어 놓았는지에 대한 이유를 떠올리며 콧소리를 흘렸다.

그녀가 안으로 들어서서 자리를 잡으려 두리번거리는 순간이었다.

"맥밀런 영애, 이쪽으로 앉으시죠."

비비안이 자신의 바로 옆자리를 가리켰다. 각자 자리를 잡으려던 레이디들의 시선이 모두 비비안과 레리아나 쪽으로 돌아갔다.

그러나 비비안은 여상한 얼굴로 제 옆자리를 손으로 톡톡 두드렸다. 손짓이 아주 우아했으나, 레리아나에게는 과자 집으로 유혹하는 마녀의 부름 같을 뿐이었다.

어찌 호랑이 굴에 제 발로 걸어 들어가랴. 비비안이 아주 벼르고 있다는 것을 눈치챈 레리아나는 웃으며 거절했다.

"아뇨, 배려해 주신 것에 감사드립니다만, 전 괜찮습니다."

"원나이트 공작님의 약혼녀 아니십니까. 당연히 상석 근처에 앉으셔야지요. 이쪽으로 오세요."

비비안은 막무가내였다. 스테파니가 이쪽으로 오라며 손을 잡아 이끌었고, 크리스틴이 옆에서 팔짱을 끼고서 레리아나를 호송하듯 자리에 앉혔다. 그리고 레리아나의 양옆에는 비비안과 그 새끼 여시들이 앉아 그녀를 에워쌌다. 프리스도 눈치를 보며 주춤주춤 그녀들의 옆에 앉았다.

'으음.'

레리아나는 비비안의 날카로운 눈빛을 느끼며 침음을 삼켰다.

레이디들이 모두 착석하자 에피타이저가 하나둘씩 테이블에 오르기 시작했다. 유리 너머에서는 기사들이 곳곳에 자리를 잡고 천막을 치는 전망이 훤히 드러났다.

"샤말 영애, 저길 보세요. 아뮤즈 남작님의 천막이에요. 저 옆에는 라이더 경의 문장이군요. 두 분 다 저 먼 곳에 자리를 잡으셨나 봐요."

스테파니가 노란색 바탕에 까마귀 형태가 그려진 아뮤즈 가문의 문양을 가리키며 말을 거니, 크리스틴이 조금 목소리를 높였다.

"어머, 저 자리는. 상급 마물을 잡으시려는 걸까요?"

"아뮤즈 남작님께서는 지난번에도 샤말 영애께 상급 마물을 바치셨죠?"

"저번 토벌전에서는 비비안 영애께 상급 마물이 3마리나 들어왔었죠. 샤말 영애, 이번에도 기대되시겠어요."

"안전한 곳에서 기다리기만 하는 저로서는 그저 경들께서 다치지 않으시기만을 바랄 뿐이에요."

비비안이 부끄러운 듯 말하며 레리아나를 힐긋거렸다. 나이프로 훈제 연어를 자르던 레리아나는 시선을 받고 슬며시 나이프를 내려놓았다. 그러고는 천으로 입을 닦고 어색하게 웃었다.

"아이…… 참……. 기대되시겠어요. 정말 부러워요."

"별말씀을."

비비안이 도도하게 맞받았다.

'됐니? 마음에 들어?'

레리아나는 입꼬리가 경련하지 않도록 주의했다. 틈을 보이면 어떤 식으로 이러쿵저러쿵해 댈지 상상만 해도 소름이 끼친다.

"그런데, 원나이트 공작님께서는 천막을 치지 않으시나 봅니다."

"아직 자리를 못 잡으신 게 아닐까요?"

"뭐, 그분께서는 토벌전에 큰 의의를 두지 않으시니까요."

스테파니와 크리스틴의 대화에 비비안이 피식 웃으며 대꾸했다. 그러더니 곧 레리아나의 손등에 손을 올리면서 짐짓 걱정스럽다는 듯 얘기했다.

"그보다 괜찮으시겠어요, 맥밀런 영애? 토벌전에서 원나이트 공작님께서는……."

비비안이 말을 줄이자 옆에서 스테파니가 거들었다.

"아, 맞아. 그러네요. 혹시 그래서 자리를 잡으시지 않은 걸까요."

그녀들이 키득키득 웃으며 레리아나를 흘겨보았다.

'무슨, 자기들끼리 아는 얘기를 저렇게 재밌게 하고 있어.'

레리아나는 언짢은 기색을 내색하지 않으면서 물었다.

"샤말 영애, 무슨 일로 그러시죠?"

"영애, 원나이트 공작님께서 사냥한 마물을 누구에게도 바치지 않는다는 이야기 못 들으셨나요?"

비비안이 짐짓 놀란 듯 눈을 동그랗게 뜨며 말하자, 스테파니가 한쪽 입꼬리를 올리며 대꾸했다.

"맥밀런 영애께서는 지금까지 마물 토벌전에 참여하신 적이 없으니까요. 당연히 모르시겠죠."

"그런 이야기를 전해 드릴 이도 없었나 보군요."

"그런가요. 어머나, 안타깝게도."

크리스틴이 맞장구를 쳤다.

"에스토타 계급의 여성분들은 토벌전에 참가를 잘 하시지 않으니까요. 어쩔 수 없는 일이죠. 이번에는 맥밀런 영애를 저희가 잘 이끌어 드리도록 해요."

그리고 비비안이 쐐기를 박았다.

흐음, 레리아나는 심드렁한 얼굴로 고개를 기울였다. 열 좀 받으라고 하는 소리 같은데, 저번에도 이미 한 번 당한 기억이 있어서인지 이상할 정도로 타격이 없었다.

'그래도─'

"괜찮습니다."

레리아나는 닉 매덕스에게 전수받은 상큼한 미소를 지었다. 잡지에 '비비안 샤말식' 웃음을 이을 것이라며 최신 사교계 동향란에도 실린 웃음이었다.

"저는 공작님께서 제 손수건을 받아 주신 것으로 충분하답니다."

'……당하기만 하는 건 싫으니까.'

"그나저나 지금껏 공작님께서 어느 누구의 손수건도 받지 않으셨다는 게 정말인가요? 토벌전에 참여한 적이 없어서, 원나이트 공작님이 그동안 다른 분들에게 어떻게 대하셨는지 잘 알지 못해 부끄럽네요. 이제부터라도 차차 알아 갈 수 있도록 도움을 주시겠어요?"

당연히 비비안의 손수건은 그녀의 집 쓰레기통에 처박혔으리라. '내 손수건은 노아 허리춤에 있고, 네 손수건은 너희 집 쓰레기통에 있다고.'라는 의미를 가득 담아 레리아나가 살포시 접은 눈으로 비비안을 응시했다.

새끼 여시들은 뿔이 난 듯 레리아나를 바라보았고, 비비안은 계속 입을 열지 못했다.

"혹시, 제가 무례한 질문을 드렸나요?"

레리아나가 조금 당황한 기색을 보이며 고개를 갸웃거렸다.

옆에서 으득, 이 가는 소리가 설핏 들려왔다.

'어머, 비비안. 지금 이 갈았니? 우아하지 못하게.'

이를 잽싸게 캐치한 레리아나는 터지려는 웃음을 참으며 큰소리로 말했다.

"샤말 영애! 돌이라도 드신 건가요? 방금 이가 갈리는 소리가 들렸는데! 이에 좋지 않으니 뱉으시는 게 좋겠어요!"

바로 옆에 앉으니 재밌는 일도 있다. 레리아나가 비비안의 손을 맞잡으면서 부끄러운 일이 아니니 어서 뱉으라 권유했고, 입에 든 것도 없고 이를 갈았다고 할 수도 없는 비비안은 그런 게 아니라며 괜찮다고 애써 웃어 보였다.

멀찍이에서 다른 레이디들이 쿡쿡거리는 소리가 들려왔다. 비비안의 얼굴이 달아올랐다.

레리아나는 승리를 만끽하며 정면으로 시선을 돌렸다. 사방에서 천막이 올라오고 삼삼오오 모인 기사들의 움직임이 조그맣게 보이기도 했다. 기사들은 오늘 천막을 치고 마물의 흔적을 수색하는 데 시간을 다 허비할 것이다.

'그런데 왜 정말 노아는 없는 거지?'

노아나 아담이나 앤슬리 모두 원나이트 가문의 문양을 쓸 터였다.

레리아나가 의아하다는 얼굴로 주위를 살펴보는데, 비비안이 나직이 입을 열었다.

"뭐— 원나이트 공작님께서도 적당히 잡아 오시지 않으시겠어요?"

"그럼요. 약혼녀 체면은 세워 주시겠지요."

스테파니가 자연스럽게 말을 받았다.

"손수건을 받아 주신 것처럼요?"

크리스틴이 깔깔거리며 말하자, 비비안이 입을 막고 다소곳이 코웃음을 흘렸다.

"네, 아니면 맥밀런 영애가 어떻게 보이겠어요. 약혼녀이신데. 그래도 상급 마물 한 마리 정도는 잡아다 주시겠지요."

한 마리 정도로는 제가 받을 것에 비하면 새 발의 피일 뿐이라는 정신 승리가 풀풀 느껴졌다.

레리아나는 쯧쯧 혀를 찼다. 어쩜 그런 남자에게 반해서 이리 치졸하게 구는 것일까.

"그 정도로 절 생각해 주신다면 마물을 여러 마리 받는 것보다 더 기쁘겠군요. 진정 원하는 분의 마음을 받는 거니까요."

레리아나가 차분하게 말하고 와인을 머금었다. 그녀는 잠깐 뜸을 들인 후에 말을 이었다.

"단 한 사람의 손짓이 백 사람의 애정을 이기기도 하는 법이지요. 그렇게 생각하지 않으시나요, 샤말 영애?"

레리아나가 와인을 내려놓으면서 비비안을 향해 눈을 치뜨며 미소 지었다.

"그런 질문을 하시는 의도가—"

비비안이 표독스럽게 말을 쏘아붙이려는 것을 레리아나가 막았다.

"레이디들 중에서 이를 제일 잘 아실 분 같아서요. 제 말이 틀렸나요?"

"……그건."

비비안이 입술을 벙긋거리다 차마 말을 꺼내지 못하고 입술을 깨물면서 손톱으로 테이블을 톡톡 두드렸다. 테이블에 갑작스레 적막이 가라앉았다.

'뭐, 비비안이 노아에게 그렇게 열렬하게 대시했다는 걸 모르는 사람은 없으니까.'

레리아나는 눈을 내리깔며 다시 포크와 나이프를 들었다. 옷이 두꺼워서 먹는 게 불편해 화가 날 정도인데, 옆에서 날파리들이 자꾸 왱왱거리니 귀찮기까지 하다.

공백 속에서 레리아나가 움직이는 소리와 비비안이 테이블을 두드리는 소리만 언뜻언뜻 침묵을 깼다.

레리아나는 흥미진진하다는 듯 자신들을 지켜보는 시선에 따가움을 느끼며 물로 입을 헹구었다.

그런데 그때였다. 레리아나가 시선을 내린 순간, 비비안이 스테파니를 보며 눈짓했다. 그러자 스테파니가 고개를 끄덕이고는 허리를 숙여 연어 접시에서 냄새를 맡았다.

"잠깐만요. 이 연어 상한 것 같아요."

"어머, 정말. 냄새가 이상한데요?"

크리스틴이 그녀와 똑같이 행동하면서 연어 냄새를 맡으며 말했다.

"이런, 상한 연어가 올라오다니요. 맥밀런 영애, 괜찮으신가요?"

만족스러워하던 비비안이 곧 걱정스러운 말투로 레리아나의 어깨를 꽉 잡으며 물었다.

'아파.'

어찌나 세게 쥐었는지 어깨가 뜯어질 것 같은 느낌이었다. 레리아나는 비비안의 손을 살짝 뿌리치며 말했다.

"무슨 말씀이시죠?"

그녀가 포크로 연어를 쿡 찔렀다. 아무리 살펴봐도 연어는 더할 수 없을 만큼 싱싱하다.

"맥밀런 영애는 이상한 점을 못 느끼셨나요? 이렇게 냄새가 지독한데."

스테파니가 진저리를 치며 접시를 앞으로 밀었다.

'아니, 무슨 냄새가 난다고!'

졸지에 냄새도 못 맡고 상한 연어나 먹는 머저리로 몰려진 레리아나는 어이가 없어 말이 안 나올 지경이었다.

"당장 조리장을 불러와요! 원나이트 공작님의 약혼녀께서 지금 상한 음식을 드셨다고요!"

레리아나가 뭐라 말할 새도 없었다. 그녀들은 호들갑을 떨며 금세 상황을 크게 확대시켰다. 근처에 있던 고용인이 모두 만찬회장으로 몰려 들어왔고, 한 명이 조리장을 불러오기 위해 뛰어갔다.

"잠깐만요-!"

레리아나가 이상한 상황을 반전시키려 운을 뗀 순간이었다.

"여러분, 당장 식기를 놓으시는 게 좋겠어요."

마지막을 장식한 것은 비비안이었다. 그녀가 턱을 들어 올리며 말하자 모든 레이디들의 손이 테이블 밑으로 들어갔다. 누구라도 지금 이 순간, 연어는 상하지 않았다고 말할 수 있는 사람은 없었다. 곳곳에서 수군거림이 들려왔다.

'……참 나, 이렇게까지 하고 싶나.'

레리아나는 인상을 찡그렸다.

조리장이 당황한 얼굴로 헐레벌떡 뛰어오는 것이 보였다. 그때 스테파니가 레리아나의 등을 둥글게 안아 두드리면서 속삭였다.

"그냥 방에서 쉬시는 게 좋겠어요, 맥밀런 영애. 그렇게 생각하시죠?"

* * *

한편 앤슬리는 초점 없는 눈으로 그들을 바라보았다. 제대로 된 저항 한번 못 해 보고 쓰러지는 마물들의 처연한 비명이 숲에 쩌렁쩌렁 울렸다. 쓰러지는 마물 때문에 맞바람이 훅 그녀를 쓸어 넘기듯 스쳐 지나갔다.

어쩐지 천막을 칠 생각도 안 하고 바로 어디론가 떠나는가 싶었다. 날이 어둑해질 때까지 한참을 숲 깊숙한 곳으로 자꾸만 들어가는 것에 처음부터 의문을 품었어야 했다.

해가 완전히 진 데다 너무 깊은 곳으로 들어가는 바람에 돌아가기 힘들 테니 이만 자리를 잡자고 앤슬리가 제안하려던 차였다.

노아와 아담은 거대한 최상급 마물의 흔적을 발견하고는 즐겁게 이를 따라가기 시작했다. 그리고 그들이 겨우 마물을 발견했을 때…….

그 이후로는 그저 일방적인 학살의 연속이었다.

앤슬리는 상념에서 벗어나 다시 그들을 조용히 응시했다. 노아는 마물의 목을 발로 눌러 검을 빼내고 있었고, 아담은 검에 묻은 피를 툭툭 털어 내고 있었다. 앤슬리는 검을 빼 보지도 못하고 그저 멍청히 서 있었다.

산맥의 진정한 주인이 악마들에게 학살당했다.

시크레트의 영주는 좋은 사람이다. 우락부락한 외모와 다르게 살갑고 호방한 인물로, 그를 존경하는 기사들이 체이머스국 곳곳에 포진하고 있다는 것도 그녀는 잘 안다.

앤슬리는 앞에 쓰러진 거대한 흑사자 형태의 마물 두 마리를 안타깝게 응시했다. 앤슬리도 그래인저 성주의 단골 대사를 알았다.

"크리오더의 발톱 자국은 우리 성의 자랑이지."

"대를 이어서라도 언젠가는 꼭 산맥의 주인들을 잡고 말 거야."

먼 하늘에서 호탕하게 웃는 그래인저 성주의 얼굴이 오버랩되었다.

'죄송합니다, 성주. 제가 저 악마들을 말리지 못해서…….'

앤슬리가 자책하며 그들을 바라보고 있는데, 아담이 갑자기 크리오더의 머리를 잘라서 피를 흩뿌리기 시작했다. 이에 노아가 의아하다는 표정으로 그에게 다가가는 것이 보였다.

그러자 아담은 제 품에서 손수건을 꺼내 그에게 보여 주며 낮게 이야기를 건넸다. 노아는 손으로 턱을 짚으며 고개를 몇 번 끄덕이더니 이내 자신도 크리오더의 머리를 잘라 피를 뿌리기 시작했다.

'……뭐지, 뭐 하시는 거지.'

왠지 모를 불안한 기분에 앤슬리가 다가가자 그녀를 발견한 노아가 명했다.

"앤슬리, 여기다 천막을 치도록 하지."

"네? 지금 여기서…… 말입니까?"

앤슬리가 당황한 얼굴로 피에 적셔진 땅을 가리켰다. 시간은 많이 남았지만, 최상급 마물을 잡았으니 이제 돌아가는 게 맞지 않겠는가.

무슨 꿍꿍이지? 앤슬리가 의심이 가득 찬 눈으로 둘을 바라보았다. 그러자 허리를 편 노아가 신사답게 웃으며 아주 설득력 있는 어조로 말했다.

"지금 돌아가기에는 너무 늦었으니까 말이지. 피를 두르면 급이 낮은 마물들은 다가오지 않을 테니 밤을 보내기 더 편할 테고."

하기야, 시크레트 산맥의 진정한 주인이라 불리던 크리오더 쌍이다. 그 크리오더의 피 냄새를 맡고 흥분해서 달려들 최상급 마물은 흔치 않을 것이다. 산맥에 사는 대부분의 마물들이라면 미치지 않는 이상 다가오지 못하고 돌아갈 것이다.

노아는 '설명이 됐지?'라는 표정으로 웃고 있었다.

앤슬리가 수긍하며 고개를 끄덕였다. 노아가 그럼 부탁한다며 앤슬리의 어깨를 두어 번 두드렸다.

'뭔가 꿍꿍이가 있어 보이는 건 내 착각인가.'

그렇게 찜찜한 마음을 애써 불식시킨 그녀는 일단 근처에 천막을 세우려 몸을 돌렸다.

앤슬리가 먼저 땅을 가다듬고 기둥을 드는 때였다. 멀찍이서 아담의 목소리가 작게 들려왔다.

"……드래곤……."

'뭐?'

앤슬리가 휙 고개를 돌리자, 둘은 아무 얘기도 없었던 것처럼 다시 피를 뿌리고 있었다. 마치 드래곤을 소환하는 마법진이라도 그리는 듯한 흉흉한 모양새였다.

'잘못 들은 거겠지…….'

꿀꺽 침을 삼킨 앤슬리는 그럴 리가 없다며 고개를 좌우로 저었다. 어찌되었건 간에 제 주군을 믿기로 했다. 드래곤이 앞집 사는 개도 아니고, 만약 나오라고 고사를 지낸다 해도 순순히 나오지는 않을 것이다.

앤슬리는 그렇게 자신을 위로했지만…….

'오늘따라 천막 치기가 좀 힘드네…….'

그래도 내심 조를 잘못 택한 것 같다는 불온한 생각을 떠올리고 있었다.

* * *

유리벽 너머로 비치는 하늘이 심상치 않다. 태양빛은 흐릿했고, 어둑한 구름이 깔리고 비가 내릴 것 같았다.

"날이 좋지 않아 보이네요."

"괜찮을까요."

"무리하지 않는 게 좋을 텐데."

몇몇 레이디들이 유리벽에 붙어서 하늘을 바라보며 초조한 낯빛을 보였다. 이런 걱정들에도 불구하고 나무들 사이에서 마물을 쫓는 기사들의 움직임이 비쳤다.

레리아나는 방과 만찬회장을 들락날락하며 신경 쓰지 않는 척 바깥을 힐끔거리고 있었다. 벌써 이러고 있는 게 몇 시간째였다.

나무에 가려져서 안 보이는 건가 싶어 온갖 방향에서 사각지대를 파헤쳐 보았으나 원나이트의 문양은 보이지 않았다.

'왜지?'

차라리 이전처럼 가까운 데 자리를 잡고 농땡이를 쳤다면야 이해가 가지만, 아예 보이지 않는 곳으로 가 버렸다는 건…….

레리아나는 한숨을 쉬며 천장으로 시선을 돌렸다.

깊은 곳으로 갈수록 더 상위급의 마물이 서식한다고 했다. 자신들의 실력만 믿고 그렇게 깊은 곳까지 가 버린 건 아닐까…….

먼지를 털어 내듯 탈탈 털어 내 봤지만, 점점 스멀스멀 걱정 같은 모양새의 무언가가 끌어 올라오기 시작했다.

기분이 좋지가 않다. 걱정이 돼서 그런 건지, 아니면 걱정을 한다는 자신이 마음에 들지 않아서 그런 건지는 몰라도.

어쩐지 안절부절못해진 레리아나가 몸을 돌리려는데, 크리스틴이 소리를 질렀다.

"아얏!"

그와 함께 레리아나는 눈을 깜빡였다. 제 얼굴에 흩뿌려진 붉은 소스가 고약한 냄새를 내며 뚝뚝 떨어지고 있었다.

"이런, 잘 좀 피하시지."

스테파니가 말하자 크리스틴이 '그러게 말이에요.'라며 코를 쥐었다. 뒤에서는 비비안이 거만한 얼굴로 팔짱을 낀 채 이를 지켜보고 있었다.

'시켰군.'

레리아나가 눈을 가늘게 떴다.

"그러게요. 영애께서 식견만큼 시야도 좁다는 걸 알고 있었어야 했는데."

레리아나는 웃으며 얼굴을 털어 냈다.

"신경 쓰지 마시길. 영애의 부족한 그 많은 부분들을 배려하지 못한 제 불찰입니다."

그러고는 얼굴이 벌게진 크리스틴을 뒤로하며 휙 방으로 돌아가 거칠게 드레스를 벗었다. 욕실로 들어가 찬물로 머리를 식히니 열이 좀 내리는 것 같았다.

"후."

무슨 소스인지 냄새가 잘 빠지지 않아 고생이었다.

'아니, 뭐 이렇게 유치하게 굴 수가 있어?'

거품을 몇 번이나 내서 냄새를 다 빼고 밖으로 나오니, 하녀가 드레스 몇 벌을 골라 침대 위에 올려 두고 있었다. 레리아나가 아무거나 골라잡고 하녀의 도움을 받아서 꿰어 입는 순간이었다.

뿌우우우우-

성 입구에서 정찰대가 뿔피리를 길게 불었다.

'무슨 소리지?'

레리아나가 어리둥절한 얼굴로 주위를 두리번거렸다.

"오셨나 봐요."

하녀가 들뜬 목소리로 말했다.

첫 귀환 조였다. 레이디들이 저마다 성 입구로 향했고, 레리아나도 엉겁결에 그들을 따라 계단을 내려갔다.

성벽 안으로 들어온 이들은 아뮤즈 남작가의 기사들이었다. 그들은 상급 마물의 시체를 성 앞에 끌어다 놓았다. 이는 뿔이 세 개 달린 사슴 형태의 마물로, 어깨 높이만 약 2미터 정도에 뿔의 파괴력이 무시무시해 정면으로 공격을 받게 되면 보통 사람들은 바로 즉

사할 만큼 위험한 것이라 한다.

"호오, 이건 아피티 엘크군요. 이런 상급 마물을 잡기가 쉽지 않으셨을 텐데."

뿔피리 소리를 듣고 뛰어나온 성주가 감탄을 내비쳤다.

아뮤즈 남작이 뿌듯한 표정으로 투구를 벗었다. 머리카락이 살짝 모자랐던 그의 특징이 여실히 드러났다.

"아름다운 레이디께 맹세한 기사로서의 신념 때문입니다."

땀으로 번들거리는 머리가 빛을 내뿜었다. 구름에 갇힌 태양보다 더 빛나는 두상에 눈이 부신지, 성주가 슬쩍 눈살을 찌푸렸다.

아뮤즈는 레이디들 쪽으로 몇 걸음 앞에 나섰다.

"비비안 샤말 영애."

비비안이 기쁜 마음을 숨기고는 이를 드러낸 우아한 미소만 지은 채 앞으로 다가갔다. 남작은 과장된 움직임으로 허리를 숙였다.

"샤말 영애께 바칩니다."

비비안도 다리를 굽혀 인사했다.

"아뮤즈 경께 감사드립니다."

뒤로 두어 개의 조가 성으로 마물을 끌고 들어오는 모습이 보이기 시작했다. 크리스틴과 스테파니가 비비안 옆에서 저분들이 다 영애께 맹세를 한 기사들 아니냐며 호들갑을 떨었다.

'어서 보고 부러워해, 질투해.'라고 직설적으로 말하는 듯한 비비안의 시선이 레리아나의 얼굴을 뚫을 것처럼 거셌다.

그러한 비비안의 힐끗거림을 가볍게 무시한 레리아나가 혹시 저 뒤에 노아 일행이 있는지 찾는 때였다.

툭.

손등에 투명한 물 한 방울이 긴 흔적을 남기며 흘러내렸다.

"이건."

레리아나가 하늘을 바라보았다. 어느새 짙게 깔린 먹구름에서 한두 방울씩 빗방울이 떨어지고 있었다.

* * *

그래인저 성의 적벽을 두드리던 빗방울이 조금씩 거세졌다. 궂은 날씨에 기사들은 예정보다 일찍 그래인저 성으로 발길을 돌리고 있었다.

뿔피리가 연신 소리를 내면서 그들의 귀환을 알렸다. 그와 함께 성 앞에는 점점 마물의 시체들이 쌓이기 시작했다. 암컷에게 구애하는 새처럼 비비안의 눈길을 한 번이라도 받기 위한 기사들의 처절한 몸부림이 대부분이었다.

뿌우우우.

다시 한 번 뿔피리가 울리고, 뒤늦게 마물을 가져온 어린 기사가 손을 흔들었다.

"샤말 영애!"

누구도 입에 올리지는 않았으나 비비안이 성화를 붙이게 될 모습은 공공연한 사실처럼 확정되어 있었다.

빗줄기가 거세지자, 성주는 레이디들을 입구가 보이는 홀로 안내했다. 젖은 갑옷을 벗은 기사들은 레이디들에게 자신의 영웅담을 펼치며 즐거운 연회의 시작을 알렸다.

시종장인 스콧의 지시에 의해 파티홀로 음식들이 들어차기 시작했다. 레리아나는 멍하니 이를 바라보다 키이스가 안으로 들어서자 시선을 돌렸다.

"영애, 괜찮으신가요?"

스테파니가 레리아나의 곁에 바짝 붙더니 물었다.

"그러게요. 하나도 받지 못하셨으니."

크리스틴이 거들었다. 레리아나는 그들에게서 한 발자국 떨어지며 말했다.

"저는 괜찮습니다. 그보다……."

"그보다 공작님께서는 괜찮으실지 모르겠어요."

비비안이 레리아나의 말을 가로막으며 창밖을 가리켰다. 바깥은 이제 짙은 어둠의 장막이 깔리고 있었다. 쏴쏴, 억수같이 쏟아지는 비는 토벌전의 종막을 가리키는 듯했다.

번쩍.

순간 번개의 빛이 성을 강타하고 사라졌다. 그 뒤로 천둥소리가 이어졌다.

레리아나가 주먹을 꽉 쥐었다. 상황은 점점 더 좋지 않은 쪽으로 움직이는 듯했다.

"꺄아아악!"

그때 갑자기 영애 한 명이 창문 쪽을 향해 기겁을 하며 소리를 질렀다. 그곳에는 익숙한 긴 머리의 여기사가 창틀에 팔꿈치를 기댄 채 겨우 서 있었다.

"앤슬리 경?"

사색이 된 레리아나가 그녀에게 다가가 창문을 열었다. 안으로 빗방울이 거세게 들이쳤다. 앤슬리는 마치 격한 운동을 하고 난 후처럼 헉헉거리며 숨을 몰아쉬고 있었다.

"앤슬리 경? 괜찮으세요? 앤슬리 경."

레리아나가 금방이라도 쓰러질 것 같은 앤슬리를 부축해 안았다. 창백한 그녀의 얼굴이 아래로 쑥 떨어져 내렸다.

"아니, 도대체 무슨 일이 있었기에 이렇게……."

노아 일행이 예사롭지 않은 일에 휘말린 것이라 생각한 레리아나가 말을 줄이며 미간을 좁혔다.

"앤슬리 경, 다른 분들은요? 무슨 일이 있었던 거죠? 말씀해 주세요."

레리아나가 초조해진 마음에 빠르게 묻기 시작했다. 그러자 얼굴이 반쪽이 된 앤슬리가 숨에 찬 목소리로 더듬더듬 입을 열었다.

"지, 지옥……."

"네?"

레리아나는 손끝이 차가워지는 것을 느끼며 입술을 깨물었다.

"무슨 말씀이세요, 정신 좀 차려 보세요! 앤슬리 경, 앤슬리 경!"

지옥이라니, 무슨 끔찍한 일이라도 있었던 걸까?

'그렇다면 테일러 경은? 노아는?'

다급해진 레리아나가 앤슬리의 어깨를 흔들었다.

"앤슬리 경!"

"주치의!"

그래인저 성주가 크게 외쳤다. 이를 들은 하녀가 주치의를 데려오기 위해 바삐 발을 움직였다. 왁자지껄했던 파티홀 안으로 한순간 침묵이 가라앉았다. 모두의 머릿속에서 최악의 상상이 벌어지고 있었다.

'침착해.'

쿵쾅대는 심장을 진정시키며 레리아나는 이마를 짚었다.

'찾아야 해.'

무슨 일이 있었는지는 몰라도 당장 사람을 모아 그들을 찾아야 했다. 레리아나가 하인에게 앤슬리를 맡기고 성주에게 노아와 아담을 찾으러 가야 한다고 말하려는 순간이었다.

"저, 저기…… 바, 방금 산이."

자작 부인이 더듬거리며 입을 열었다. 성주가 눈짓하자 시종장 스콧이 자작 부인에게 다가갔다.

"부인?"

"산, 산이 움직였어요."

무엇에라도 홀린 것 같은 목소리였다. 곳곳에서 무슨 소리냐며, 피식거리는 웃음소리가 튀어나왔다.

곤란한 기색의 스콧이 최대한 정중하게 에스코트하듯 그녀의 손을 잡았다.

"부인, 괜찮으십니까? 많이 놀라신 것 같은데."

"그게 아니라, ……저기."

자작 부인이 창 너머를 가리켰다. 스콧의 시선이 그녀의 손가락을 따라갔다. 다른 이들도 그녀의 손가락을 따라 눈을 돌렸다. 그들이 발견한 것은 성으로 다가오고 있는 거대한 그림자였다.

* * *

성주부터 레이디, 하인들까지 성안의 사람들이 우르르 밖으로 몰려나왔다. 뿔피리를 불어야 할 정찰대는 뿔피리를 손에 쥔 채 그대로 굳은 채였다.

반면 비에 푹 젖은 두 남자가 성벽을 지나쳐 유유히 걸어 들어오고 있었다.

"저게, 뭐야."

제일 먼저 밖으로 나온 스콧이 침을 삼키며 말했다. 모두의 시선이 한곳을 향했다. 사람들이 경악한 것은 두 남자 때문이 아니었다. 그들이 다가올수록 레리아나의 입이 점점 굳게 다물어졌다.

사내들의 뒤를 따르는 무언가가 있다. 어둠 속에서도 심연처럼 보이는 그 그림자는 산으로 오인해도 이상하지 않을 만큼 거대했다.

"레리아나―"

어느 틈에 다가온 사내, 노아가 그녀를 부르며 비에 젖어 철퍽거리는 제 망토를 쥐어짰다. 망토에 스며들었던 빗물이 땅으로 후드득 떨어져 내렸다.

너무나도 멀쩡한 그들의 모습에 안심한 것도 잠시였다. 레리아나는 그의 태연한 부름보다는 저 뒤에 있는 것이 더 신경 쓰였다.

'……저게 뭐지?'

그녀가 바라보는 쪽을 한 번 힐끔거린 노아는 망토를 벗기 위해 어깨의 매듭을 풀며 말했다.

"비가 내리는 바람에 피가 씻겨 내려가서 그런지, 드래곤은 도통 나타나질 않더군요. 기다려 보았지만 빗줄기가 점점 거세져서 가망이 없다고 판단했습니다. 아마 시크레트에서는 서식하지 않는 건지도 모르겠습니다."

노아가 하인에게 제 망토와 건틀릿을 벗어 건넸다. 멍청한 표정으로 서 있던 하인이 그제야 허겁지겁 받아 들었다. 레리아나는 노아가 무슨 말을 하는지 전혀 모르겠다는 눈빛을 넘어서 넋이 나간 눈빛이었으나, 그는 개의치 않는 듯했다.

"대신해 이것이라도 받아 주길 바랍니다."

치킨집이 문을 닫는 바람에 피자를 사 왔다는 것처럼 들릴 만큼 가벼운 어조였다. 뒤에 끌고 온 저것만 아니었더라면…….

'뭐야. ……이 괴물들, 도대체 뭘 가져온 거지.'

레리아나가 엄습하는 두려움에 어깨를 떨었다. 아담이 점점 다가오자 머리부터 발끝까지 거대한 그림자의 어둠이 몸을 뒤덮었다. 레리아나의 고개가 점점 올라갔다. 가까이서 보자 더 엄청난 크기에 그녀의 동공이 파르르 흔들리기 시작했다.

성 위층에서 달려오던 주치의와 하녀는 거대한 마물의 시체에 기가 질려 멈춰 선 상태였다. 그들뿐만 아니라 성안의 모든 사람들이 전부 질린 표정이었다.

밧줄을 마물의 목에 개목걸이처럼 걸어 끌고 왔던 아담이 툭, 손을 놓았다. 머리가 세 개 달린 거대한 개가 성 앞에서 잠든 것처럼 쓰러졌다. 그것은 주위에 쌓여 있는 마물들의 산을 한순간에 단순한 빨래더미 정도로 만들 만큼 비대했다.

아담이 뻐근한지 어깨를 풀며 노아의 뒤로 걸음을 옮겼다.

"원하던 드래곤은 다른 산맥에서 꾀어내 보겠습니다."

모두가 마물과 노아와 아담과 레리아나를 번갈아 보며 혼란스러워하는 와중에, 노아가 환하게 웃으며 쐐기를 박았다. 아담은 젖은 머리를 넘기더니 고개를 끄덕이며 맞장구를 쳤다.

콰과광.

천둥 치는 소리가 맹한 정신을 깨우듯 성을 내리쳤다. 레리아나가 눈을 깜빡였다.

노아는 즐거워 보였고, 아담은 무표정이었고, 앤슬리는 쓰러져 있었고, 사람들은 경악하고 있었다.

그러나 정작 모든 일의 원인인 레리아나는 별다른 반응 없이 입을 꾹 다문 채였다.

'저건 뭐지? 저런 거 여기에 사는 거야? 시크레트 사람들 괜찮은 거야? 아니, 그런데 뭐? 드래곤-? 내가? 원해? 언제?!'

물론 자기 자신도 이게 무슨 일인지, 도저히 파악할 수 없어서이기 때문이었지만.

8장

성화

성화

악마들의 농간질에 의해 성화는 레리아나가 붙이게 되었다. 굳이 겨루어 볼 필요도 없이 엄청난 격차였기 때문에 반발은 없었다. 크리오더를 잡은 것도 밝혀졌다. 저런 마물을 어떻게 잡았느냐는 성주의 물음에 답하던 노아가 미끼로 크리오더의 피를 사용했다며 천연덕스럽게 얘기했기 때문이었다.

역시 대단하다며, 성주는 호탕하게 웃었지만…… 한쪽 눈에 찔끔 난 눈물이 걸려 있는 것은 감추지 못했다. 스콧은 씁쓸하게 고개를 저었고, 앤슬리는 송구스러워했으며, 레리아나는 안타까워했지만, 정작 원흉들은 태연자약했다.

'그렇군요, 그랬군요.' 하며 퀭한 얼굴로 돌아가는 성주가 잠깐 비틀거리기까지 하자, 레리아나는 노아와 아담이 조금 못됐다고 생각했다.

맨손으로 곰도 때려잡을 것 같던 풍채 좋은 성주는 스콧의 부축을 받으며 돌아갔다.

레리아나가 그의 뒷모습을 애틋하게 바라보았다. 그러자 노아가 모두에게 들릴 만큼 충분히 큰소리로 말했다.

"레리아나, 그렇게 원하던 드래곤이 아니라 미안하군요."

"……네? 네?"

"기다렸을 텐데."

대체 내가 왜 드래곤을 기다렸단 말인가. 레리아나가 당황해 눈을 크게 떴다.

노아의 말을 이해한 사람들이 레리아나에게로 시선을 돌린 것은 금방이었다. 하나같이 '네가 원했다고? 드래곤을?'이라는 표정이었다.

'아니에요. 오해입니다.'

가엾게 떨던 레리아나는 싸늘한 표정의 비비안과 눈을 마주쳤다. 이에 순간 그녀는 보란 듯이 웃으며 노아의 얼굴을 쓰다듬었다.

"이렇게 젖으셔서는."

노아가 의아한 얼굴로 레리아나의 허리에 팔을 감고 속삭였다.

"술 냄새는 안 나는데."

"지금 취하고 싶어지네요."

작게 웃은 노아가 다정하게 말했다.

"당신을 위해서라면 젖는 것 정도는 사소한 일일 뿐입니다. 레리아나."

"……."

레리아나는 소름을 참으며 말했다.

"어서 들어가죠, 노아. 몸살이 들겠어요."

레리아나가 비비안의 따가운 시선을 느끼며 고개를 돌렸다. 그러고는 입술을 깨문 비비안을 향해 윙크했다. 그녀가 들고 있던 부채를 떨어트렸다.

빙긋 웃은 레리아나는 노아의 팔을 붙들고 쏜살같이 방으로 뛰듯 돌아갔다. 하인이 가져다준 수건으로 머리의 물기를 닦던 아담이 그 뒤를 따랐다.

* * *

"노아! 드래곤이니 뭐니, 자꾸 무슨 소리를 하는 거예요?!"

방에 들어서자마자 레리아나는 그에게 해명을 요구했다.

노아는 아담에게 그것을 달라고 요청했다. 아담은 그 특유의 무표정한 얼굴로 레리아나를 한 번 보다가 품에서 손수건을 꺼냈다.

"이게요?"

레리아나는 엄지와 검지로 모서리를 잡아 든 젖은 손수건을 팔락였다.

노아가 고개를 끄덕이며 긍정을 표했다. 손수건에 놓인 자수는, 언제 봐도 눈을 마주치기가 껄끄럽고 부담스러운 용이었다. 켄드릭 부인이 그래 봬도…… 정말 잘 짜인 자수라며 칭찬을 해 대기에 선물한 것이었다. 그런데 이를 토대로 자신이 드래곤을 원하는 거라고 생각했단다.

'……어딜 봐서?'

못난 용 놈과 눈이 마주치자 역한 것이라도 본 것처럼 입술을 비튼 레리아나가 눈치를 보며 손수건을 넓은 소매 안에 넣었다.

아담은 노아의 지시에 의해 젖은 옷을 벗으러 자신의 방으로 떠난 상태였다. 아담은 손수건이 마음에 들었는지 어쨌는지, 다시 돌려주길 원하는 것 같았으나, 레리아나는 몰래 이 손수건을 없애 버리기로 결심했다.

'실수인 척 벽난로에라도 던져 버려야겠다.'

대신 아담에게는 다른 자수를 놓아서 선물할 것이다. 용이라든지 개라든지, 이런 애먼 것들은 피하고…….

"레리아나, 부디 서운해 마시기를. 드래곤은 다른 산맥으로 가서 잡아 드릴 테니."

완벽한 증거 인멸을 꿈꾸는 레리아나에게 노아가 장난스럽게 말했다.

"노아…… 뭐든지 할 테니까 부디 그러지 마시기를."

드래곤…… 어디에 쓴답니까. 아련하게 생각한 레리아나가 못된 아이를 타이르듯 말했다. 그러자 갑주를 푸르던 노아가 머리를 들었다.

"원하는 바 아니었나?"

"제가 떼쓰는 3살배기도 아니고…….

이세계 온 지 얼마 안 됐어도, 거기나 여기나 드래곤이 어마어마하고 무시무시하다는 건 안다. 인상을 찌푸리던 레리아나가 팔짱을 꼈다.

"지금 저 놀리는 거죠? 놀리려고 일부러 그러시는 거죠?"

노아가 일어서더니 일부러 레리아나를 내려다보며 말했다.

"그걸 아직도 몰랐나?"

"후우."

폐에 공기를 한 톨도 남기지 않을 것처럼 깊은 한숨을 쉰 레리아나는 베개를 슬몃슬몃 눈짓하며 침대 중앙에 걸터앉았다.

내 안에 잠들어 있던 전투 본능이 살아 숨 쉰다.

노아는 무리다.

저 베개. 저거라도 대신 팰 수 있다면…….

주먹을 불끈 쥔 레리아나는 자신이 요즘 너무 폭력적인 사람이 되어 가는 것 같다며 눈물을 삼켰다.

거세게 내리치던 비는 노아와 아담이 도착할 때보다 한결 세가 줄은 것이 느껴졌다. 창밖을 바라보던 레리아나는 다리를 모아 끌어안았다. 내일 비가 그친다면 일행은 신전으로 향할 것이다.

그때 갑주를 다 벗은 노아가 문득 레리아나에게 물었다.

"그런데, 거기 계속 있을 건가?"

"네? 왜요?"

"옷, 벗을 거라서."

"아. 물론 가 봐야죠. 가 보겠습니다."

레리아나가 한 치의 망설임 없이 벌떡 일어섰다. 그대로 쪼르르 바깥으로 나서려는데, 노아가 웃음기를 띠며 말했다.

"보고 싶다면 봐도 상관은 없지만."

"어머, 제 눈과 뇌를 위해서 홀로 품고 계신 그 음험한 욕망은 자제해 주시길 바라요."

'누가 그런 걸 보고 싶어 한다고.'라는 의미를 담아 레리아나가 싱긋 웃으며 답했다. 그러자 노아가 침대에 앉아 다리를 꼬았다.

"아— 그러고 보니 관음하는 쪽이 취미였지."

'맙소사.'

레리아나가 어처구니가 없다는 표정으로 뒤를 돌았다.

"잠깐만요?"

국가적 행사에서 드래곤을 잡아 달라고 한, 좀 모자라고 철없는 영애에 이어 관음증 환자? 누구 혼삿길을 막으려고 이러시나.

"자꾸 그렇게 헛소문을 퍼트리고 다니시면 제가 곤란한데요."

레리아나가 허리에 두 손을 얹고 뻐딱하게 말했다.

"그럼 그때 자는 걸 훔쳐본 건……."

"으아아아!"

얼굴이 확 달아오른 레리아나가 쿵쿵쿵 뛰어가 양손으로 노아의 입을 막았다.

"갑자기 그 얘기가 왜, 아니, 그때, 그건, 과, 관음이랄까, 뭐, 그런 이상한 거 아니에요. 그런 취미 없어요, 이상한 오해하지 마세요! 그리고 잘못했다고 했잖아요! 그때, 분명히!"

새빨개진 레리아나의 얼굴을 바라보며 노아가 눈을 깜빡였다.

"따지고 보면요. 노아도 봤잖아요. 나 자는 거. 그때! 침대에서!"

레리아나가 으르렁거리듯 얘기하자, 노아가 고개를 주억거리며 손을 가리켰다. 엉겁결에 그의 코까지 막아 버렸다. 손바닥 사이로 숨이 색색 새어 나오니 레리아나가 민망한 비매너 손을 확 뗐다.

그러자 자유로워진 노아가 말했다.

"그때? 자기가 말 위에서 잠들어 놓고, 자는 사이에 당신을 덮쳤다고 착각해서 세상이 무너진 것처럼 울었던 그―"

"으아아아아아아!"

폭주한 레리아나가 다시 입을 막았다.

"제가, 무슨, 세상이 무너진 것처럼 울었다고……. 아니, 그런데 이제 와서 이러시는 건 아니죠. 노아 잘못이었잖아요! 먼저 막, 착각하도록 굴었잖아요, 그렇죠?"

눈앞이 빙글빙글 돌았다. 흥분한 목소리가 입 밖으로 들쑥날쑥 튀어나왔다.

"그리고 그때 분명! 사과도 했잖아요. 그렇죠?"

입을 막힌 채로 노아가 고개를 기울였다. 마치 '내가 언제 그랬었나?'라며 영문을 모르겠다는 듯, 순진한 눈빛이었다.

'아니, 어디서 발뺌이야!'

발끈한 레리아나가 노아 옆자리에 무릎을 올려 바투 다가갔다.

"정말 이러기예요?"

레리아나의 가느다란 머리카락이 노아의 어깨 위로 쏟아졌다.

"……."

갈색 머리칼이 목을 간질이자 노아가 목을 울리며 레리아나가 다가오는 만큼 상체를 뒤로 뺐다.

"여자의…… 특히 수치스러운 과거에 집착하는 남자는 인기 없다고요!"

'……아마도.'

실은 노아라면 집착해 달라는 영애들이 줄을 설지도 모르지만, 레리아나는 대의를 위해 그런 사소한 진실쯤은 넘어가기로 했다.

레리아나가 눈을 매섭게 뜨고서는 가까이 더 다가가자, 노아가 눈꺼풀을 내리깔았다. 긴 속눈썹 사이로 흐릿해진 황금빛 눈동자가 가려졌다.

"잘못했죠?"

"……."

레리아나가 시선을 내린 노아에게 얼굴을 바짝 들이밀며 물었다. 레리아나의 살결에서 달콤한 향유 냄새가 훅 풍겼다. 시선을 피하던 노아는 오늘따라 앞뒤 안 가리고 달려드는 레리아나가 '네?' 하고 되묻자, 살짝 체념한 표정으로 고개를 끄덕였다.

왜인지 순순하군. 무슨 꿍꿍이가 있는 게 아닌지 눈을 가늘게 뜨던 레리아나는 확답을 받기 위해 다시 입을 열었다.

"이제 다시는 이 얘기들 꺼내기 없기예요."

노아가 한숨을 쉬며 눈을 마주치더니 한 번 더 고개를 끄덕였다. 어쩐지 불편해 보이는 노아의 표정에 소리 내 웃은 레리아나는 그제야 그에게서 떨어졌다.

'아, 조금 젖었다.'

확실히 노아가 많이 젖었는지 그와 닿은 드레스 자락에 물기가 옮아 있었다. 레리아나는 손으로 대충 물기를 훔치고 허리를 폈다.

"그럼 노아, 어제오늘 피곤하셨을 텐데 푹 쉬세요."

다리를 꼰 채 한쪽 턱을 괴고 자신을 못마땅하게 바라보는 노아에게 레리아나는 흐뭇한 미소를 지으며 말했다. 자신 때문에 젖은 옷을 계속 입고 있는 게 그리 편하지 않을 테니, 미적거리는 것보다 빨리 나가 주는 게 도와주는 것이리라.

그녀에게 무언가 말하려던 노아는 금세 한숨을 쉰 후에 그저 물기가 남은 머리만 쓸어 넘겼다.

뭐라고 할지 잠깐 기다리던 레리아나는 이만 가 볼게요, 라는 말을 남기고 문을 열었다. 좁아지는 문틈 사이로 노아가 침대에 상체를 눕히는 모습이 보였다.

달칵.

문을 닫은 후, 레리아나는 문 앞에서 불현듯 멈춰 섰다. 그녀의
시선이 쪼르륵 밑으로 내려갔다.

"······?"

레리아나는 제 손바닥을 물끄러미 바라보았다.

'내가 높고도 높으신 공작님 얼굴에 손을 댄 건가.'

한없이 왕에 가까운 사람이긴 하다만, 일단은 왕은 아니니 괜찮
은가. 일단은 약혼자고. 레리아나의 고개가 가로로 기울어졌다.

'······조금 편해졌나.'

으음, 레리아나는 눈을 감고 미간을 찡그렸다.

'뭐, 전보다는······.'

고개가 반대로 돌아갔다.

'가까워졌을지도.'

"돌아가십니까?"

생각에 빠져 있던 레리아나가 귀를 쫑긋 세웠다. 그녀의 앞에 선
이는 성주를 방에 격리시키고 돌아온 스콧이었다. 스콧은 레리아
나의 방까지 에스코트를 하겠다며 손을 내밀었다.

레리아나가 스콧의 에스코트를 받으며 성주에 대해 묻자, 그는
지금 헤어진 전 여자 친구 이름을 부르듯 크리오더를 외치면서 술
을 나발로 불고 있다며 고개를 절레절레 저었다.

스콧은 이혼한 전 부인 이름도 그리 애처롭게 부른 적이 없었다
며 쯧쯧 혀를 찼다. 레리아나는 왜 자기가 죄스러운 감정이 드는지
혼란을 느끼며 '그렇군요.' 하는 맞장구를 쳤다.

"음."

그녀와 화기애애하게 이야기하던 스콧은 갑자기 무언가 생각났

는지, 문득 레리아나를 보며 진지한 얼굴로 침묵했다.

레리아나가 무슨 일이냐고 묻자, 이내 그가 무거운 입을 열었다.

"공작님께 드래곤을 잡아 달라고 하셨습니까?"

"……."

웃고 있던 레리아나가 순식간에 숙연해진 채 입을 다물었다.

……벽난로. 벽난로를 찾자.

떠나는 스콧과 레리아나 뒤로 그들을 바라보던 물빛 머리의 사내가 방문으로 다가갔다.

＊　＊　＊

"늦으셔서 걱정했는데, 무사히 돌아오셔서 다행입니다."

"입 발린 소리군."

노아가 피식 웃으며 답했다. 키이스는 무언으로 긍정했다. 노아와 아담을 걱정하느니 마물의 생태계를 걱정하는 것이 더 건설적이리라.

"마물을 잡아 오는 것은 처음이십니다."

"마물을 가져온 것이 처음이지."

"예, 마물을 가져와 레이디께 선사하신 게 처음이겠지요."

노아가 윗도리에 머리를 뺀 후에 물었다.

"무슨 뜻이지?"

"아닙니다."

싱겁긴, 노아가 웃으며 옷을 가다듬었다.

"블레이크 공작은?"

"아직은 돌아오지 못할 것 같습니다. 한 여자와 꽤 가깝게 지내고 있다는 소문입니다."

"여자?"

"예, 그녀에 대해서는 휘튼이 조사 중입니다."

여자라, 노아가 중얼거렸다. 침묵 사이로 괘종시계가 울렸다.

"무슨 일이지?"

"……?"

"하고 싶은 말, 많아 보여서."

노아가 의자에 앉자 쿠션이 푹 들어가며 바람 빠지는 소리가 들려왔다.

"뭔데?"

노아가 재차 물으며 그를 재촉했다. 키이스는 손가락으로 책상 위를 짚으며 그에게로 바짝 다가갔다.

"……노아."

"응."

"네 보좌관이자 친우로서 물어볼 거야."

"응."

키이스가 책상 끄트머리에 몸을 기댔다.

"맥밀런 영애에게, 진심이야?"

"아니."

노아의 대답은 기가 찰 정도로 빨랐다. 키이스는 버릇처럼 미간을 두드리며 말했다.

"그 마물은-"

"반응이 재밌어서."

"그것 말고도 너 요즘 계속 이상해."

"이상한 소리를 하는 건 너겠지."

노아가 어깨를 으쓱였다.

키이스는 한숨을 내쉬었다.

웨스턴버그 가문은 대대로 윈나이트 가문의 봉신이었다. 그런 가문의 인연으로 노아와 키이스는 걸음마를 떼기도 전부터 함께한 사이였다. 지금 노아는 '이상하다' 외에는 다른 표현 방법을 찾을 수 없을 정도였다.

"아, 그럼 내가 맥밀런 영애에게 다가가도 괜찮다 이거지?"

키이스는 홧김에 토해 냈다. 그러자 삐딱하게 돌아간 얼굴이 키이스를 응시했다. 순간 키이스가 침을 삼켰다.

'눈빛으로 사람도 죽이겠군.'

"지금 나랑 뭘 하고 싶은 거지?"

스산한 분위기가 순식간에 방 안을 잠식했다. 노아가 키이스 앞으로 다가가 마주 섰다.

"키이스 웨스턴버그 백작."

"……예."

"선을 지켜."

키이스가 눈을 내리깔고 담담히 대답했다.

"예."

* * *

"황금빛 호박 눈이 박힌 비스크 인형, 연분홍색 장미향이 나는 고운 분, 새빨간 입술에 문 30캐럿 다이아, 하얀 허벅지가 비치는 레이스 스타킹, 네 다리 사이에 낀 그 남자. 모두가 나의 것, 욕심 많은 비비안 샤말의 것."

샤말 성의 회벽 뒤에서, 부엌의 오븐 옆에서, 하얀 시트가 걸린 빨랫줄 너머에서. 샤말가의 하녀들은 매음굴에서나 부르는 음란하고 천박한 유행가를 개사해 불렀다.

샤말 성의 작은 여왕, 모든 것을 가져야만 하는 비비안 샤말에 대한 경멸과 조소를 담아.

정원 한구석에서 들려오던 흥얼거림은 비비안의 붉은 머리칼이 보이자마자 끊어져 공기 중으로 흩어졌다. 하녀들이 마음을 졸이며 머리를 조아리면 비비안은 꽃처럼 웃었다. 이 노래가 들려온 것은 비비안이 하녀의 남자를 빼앗고 난 후라는 것을 그녀는 알고 있었다.

결혼을 약속했었다며 울며불며 자신을 향해 증오스러운 눈동자를 치켜뜨던, 이제는 얼굴도 기억나지 않는 그 불쌍한 여자.

비비안은 그녀들을 비웃으며 다시 걸음을 옮겼다. 자신을 뭐라고 부르든, 어떻게 조롱하든 간에 비비안은 승자였다.

모든 것을 가지고 있었다.

아름다움, 보석, 지위, 사랑. 희귀한 것, 진기한 것부터 다른 사람의 것까지. 모두가 가지고 싶어 하지만 누구나 가질 수는 없는 세상의 모든 것들.

'소유'에는 폐부를 찌르는 짜릿함이 있었다. 이를 위해 비비안은 그녀들의 조롱을 기꺼이 감수했다. 시기, 질투, 미움, 분노, 모든 것을 즐길 수 있었다.

비비안 샤말은 그럴 수 있는 위치였으니까.

모든 것을 가질 수 있었으니까.

황금색 눈동자를 가진 그 남자를 만나기 전까지는.

"나가 주세요."

크리스틴과 스테파니가 눈치를 보며 말을 웅얼거렸으나 비비안의 귀에는 아무것도 들리지 않는다.

"나가 달라는 소리 듣지 못하셨나요?"

비비안이 표독스럽게 쏘아붙였다.

"영애."

스테파니가 고개를 저으며 크리스틴의 팔을 끌었다. 그녀들이 방을 나섰다.

비비안은 화장대 앞에 앉았다. 아름다운 붉은 머리칼을 지닌 비비안 샤말이 보였다. 어머니가 매일 저녁 긴 머리를 빗겨 주며 누구나 널 원하지 않고는 견딜 수 없으리라 속삭였던, 그 비비안 샤말.

'그런데 왜!'

한 번만 손에 넣는다면, 이 요란스럽게 배를 뒤트는 욕망도 사라질 것 같았다.

절름발이 왕 시아트리히와 결혼을 약속한 건 노아가 놓친 것이 무엇인지 알기를 바라는 어린애 같은 치기 때문이었다. 하지만 그럼에도 그는 별다른 반응이 없다.

비비안은 차라리 노아가 고자나 게이이길 바랐다. 그렇다면 누가 오더라도 그를 어쩔 수 없었을 테니까.

비비안은 신경질적으로 화장대 앞의 화장품을 쓸어 냈다. 와장창 깨지는 소리와 부딪히는 소리가 울렸다. 발밑을 구르는 병들이 어수선하게 흩어졌다.

비비안은 비틀거리며 침대 위로 쓰러지듯 앉았다. 화장품 사이에는 작은 보석함 하나가 열려 있었다. 에메랄드빛을 내는 장신구가 반짝, 빛을 냈다.

비비안의 얼굴이 일그러졌다. 그러고는 일어서서 보석함을 닫으려고 했다.

"가지고 싶은 게 있으시죠?"

제 손이 닿지 않는 것은 참을 수가 없다.

"이게 도와줄 수 있을 거예요."

그 여자는 천사 같은 얼굴로 속삭이며 비비안에게 보석함을 쥐여 주었다. 일주일 전 연극 관람을 하던 중, 우연히 만나게 된 여자였다. 몇 번의 만남을 지속하면서 비비안은 그녀에게 희귀한 보석 하나를 선물받았다.

'선물일까, 과연?'

쿠르릉, 하늘이 짐승처럼 우는 소리가 들려왔다.

황금빛 호박 눈이 박힌 비스크 인형, 연분홍색 장미향이 나는 고운 분, 새빨간 입술에 문 30캐럿 다이아, 하얀 허벅지가 비치는 레

이스 스타킹, 네 다리 사이에 낀 그 남자. 모두가 나의 것, 욕심 많은 비비안 샤말의 것.

팔짱을 낀 채 손가락으로 팔을 톡톡 두드리던 비비안이 이내 작은 보석함을 꾹 쥐었다.

"모두가 나의 것, 욕심 많은 비비안 샤말의 것."

* * *

비비안이 떠났다는 소식을 들은 것은 목욕을 마치고 머리를 말리는 도중이었다. 신전까지 가는 것이 의무는 아니었기에 그녀가 떠나는 것이 큰 의문은 아니었다. 줄곧 성화를 붙이던 그녀가 이제는 들러리가 되어야 한다는 사실을 참지 못했을지도 모른다.

몇 겹 더 껴입히려는 하녀들을 만류한 레리아나는, 그녀들이 우르르 몰려나간 자리에서 작은 보석함 하나를 발견하곤 집어 들었다.

'이런 게 짐 안에 있었던가?'

짐을 자신이 싼 것도 아니고, 공작저에는 수많은 보석과 장신구가 있으니 아마 섞여 들어온 것일지도. 안을 열어 보자 에메랄드빛을 내는 보석이 빛을 냈다. 레리아나가 보석함을 집고 고민하는데, 누군가 방문을 두드렸다.

"맥밀런 영애, 이제 출발합니다. 준비는 다 되셨나요?"

"네."

레리아나는 보석함을 가방에 챙겨 넣고 대답했다.

어두운 숲을 빠져나오니 순백의 자작나무들이 신전으로 가는 길을 내었다. 마차의 창틀에 팔꿈치를 걸치고 있던 레리아나는 갑자기 바뀐 하얀 풍경에 감탄사를 냈다. 그러자 옆에서 말을 타고 있던 기사가 이 순례자들의 길을 소개했다.

"신전을 향하는 순례자들은 이곳에 자작나무를 심습니다."

그가 한 모녀를 가리켰다. 남루한 차림새의 그녀들은 자작나무 모종을 심고 기도를 드리는 중이었다.

"시크레트에 지독한 화재가 있었을 때, 한 신관이 자작나무를 심기 시작하면서 생긴 풍습이라고 합니다."

기도를 끝낸 순례자들이 다시 발길을 옮기기 시작했다.

"그리고 저기가 신전이죠."

그가 손을 돌렸다. 레리아나의 얼굴이 그의 손끝으로 돌아갔다. 마차의 천장에 가려 잘 보이지 않아, 그녀가 어딘지 제대로 보기 위해 얼굴을 쭉 빼냈다. 서로의 얼굴이 가까워지자 기사가 헛기침을 하며 홍조를 띠기 시작했다.

"흠흠."

"저건가요?"

기사가 재차 손을 뻗으며 거리를 좁혔다.

"예에, 저쪽입니다."

'아아, 저기가…….'

레리아나가 고개를 주억거리는데 갑자기 몸이 안으로 밀려 들어갔다. 그러더니 나무 창문이 불시에 닫히며 마차 안이 어두워졌다.

"음?"

바람인가? 그러나 레리아나가 다시 창문을 열자, 그때를 기다린 것처럼 창문이 재차 닫혔다. 열면 닫히고, 또 열면 또 닫히고. 그러던 사이에 창문을 닫는 손의 주인이 누군지 알게 된 레리아나가 닫힌 창문 너머로 그의 이름을 불렀다.

"테일러 경."

이번에는 눈 한쪽만 나올 정도로 조금만 열었다. 방금까지만 해도 매섭게 창문을 닫던 아담의 옆모습에서 그 정도까지는 봐줄 수 있다는 관대함이 엿보였다.

"……창문에 무슨 문제라도 있나요?"

아담이 고개를 저었다. 그녀가 눈을 돌리자 자신에게 길을 안내하던 기사는 어느새 사라져 있는 상태였다.

'갑자기 왜……. 도대체 왜.'

저 기사와 붙어 있어서? 문득 떠오른 생각에 레리아나가 고개를 저었다.

'설마, 테일러 경인데.'

자기가 생각해 놓고도 어이가 없다며 비실비실 웃은 레리아나가 그의 이름을 한 번 더 불렀다.

"저, 조금만 열어 놓고 바람 좀 쐴게요."

'네? 테일러 겨엉-' 하며 불쌍한 표정을 짓자, 아담이 고개를 끄덕여 허락을 표했다.

"살았다."

레리아나는 겨우 손만 내놓고 나무 향을 맡으며 늘어지듯 기댔다.

"테일러 경, 이번에 잡아 주신 거요. 그…… 커다랗고 시커먼 거."

……케르베로스인가? 설마 진짜 그것일까, 두렵다. 레리아나는 좀 더 무언가를 표현하려다가 이내 포기했다.

'뭐, 이름이야 어쨌든.'

"고마워요. 덕분에 성화도 붙여 봐요."

레리아나가 그렇게 말하며 손을 퍼덕거렸다.

아담이 알았다는 뜻으로 레리아나의 손가락을 살짝 쥐었다 놓았다. 그 수신호에 레리아나가 작게 웃음을 흘렸다.

레리아나는 햇빛을 차단하는 나무창에 얼굴을 대고 있던 바람에, 아담이 알아차리기 힘들 정도로 미미하게 미소 지은 모습을 보지 못했다. 그의 미소는 이내 신기루처럼 사라졌다.

아담은 몹쓸 얼굴을 들이밀던 기사를 잘 기억해 두었다. 그러고는 앞으로 빠르게 말을 몰아 노아 옆으로 다가갔다.

노아는 아담의 보고를 가만히 듣더니 아담에게 나직이 명을 내렸다. 무심코 명을 듣던 앤슬리는 그 기사가 대체 어쨌기에 그런 가혹한 일을 당하게 되는 건지 두려워했다.

레리아나가 있는 마차 옆으로 되돌아온 아담이 문득 그녀의 손등을 톡톡 쳤다.

"왜 그러세요?"

레리아나가 고개를 내밀자 어느새 신전이 바로 앞까지 다가와 있었다.

* * *

웨이드 데이비스가 복도를 걷자, 부산하게 움직이던 신관들이 고개를 숙이며 지나갔다.

그가 창 아래를 내려다보니 신전에 기거하는 천여 명의 신관들이

개미처럼 움직이고 있었다. 그 너머로는 체이머스 국의 깃발이 보였다.

"빠르군."

토벌전의 마무리를 알리는 깃발이었다. 곧 신전으로 성화식의 주인공이 도착할 것이다. 깃발이 점점 더 다가오기 시작하자, 웨이드는 다시 걸음을 놀렸다. 늦기 전에 그를 만나야 했다.

도서관의 문이 열렸다가 소리 없이 닫혔다. 웨이드가 도서관에 도착해 곁에 설 때까지도 그는 손을 멈추지 않았다.

"성하."

웨이드는 잠시 뜸을 들였다가 나지막이 물었다.

"히이카 성하, 토벌전 행렬이 신전 앞까지 도착했다고 합니다. 정말 안 나가 보실 생각이십니까?"

잠깐의 정적 속에서 히이카 데민트가 종이 위를 사각거리는 소리가 잔잔한 노래처럼 공간을 메웠다. 그러다 곧 고개를 숙이고 있던 하얀 머리카락이 올라왔다. 그에 맞추어 머리에 달린 방울이 딸랑였다.

"고작 귀족 나부랭이들이 온다고 내가 왜 나가 봐야 하는데."

"고작 귀족 나부랭이들이 아니니까 말입니다. 그 체이머스 국의 내로라하는 고위 귀족들입니다."

히이카가 펜을 내려놓고 입을 쩍 벌려 하품을 했다. 더 이상 들어 줄 가치가 없다는 의사 표현이었다.

웨이드가 작게 한숨을 내쉬었다. 이런 반응은 예상한 바였다. 히이카는 귀족들을 자기중심적인 멍청이라며 혐오했으니까. 그가 귀족들이 온다는 소식에 바로 발 벗고 나서는 것이 더 수상할 일이었다.

그러나 웨이드에게도 이번에는 물러서지 못할 이유가 있었다.

"다시 한 번만 더 고려해 봐 주시면 안 되겠습니까. 지금 교단 재정 상태가 날로 나빠지고 있습니다."

현재 교단은 유례없는 침체기를 겪고 있었다. 한 소국에서 나타난 사상가의 영향으로 급진 과격파가 모습을 드러내기 시작하면서 곳곳에 테러 사건이 일어났고, 이는 교단에 막대한 피해를 주었다. 교단의 기부금이 테러 단체에 흘러 들어간다는 소문이 나돌았기 때문이다.

이는 전혀 근거 없는 소문에 불과했으나, 교단 내부는 크게 흔들렸다. 그에 따라 신도들의 불안감도 증폭되었다. 이런 배경하에서 기부금은 점점 줄어 갔고, 교단 내 사업도 원활하게 돌아가지 않는 상황이었다.

그런데 때마침, 체이머스 국에서 이른 마물 토벌전을 벌였다. 체이머스 국의 내로라하는 귀족들이 신전으로 모이는 시기였으며, 귀족들이 신전에 대한 지원금을 올리는 시기이기도 했다.

'이 시기를 잘 이용해야 해.'

웨이드는 지금이 너무나도 좋은 기회임을 잘 알고 있었다. 현재 신전에는 일주일 전부터 히이카 데민트가 기거하고 있었기 때문이었다.

히이카 데민트.

막대한 신력으로 교단의 최고 직위인 대신관의 자리에 오른 남자이자, 그간의 신학을 집대성한 학자로 이전까지의 패러다임을 모두 바꾼 전설적 인물.

그런 그가 얼굴을 내비치기만 해도 엄청난 기부금이 쏟아질 것이다. 그의 손길을 한 번이라도 받기 위해 전 재산을 바칠 이들은 물론, 나라를 통째로 봉헌할 왕도 존재했다.

웨이드가 초조하게 대답을 기다리는데, 히이카가 옆으로 푸른 눈동자를 굴렸다.

"그런 것까지 내가 하나하나 신경 써야겠느냐. 이 똥 덩어리야."

똥……. 웨이드는 혼미해진 눈을 깜빡였다. 지난번까지는 분명 돌대가리였건만, 이번엔 똥 덩어리라니……. 순간 머릿속을 마비시키는 무시무시한 정신 공격이었다.

'안 돼. 내가 여기서 포기하면 신전은……!'

웨이드는 필사적으로 마음을 가다듬고 다시 입을 열었다.

"히이카 성하, 이대로 기부금이 줄어들면 후학양성이나 신학 연구에도 큰 지장이 있을 겁니다."

히이카가 내심 바라는 것은 제자를 키우는 일이었다. 그래서 신성국에서는 매년 교육 재단에 쏟아붓는 돈이 어마어마했다. 그럼에도 히이카는 아직 쓸 만한 놈을 찾지 못했다며 이렇게 전국을 돌아다니는 중이었다.

"네가 좀 더 똑똑했다면 너를 제자로 받아 같이 작업했을 테고, 그러면 내 과업을 이룰 시간이 5년은 줄었을 테고. 그렇다면 재정 낭비도 5년어치는 줄었을 것 아니냐."

"그게 제 탓입니까?"

"그럼 멍청한 네 탓이지, 똑똑한 내 탓이냐?"

웨이드는 억울했다. 멍청하다는 소리를 듣게 된 것은 36년 생애 처음이었다. 아니, 그보다 그가 과업이 늦어지는 것은 제 탓이 아니었다.

10년 전, 유적지에서 제3성서가 발견되었다. 처음 발굴 소식을 듣고 교단은 제3성서에 대한 호기심과 학구열로 들떴으나, 문제는 제3성서가 지금까지 알려지지 않은 전혀 새로운 언어로 쓰였다는 사실이었다. 지속적인 연구 결과, 고대 빌론 제국에서 사용했던 일종의 암호임을 밝혀냈지만, 완전히 다른 체계의 규칙을 찾고 막대한 연산을 거쳐 그나마 해석이란 것을 할 수 있게 된 이는 겨우 4명이었다.

게다가 그중 한 명은 고령으로 이미 생사를 오락가락하고 있는 상태였기 때문에 실질적으로는 3명뿐이었다. 말하자면 세계에서 3명밖에 못하는 언어를 자신도 못할 뿐이라는 것이다.

······그런데 그런 걸 못한다고 멍청하다 타박하다니. 한 번도 자신의 지능을 의심해 본 적 없던 웨이드는 종잇장처럼 얇은 정신이 찢어질 듯한 고통에 괴로워했으나, 히이카는 아주 자연스럽게 자신 외의 인간들은 모두 멍청이라고 생각했다.

"에잉, 쯧쯧. 요즘 것들은 쓸모가 없어, 쓸모가."

웨이드는 쓰린 위를 부여잡았다. 그는 36살의 수석 신관이었다. 이런 젊은 나이에, 이렇게 큰 신전을 운영하는 신관은 교단의 역사를 통틀어 봐도 그리 많지 않다.

그러나 히이카 데민트 앞에만 서면, 자신의 자부심은 휴지통에 처박힌 휴지 조각만도 못한 채로 나풀거렸다.

"제, 제가 이래 봬도 국제 피아트 신학교 수석 졸업자입니다. 히이카 성하 정도의 천재는 아니어도 수재 반열에는 든다, 이겁니다."

"요즘 신학교는 머리가 돌로 된 애들도 받아 준다더냐. 나 때에는 안 그랬는데, 쯧쯧."

"성하!"

마침내 터진 웨이드가 목소리를 높였다. 인상을 찌푸린 히이카가 두 손으로 귀를 막았다.

"시끄럽다. 네 관상을 보니 앵무새처럼 꽥꽥거리는 입 때문에 요절할 상이야. 일찍 죽기 싫으면 이참에 입을 떼거나 봉하거나 해라."

"관상 못 보시잖습니까!"

"당연하지! 네 그 어린애가 찰흙으로 반죽해 놓은 것 같은 얼굴마저 여신의 안배다! 신의 일은 함부로 누설하는 게 아니야!"

"그럼 관상이 아니라 저주 아닙니까!"

그러자 히이카가 자애롭게 미소 지었다.

"앞으로 입 다물고 노력하여 잘 살라는 덕담이다. 새겨듣도록 해라."

히이카가 그러니 입 다물고 어서 나가 보라는 표정으로 웃었다. 그의 왼손은 마치 귀찮은 동네 애새끼들이라도 쫓는 듯, 성의 없이 손짓하고 있었다.

웨이드의 손에서 들고 있던 서류가 와작 구겨졌다.

'……기록의 여신이시여, 제게 저 노인네를 이겨 낼 수 있는 힘을.'

웨이드는 낮게 기도를 중얼거렸다. 그러나 히이카는 아랑곳없이 다시 펜을 들기 시작했다. 웨이드는 다른 방법을 사용하기로 했다.

"성하, 제가 그리 어려운 것을 부탁하는 것도 아니잖습니까. 성하께서는 교단의 최고 직위인 대신관의 자리에 오른 분이십니다. 얼굴 한 번 비추는 것만으로도 엄청난 영예라는 거죠. 그러니 그 귀족 나부랭이들한테 인사 한 번, 악수 한 번. 그것만으로 신전을 1년 동안 운영할 만한 기부금이 들어올 수 있다는 겁니다."

바로 자부심 강한 노인네의 감성을 건드리는 수법이었다.

"음, 그렇지."

잠자코 듣고 있던 히이카가 심드렁하게 대답했다.

"그렇죠?"

됐구나. 웨이드의 얼굴이 한결 밝아졌다. 그러자 히이카가 이쪽으로 오라며 손가락을 까딱였다.

"웨이드, 이리 와 봐."

웨이드가 상체를 구부려 그에게 가까이 다가가자, 그가 귀를 죽 잡아당겨서 귓속말을 했다.

"이제 가 봐."

웨이드는 눈에서 흐르는 것이 눈물인지, 속에서 들끓는 열로 인한 땀인지, 알 수 없었다.

* * *

봄볕처럼 따스한 공기가 밀려왔다. 신전을 감싸고 있는 돔 때문이었다. 신관들의 신력으로 유지되고 있는 돔은 시크레트의 추위를 막고 언제나 온기를 유지했다.

'그래서 이런 옷을 입을 수 있는 거겠지.'

레리아나는 부드럽고 얇은 천을 가슴 아래로 동여맨 신관복을 추스르고는 호수 앞에 주저앉았다.

이 성화식만 끝나면 수도로 돌아갈 수 있을 터였다. 레리아나는 움켜쥔 작은 돌을 호수에 던졌다. 파문이 멀리까지 퍼져 나갔다.

머리 위로는 새 떼가 날아가고 있었다. 그녀는 자유로운 새들을 멍하니 바라보았다.

'도망치고 싶다.'

끔찍한 시간이다. 신전은 바람직한 기본 욕구 충족이 불가능한 곳이다.

토벌전의 일행이 신전으로 도착했을 때, 그들을 반긴 것은 유지니아라고 소개한 여신관이었다.

"성화식을 올릴 레이디께서는 저를 따라오시면 됩니다."

다른 일행에게는 웨이드 데이비스라는 신관이 다른 관으로 안내한다는 말을 전했다. 레리아나만 정화의 신실이라 불리는 곳으로 안내한다고 했다. 성화를 올릴 여인에게는 정화해야 할 시간이 필요하다는 것이 그 이유였다.

갑작스레 일행과 떨어지게 된 레리아나는 홀로 정화라는 힘겨운 사투를 벌이고 있었다. 정화에는 엄격한 제한이 존재했기 때문이다.

스케줄은 이러했다. 아침 미음, 그리고 정화 목욕. 점심 미음, 그리고 정화 목욕. 저녁 미음, 그리고 정화 목욕이었다. 유지니아는 마음의 정화를 위해 도서관에서 성서 옮겨 쓰기도 추천한다며 빙긋 웃었다.

처음 미음을 접했을 때, 레리아나는 차라리 먹지 않겠다고 했다. 미음은 검고 푸른 기가 감도는 녹색으로, 생김새부터 시각적인 테러 활동을 펼치고 있었다. 레리아나는 떨리는 목소리로 무슨 재료로 만들었는지 물었으나, 대답 대신 무언의 미소만 받았을 뿐이었다.

유지니아가 친절하게 수저를 들어 입으로 들이밀었으나 무리였다. 이런 걸 먹었다간 너무 심하게 정화되어 하늘로 성불할 것 같았다. 레리아나는 대신 굶겠다며 필사적으로 빌었다. 그러나 유지니아는 미음이 몸속의 독기를 빼 준다며 강요했다.

"한번 경험하고 나면 별거 아니라고 생각하실 겁니다."

"시, 싫어요."

"별거 아닙니다. 자, 벌리세요."

"아, 안 돼! 그만-!"

"영애께서도 곧 좋아하게 될 겁니다."

유지니아는 신관 주제에 처녀에게 손대는 양아치처럼 굴었다.

그렇게 두 끼였다.

벌써 두 번이나 그 끔찍한 것에 입을 대다니, 레리아나는 입을 막고 헛구역질을 했다.

'상상 이상이었어.'

그러나 그게 끝이 아니었다. 저녁에도 또 먹어야 한다. 끔찍해, 레리아나는 핼쑥한 얼굴을 하늘로 돌렸다. 이게 다 노아와 아담 때문이다. 그 괴물들이 괴물을 잡아 와서 이렇게 됐다.

레리아나가 둘을 원망하며 눈물을 찍어 내는 순간이었다. 하늘에서 무언가 빠른 속도로 하강했다.

"음?"

풍덩, 소리를 내며 물결이 흔들렸다. 호수 중앙에서 시작된 파문이 레리아나 앞까지 넓게 퍼져 왔다.

'뭐지?'

레리아나가 호수 앞으로 조심스레 다가갔다.

"……새?"

출렁이는 호수 위에 떠 있는 것은 새였다. 노란 바탕에 날개는 진한 붉은 색을 띤, 화려한 색을 가진 작은 새. 잠시 정신을 잃은 것처럼 보였던 새는 갑자기 날개를 푸드덕하더니 꿈틀거리기 시작했다.

'다시 못 나는 건가.'

금방 날아갈 것 같던 새는 푸드덕하기만 할 뿐, 좀처럼 날 생각을 하지 못했다. 어딘가 다친 걸지도 모른다.

'어쩐다.'

어디 도움을 청할 수 없는지 주위를 두리번거리던 레리아나는 짧은 고민을 끝내고 가운을 벗었다. 그러고는 호수로 들어가기 시작했다.

* * *

히이카는 근 일주일 만에 도서관을 나섰다. 웨이드 데이비스가 질척거리며 그를 방해해 왔기 때문이다. 듣기로는 귀족들의 비위를 맞추기 위해 작은 연회를 열 생각이란다. 웨이드는 자신더러 그곳에 참여해 달라는 애원을 품고 있었다.

'명색이 수석 신관이라는 놈이 욕심은, 쯧쯧.'

웨이드는 출중한 능력만큼 과한 욕심이 있었다. 히이카는 나무 위에 앉아 기둥에 몸을 기댔다.

'그런데 저 어린 것도 참 미련하지.'

수습 신관일까. 갈색 머리칼을 늘어트린 그녀는 젖는 것도 아랑곳없이 호수 한가운데로 걸어가는 중이었다.

첨벙첨벙.

물을 헤쳐 가는 곳에는 어린 새가 물에 떠 있었다. 그녀는 새를 구하기 위해 그러는 것으로 보였다.

히이카는 혀를 찼다. 저것은 비조였다. 물에 잠겨 죽나 돔 안에서 죽나, 어차피 죽을 운명에 처한 미물인 것이다..

그녀는 가슴까지 올라오는 물을 헤치고는 발버둥 치는 비조를 품에 안았다. 하지만 비조는 물 밖으로 나와서도 몸을 가누지 못했다. 그녀는 비조가 물을 먹어 그렇다고 생각했는지, 배를 눌러 보거나, 다리를 들고 밑으로 탈탈 털기도 했다. 어린 비조가 뒤집혀 털리면서 비명을 질렀다.

께에! 께엑! 께엑!

그녀는 그제야 이게 아닌가 싶었는지, 두 엄지손가락으로 명치를 꾹, 꾹 누르기 시작했다.

비조가 혀를 빼며 켁켁거렸다.

'으음.'

고문이었다. 비조 입장에서는 차라리 물에 빠져 죽는 것이 더 행복했을 것 같다.

비조가 물을 먹은 것도, 날개에 이상이 있는 것도 아님을 눈치챈 그녀는 비조를 날려 보기 위해 위로 번쩍 들었다. 그러나 조금씩 날개를 퍼덕이며 위로 떠올랐던 비조는 금세 비실대며 그녀의 품 안으로 떨어졌다. 물에 젖어서 그런 건 아닌가 싶어 가운으로 깃털을 닦아 내 주었지만, 비조는 계속 날 생각을 하지 못했다.

몇 번 날게 하려 시도해 보던 그녀가 끝내 품 안으로 떨어진 비조를 안으며 난처한 표정을 지었다.

'쯧쯧.'

이 모든 것을 가만히 지켜보던 히이카가 불쑥 입을 열었다.

"그건 비조다."

날개를 들어 살펴보던 레리아나가 고개를 들었다. 머리 위에서 들려온 목소리였다.

나무 위에는 하얀 머리의 '아이'가 앉아 있었다. 새파랗게 빛나는 푸른 눈동자가 그녀를 응시했다.

아이의 이목구비는 인형처럼 매끈하고 단정해 성별을 가늠할 수 없었으나, 목소리로 보아 남자아이임이 분명했다. 한쪽 옆머리에는 방울이 달려 있었는데, 그가 움직일 때마다 맑은 소리로 딸랑였다.

'아이도 있네.'

신관복을 입은 것으로 보아 신전의 아이일 터였다. 내려다보는 건방진 표정은 별로 아이답지 않았지만.

레리아나는 그런 끔찍한 미음을 매일 먹고 살면 삐뚤어진 아이로 자랄 만하다고 생각했다.

"비조?"

레리아나가 물었다.

히이카는 책상다리로 앉아 턱을 괴었다. 예쁘장한 연녹색 눈이 그를 바라보자 그가 심드렁하게 덧붙였다.

"비조는 낮은 기온에서밖에 날지 못해. 성조들은 돔을 알아서 피해 가지만, 가끔 높이 날지 못하는 새끼들이 돔 영역 안에 들어와서 추락하지. 그건 곧 죽을 게다."

자연을 거스르는 돔 안에서는 수많은 동물들이 죽어 간다. 어느 정도 경력이 있는 신관들은 모두 알고 있는 사실이다. 수습 신관들은 경험이든 가르침이든, 언젠간 이를 체득하게 될 것이다. 굳이 이러한 걸 알린 것은 오늘따라 기분이 좋지 않은 그의 못된 변덕이었다.

어린 수습 신관의 일그러지는 얼굴이 볼만하겠다 싶었으나, 그녀는 멀뚱히 그를 바라보고만 있었다. '왜 저렇게 멀쩡한 얼굴이지?' 라는 의문이 가시기도 전이었다.

"그래?"

그녀는 이내 저벅저벅 걸어가기 시작했다.

'……저 반응은 뭐지.'

신전의 인간들은 일정한 경향성을 가지곤 했다. 프라이드가 높고 마음이 약하고 순진하다. 그 대표 격이 웨이드 데이비스였다. 그러니 보통 이럴 때 신전 인간들의 반응은 보통 울거나, 울 정도로 슬퍼하거나, 울 정도로 안타까워하거나, 정도였다.

못마땅한 표정이 된 히이카는 나무에서 훌쩍 내려왔다. 레리아나는 별다른 말없이 어디론가 계속 움직이는 중이었다. 비조를 돔 바깥으로 데려가려는 것으로 보였다.

상황 파악이 덜된 거라고 생각한 히이카가 말했다.

"밖으로 내보내도 무리야. 새끼들은 극심한 기온차를 이기지 못한다."

그러나 레리아나는 아무런 말도 듣지 못한 것처럼 태연했다.

저 무심한 대응은 무엇인가. 거기다 저 완벽한 무시는 자신을 알아보지 못함이 분명했다. 약간 오기가 생긴 히이카가 그녀를 따랐다.

돔의 영역이 어디까지인지 모르는 레리아나는 무작정 일직선으로 걸음을 옮겼다. 거대한 신전이었기에 돔의 영역도 넓었다.

"저쪽으로 가야 하나?"

아마 신전을 중심으로 둘러싸여 있을 테니 이쪽이 아닐까, 대충 가늠해 본 레리아나는 망설임 없이 이동했다.

'왜 저렇게 씩씩해.'

어린 새가 죽는다고 하면 금방이라도 눈물을 쏟을 것같이 여려 보이는 인상이었다. 히이카는 예상외로 너무 멀쩡한 레리아나를 보며 다시 툭 말을 내뱉었다.

"죽는다니까."

"……."

"내 말 듣고 있는 게냐?"

"그럴지도."

덤덤하게 말한 레리아나는 호수 주위를 빙 둘러싼 작은 숲을 지나, 이내 하얀 자작나무를 발견했다. 자작나무가 보이는 것으로 보아 바로 앞이 돔의 경계이리라.

그녀가 새를 한 손으로 품에 안고 나머지 손으로는 돔의 경계를 어루만졌다. 돔 안과는 확연히 다른 추위가 손끝을 스쳤다.

레리아나는 새가 놀라지 않도록 다리부터 조금씩 돔 바깥으로 내보냈다. 비조가 익숙한 공기에 좌우를 두리번거리며 날개를 떨었다. 어린 새는 날갯짓을 하며 날아 보려 했다.

그러나 레리아나가 작은 몸을 놓자, 비조는 바람을 타고 살짝 뜨는가 싶더니 다시 바닥으로 고꾸라져 내렸다.

꼑!

바닥을 데굴데굴 구른 비조는 몸을 떨며 다시 일어섰다. 한 번 더 날갯짓을 하려고 시동을 거는 중이었다. 찬 바람이 불고 자작나무 가지가 흔들렸다. 어린 비조는 몰아치는 칼바람에 딱딱하게 굳어 있었다.

"너도 참 어리석구나."

히이카는 나직이 말했다.

"저 미물은 다시 돔 안으로 데려와도 죽을 테고, 돔 바깥에서도 죽을 것이다."

그럼에도 레리아나는 그대로 쪼그려 앉아서 비조를 응시하고 있었다. 어린 새는 추위를 피하려는 것처럼 털을 바짝 세우고 몸을 웅크렸다.

돔은 다른 이동 수단은 사용하지 않는 순례자들로 인해 설치되었다. 다른 생명체는 아랑곳없이, 오로지 인간만을 위해 순리를 거슬러 만들어 낸 것이다.

"저건 돔으로 들어온 순간 죽을 운명이었던 게다."

레리아나가 그에게로 고개를 돌렸다. 운명……. 레리아나는 그의 말을 곱씹었다. 신전의 사람들은 모두 저런 운명론자일까.

눈이 마주치자 히이카가 한심하단 얼굴로 혀를 찼다.

'이 어린 녀석이…….'

살짝 열이 오른 레리아나가 환하게 웃으며 양손을 그의 얼굴에 올렸다. 히이카가 레리아나의 갑작스러운 행동에 놀라 뒤로 물러서지도 못한 채 붙잡혔다.

레리아나는 씨익 웃으며 양손에 힘을 주어 그의 양 볼을 잡아 누르고는 빙글빙글 돌렸다.

"넌 정말 못된 아이구나."

"……?!"

얼굴이 눌린 히이카의 눈이 크게 뜨였다. 그의 머릿속에는 혼란이 가득 찼다.

'뭐지? 뭐지?'

'지금 내 얼굴이 지금 뭉개지고 있는가!'

누구도 그의 얼굴을 이렇게 함부로 다룰 수 없었다. 교단의 대신관, 살아 있는 전설, 히이카 데민트를!

"죽을 운명이든, 뭐든 상관없어. 의지가 있으면 사는 거지. 이 애늙은이 같은 게 자꾸 죽는다, 죽는다. 신전에서 그렇게 가르치디? 어?"

"……너, 너!"

당황스러운 나머지 말도 제대로 나오지 않았다.

"뭐? 너라니, 누가 너야. 누나라고 하지 못해? 우리 로즈마리랑 친구 먹어도 될 만한 꼬맹이 녀석이!"

"이, 고얀! 내가 누군지 모르는 게냐!"

"그럼 넌 내가 누군지는 알아? 이 버르장머리 없는…… 아!"

그때 레리아나의 손에 힘이 풀렸다.

"이 몸이 바로 히이카다!"

그를 틈타 히이카가 손을 뿌리치는데, 레리아나가 말했다.

"난다."

"……?"

히이카가 몸을 돌렸다.

떨고 있던 어린 비조가 서서히 날기 시작했다. 비틀거리고 불안해 보였으나, 그럼에도 용감하게 고도를 높였다.

"어때, 봤지?"

레리아나가 의기양양한 얼굴로 웃었다. 그러고는 히이카의 머리를 흐트러뜨렸다. 움직임에 따라 방울이 딸랑였다.

"벌써 포기하는 법을 배우는 거 아니다, 이 애늙은이야."

내가 이겼다. 물론 상대가 10살 정도 된 꼬맹이라는 것은 고려하지 않았다. 어쨌든 자신의 생각대로 됐고, 비조가 살았고, 저 염세적 운명론자 녀석의 콧대를 눌러 주었다는 것이 중요한 일이었다. 레리아나는 한쪽 입꼬리를 매끄럽게 올려서 그를 비웃어 주었다.

히이카가 뒤통수에 극심한 충격을 받은 얼굴로 멈칫했다. 그 얼굴을 고소하다며 바라본 레리아나는 그를 두고 다시 씩씩하게 걸음을 옮겼다.

히이카는 멍하니 그녀의 뒷모습을 바라봤다.

"……하!"

히이카의 입에서 저도 모르게 바람 빠지는 소리가 튀어나왔다.

* * *

어느새 해가 지고 있었다. 성큼성큼 걸음을 옮긴 레리아나의 몸은 바르고 꼿꼿했으나, 눈은 계속 불안하게 흔들렸다.

'어디로 도망칠 수 없을까.'

끔찍한 저녁 미음을 먹을 시간이었기 때문이다.

'그래, 포기하지 말자.'

포기하지 않으면 저녁 시간을 피할 수 있을지도 모른다. 레리아나는 그렇게 다짐하며 신전의 기둥 사이를 쏘다녔다.

"맥밀런 영애- 여기 계셨군요. 정화 시간입니다."

그러나 상상을 초월하는 수색 능력의 유지니아에게서는 벗어날 수 없었다. 그녀는 음산하게 뒤에서 나타나 레리아나를 끌고 정화의 신실로 돌아갔다.

도살장에 끌려가는 소처럼 우울한 얼굴의 레리아나는 제시간에 재깍재깍 오라는 잔소리를 들으며 미음을 입에 욱여넣었다.

* * *

"아니야."

눈을 가늘게 뜬 히이카가 손을 내저었다.

그의 앞에서 공손히 머리를 숙이고 있던 갈색 머리의 수습 신관이 허리를 깊게 숙이고는 자리에서 일어났다.

히이카는 의자 등받이에 몸을 기대며 투덜거렸다.

"웨이드, 이 쓸모없는 똥 덩어리야. 시키는 일 한 번을 제대로 하지 못하는구나."

웨이드가 괴로운 얼굴로 허리를 숙였다.

"죄송합니다, 성하."

"그게 뭐가 어렵다고 이리 굼떠? 이렇게 생긴 수습 신관을 찾으라고!"

웨이드는 제 앞에서 흔들리는 그림을 멍청하게 바라보았다. 참으로 기가 막힌 추상화였다. 침팬지가 발로 그려도 저것보다는 잘 그릴 것이 분명했다. 저런 그림으로 사람을 찾는다는 것은, 200년간 미해결 난제로 남아 있는 파리몽 가설 증명에 버금가는 도전이었다.

웨이드는 버럭버럭 소리를 지르는 히이카에게 다시 죄송하단 말을 건넸다.

이 모든 것은 어제 오후부터 시작된 일이었다.

웬일로 히이카가 도서관에 보이지 않는다 싶더라니, 집무실로 직접 행차한 것이었다. 저 엉덩이 무거운 양반이 움직였다는 사실에 놀란 것도 잠시, 히이카는 갑자기 한 수습 신관을 찾아서 제 앞에 대령하라며 생떼를 부리기 시작했다.

설명을 요구하자 히이카는 자신에게 그림을 한 장 건넸다. 웨이드는 처음 그 미래지향적 추상화를 보고 아연해졌으나, 곧 호승심을 불태웠다.

자신은 엘리트 중의 엘리트, 웨이드 데이비스다. 아무리 어려운 과제가 주어져도 해낼 수 있는 자신이 있었다. 웨이드는 그림을 들고 신관들을 찾았다.

그러나 안타까운 것은 그에게도 무리한 일은 무리한 일이었다는 사실이었다.

웨이드는 일단 수습 신관 중에서 얼추 머리색과 눈 색을 보고 그 앞으로 데려갔다. 하지만 히이카는 연신 퇴짜만 놓을 뿐이었고, 방금 나간 이는 신전의 마지막 수습 신관이었다.

히이카는 다시 짜증스럽게 그림을 펄럭였다.

"이걸 보고도 모르느냐?"

제 코를 스치는 그림을 바라보며 '그 따위 추상화로는 무리입니다.'라고 말하려던 웨이드는 다시 꿀꺽 말을 삼켰다.

"성하, 방금 나간 이가 마지막 수습 신관입니다. 혹시 얼굴을 조금 착각하고 계심이 아닌지……."

"뭐어-?"

히이카가 썩은 표정으로 그를 바라보았다.

"아닙니다."

빠르게 부정한 웨이드는 다른 직위의 신관들 중에서 찾아봐야겠다고 생각했다.

"그런데 그 신관은 왜 자꾸 찾으시려고 하십니까?"

"내가 어떤 인물인지 가르쳐 줄 것이다."

팔짱을 낀 히이카가 뚱한 얼굴로 내뱉었다.

"……아."

설마 노망이 났나. 오래 살긴 했지. 웨이드는 당황했으나 티 내지 않고 매끄럽게 말을 이었다.

"수습 신관이 히이카 성하가 어떤 분인지 왜 모르겠습니까. 교단의 살아 있는 전설이신데."

"모르는 이가 있지 않느냐, 내 눈으로 똑똑히 봤어!"

"그럴 리가 없습니다. 모든 신관들에게 모두 단단히 교육을 시켰습니다."

"내 말을 못 믿겠다는 뜻이냐?"

"아니, 그런 뜻이 아닙니다. 저는……."

"됐다. 못난 새대가리 같으니."

"모, 못난 새대가리……."

웨이드가 충격에 입술을 떨었고, 히이카가 혀를 찼다.

'하여간 저놈은 저 여린 정신과 엘리트 의식이 문제야.'

인상을 찌푸린 히이카가 매섭게 의자를 빼고 도서관을 떠났다. 웨이드가 한 번 더 기회를 달라며 쫓아 나왔다. 그러거나 말거나, 히이카는 매서운 눈으로 제 옆을 지나가는 신관들을 살피고 있었다.

히이카 데민트는 레리아나의 손맛을 본 이후로 울분에 차 잠을 이룰 수가 없었다. 여신의 고약한 장난이라고 일컬을 정도로 전례 없는 엄청난 신력을 가지고 태어나, 입 한 번 떼어 보기도 전에 신전에서 모셔 가다시피 한 히이카였다.

18살에는 어린 나이에 대신관 자리에 올라 평생 '성하' 소리를 듣고 살았다. 여느 왕족들보다 귀하게 자란 그에게는, 레리아나의 무례함이 마치 백인 선교사가 정글에서 원주민과 우연히 만난 것 같은 문화적 충격으로 다가왔다.

히이카는 그 무례한 야만인에게 자신이 얼마나 우월한 인간인지 알려 주고 싶었다. 그녀가 얼마나 엄청난 짓을 했는지 깨닫게 하고, 놀랄 그녀의 얼굴을 보아야 했다. 그래야 편히 잠들 수 있을 것만 같았다.

"성하- 헉, 잠시만, 허억."

36년 평생을 책상 앞에서만 지냈던 터라, 체력과 엘리트력을 맞바꾼 웨이드는 몇 걸음 걷지 못하고 헉헉댔다.

매정한 히이카는 낙오자는 필요치 않다는 듯, 가볍게 그를 무시하고 바삐 발을 놀렸다.

"어디로 숨은 거지."

주위를 두리번거리며 히이카는 낮게 중얼거렸다. 어서 계몽시켜야 하건만, 그 야만인은 도대체 어디 있는 걸까.

신력을 쓸까. 신력 때문에 귀찮은 일이 많아 방울로 봉인해 두었는데. 히이카는 복도의 창으로 신전 바깥을 바라보며 쓸데없는 고민에 열중했다.

* * *

정화욕을 하는 곳은 신전 내부의 분수대가 있는, 욕조라고 칭하기에는 송구스러울 만큼 거대한 곳이었다. 여기에서 나오는 물은 특별 공정을 거친 성수로, 닿는 촉감이 더 산뜻하고 가벼운 데다가 오래 들어가 있어도 손발이 불거나 머리가 어지럽지 않았다.

허리춤을 묶은 얇은 천을 걸친 채 레리아나는 따스한 물속으로 발을 들였다. 몸을 쓰다듬는 물결에 편안함이 밀려온다.

"하아—"

절로 한숨이 나왔다. 신전에서 지내는 중 가장 행복한 시간이었다.

'벗어나기 싫다.'

레리아나는 턱까지 물에 잠겨서 오늘 점심 미음을 어떻게 피할지 고민했다.

'아프다고 할까.'

아니지, 여긴 신전이다. 응급실에서 꾀병을 부리는 것과 마찬가지다. 신력으로 정신머리를 강제 치유 당할지도 모른다. 레리아나가 물로 더 깊이 파고들며 끙, 앓는 소리를 냈다.

분수대에서 물이 쏟아지며 적막을 두드렸다. 잠수했다가 물 밖으로 빠져나온 레리아나는 분수대로 다가갔다. 분수대 중앙에 '기록하는 여신'의 상이 앉아 있었고, 옆에는 황금빛 눈을 가진 맹수가 정면을 바라보며 서 있었다.

레리아나는 맹수의 머리를 쓰다듬었다.

"……닮았네."

그러고 보니 노아는 어떻게 지내고 있을까.

'나는 이렇게 고생하고 있는데.'

왠지 화가 난 레리아나는 손으로 맹수의 머리를 꾹 눌렀다.

"바보 노아."

* * *

아담이 노아를 빤히 바라보았다. 그 시선을 느끼며 노아는 흐음, 고개를 기울였다.

정화의 신실이라 불리는 건물은 신관들과 허가받은 이들이 아니면 함부로 드나들 수 없는 곳이다. 그러므로 둘은 자연스럽게 정화의 신실 지붕 위에 앉아 있었다.

인간의 범주를 뛰어넘은 둘의 신체 능력은 멀리 있는 레리아나의 목소리를 모두 전달했다. 그러던 중 갑작스레 노아를 향한 욕설이 들려왔다. 평소에도 저러는가, 잠시 고민하던 노아가 저를 바라보는 아담에게 말했다.

"……다음에는 힐라야 산맥으로 가지. 그곳에서는 드래곤이 산다는 전승이 내려져 온다고 하니까."

아담이 가만히 고개를 끄덕였다.

* * *

한편 유지니아는 쟁반에 특제 미음을 담고 즐거운 표정으로 걸음을 옮겼다.

유지니아는 내심 레리아나를 마음에 들어 했다. 개근을 찍을 욕심인지, 요즘 계속 성화를 붙이던 그 붉은 머리의 여시와는 확연히 다른 귀족이었다.

'그때는 고생했었지.'

비비안은 어떻게 자기한테 이런 음식물 쓰레기를 먹이려 드느냐며 진절머리를 쳤다. 음식물 쓰레기라는 것에는 내심 동의했으나, 어쨌든 그녀는 그걸 먹어야 했다.

하지만 비비안은 가문과 기부금을 들먹이며 먹지 않겠다 선언했고, 결국 정화 의식 동안 그녀는 미음을 한 번도 입에 대지 않았다.

그에 반해 레리아나는 울상을 지으면서도 성실하게 주는 대로 먹었다. 가문을 들먹이지도 깽판을 치지도 않고, 아기 새처럼 받아먹는 모습이 얼마나 기특하던지. 유지니아는 미소를 지었다. 레리아나가 어떻게 생각하든 간에 유지니아는 점점 이 시간을 즐기고 있었다.

즐거운 상념에서 깨어난 유지니아가 레리아나가 머무는 방문을 열다가 깜짝 놀라 멈춰 섰다.

"영애, 왜 그렇게 서 계세요?"

레리아나가 해골 같은 몰골을 하고 문 바로 앞에 바짝 붙어 서 있었다.

'간 떨어질 뻔했네.'

유지니아는 콩닥거리는 심장을 부여잡았다. 그때 레리아나가 처연하게 말했다.

"한 번만 선처해 주세요."

"네? 선처라니요?"

"……그거요."

레리아나가 아래를 힐끔 내려다보며 눈짓했다. 유지니아가 들고 있는 미음이었다. 과연 오늘도 무시무시한 귀기를 내뿜고 있었다.

죽는다. 분명 저걸 먹으면 죽거나, 죽을 만큼 고통스러울 거라는 예감이 레리아나를 몸서리치게 만들었다.

"유지니아 님, 오늘 더 이상은 무리예요."

"흐음."

레리아나의 간절한 표정에 유지니아가 떨떠름한 표정으로 말을 줄였다.

레리아나는 사형 선고를 기다리는 기분을 느끼며 마음을 졸였다. 약간 뜸을 들인 유지니아가 말했다.

"그럼, 대신 도서관에서 성서를 옮겨 쓰시겠어요?"

"네! 뭐든지 할 수 있어요!"

그 끔찍한 것만 먹지 않아도 된다면 뭐든지 할 수 있다. 레리아나는 눈을 반짝이며 고개를 크게 흔들었다.

"그럼 오늘은 그렇게 하도록 하죠. 영애, 도서관은 어디인지 아시나요?"

"네, 알아요. 갈 수 있어요!"

레리아나는 가벼운 발걸음으로 도서관을 향했다. 유지니아가 너무 기뻐하는 그녀에게서 시선을 돌려 조금 섭섭해하며 미음을 내려다보았다.

레리아나가 정화의 신실을 나와 도서관이 있는 중앙으로 향하던 그때, 신관들은 수군거리며 대화를 나누고 있었다.

"성하께서 갈색 머리에 녹색 눈을 가진 신관을 찾으신다고 해요."

"아니, 무슨 일이라도 있었나 봅니다?"

"저도 자세한 이야기는 듣지 못했지만, 그분이 애타게 사람을 찾는다니 별일이 다 있습니다."

"그러게 말입니다. 도대체 무슨 일이기에⋯⋯."

"그 신관에게 큰일만 없었으면 좋겠군요."

"⋯⋯."

신관들이 숙연해졌다.

친절과 배려와 선의를 지나가던 개에게 싸게 팔았다는 이야기가 도는 히이카 데민트였다. 좋은 일로 찾으리라고는 생각되지 않는다.

얘기를 나누던 신관들이 무심코 지나가던 레리아나를 바라보았다.

'⋯⋯?'

갑작스레 자신을 향하는 신관들의 시선에 갸우뚱한 그녀는 싱긋 웃어 준 후, 다시 도서관으로 향했다. 신관들이 설마, 하는 눈초리로 서로를 바라보다가 고개를 저었다.

* * *

도서관 안에서는 케케묵은 책들의 냄새가 났다. 순백의 신전과는 다르게 책장은 낡고 칠이 벗겨져 그 역사를 짐작케 했다.

레리아나는 조심스럽게 도서관 안쪽으로 발걸음을 옮겼다. 신전의 손님들 때문인지, 신관들이 사용하지 않는 내부는 고요했다. 성서를 옮겨 쓸 필기구 등은 모두 도서관 내에 준비되어 있다고 했다.

그녀는 책등을 만지며 주위를 살피다, 넓은 책상 위에 내팽개쳐진 듯 늘어져 있는 필기구와 종이들을 발견했다. 성서 옮기는 것은 정신 수련의 일환으로, 신관들이 주로 하는 일 중 하나라 들었다. 누군가가 남기고 간 그것은 어느 성서의 사본으로 보였다.

"흐음."

레리아나는 사본을 들고 주르륵 읽어 보았다. 비유와 상징이 만연체로 쓰인, 이해하기 어려운 줄글이었다. 이를 옮긴 이는 공용어로 번역을 하고 있는 듯했다.

레리아나는 어떻게 해야 할지 잠시 고민하며 주위를 둘러보았으나, 도서관은 적막만 감돌았다. 그냥 옮겨 쓰는 줄 알았는데, 해석까지 해야 했나. 레리아나는 제 언어 능력에 감사를 표했다.

뭐, 그냥 이 사람처럼 쓰기만 하면 되는 거겠지. 가볍게 생각한 레리아나가 만년필을 잡고 새로운 종이에 제3성서를 해석하기 시작했다.

＊　＊　＊

'도대체가! 이 양반이 갑자기 왜 이러시는 거야!'

웨이드는 피골이 상접한 얼굴로 헉헉대며 생각했다. 그녀가 대체 누구기에 저 대신관을 저렇게 애달게 하는지 도저히 이해할 수가 없었다. 그들은 벌써 신전을 3바퀴나 돌았다. 웨이드는 죽기 일보 직전이었다. 차라리 업무 마비가 일어나더라도 신관들을 한곳으로 모으는 것이 나을 정도였다.

주위의 신관들은 혹시 저 약골이 저러다 그대로 죽어 버리는 건 아닐까 걱정하며 힐끔거렸다.

"허억, 허억. 서, 성하…… 이제, 그만."

웨이드가 도저히 못 가겠다는 표정으로 숨을 몰아쉬며 히이카의 어깨를 잡았다.

"그만은 무슨. 뭐가 좋아서 뒤를 졸졸 따라다니느냐. 너한테는 흥미도 없고 귀찮기만 하니 저리 꺼져라.”

“성하. 저, 오늘, 오늘, 밤에, 헉, 다, 허억, 불러서, 찾겠습니다.”

쉭쉭 바람 빠지는 소리가 그의 말 틈을 파고들었다. 웨이드는 충혈된 눈으로 히이카를 바라보았다. 웨이드가 내놓을 수 있는 최후의 카드였다.

그러자 히이카가 자리에 우뚝 멈춰 서서 망설였다. 그때를 틈타 웨이드는 벽에 등을 바짝 대고 심호흡을 하며 신력으로 자가 치유를 시작했다.

‘힘만 좋은 노인네 같으니라고.’

그는 빠르게 호흡을 가라앉히며 히이카를 바라보았다. 히이카가 웨이드와 눈이 마주치자 갑작스럽게 입을 열었다.

“힘만 좋은 노인네라고 생각하고 있군.”

“……!?”

어떻게? 웨이드가 당황한 채 입을 벌렸다. 그러다 곧 도둑이 제 발 저린 짓이란 걸 알아챈 후 급하게 변명하기 시작했다.

“아니, 그…… 아닙, 아닙니다.”

“흥.”

콧방귀를 뀐 히이카는 다시 걸음을 옮기기 시작했다.

“성하! 어, 어디로 가십니까?”

“도서관으로 간다.”

상태가 좋아진 웨이드가 애타게 성하를 부르짖으며 그를 따랐다. 지켜보던 한 신관이 수석 신관을 저렇게 혹사시키는 것은 히이카뿐이라며 안타까운 신음성을 내뱉었다.

도서관으로 돌아온 둘은 누가 멈춰 세운 것처럼 책상 앞에 우뚝 섰다. 히이카가 널브러트렸던 제3성서의 사본과 종이들은 가지런히 정리되어 있었고, 그중 한 페이지는 누군가 사용한 흔적이 역력했다.

이를 가만히 바라보던 히이카가 글자가 빼곡히 적힌 종이를 집어 들었다.

웨이드는 또 히이카가 성질을 부릴까 봐 긴장한 상태였다. 방문객을 받느라 바빴던 나머지, 도서관을 비우라는 당부를 미처 전하지 못했던 것이 실수였다.

"이건—"

웨이드가 반사적으로 죄송하다며 고개를 조아리려고 했다.

"……완벽해."

예상외의 대사에 웨이드가 굽실거리던 허리를 애매하게 굳힌 채 그를 바라보았다.

"예?"

제3성서가 해석된 글의 어휘는 부족했다. 갓 신학교에 입학한 학생 정도의 수준이었다. 그러나 문장이 마치 모국어를 사용한 것처럼 매끄러웠다.

누구지? 동글동글한 글씨체는 자신 외에 빌론어를 해석할 줄 아는 다른 어학자들의 필체가 아니었다.

히이카는 조바심을 느꼈다. 이런 인재가 신전 안에 있었을 줄이야. 자신이 조금만 다듬는다면 엄청난 수확을 이룰 수 있으리라. 이는 마치 여신의 안배처럼 느껴졌다.

히이카가 입을 열었다.

"찾아."

"예?"

웨이드가 멍청한 표정으로 되물었다.

"이 귀머거리 놈아, 글자의 주인을 찾으라고!"

"예, 예."

묻고 싶은 게 많았으나, 웨이드는 일단 손가락으로 글자를 두드렸다. 그러자 신력이 손을 타고 글자로 흘러 들어가 작은 나비 모양으로 모이기 시작했다. 구현된 활자의 나비가 날개를 펄럭이자, 히이카가 눈을 가늘게 좁혔다.

"답지 않게 귀여운 모양새구나."

다 큰 남자 새끼가, 라는 얼굴로 히이카가 웨이드를 바라보았다.

'나비 모양에 남자, 여자가 어디 있습니까!'

속으로만 반항한 웨이드가 나비를 날렸다. 나비는 도서관을 지나서 물결치는 비행으로 복도를 가로질렀다.

히이카는 군말 없이 그 활자 나비를 따르기 시작했다. 1분가량 복도를 가로지르던 활자 나비는 모퉁이를 휙 돌았다. 그러고는 갈색 머리를 가진 여자 근처에서 맴돌았다.

"……음?"

마침 물을 마시러 잠시 자리를 비웠던 레리아나가 주위를 배회하는 나비를 보고 멈춰 섰다. 나비는 그녀 주위를 돌다 어깨에 살포시 내려앉았다.

"이게 뭐지?"

그때 코너를 돌아 나비를 쫓은 히이카가 레리아나 앞까지 빠르게 다가갔다.

"너!"

레리아나가 큰 소리에 몸을 돌렸다. 그곳에는 염세적 운명론자 꼬맹이가 자신을 가리키며 서 있었다.

"야만인 아닌가!"

'야만인?'

설마 나보고 그러는 건 아니겠지? 레리아나가 미간을 좁혔다. 그녀가 입을 떼려는 순간, 히이카가 레리아나의 어깨에 올라앉은 활자 나비를 발견했다.

"흐음?!"

나비는 히이카가 바라보자 곧 공기 중으로 사라졌다.

"제3성서를 번역한 것이 너였는가. 호오, 야만인이 제법이로군."

히이카가 뒷짐을 지고서는 그녀 주위를 돌며 가늠하듯이 돌아보았다.

레리아나는 도대체 이 꼬마가 왜 이러는지 모르겠지만 어쩐지 불길함이 감도는 것을 느꼈다.

'뭐지, 이 발목을 잡혀 수렁으로 끌려 들어갈 것 같은 느낌은……. 그런데 야만인은 나야? 내가 야만인인가?'

혼란스러워하는 레리아나에게 히이카가 신어로 물었다.

[혹 신어도 가능한가?]

갑작스럽게 튀어나온 낯선 언어에 레리아나가 눈을 껌뻑였다.

외국인이었나 보다. 그녀는 한국에서나 체이머스에서나, 외국 애들은 참 건방지다고 생각했다. 그래도 문화 상대성을 존중하기에 히이카를 이해하기로 한 그녀가 친절하게 말했다.

[너 외국인이었니? 그래서 어른한테 말본새가 그 모양이었어?]

레리아나의 입에서 유창한 신어가 흘러나왔다.

"호오!"

그녀의 말뜻은 가볍게 무시한 히이카가 감탄사를 내뱉었다. 신어는 신전에서만 쓰는 특수한 언어로, 이를 저렇게 어린 나이에 유창하게 구사하는 이는 많지 않았다.

[신어는 어디에서 배웠지? 국제 피아트 신학교 출신인가? 빌론어 해석법은 고매 타오, 그 늙은이 밑에서 배운 건가? 숨이 까딱까딱 넘어갈 것 같더니 수업은 잘하던가? 그 늙은이보다는 내가 낫지. 안 그런가? 그렇게 생각하지?]

'뭐, 뭐야.'

레리아나가 갑작스런 질문 세례에 그와 눈을 마주치며 고개를 기울였다. 히이카의 파란 눈은 과하게 반짝이고 얼굴은 발그레하게 물들어 있었다.

그는 기쁜 기색을 숨기지 않은 채 레리아나의 손을 잡곤, 뒤늦게 따라오는 웨이드를 향해 소리쳤다.

"웨이드! 웨이드! 여기 내 제자가 있다!"

"허억, 허억, 허억. 예, 허억."

뒤늦게 터덜거리며 달려온 웨이드가 제 무릎을 잡고 몸을 지탱했다.

저 사람은? 레리아나가 처음 신전에 도착했을 때 토벌전의 기사들을 안내했던 남자 신관이었다. 분명 신전을 운영하는 수석 신관, 웨이드 데이비스라고 했다.

"혁, 혁. 성하?"

"이쪽이 이제부터 내 제자가 될 아이다."

웨이드가 히이카를 부르자, 그가 레리아나를 가리키며 말했다.

레리아나는 조금 예상외의 상황이 벌어지는 것에 당황하며 웨이드에게 설명을 요구하듯 바라보았다.

"……?"

레리아나의 시선을 받자 웨이드가 숨을 가라앉혔다. 그러곤 허리를 꼿꼿이 펴 다시 엘리트 수석 신관 이미지를 고수했다.

"성하, 그만하십시오. 아……. 갑자기 많이 놀라셨겠습니다, 맥밀런 영애. 저는 웨이드 데이비스입니다. 처음 오셨을 때 한번 인사드렸었죠."

"뭘 하느냐. 빨리 명부에 이름을 올리지 않고."

히이카를 무시한 웨이드가 레리아나에게 인사하자, 히이카가 연신 재촉했다.

"아…… 예. 그런데 성하라니요?"

"예. 이분이 히이카 데민트 성하십니다."

레리아나가 제 손을 잡고 있는 아이를 향해 시선을 돌렸다.

'얘가?'

우유처럼 하얀 머리칼에 젖살이 통통한 얼굴이 보였다. 아무리 봐도 로즈마리와 그리 많은 차이가 나지 않을 것 같은 어린 소년이었다.

"……신력을 봉인하고 계시기에, 부득이하게도 그런…… 모습이십니다."

레리아나의 의아한 얼굴에 웨이드가 변명하듯 덧붙였다.

'히이카 데민트……?'

그는 레리아나도 알고 있는 몇 안 되는 인물 중 하나로, 그간 열심히 공부했던 역사책에도 나오는 인물이었다.

'그 위인이……'

레리아나는 침울한 표정으로 고개를 내렸다.

"내게 선택받은 것을 영광으로 알거라."

히이카가 턱을 꼿꼿이 세웠다.

레리아나는 하나도 영광되지 않다고 생각했다.

* * *

왜 누구도 말해 주지 않았을까.

'이 신전에 하얀 머리의 어린애를 보면 절대 다가가지 마세요. 그거 일단 대신관입니다.'라고.

아니면 목에 팻말을 걸고 다녔어야 하지 않을까. 신전을 드나드는 뭘 모르는 방문객, 특히 레리아나 맥밀런을 위해서라도 말이다.

어쨌든 레리아나는 망했다고 생각했다. 제자라니, 무리다. 이럴 줄 알았으면 다른 성서를 골랐을 것이다.

신전은 그녀에게 초록색 미음으로 얼룩진 추억만 남겼을 뿐이다. 그곳에서 저런 알지도 못하는 글이나 옮겨 적으며, 길길이 날뛰는 건방진 어린이 밑에서 일해야 하는 것은 상상만 해도 괴로운 미래상이었다.

그러나 히이카는 네 의사는 상관없다는 단호한 얼굴로 일을 진행시키려 하고 있었다.

이대로는 말려 들어간다. 레리아나는 굳게 마음을 먹고 말했다.

"히이카 성하, 여신의 축복이 있으시길. 맥밀런가의 첫째, 레리아나 맥밀런이라고 합니다."

어쩐지 찾기가 힘들다 했더니 귀족이었군. 다른 귀족이라면 진저리를 쳤겠으나, 어쩐 일인지 히이카가 빙긋이 미소를 지었다. 그는 아주 오랜만에 꽤 들뜬 상태였다.

"그래."

그리고 레리아나는 단숨에 말했다.

"성하, 부족한 제가 어찌 감히 성하의 가르침을 직접 받을 수 있겠습니까. 그 황공한 제안은 부디 거두어 주세요."

"음?"

거두어 달라고? 에둘러 말한 거절에 히이카는 자애로운 얼굴로 되물었다.

'이 어린 것이 무슨 소리를 하고 있는 거지?'

그가 제시한 것은 엄청난 영예였다. 그의 제자가 되는 것을 누구도 거절할 리가 없다. 당연히 거절하리라고는 생각해 본 적이 없었기 때문에 머릿속에 입력이 더뎠다.

"기대에 부응하지 못해 죄송합니다."

레리아나가 깊숙이 허리를 숙였다.

왜지? 히이카는 가만히 고민하다가 이내 그녀가 자신을 공격했기 때문이라는 결론을 내렸다.

"그래, 레리아나. 내 얼굴을 공격한 건 용서해 주겠다."

'아, 맞다. 그랬지.'

잊고 있었다. 레리아나는 10살짜리를 짓밟고 의기양양해했던 그날을 떠올렸다.

'죽자, 죽어.'

미쳤지. 미쳤어. 이래서 아이들에게는 어른스럽고 자상하게 대해야 하는 건가 보다. 그 건방진 어린이가 사실은 대신관일 수도 있으니까. 교훈을 얻은 레리아나는 입을 가리고 눈물을 삼켰다. 그러고는 떨리는 목소리로 말했다.

"성하의 관대한 처사에 감사드립니다."

히이카는 레리아나가 자신을 알아보고 머리를 조아리자, 만족스러움에 가슴이 충만해지는 것을 느끼고 있었다. 그는 자꾸만 올라가려는 입꼬리를 꿈틀거리며 대꾸했다.

"뭐, 뭐. 괜찮다."

히이카가 고개를 끄덕였다. 이 얼마나 관대한 사람이란 말인가. 자신을 몰라보고 막대한 것도 용서하며, 무례한 야만인에게 황공한 영예를 내리다니. 히이카는 레리아나가 자신의 자애로움에 감동해 목소리를 떤다고 생각했다.

반면 웨이드는 저한테는 똥 덩어리니 뭐니 막말을 해 대던 히이카가 레리아나에게만 관대한 것을 보곤, 의아해하며 미간을 찌푸렸다.

레리아나는 조금 망설이다가 천천히 입을 열었다.

"성하, 그렇지만, 그 영광된…… 제자 자리는 거절하도록 하겠습니다."

히이카는 미소를 지은 채 고개를 기울였다. 방울이 딸랑였다.

"웨이드, 내가 방금 뭔가 잘못 들은 것 같은데."

웨이드는 속으로 혀를 찼지만, 겉으로는 성실하게 대답했다.

"아닙니다."

"뭐라고?"

"잘못 들으신 게 아닙니다."

"어째서?"

"제게 그렇게 물으셔도……."

웨이드가 난처한 얼굴로 말을 줄였다. 웨이드도 이해하지 못하는 것은 마찬가지였다. 히이카 데민트는 거절하는 이였지, 거절당하는 이가 아니었으니까.

"어째서?"

심각한 얼굴의 히이카가 레리아나 쪽으로 고개를 돌렸다. 그러나 대답은 들려오지 않았다.

레리아나가 있어야 할 자리에는 빈 공간만이 존재하고 있었다.

"가 버린 게냐?"

히이카가 웨이드에게 덤덤히 물었다.

"……예."

웨이드가 조심스레 대답했다.

"……."

"예."

"한 번만 대답해."

"……예에."

＊ ＊ ＊

히이카는 그날 밤도 잠들지 못했다. 단 한 가지 물음이 머릿속을 잠식하고 있었기 때문이다.

'왜지?'

그러고는 날이 밝자마자 웨이드를 찾아갔다. 저혈압인 웨이드는 짜증을 참으며 조심스레 말했다.

"그…… 부담을 느끼시는 게 아닐까요."

과연, 히이카는 고개를 끄덕였다.

"그럼 어떻게 해야 되는데."

예상을 빗겨 난 질문이었다.

히이카가 조금 이상하다. 감히 귀족 나부랭이가 제 제안을 거절했다고 길길이 날뛸 줄 알았건만, 어떻게 해야 하느냐고? 웨이드는 고개를 기울였다.

"글쎄요."

히이카가 '넌 정말 하등 도움이 안 되는 구나?'라는 표정을 짓기 시작했다. 눈썹을 꿈틀거린 웨이드가 정론을 얘기했다.

"부담을 줄여야겠죠."

"어떻게?"

그걸 제가 어찌 알겠습니까, 라고 말하는 대신 웨이드는 아무 말이나 던지기로 했다.

"친밀감을 가진다거나……."

그러자 히이카가 속 모를 표정으로 웨이드를 바라보았다.

새파란 홍채 속 시커먼 동공을 마주하자, 그는 자신이 말해 놓고도 아차 싶은 기분이었다. 히이카 데민트가 그런 사교 활동을 할 수 있을 리가 없다. 웨이드는 욕먹기 전에 자진 납세하기로 했다.

"성하, 제가 실언을……."

"좋아."

좋다고? 웨이드가 자신이 잘못 들었는지 되물으려는 참이었다.

"아직 내가 누군지 잘 모르는 게 분명하다."

"……성하?"

왜 그런 결론이죠? 웨이드가 멍하니 그를 바라보는데 그가 단호히 입을 열었다.

"신성국과 연결된 게이트를 열어라."

＊　＊　＊

오늘따라 신전이 더 분주했다. 하얗게 질린 얼굴의 신관들이 한곳을 향해 달려가고 있었고, 유지니아도 보이지 않았다.

"내일 있을 성화식을 기념해서 열리는 연회 때문 아닐까요? 음, 그런데 평소에는 이렇게까지 부산스럽진 않은데……."

시중인도 자세한 사정은 알지 못하는 듯했다. 그녀는 유지니아 대신 레리아나가 들고 왔던 짐들을 가져다주었다.

"이거 정말 예쁜 보석이네요. 영애."

그녀가 에메랄드빛 보석을 들고 빛을 반사시켰다. 레리아나는 그녀가 든 보석을 보면서 고개를 기울였다. 어쩐지 계속 위화감이 들었다.

'왜일까…….'

레리아나가 보석 끄트머리를 만지작거렸다. 잘 커팅된 표면이 손가락 위로 매끈하게 움직였다.

"제가 달아 드릴게요."

시중인이 레리아나의 왼쪽 귀 위에 머리카락을 땋아 가지런히 모았다. 그리고 이를 보석으로 장식했다.

"너무 잘 어울리세요."

시중인이 호들갑을 떨며 말하자 레리아나가 빙긋 웃으며 감사를 표했다. 그녀가 고개를 돌린 순간 녹색 보석이 빛을 머금었다. 보석의 중심에서 살짝 열이 오르기 시작했으나, 레리아나는 알 수 없었다.

* * *

연회장에 도착한 앰버 페일린은 마음을 다잡았다.

'……오늘에야말로 성공하고 말겠어.'

그녀의 시선이 향한 곳에는 키이스와 대화하고 있는 노아가 서 있었다. 그는 점점 몰려드는 사람들에게 인사하며 발코니 쪽으로 천천히 걸음을 옮기는 중이었다.

수많은 실패를 겪고 그에 대한 마음을 접어야 하는가 생각하던 때, 노아에게 약혼자가 생겼다. 조금 예쁘긴 했지만 그 정도면 자신도 지지 않을 자신이 있었다.

그리고 이것도. 앰버는 제 손에 든 손수건을 내려다보았다.

그녀는 향수를 가득 뿌린 손수건을 노아의 앞쪽을 조준해 던졌다. 미약의 향을 가리기 위해 향이 강한 향수를 섞어 뿌린 손수건이었다. 일단 잡아서 들어 올리기만 하면 미약이 금세 코로 스며들어 취하게 될 것이다.

앰버가 기대하며 힐끔 뒤를 살피는데, 노아가 손수건으로 다가갔다.

그리고 손수건이 그대로 짓밟혔다.

"……!"

앰버가 속으로 비명을 질렀다.

키이스가 당황해 노아를 부르자, 노아가 그제야 발견한 듯 발을 들었다.

"이런."

하얀 손수건이 짓밟혀 구겨져 있었다.

"웨스턴버그 백작, 손수건을 잃어버린 레이디께 내 대신 사과를 전해 주겠나. 배상은 충분히 하겠다고 하고."

노아가 산뜻하게 웃으며 키이스에게 말했다.

"⋯⋯알겠습니다."

묘하게 꺼림칙함을 느끼면서도 키이스가 손수건을 집어 들기 위해 허리를 굽혔다. 그러자 노아는 만족스러운 표정을 한 채 발코니로 빠르게 향했다.

＊　＊　＊

"우리 조용한 곳으로 갈까요. 백, 작, 님?"

눈을 깜빡거린 앰버가 키이스의 가슴을 어루만졌다.

노아 원나이트 낚시에는 실패했지만, 대신 그물망에 걸린 것이 키이스 웨스턴버그였다. 그 못지않게 먹음직스러운 사냥감.

"전 다 알아요－"

키이스는 식은땀이 등을 가로지르는 것을 느꼈다. 그녀의 손을 피해 뒷걸음질하던 키이스는 벌게진 얼굴을 식히며 몸을 떨었다.

'그래, 분명히 알고 있었을 것이다.'

노아 원나이트는 다 알고 있었을 것이다! 그가 손수건에 미약이 묻어 있다는 것을 모를 리가 없었다.

'일부러다.'

그래인저 성에서 노아를 떠본 이후로 왠지 잠잠하다 싶더니, 그 때의 복수임이 분명했다.

키이스는 거친 숨을 몰아쉬었다. 성희롱을 당하는 건지, 아니면 하고 있는 건지 의문을 느끼며 애써 그녀를 밀어냈다.

"이, 이러지 마십시오. 페일린 영애. 여기는 신전입니다."

"그러니 더 좋은 거 아니겠어요."

앰버가 유혹적으로 속살거렸다.

'이 여자는 답이 없다.'

난감한 표정의 키이스가 도움을 청하려 노아 쪽을 바라보았다. 노아는 키이스와 눈이 마주치자 손가락을 흔들어 인사했다. 그리 고는 좀 더 해 보라는 듯, 태연자약한 얼굴로 팔짱을 끼더니 본격 적으로 구경하기 시작했다.

정신이 아득했다.

앰버가 몸을 밀착하며 말했다.

"하아, 백작님, 배덕감이 느껴지지 않나요."

배신감이 느껴졌다.

* * *

레리아나는 준비를 마치고 서둘러 정화의 신실을 나왔다. 연회는 벌써 시작했으리라. 마법등으로 연회장까지 이어진 길을 따라 건 물 앞으로 들어서려는데.

"늦어."

머리 위에서 낯익은 목소리가 들렸다. 레리아나가 발코니를 올려다보자 황금색으로 빛나는 눈동자가 레리아나를 바라보았다.

"오랜만이야."

그가 눈을 접으며 살풋 미소를 지었다.

"그러게요."

대답한 레리아나는 손끝을 문질렀다. 왜인지 손끝이 간질간질하다. 레리아나는 테라스로 가는 계단의 난간을 잡아 한 칸씩 올라갔다.

"왜 거기 있어요?"

노아가 앞을 고갯짓했다. 레리아나가 그쪽으로 다가가 앞을 바라보았다.

"웨스턴버그 백작님?"

발코니 유리문 너머에서는 키이스와 앰버가 마주 보고 있었다. 대화가 들리지 않았던 고로 키이스의 행동은 묘해 보였다. 얼굴은 벌게졌고 숨이 거칠어 어깨가 아래위로 들썩거렸다.

그는 앰버의 손길을 힘없이 밀어내는 거였지만, 발코니에서 보기에는 변태적으로 앰버를 쓰다듬는 것처럼 보였다.

레리아나가 미심쩍은 눈빛으로 그를 바라보았다.

"둘 사이에 무슨 일 있었어요?"

"글쎄, 잘은 몰라도 남의 걸 넘보면 안 되겠다는 교훈을 얻을 것 같군."

'……도대체 뭘 넘보는 중이지.'

발코니 너머에서, 키이스는 현재 진행형으로 앰버의 무언가를 넘보고 있는 것처럼 보였다.

그때 짝, 소리와 함께 키이스의 뺨이 돌아갔다.

'으.'

레리아나가 신음성을 속으로 삼켰다. 어찌나 차지게 맞았는지 제 볼이 다 아파 왔다.

그러나 맞은 볼을 감싸고 고개를 돌린 키이스의 얼굴은 벌건 얼굴에 거친 숨결을 내뿜는 채였다. 마치 아픔마저 느끼는 것 같았다.

'……싫다.'

레리아나는 키이스가 저런 사람이었나, 자신의 머릿속 이미지를 조용히 수정했고, 노아는 즐겁게 그들을 감상했다.

레리아나가 안쓰러운 모습을 도저히 지켜보지 못하고 키이스를 구하러 가려는데, 노아가 몸을 돌려 자연스럽게 그녀의 앞을 막아섰다.

"……?"

노아가 레리아나의 손가락을 잡아 올렸다. 희고 긴 손가락이 얽히고 손바닥까지 매끄럽게 타고 내려왔다.

"갈까."

"그래요."

레리아나가 답했다.

"좀 마른 것 같은데."

"……무시무시한 사정이 있었죠."

순간 눈이 퀭해졌다.

사정? 노아가 묻자, 레리아나가 아니라며 고개를 절레절레 저었다.

노아가 레리아나를 에스코트해 연회장 안으로 들어섰다. 연회장 안에는 묘한 분위기가 감돌았다.

'뭔가 이상한데.'

이상한 분위기를 만든 이들은 연회장과 어울리지 않는 성기사단이었다. 성기사단은 신성국의 정예 기사단이다. 그들이 신성국을 벗어나는 일은 극히 드물며, 그들이 움직이는 것은 오로지 대신관의 명에 의해서였다.

'평생 한 번 보기도 힘들다는 성기사단이 여기엔 왜?'

의문스러워하는 와중에 그들이 양쪽으로 갈라지며 레리아나 앞으로 길을 내었다.

문득 불안감이 엄습했다. 같이 옆으로 빠져야 하는가 고민하는 사이, 갈라진 길 사이로 어린애가 다가왔다.

"레리아나."

친근한 부름에 레리아나가 움찔했다.

"히이카 데민트 대신관 성하십니다."

"그래, 나다."

그와 함께 성기사들이 검을 올리고 신력을 내뿜었다. 히이카가 빛 속에서 어서 보고 놀라워하라는 것처럼 우쭐거렸다.

연회에 참석한 귀족들과 신관들 모두 무슨 쇼라도 구경하는 듯 성기사들을 바라보았다.

……설마, 성기사단에게 저걸 시키려고 부른 건 아니겠지. 레리아나는 침착하게 손으로 차양을 만들어 눈을 가렸다.

'……눈부셔.'

* * *

히이카는 구조대원의 손길을 피하려는 길고양이처럼 주춤거리는 레리아나를 가만히 응시했다.

하찮은 귀족 나부랭이라서 그런가, 자신이 얼마나 대단한 사람인지 아직 잘 모르는 게 분명했다.

그래서 데려왔다. 성기사단을. 신성국에 연결하는 게이트까지 열어서.

그런데 예상과는 달리 그녀의 표정이 영 아니었다.

'부족한가?'

그냥 신성국으로 데려가 볼 걸 그랬나. 가서 신성국 중앙에 서 있는 자신의 동상을 관람하면서 권력의 맛을 보여 주면 좀 달라질까. 그렇게 생각하며 무심코 웨이드를 바라보자 그가 했던 말이 떠올랐다.

'그래, 친밀함.'

친밀함이란 뭘까. 히이카는 고뇌했다. 150년, 친구도 가족도 없는 외길 인생이었다.

그는 신성국 장로회…… 라고 쓰고, 노인정이라고 읽는 곳에서 영감탱이들이 어린 것들이랑 어떻게 지내는지를 떠올렸다.

그래 봤자 자신들이 입양한 자식과 손주 얘기들이었지만.

"요즘 제 손녀가 '하라버지, 하라버지.' 하면서 따라다니지 말입니다. 얼마나 귀엽던지."

"자네 손녀는 그동안 안 자라고 뭘 했길래 아직도 그리 어려? 아니면 저능아야?"

"제가 80살 될 때 태어난 손녀지 말입니다. 어린 게 당연하지요. 귀엽지 않습니까?"

"늦바람만 들어가지고는, 쯧쯧."

"성하, 그리고 애 좀 보십시오, 얘는 이번에 데려올 아이지 말입니다. 너무 예쁘지요?"

"나이 처먹고 미쳤구먼. 애를 수집해, 그냥."

"아이고, 성하께서는 애 키우는 재미를 모르셔서 그럽니다. 이거 보세요, 얼마나 예쁜지."

"예쁘긴, 개미처럼 생겼구만. 나는 그런 거 필요 없다."

교단의 고위 신관들은 신력에 따라 나이를 먹지 않았고 수명도 길었다. 교단의 신관들은 결혼이 불가능했기 때문에, 이들은 긴 시간을 함께 보낼 아이들을 입양하곤 했다. 피도 통하지 않는 아이들을 입양해 어찌 그리 예뻐할 수 있는지 이해가 가지 않던 나날이었다.

친밀하게. 친밀하게. 중얼거린 히이카는 레리아나를 흘긋 바라보았다.

"큼, 흠, 레리아나."

"네, 성하."

레리아나는 불길함을 느끼며 다소곳이 대답했다.

"이 몸이 네 할아버지가 돼 주겠다."

풉—

웨이드가 마시던 물을 뿜어냈다. 그는 히이카가 치매에라도 걸린 게 아닐까 의심하며 바라보았다.

옆에 서 있던 유지니아는 컵을 떨어트렸다. 사방에서 쨍그랑거리며 컵 깨지는 소리가 연속적으로 들려왔다.

신관들이 모두 경악한 가운데, 레리아나의 얼굴은 어둡게 일그러지고 있었다.

'……뭐지.'

전혀 알지 못했던 출생의 비밀이라도 있었던 걸까.

턱을 들고 가늘게 뜬 눈이 레리아나를 힐끔거렸다. '자, 어때, 좋아 죽겠지?'라는 표정이었다.

레리아나가 필사적으로 시선을 피했다.

'저거 분명 제자로 들어오라는 소리다.'라고 판단한 레리아나는 어쩐지 소란스러운 주변 상황에 묻히고 싶었다.

"자, 할아버지라고 불러 보거라."

"제가 어찌 성하께 그런 무례한 언행을 할 수 있겠습니까."

"허락한대도."

"참으로…… 영광입니다."

'……필요 없어.'

참 커다란 영예를 받은 척한 레리아나가 '할아버지 허가권'을 마음속 쓰레기통에 버렸다.

"성하, 잠시만."

그때 뒤에 서 있던 웨이드가 히이카를 불렀다.

"뭐냐."

"갑자기 할아버지라니, 무슨 생각이십니까."

"아버지는 좀, 나이 차가 너무 많이 나지 않느냐. 나도 양심이 있는데."

"……역시 아버지는 좀 그렇죠. 연세를 생각하시면 할아버지도 좀…… 아니, 그게 아니라 갑자기 영애를 손녀로 받으시겠다는 게 무슨 뜻이냐고 여쭙는 겁니다."

"이 타조 머리야, 그새 잊었느냐? 네놈이 친밀감을 쌓아야 한다고 하지 않았더냐. 그러니 일단 그런 관계가 되어야지."

"아니, 무슨 고아원에서 애 데려오는 것도 아니고……. 우선 다짜고짜 할아버지라고 나서면 더 부담스럽지 않겠습니까. 먼저 가벼운 대화로 시작을-"

"왜 그렇게 귀찮게 해야 하는데?"

히이카가 '나는 히이카 데민트라고.'라는 얼굴로 물었다.

"내가 할아버지가 돼 준다는데, 황공함에 바닥에 머리라도 박아야지. 안 그러냐?"

자기중심적이라는 단어의 현신이 있다면 딱 히이카 데민트의 얼굴을 하고 있으리라.

'아, 무리다.'

위가 다시 쓰리다. 웨이드는 명치를 부여잡으며 더 이상은 무리라고 생각했다. 옆에서 히이카가 또 어디가 아픈 거냐며 핀잔을 주는 소리가 들렸다.

한편, 앰버를 쫓아내고 따라온 키이스는 노아의 뒤로 다가와 음산하게 말했다.

"공작님, 절 버리고 살기 좀 편하셨습니까."

노아가 싱긋 웃으며 말했다.

"편하더군."

"아니, 어떻게 그러실 수가 있습니까. 어차피 미약은 듣지도 않으시면서."

"저런, 미약이 묻어 있었나? 난 백작이 페일린 영애를 보고 흥분해서 그렇게 이상 성욕자처럼 구는 줄 알았군."

"무, 무, 무슨, 무슨, 무슨 말씀을."

키이스가 얼굴을 벌겋게 물들이고 말을 더듬으며 자신이 얼마나 정숙한 사내인지를 설명하기 시작했다.

그러나 깨끗하게 무시한 노아는 대신관으로부터 슬금슬금 도망가던 레리아나를 불렀다.

"레리아나."

움찔한 레리아나가 뒤를 돌아보았다.

"네?"

"어딜 가십니까?"

"으음, 화장실?"

레리아나가 배시시 웃었다.

"이리 오십시오."

거짓말하지 말라는 표정의 노아가 웃으며 고갯짓했다.

칫, 속으로 혀를 찬 레리아나가 천천히 몸을 돌렸다. 머리 장식이 반짝 빛을 냈다. 순간, 레리아나를 찾던 히이카가 레리아나의 장신구를 보며 인상을 찌푸렸다.

"레리아나, 그건?"

레리아나가 고개를 돌렸다.

"예?"

그때였다.

보석이 쩌저적 소리를 내며 갈라지기 시작했다.

레리아나가 소리를 듣고 눈을 동그랗게 떴다.

'……어?'

맞은편에 서 있던 노아의 얼굴은 시간이 멈춘 것처럼 굳어 있었다. 그와 동시에 갈라진 보석 안에서 빛이 터져 나왔다. 강한 빛에 사람들의 시선이 그녀에게로 쏠렸다.

'뭐지?'

노아의 입술이 레리아나를 부르듯 벌어졌다. 보석의 파편들이 폭발하려는 것처럼 사방으로 터져 나가기 시작했다.

찰나의 순간에 반응한 노아가 레리아나에게 손을 뻗었다. 모든 것이 너무나 천천히 흘러가는 것 같았다.

그때 딸랑, 맑은 방울 소리가 들렸다.

그리고 대기가 술렁였다. 이를 느끼기도 전에 히이카가 심드렁하게 말했다.

"가만히 있거라."

히이카가 무심히 손을 들어 올렸다. 레리아나는 노아가 강하게 끌어안는 손길에 이끌려 갔다. 순식간에 폭발이 사그라졌다.

히이카가 내민 손 앞에는 사방으로 튄 보석의 파편이 그대로 멈춰 있었다. 마치 그 부분만 시간이 멈춘 것처럼.

'맙소사.'

분명 머리에서 폭발하려고 했다. 레리아나는 노아에게 안긴 채 어안이 벙벙한 눈으로 히이카를 바라보았다. 방울을 달고 있던 어린아이는 자칫하면 여자로 착각할 법한 아름다운 성인 남자로 변해 있었다.

레리아나가 멍하니 새파란 눈을 바라보자 그가 물었다.

"이제 할아버지라고 부르겠느냐?"

* * *

연회는 취소되었다. 레리아나를 위로하던 레이디들도 신관들의 안내에 따라 방으로 돌아갔다.

노아는 레리아나에게 자초지종을 듣고 웨이드의 집무실로 향했다. 그곳에는 히이카가 소파에 앉아 있었다. 히이카는 공중에 띄웠던 보석을 그들 사이로 움직였다. 꽃처럼 펼쳐진 파편들이 제각각 다른 색을 띠며 빛났다.

"결정석이다."

히이카는 결정석이 신성국에서 나오는 광물로, 수입이 엄격하게 제한되어 있어 아는 사람들이 많지 않으리라는 말을 덧붙였다.

"아름답지만 빛을 쬐면 한계까지 흡수했다가 폭발해 버리고 말지."

관리 자체가 어렵기 때문에 애호가들 사이에서만 알음알음 뒷거래되는 보석 중 하나였다. 또한 그 희소성과 손이 가는 특별함 때문에 어마어마한 가격으로 거래된다. 그런 결정석이 실수로라도 짐에 끼어 들어갈 확률이 얼마나 될까.

히이카는 제 앞에서 결정석을 바라보고 있는 남자를 상세히 살폈다. 일견 차분해 보이지만 새파란 분노가 넘실대고 있었다.

'눈빛이 맹수나 다름없군.'

저런 남자를 만나다니. 히이카가 쯧쯧, 혀를 찼다. 150년의 경험상 저렇게 자신을 잘 갈무리하는 놈들이 속은 아주 음흉한 법이었다.

'영, 마음에 안 들어.'

노아가 저를 마음에 안 든다는 듯 바라보는 히이카를 보며 미소를 지었다.

흥, 히이카는 소파에 상체를 눕히며 콧소리를 냈다. 흠잡을 데 없이 매끈하게 생겼지만, 뒤로는 실컷 호박씨를 깔 상이다.

"자네는 우리 레리아나랑 무슨 사이인가?"

"우리…… 입니까?"

"내 호칭에 불만이라도 있는 게야?"

히이카가 심드렁하게 묻자, 노아가 정갈하게 웃으며 답했다.

"약혼자입니다."

레리아나의 의견이 어떻든 간에 히이카는 제 손녀의 약혼자를 보는 심정으로, 노아를 부위별로 뜯어보며 점수 매기기 시작했다. 최상위의 외모와 재산과 신분에도 불구하고 총점은 낮았다.

결혼에 얽매인 여자들이 제 능력을 펼치기 힘든 사회다. 저놈과 결혼했다간 레리아나의 뛰어난 언어 능력은 조용히 묻히고 말 것이다.

히이카는 레리아나를 위한다는 명목으로 입을 열었다.

"자네는 뒤로 호박씨 까다 자멸할 상이야. 우리 레리아나랑 헤어져."

웨이드는 저 영감탱이가 또 저주를 한다며 고개를 숙였다. 공작에게 사과를 해야 하는지 망설이는 중이었다. 그러나 노아는 그저 빙긋 웃으며 '그렇습니까?'라고 답할 뿐이었다.

"성하, 오늘 '제 약혼녀'에게 도움을 주신 일은 정말 감사드립니다. 요즘 교단의 사정이 좋지 않다고 들었습니다. '제 약혼녀'가 받은 것에 비하면 약소할 테지만, 금전적으로 지원을 드리고 싶습니다만."

노아가 웃으며 '제 약혼녀'에 악센트를 주어 말했다.

'이것 봐라. 지 거라고?'

히이카가 못마땅한 얼굴로 상체를 일으켰다.

"내 손녀에게 내가 베푼 일이니 자네는 신경 쓰지 말게. 아니, 그냥 신경 꺼. 영원히."

"어떻게 그럴 수 있겠습니까. 제 약혼녀는 약혼자인 제 소관입니다. 레리아나는 제가 챙겨야지요."

웨이드는 눈을 가늘게 떴다. 노아와 히이카가 눈빛으로 혈전을 벌이고 있었다. 잘생긴 뱀과 늙은 몽구스가 먹잇감을 사이에 두고 싸우는 것 같다.

얌전히 지켜보던 웨이드는 노아가 지원금의 금액을 입에 올리자, 히이카가 욕설을 내뱉기 전에 얼른 말을 막았다.

"공작님, 지원금에 대해서는 제가 말씀드리겠습니다."

웨이드는 즐거운 기색을 숨기지 못했다. 저 원나이트의 가주가 약소하다며 입에 올린 금액으로 신전 두어 개는 더 짓고도 남을 것이다.

히이카가 혀를 찼다.

'저놈 입 찢어지는 거 보게.'

웨이드의 집무실 문이 열렸다. 밖으로 나온 노아가 멈춰 선 채 입을 열었다.

"아담."

순간 그 앞으로 나타난 아담이 고개를 끄덕였다.

"기사를 추려서 그레인저 성으로 보내."

"예."

아담이 부복한 후에 사라졌다. 눈을 내리깐 노아가 가라앉은 표정 그대로 발을 움직였다.

*　*　*

레리아나는 물 위에 누워 팔을 앞으로 뻗었다. 손이 아직도 조금 떨리고 있었다.

"……."

가볍게 해결되긴 했지만, 머리에 폭탄을 달고 있었다. 조금만 늦었더라면. 아니, 히이카가 없었더라면 어떻게 됐을까.

레리아나는 눈을 감았다. 히이카의 말이 떠올랐다.

"저건 돔으로 들어온 순간 죽을 운명이었던 게다."

그저 엑스트라일 뿐인 레리아나 맥밀런의 마지막은 죽음으로 결정되어 있는 건가.

분수대에서 물 떨어지는 소리만이 귓전을 두드렸다.

'그만 생각하자.'

나쁜 생각은 나쁜 일을 부른다고 했다. 레리아나는 제 뺨을 찰싹찰싹 때렸다. 이렇게 침울해져 있을 시간에, 누가 그랬는지 알아낼 생각을 하는 게 더 건설적일 것이다.

레리아나는 우울한 생각을 멈추고 눈을 떴다. 그런데 사방이 어두워져 있었다.

"……?"

벽면에 걸려 있던 모든 등이 꺼져 있다. 레리아나가 밖으로 나오려고 물을 헤쳐 바닥을 짚곤 몸을 일으켰다. 물 밖으로 나오자 어쩐지 서늘한 기운에 으슬으슬 오한이 났다.

'원랜 이렇게 춥지 않은데.'

팔을 모은 레리아나가 몸을 돌리고 나가려는데 누군가가 두 손을 어깨 위에 올렸다.

"누구!?"

레리아나가 손을 밀치며 고개를 돌렸다.

"레리아나."

"……놀랐잖아요."

그곳에는 노아가 무표정으로 서 있었다.

"여긴 어떻게……."

"오늘은 정말 위험했어."

"노아, 지금 찾아오는 건 예의가 아닌데요."

"프렌치 브룩스와 제이크 랭스턴은 죽었는데 말이야."

순간 입이 딱딱하게 얼어 버린 것처럼 떼기가 힘들었다.

'……세인트 벨은, 거짓이었나.'

찬 말뚝이 심장에 꽂힌 것처럼 맥박이 삐걱거렸다. 레리아나는 물방울이 잔뜩 맺힌 속눈썹을 문질렀다.

"누구지?"

"……무슨 소리 하시는지 모르겠어요."

"당신을 죽이려고 하는 사람이 있어. 죽은 프렌치 브룩스가 아니라. 누구야?"

누구냐고? 그건 레리아나 자신이 묻고 싶은 바였다.

"몰라요."

"옥새와 관련된 일인가? 아니면 다른 사건이라도 저질렀던 거야? 뭐든 상관없어. 이제 전부 말할 시간이야. 솔직히."

노아의 낮고 침착한 목소리에 숨이 막혀 왔다. 이를 악물었던 레리아나가 작게 숨을 내뱉었다.

"내일, 얘기해요."

"아니. 지금 얘기해."

그가 낮게 으르렁거리듯 말했다.

"이제 더 이상 내가 통제할 수 없는 상황은 사양하겠어."

노아가 레리아나의 손목을 붙들었다. 꽉 잡혀 얼얼한 손목에 레리아나가 인상을 찌푸렸다.

"아파요."

"말해."

노아가 싸늘하게 말했다.

"노아."

"레리아나."

"노아!"

이 자식, 레리아나가 이를 악물었다. 그러고는 노아의 멱살을 잡고 앞으로 바짝 당겨 물 안으로 넘어트렸다.

"……!"

성수가 둥글게 솟아올랐다.

황당한 기색의 노아가 일어나서 젖은 얼굴을 쓸었다. 머릿속에는 자신이 그렇게 쉽게 몸을 허락할 정도로 방심했다는 것에 대한 당황과 혼란으로 가득 차 있었다.

"머리 좀 식히시죠, 원나이트 공작님."

레리아나가 물을 휘저으며 그에게로 다가갔다.

"지금 어디에 들어와 있는지는 아세요?"

젖은 머리에서 물방울이 흘러 눈가를 스쳤다. 노아가 느릿하게 눈을 감았다 떴다. 공간을 가득 채운 심연 같은 어둠을 창틈에서 새어 들어온 빛줄기가 갈랐다. 장맛비 소리처럼 물 튀기는 소리가 정신을 사로잡았다.

얇은 신관복이 달라붙어 레리아나의 흰 살결을 비치고 있었다. 그녀는 연녹색 눈동자를 부릅뜨고 그를 바라보는 중이었다.

정화의 신실은 허가되지 않는 인물은 발을 들일 수 없는 장소다. 그런데 그저 정신없이 발을 놀리다 보니 이곳이었다. 상황에 대한 통제를 잃은 것이 아니라, 자신에 대한 통제를 잃은 것이다.

'어째서……'

그녀의 일에는 언제나 이렇게 이성적으로 생각할 수 없게 되는지.

문득 키이스의 말이 떠올랐다.

"맥밀런 영애에게, 진심이야?"

레리아나가 짐짓 화난 어조로 말을 이었다.

"왜 그렇게 화가 나신 거예요? 당신을 속였다고 생각해서?"

말을 줄인 레리아나가 한숨을 내쉬며 고개를 돌렸다. 노아가 자신을 믿지 않는 것이 이해 못 할 일은 아니다. 그와 그녀는 처음부터 그저 계약으로 맺어진 사이니까.

그런데 왜 이렇게 가슴이 소란스럽단 말인가. 짜증이 치밀어 올라 입술을 깨물었다.

"레리아나……."

노아가 한숨처럼 그녀의 이름을 입에 올렸다.

"내가."

그가 고개를 숙인 채 레리아나에게로 다가갔다. 파문이 널리 퍼져 레리아나에게까지 닿았다.

"화가 난 건."

그저.

"그대로 당신을 잃는다는 생각에—"

노아의 두 손이 레리아나의 어깨를 따라 팔을 타고 손목으로 내려갔다. 그 느릿한 움직임에 오싹, 소름이 돋아 목이 뻐근했다.

그의 얼굴이 천천히 다가와 검은 머리칼이 볼을 스치며 내려갔다. 쇄골 끝에, 그의 입술이 닿았다.

노아는 아주 작게 속삭였다.

"—미칠 것 같았거든."

어둠 속에서 둘 사이에는 고요가 쌓여 있는 것처럼 느껴졌다.

레리아나가 조심스레 입을 열었다.

"그게 무슨 뜻……."

노아가 닿을 듯 말 듯, 레리아나의 볼 근처를 맴돌다 주먹을 쥐었다.

"그럼, 쉬길. 레리아나."

저벅저벅 걸어 나가는 발소리가 들렸다. 그와 함께 다시 조명이 점멸하더니 한순간에 밝아졌다.

어깨가 불에 덴 듯 뜨거웠다. 레리아나는 상기된 얼굴을 돌리며 머리를 쓸어 넘겼다.

"……무슨 뜻인데."

* * *

성화식의 의복은 평소 입고 있었던 신관복보다 화려했다. 레리아
나는 시중인들의 도움을 받아 몇 겹으로 이루어진 하얀 의복을 입
고, 금박으로 수놓아진 겉옷을 걸쳤다.

준비가 끝나자 유지니아가 그녀에게 다가와 정화의 신실 뒷문으로
안내했다. 뒷문은 성화식이 이루어질 제단으로 곧장 이어져 있었다.

그녀가 밖으로 나가자 모여 있는 귀족들과 순례자들이 한눈에 보
였다. 스쳐 지나가듯 그들을 보다가 누군가를 발견한 레리아나가
휙 고개를 돌렸다. 레리아나는 쭉 제단 앞까지 올라갔다. 그리고
손을 꼼지락거렸다. 제대로 잠을 이루지 못해 몸이 피로한데, 정신
은 더없이 말똥말똥했다.

힐긋 뒤를 바라보자 성화식에 참여한 노아가 속 모를 미소를 짓
고 있었다.

'의식하지 말자. 의식하면 지는 거야.'

저 남자는 아무 일도 없다는 듯 행동하는데 자신만 전전긍긍하다
니, 분통이 터질 일 아닌가.

'무슨 생각이 들든 착각이다, 착각이야.'

레리아나는 다시 마음을 가다듬고 앞의 여신상을 바라보았다. 이
전 세계에서 보던 아름답고 여성스러운 여신들과는 다르게, 이 세
계의 여신은 짧은 머리에 커다란 키와 체구를 가진, 자칫하면 남자

로 착각할 법한 외형이었다.

분명 여신상을 본 것은 처음일진데……

'익숙해……'

왜일까. 그 여신의 모습이 낯익다는 생각이 들었다.

그때 히이카와 웨이드가 신관들과 함께 제단으로 올라왔다. 비로소 성화식의 시작이었다.

성화식은 전 세계 각국에서 진행되는데, 이는 모두 해당 신전의 수석 신관이 주재한다. 대신관이 직접 나서서 성화식을 주재하고 축복을 내리는 일은 전무후무한 일인 것이다. 자칫하면 교단 내에 형평성 논란을 일으킬 수도 있다. 이는 히이카도 알고 있으리라.

'그만큼 맥밀런 영애가 마음에 드셨나 보군.'

웨이드는 레리아나의 머리에 손을 올려 둔 히이카를 가만히 바라보았다.

모든 이들이 경건한 축복의 의식 중이라고 생각하는 순간, 레리아나와 히이카는 실랑이를 벌이고 있었다.

"이 몸이 네 할아버지다."

"성하, 그때 제가 성하를 공격했던 일은 정말 고의가 아니었습니다."

"자, 불러 봐."

"아니, 공격이 아니라 그저 가벼운 터치였달까."

히이카가 먼 곳을 응시하며 흐릿한 눈으로 말했다.

"으음, 그런 야만적 행동은 처음이었지. 150년 만에 처음으로 잠에 들지 못할 정도로……"

레리아나가 신관복을 양손으로 잡고 정중하게 인사했다.

"크나큰 영광입니다, 할아버지."

그녀는 폐렴으로 인해 하늘로 떠난 레리아나 맥밀런의 조부를 팔기로 했다. 다만 자의가 아니었다는 것으로 패륜을 정당화시켰다.

히이카는 그런 레리아나를 향해 부드럽게 웃었다. 150년 생애 처음 나타난 히이카의 부드러운 웃음은 레리아나에게만 짧게 보인 후, 연기처럼 사라졌다.

둘은 해의 고도가 가장 높은 곳으로 올라갔다. 히이카가 레리아나를 축복했다. 따스한 기운이 머리부터 발끝까지 포근하게 감싸 안았다. 그의 축복은 마음을 가라앉히는 효과가 있는지, 긴장되고 어지러웠던 마음이 천천히 평정을 찾기 시작했다.

히이카가 레리아나의 두 손바닥 위에 자그마한 성화의 구를 놓았다. 레리아나는 구를 제단 위에 조심스레 올려 두었다.

화르륵.

불이 붙자 여신의 얼굴이 붉게 달아오르는 것처럼 빛이 닿았다. 순례자들이 제단 앞에서 손을 모으고 여신상을 향해 기도하기 시작했다. 레리아나도 손을 모으고 고개를 숙였다.

모두가 눈을 감고 기도하는 가운데, 노아는 레리아나를 바라보고 있었다. 원래부터 신앙심이 강하지도 않을뿐더러, 더 신경 쓰이는 사람이 있어 눈을 떼기가 힘들었다.

아무렇지 않은 척 미소를 지으며 서 있었지만, 실은 자신이 무슨 생각을 하고 있는지도 확신하지 못할 정도로 혼란스러운 상태였다. 그는 주먹을 쥐었다, 폈다 하며 초조한 기색을 드러냈다.

기도가 끝나고 사람들이 고개를 들기 시작했다. 레리아나가 머리를 들어 올리자 노아가 시선을 다른 곳으로 돌렸다.

성화식이 끝난 후, 수도로 돌아가는 것은 아주 순조로웠다. 히이카가 자신의 권한으로 게이트를 열어 수도와 연결해 준 덕분이었다.

그러나 히이카에게는 순조롭지 않았다. 레리아나를 따라 수도로 떠나려는 히이카의 바짓가랑이를 웨이드가 붙잡고 늘어졌기 때문이다.

히이카는 대신관이다. 신전 외에는 아무 곳에나 훌쩍 여행 가듯 떠날 수 있는 인물이 아닌 것이다. 웨이드는 무참히 짓밟히면서도 게이트가 닫힐 때까지 손을 놓지 않았다.

그런 그들을 향해 레리아나는 후련한 모습으로 인사했다.

'고마워요, 수석 신관님. 고마워요.'

레리아나를 태운 마차가 게이트를 넘기 시작했다.

* * *

저스틴 샤말은 잠시간의 침묵을 즐겼다.

그가 샤말가로 돌아오자마자 귀청 떨어지도록 소리를 지르던 그의 아버지 샤말 후작은 이제야 숨을 고르며 그에게서 등을 돌렸다. 저리 모욕을 주고 화를 내 봤자, 귓등으로도 듣지 않을 자식이란 걸 알고 있는 탓이다.

1년 반이던가. 저스틴은 아버지의 뒷모습을 얼마 만에 보는지 가늠하다, 아버지의 고개가 돌아가자 생각을 멈추었다.

"넌 샤말가의 장남이야. 내 뒤를 이어 가문을 이어야 할 책임이 있는 남자다. 그런데 언제까지 그런 여자를 못 잊고 떠돌 생각이냐."

샤말 후작은 다시 차분하고 근엄한 가주의 모습으로 돌아와 물었다.

저스틴에게는 화가 나 소리를 지르는 아버지보다, 오랫동안 가문을 지켜 온 점잖은 가주를 대하는 일이 더 어려웠다. 그는 뒷짐을 진 채 아버지 앞에서 고개를 숙였다.

"그런 게 아닙니다, 아버지. 여행은 늘 생각해 왔던 일일 뿐입니다. 그 여자와는 관계없는 일이에요."

"내가 네 속을 모를 것 같으냐. 그러니 그런 여자는 만나는 게 아니라고 그렇게 말했는데……."

샤말 후작이 혀를 차며 고개를 저었다. 저스틴은 그저 미소를 띠며 몸을 일으켰다. 아버지가 저렇게 말을 줄이는 것은 이제 지지부진한 대화를 끝내자는 신호였다.

"그럼 이 불초자식은 먼저 일어나 보겠습니다."

저스틴이 일어나 문고리를 잡으려는데 그를 붙잡는 말이 있었다.

"비비안에게나 가 봐라. 네 말은 잘 들으니까."

"왜 그러십니까?"

"방에서 나오려 하지를 않아. 토벌전에서 돌아온 이후 내내 저러는구나. 맥밀런 영애가 성화를 붙이게 된 건 아쉬우나, 거기서 큰 사고가 있었다던데."

"사고요?"

"다녀온 사람들은 폭발이니, 테러니, 하던데. 글쎄다. 원나이트 가문에서는 워낙 입을 꽉 다물고 있어서. 어쨌건 다행이지. 사고를 당한 게 우리 비비안이 아니니까."

"그런데 왜……?"

"자기가 사고를 당했을지도 모른다는 생각이 드는 것도 같다만."

샤말 후작은 고심하듯 턱을 쓸다 덧붙여 말했다.

"여하간 무슨 심경의 변화가 있는지는 몰라도, 비비안은 일국의 왕비가 될 아이야. 전하께서 쾌차하셨다는 소문이 파다하여 여자들이 전하의 침실에 들려고 난리란다. 전하께서는 색을 즐기고 변덕이 심하시니 길일만 믿고 기다릴 수만은 없지. 네가 잘 달래서 전하께 가 보도록 말 좀 해 보아라."

그의 아버지는 자상하게 웃고 있었으나 눈은 야욕으로 불타고 있었다. 가문에서 왕비가 나오다니, 손주가 왕이 될 수도 있다고 생각하면 몸이 달기도 하시겠지. 저스틴은 쓴웃음을 지었다.

"제가 가 보겠습니다."

"그래."

저스틴은 인사를 남기고 제 동생인 비비안의 방으로 향했다. 철없는 동생의 일이니 방에 틀어박힌 이유도 아마 원나이트 공작에게 약혼녀가 있다는 것 때문이리라. 공작에게 약혼녀가 생겼다는 이야기는 왕국으로 돌아오자마자 들어간 술집에서 10분에 한 번씩 들려올 정도로 유명했다.

저스틴은 난처한 얼굴로 복도를 돌았다. 그녀를 어떻게 달래면 좋을지 모르겠다.

비비안의 방 앞에 다가가니 방문이 조금 열려 있었다. 저스틴이 노크를 하려고 손을 드는데 방 안에서 비비안의 목소리가 들려왔다.

"다 너 때문이야. 이를 어떻게 수습할 거야!"

비비안? 그가 손을 문 바로 앞에서 멈추었다. 그녀는 누구에게 이야기를 건네는 듯했다.

"제가 아니라 영애께서 선택하신 일입니다."

낯선 여자의 목소리. 그리고 유리가 깨지는 소리가 연신 귀를 두드렸다. 저스틴은 황급히 문을 열고 안으로 들어갔다.

그러자 얼굴을 붉게 물들이고 있는 비비안이 보였다.

"……비비안?"

비비안은 손에서 피를 흘리고 서 있었다.

"오라버니? 언제 오셨…….."

방 안은 이것저것 깨지고 흐트러진 거울과 화장품들로 가득했다.

"비비안, 무슨 일이야. 손에 피가…… 주치의를!"

"아무 일도 아닙니다, 오라버니."

비비안이 씩씩거리며 제 앞을 계속 바라보았다. 저스틴은 그제야 그쪽으로 시선을 돌렸다.

"객이 계셨군요. 이런 추태를 보여서 죄송합니다, 레이디……."

붉은 입술이 호선을 그었다.

"베아트리스, 라고 불러 주세요. 샤말 경."

하늘처럼 파란 눈이 휘어지며 금발이 흔들렸다.

9장

평화로운 일상?

평화로운 일상?

토벌전 이후, 사교계를 뒤집은 것은 레리아나 맥밀런이었다. 대신관인 히이카 데민트가 레리아나를 마치 손녀처럼 예뻐한다는 증언이 속출했기 때문이다.

그러자 노아가 사랑에 빠져 레리아나를 선택한 것이 아니라, 모든 게 치밀한 정치적 행보였다는 이야기가 대두되기 시작했다. 그리고 이를 시아트리히가 어떻게 대항할 것인지가 초유의 관심사로 떠오르고 있었다.

그렇게 레리아나가 가십에나 오를 신데렐라에서, 단숨에 권력의 향방을 바꿀 중심인물로 탈바꿈하는 데에는 그리 오랜 시간이 걸리지 않았다.

그리고 의도치 않게 다시 스포트라이트의 중심이 된 레리아나는 그러거나 말거나, 창틀에 턱을 괸 채 저택의 연무장을 바라보는 중이었다.

"흠."

다사다난했던 성화 올리기가 끝나고 공작저로 다시 돌아왔지만, 아담은 현재 이곳에 있지 않았다. 그가 그래인저 성으로 돌아갔을 것이란 추론은 어렵지 않았지만…….

'범인 찾기인가.'

레리아나는 자신이 왜 이런 신세가 되었는지 한탄하며 한숨을 내쉬었다.

'누굴까.'

내가 죽기를 바라는 인물은.

이에 대해 노아와 이야기를 해 본 결과, 둘은 이번 사건의 원인이 노아에게 있을 거라고 판단했다. 하늘의 별처럼 적이 많은 사람이니까, 그에 대한 복수나 증오 같은 감정 때문에 노아가 사랑한다고 알려진 약혼녀를 노리는 것도 충분히 있을 수 있는 일이었다.

어쨌든 아직은 알 수가 없다. 아담을 기다릴 수밖에. 답이 나오지 않는 질문을 갈무리한 레리아나는 천천히 시선을 돌렸다. 시선 끝에는 검은 머리의 남자가 검을 휘두르고 있었다.

원작에서 노아는 펜보다 검에 더 가까운 사내라 묘사되곤 했다. 그런 그가 검을 든 시간보다 서류에 파묻혀 있는 시간이 더 길어진 것은 형이자 국왕인 시아트리히를 보좌하는 일 때문이었다. 그 일이 아니었다면 원나이트 가문의 영지를 지키며 조용히 살아갔으리라.

검을 넣은 노아가 하인에게서 수건을 받아 땀을 닦았다. 기사들이 말을 걸자 그가 고개를 끄덕이며 몇 마디를 나누었다.

레리아나는 가만히 그를 응시했다. 절대 신경 쓰지 않겠다는 다짐에도 불구하고 자꾸만 노아에게 시선이 갔다. 살짝 웃으면 눈 밑이 접히는 것이나, 입술이 매끈하게 휘는 것이나, 남자다운 목선 같은 것들…….

노아를 하나씩 뜯어보던 레리아나가 핫, 소리를 내며 고개를 저었다.

'안 돼, 안 돼. 이러지 말자.'

레리아나가 양 손바닥으로 제 얼굴을 짝짝 때렸다.

"……?"

그때 노아가 레리아나 쪽으로 시선을 돌렸다.

흠칫한 레리아나가 창에서 몸을 떨어트렸고, 노아가 웃으며 이름을 불렀다.

"레리아나."

그는 목에 수건을 걸며 바로 코앞까지 걸어왔다.

"무료하십니까."

뒤에서 기사들이 엄마 미소를 지으며 그들을 바라보았다. 레리아나는 눈짓으로 그들에게 인사를 하고는 답했다.

"수련은 끝나신 건가요?"

"시선이 뜨거워서 모른 체하기 힘들더군요."

누가 뜨겁게 봤다고? 레리아나가 웃으면서 애써 못마땅한 표정을 숨기고는 말했다.

"검을 봤어요……. 저도 검이나 배워 볼까, 해서요."

"검이요?"

"네. 세상이 워낙 험해서 말이에요."

"괜찮은 생각이군요. 그런데……."

노아가 레리아나의 손을 잡으려다 멈칫하고는 말했다.

"손이 다 망가질 텐데요."

레리아나는 멈칫한 그의 손을 바라보았다. 신전에서 돌아온 이후, 노아의 태도는 여전했으나 가끔 이런 모습에서 위화감을 느꼈다. 레리아나는 짐짓 아무렇지 않은 척 말했다.

"저는 예쁜 손보다 안전한 삶을 중히 여기거든요."

노아가 빙긋 웃었다.

"손이 망가지지 않는 방법도 있는데, 배워 보시겠습니까?"

레리아나가 흥미를 보이자 노아가 선을 보이겠다며 검을 들었다.

"기를 모아서."

검날에 기가 감돌았다.

"이렇게."

노아가 가볍게 검을 휘둘렀다. 그러자 연무장에 홈이 일직선으로 길게 파여 먼지가 날렸다.

"그럼 공격과 방어가 모두 가능하죠."

노아가 어떻냐는 표정으로 그녀를 바라보았다. 파인 홈을 지그시 응시하던 레리아나가 다정하게 그를 불렀다.

"노아."

"예."

"이건…… 보통 사람들이 할 수 있는 건가요?"

"그렇습니다."

거짓말 마. 레리아나가 눈썹을 꿈틀거렸다. 딱 봐도 재능은 있지만 쓸 줄 모르는, 몰락한 문파의 후계자 모 씨가 우연히 재야의 고수를 만나 20년간의 치열한 수련 끝에 전수받은 기술 같았다.

"그 보통 사람들이 누군데요?"

"유스프 기도, 주다 트로피아츠, 치사가 료, 칼라엔테, 저스틴 샤말, ……아담 테일러."

노아가 또박또박 말한 10명 남짓의 이름은 '대륙을 휩쓴 현세기 최고의 영웅들' 카테고리에 담을 수 있을 만한 자들이었다.

레리아나는 그들이 '보통'의 범주에도 '사람'의 범주에도 들어가지 않는다고 생각했으나, 아무래도 노아의 지나친 천재성이 그의 머릿속에서 '범인(凡人)의 입장에서 이해하는 법'을 가차 없이 몰아낸 모양이었다.

연무장에서 이를 몰래 듣고 있던 기사들은 저 인간 언젠가 저럴 줄 알았다며 고개를 절레절레 저었다. 그동안 노아가 전혀 이해가 되지 않는다는 표정으로 '왜 이걸 못하지?'라는 정신적 폭력을 기사들에게 수없이 많이 행사해 왔기 때문이다.

기사들의 동정 어린 시선을 받던 레리아나는 체념한 어조로 말했다.

"저는 그냥 제 손을 망가트려 줄 다른 선생님을 찾고 싶어요."

노아가 어깨를 으쓱했다.

"제가 그 선생이 돼 드릴 수 있습니다만."

그러자 기사들이 뒤에서 맹렬히 고개를 저으며 레리아나에게 신호를 보냈다. 그녀는 기사들의 충심에 감복하며 그들의 뜻에 따랐다.

"아니에요. 그냥 잊어 주세요."

레리아나는 깔끔하게 포기하기로 했다. 총이라는 기술의 정수가 있는데, 검이라는 구시대의 유물에 얽매일 필요는 없지 않겠는가. 그간의 경험상, 여차하면 그냥 쏴 버리는 게 모두에게 좋은 일이리라는 깨달음이 들었다.

"……그럼 저는 이만."

레리아나가 창틀을 벗어나자 노아가 창 너머를 넘어와 뒤를 따랐다.

"검을 다루는 건 위험해."

"알았어요."

그는 자신이 검을 잡지 못하게 해서 삐쳤다고 생각했는지, 검이 얼마나 위험한 무기인지에 대해 일장연설을 해 댔다.

레리아나가 대충 한 귀로 듣고 흘리며 대답하는데, 잠시 고민하던 노아가 물었다.

"무료하다면 더 좋은 걸 하는 건 어때?"

"더 좋은 거요?"

레리아나가 눈동자를 올려 바라보자 노아가 싱긋 웃었다.

* * *

"그레이스를 불러 주게."

보석점의 점원들이 레리아나와 노아를 귀빈실로 안내했다. 그 뒤로 경호를 맡은 휘튼과 앤슬리가 따랐다.

레리아나는 티 내지 않으려 하면서도 눈동자를 연신 움직이며 주변을 둘러보았다. 귀빈실의 벽은 갖가지 장신구들을 넣은 유리로 전시되어 있었고, 장신구들을 작은 조명이 비치자 화려한 빛을 뿜어냈다.

'와.'

레리아나는 무심코 나오려는 탄성을 꿀꺽 삼켰다. 점원은 그들을 중앙에 있는 테이블과 의자로 데려갔다.

"여기서 잠시만 기다려 주십시오."

노아는 점원의 안내에 따라 자리에 앉으며 레리아나에게 말했다.

"이 참에 출처 불명의 보석들은 다 정리할 겁니다."

"왜요?"

"제게 약혼녀가 있죠."

"네. 아주 예쁜 약혼녀분이시죠."

레리아나가 짓궂게 웃으며 답했다.

"그 '아주 예쁜' 약혼녀가 안목도 없고 분별력도 없어서 아무거나 주워 담단 말입니다. 그렇게 얘기를 해 뒀는데."

노아가 '아주 예쁜'을 강조하며 슬슬 시비를 걸어왔다.

레리아나의 눈이 가늘어졌다. 분명 제 부주의이긴 했지만, 그녀도 엄연한 피해자였다. 이런 타박은 너무하지 않은가.

"공작님, 저도…… 약혼자가 있는데 말입니다."

"아, '아주 잘생긴' 약혼자 말입니까?"

"그 '좀 생긴' 약혼자가 약혼녀에 대한 존중이 없고 배려도 없어서, 툭하면 아무 말이나 주워섬긴단 말입니다. 그렇게 얘기를 해 뒀는데."

"레리아나."

노아가 그녀를 부르며 일어서더니 레리아나가 앉은 의자의 등받이를 잡고 움직였다.

"으앗!!"

레리아나가 반사적으로 두 손으로 의자의 쿠션을 꽉 잡자, 노아는 그녀를 의자에 태우고 전시실를 빙글빙글 돌기 시작했다. 빛에 반사된 보석들이 시야를 어지럽혔다. 눈을 동그랗게 뜬 레리아나는 보석들을 강제 관람하며 무릎을 바짝 끌어모았다.

"보입니까? 그 '아주 예쁜' 약혼녀를 존중하기 때문에 이곳까지 온 거예요."

"웃."

레리아나는 인상을 찌푸렸고 한쪽에서 대기하고 있던 점원이 입을 가리며 작게 웃었다.

"……?!"

그리고 문 앞에 서 있던 휘튼은 앤슬리를 향해 무언가 말하려다 말고, 말하려다 말고를 반복하는 중이었다. 임무를 수행하느라 다른 지방에 있다 돌아온 지 얼마 되지 않았던 휘튼은 제 앞의 상황이 믿겨지지가 않았다.

자신이 아는 노아는 모두에게 친절했지만, 누구와도 친밀하진 않았다. 그런데 저기 저 약혼녀에게 장난을 거는 낯선 남자는 대체 누구란 말인가.

혼란에 빠진 휘튼에게 앤슬리는 담담히 저분이 어디서 노아의 가죽을 뒤집어쓴 무언가가 아니라, 주군이 맞다며 확인을 해 주었다. 이에 휘튼이 두 손으로 입을 가리고는, '오오! 오오오!' 하며 방정맞은 소리를 냈다.

의자는 전시실을 두 바퀴를 돌고 나서야 멈췄다.

"이제 그 '좀 생긴' 약혼자의 존중과 배려가 느껴집니까?"

노아가 의자를 제자리에 반듯하게 옮기며 말하자, 레리아나가 항의하려 고개를 돌렸다.

그때 낯선 여성의 목소리가 끼어들었다.

"오셨어요, 원나이트 공작님."

"그레이스."

"어머."

그레이스라 불린, 화려한 장신구들로 치장한 여성은 교태 어린 목소리를 내며 레리아나에게 다가왔다.

"그 소문의 약혼녀분이시로군요! 어쩜, 저는 공작님께서 그동안 여자에 관심이 없다고만 생각했는데, 눈이 높으셔서 마음에 차는 분을 찾기 어려우셨던가 봐요."

가볍게 운을 뗀 그레이스가 본격적으로 레리아나의 아름다움을 칭찬하기 시작했다. 유려한 말솜씨였다. 사교계식 입 발린 말에는 이미 익숙해졌다고 생각했건만, 오랜 고객 응대로 단련된 그녀의 마음을 들었다 놓는 칭찬 세례에는 속절없이 당하고 마는 수밖에 없었다.

그레이스는 둘을 전시된 보석 앞으로 인도하며 좀 둘러보셨느냐고 물었다. 노아가 웃으며 '괜찮은 물건이 많더군.' 하고 대답한 것에 반해, 레리아나는 못마땅한 표정으로 고개를 돌렸다.

"아, 마침 보여 드리고 싶은 좋은 물건이 들어왔어요. 이쪽으로."

그레이스가 백금의 줄에 청록색 보석이 눈물처럼 걸려 있는 목걸이 앞으로 다가가며 말했다.

"인어의 눈물이라고 합니다."

저번 테바사 경매에서 최고가를 갱신한 것으로, 가세가 기운 주인이 급하게 처분하지 않았다면 이렇게 쉽게 취급당할 물건이 아니라는 말을 더했다. 레리아나는 어차피 노아가 살 물건이고 윈나이트 가문의 재산이니 눈 호강이나 실컷 할 생각으로 목걸이를 구경했다.

"어때요, 이건? 마음에 듭니까?"

노아가 묻자 레리아나는 고개를 끄덕였다.

"정말 예쁘네요."

그레이스가 레리아나에게 잘 어울릴 거라며 영업을 시작했다. 노아는 이를 듣는 둥 마는 둥 이것저것을 살피며 레리아나에게 이건 어떤지, 또 저건 마음에 드는지 재차 물었다.

귀빈실에 전시된 장신구들은 모두 최상급 원석을 장인들이 심혈을 기울여 커팅한 것들이었다. 색이며 반사되는 빛이며 디자인까지, 하나같이 마음에 차지 않는 것들이 없었다.

"정말 다 아름다워요."

"다행이네요."

"……네?"

"다 살 거거든요."

"네?!"

레리아나가 뭐라 말하기도 전에 그레이스가 역시 공작님이라며 호들갑을 떨었다.

"그레이스, 사뮤엘에게 연락해서 저택을 한번 방문해 주게. 약혼녀에게 교육이 필요할 것 같아서."

"교육이라뇨?"

현실감 없는 구매에 어안이 벙벙해져 있던 레리아나가 귀를 쫑긋 세우며 물었다.

"무슨 보석을 소유하고 있는지는 알아야 다신 그런 불상사가 없을 테니까 말입니다."

"아니……. 안 그래도 되는데."

한두 개도 아니고…….

"필요하니까 꼭 연락 주게."

노아는 레리아나의 말을 가볍게 무시했다. 그레이스는 꼭 방문하겠다며 몇 번이고 고개를 끄덕였다. 결국 레리아나는 보석을 나르는 점원들을 보며 눈을 동그랗게 뜬 채 어색하게 앉아 있었다.

'이래도 되는 거야?'

금수저 물고 태어난 몸이지만 영혼은 뿌리부터 소시민이었다. 이런 사치를 보면 가슴이 두근거렸다.

노아는 어쩔 줄 모르면서 당황과 들뜸을 숨기지 못하는 레리아나를 보고 작게 미소 지었다. 그는 주문한 것은 바로 저택으로 가져다 달라 전하곤, 인어의 눈물이라 불린 목걸이만 따로 건네받았다.

노아는 레리아나의 뒤로 돌아가더니 그녀의 머리카락을 모아 가슴 앞으로 넘겼다. 레리아나가 저절로 고개를 조금 내리자 그가 목걸이를 채워 주었다.

"아……."

어느새 거울을 가져온 그레이스가 레리아나 앞에서 그녀의 모습을 보여 주니, 레리아나가 목걸이를 만지작거리며 눈동자를 굴렸다. 거울 너머에서 호선을 그린 노아의 입술이 보였다.

'……신경 쓰지 말자.'

레리아나는 몇 번이고 되뇌며 보석점을 나섰다.

* * *

"잠깐 서점에 들러도 돼요?"

서점은 골목길의 10평 남짓한 작은 곳이었다. 휘튼과 앤슬리는 문 앞에서 기다렸고 노아와 레리아나만이 서점 안으로 들어섰다.

딸랑.

종소리가 들리자 서점 주인은 영혼 없는 말투로 어서 오란 인사를 주문처럼 읊조렸다. 그러다 서점으로 들어서는 레리아나를 발견한 서점 주인이 그녀를 향해 무심히 물었다.

"아직도 못 헤어진 거야?"

"네?"

"남자친구."

서점 주인이 고갯짓을 까딱하며 노아를 가리켰다. 노아는 눈을 깜빡이며 날 말하는 거냐는 의문 섞인 표정을 지었다.

"아—"

프렌치 브룩스를 떨쳐 내기 위해 '남자친구와 헤어지는 방법'이란 책을 샀던 서점이었다. 서점 주인은 그것을 계속 기억하고 있는 듯했다. 그녀는 레리아나와 노아를 바라보더니 툭 말을 내뱉었다.

"저 친구랑 헤어지고 싶었던 거야?"

'감히 네가?'라는 눈빛을 정면으로 마주한 레리아나는 굴욕감에 떨었다. 오늘만큼은 서점 주인의 좋은 기억력이 밉다.

"아니, 그건 아니지만……."

아니, 그보다. 왜! 어째서 그런 눈으로 보는 겁니까. 레리아나는 억울하고 화가 났다. 노아가 조금 잘생기고, 조금 키가 크고, 조금 몸도 좋고, 조금 능력 있고, 조금 돈이 많아도 그렇지.

'내가 좀 노아랑 헤어지고 싶으면 안 되나!'

보석점이나 의상 공방에서 입에 침이 마를 정도로 칭찬받고 나온 지 얼마나 됐다고. 레리아나는 그녀들의 칭찬을 다시 되새기며 심호흡을 했다.

"제가 집착이 심해서요."

그때 가만히 지켜보던 노아가 다가와 말했다.

"앞으로 헤어지겠다고 애먼 짓 하면 주인이 좀 말려 주십시오."

노아가 능청스러운 애인처럼 말했다.

서점 주인이 분수를 모른다는 뉘앙스를 담아 레리아나를 향해 혀를 찼다.

'이 아줌마가!'

레리아나의 얼굴이 충격으로 일그러졌다. 노아는 싱글싱글 웃으며 레리아나를 책장들 속으로 데리고 들어갔다.

"……노아, 헤어져요…….''

"말했잖아. 난 집착이 심한 남자라고."

어깨를 으쓱 들어 올리고 시큰둥하게 말한 노아가 물었다.

"뭘 사려고 한 거야?"

"이거 저거 다요."

남몰래 눈물을 훔친 레리아나는 통속적인 소설 시리즈물을 잔뜩 사서 나왔다. 서점 앞에서 휘튼이 노아의 손에 잔뜩 들린 책들을 받으려 했으나, 노아가 괜찮다며 고개를 저었다.

마차를 인적이 드문 곳에 대기시켰기 때문에 일행은 수도의 거리를 함께 걸었다. 초겨울의 건조하고 찬 공기가 코끝을 스쳤다. 레리아나가 시원한 공기 냄새를 맡으며 얼굴을 들자, 노아가 레리아나의 망토에 달린 후드를 얼굴이 보이지 않을 정도로 내렸다.

"힘들지 않습니까?"

"얼마 걷지도 않았는걸요."

5분은 걸었나? 저택에서 정원 산책을 해도 이보다 많이 걸을 것이라고 생각한 레리아나가 입을 가리며 웃었다. 평소에는 늘 못되게 말하곤 하지만, 기본적으로 매너가 몸에 배어 있는 사람이다 보니 문득문득 흘러나오는 배려가 자연스러웠다. 그 갭이 조금 우습기도 하고 설레기도 했다.

숨을 내뱉자 하얀 입김이 부서졌다. 몸을 감싸는 서늘함과 번화가 특유의 북적임이 좋았다. 조금 신경 쓰이는 것만 빼면…….

"왜 그러십니까?"

노아는 문득 무언가를 신경 쓰듯 좌불안석인 레리아나를 지켜보다 물었다.

"신경 쓰이지 않아요?"

"……?"

"……아니에요."

노아를 힐끔거리는 시선들이 어찌나 노골적인지 제가 다 민망할 정도였다.

"담당 하녀에게 휴가를 줬다면서?"

"아, 네. 감사절인데도 집에 가지 못하면 얼마나 아쉽겠어요."

공작저에서는 감사절이 되면 집사와 기사들을 제외한 고용인들에게 특별 휴가를 준다. 임시 고용인을 들여도 되지만, 공작저의 고용인으로 들어오기 위해서는 신원 보증에만 3단계를 거쳐야 한다. 그러다 보니 임시 대체 인력을 구하기보다는 그냥 저택을 비우는 것이 더 안전하고 쉬운 결정이었고 이것이 관습처럼 이어져 왔다.

그러니 원래라면 하녀 헤일리는 레리아나의 시중을 들기 위해 남아 있어야 했다. 하나 레리아나는 헤일리에게 떡값을 쥐어 주며 반 강제로 휴가를 보냈다. 헤일리를 위해서가 아니라, 본인 스스로가 하루만이라도 마음 편하고 방탕한 밤을 보내고 싶었기 때문이었다.

옆집에 누가 사는지도 모르는 현대인의 삶을 살다 왔었다. 누군 가가 계속 시중을 들어 주고 신경 쓰는 것이 불편하고 어색했다. 특히 헤일리는 더. 헤일리는 마치 엄마처럼 시시콜콜 챙겨 주려 드 니 레리아나로서는 더욱 부담이 컸다.

'뭐, 헤일리도 휴가를 가는 게 더 좋지 않겠어?'

레리아나는 어깨를 으쓱거리며 마차에 올랐다. 저택까지는 금방 이었다. 마차에서 내리며 노아는 무언가가 신경 쓰이는지 입을 달 싹였으나, 기디언의 부름에 끝내 말을 꺼내지 못했다.

"주인님, 영지에서……."

기디언이 노아에게 귓속말을 했다. 노아는 고개를 끄덕이며 듣더 니 레리아나를 바라보았다.

"레리아나, 저는 오늘 영지에 가 봐야 할 것 같은데. 괜찮겠습니 까?"

"네, 다녀오세요."

노아는 잠깐 생각에 잠겼다가 말했다.

"오늘 그냥 헤일리를……."

"괜찮아요."

레리아나가 웃으며 노아를 살짝 밀었다. 어서 가 보라는 뜻이었 다. 망설이던 노아는 이내 휘튼과 앤슬리에게 레리아나를 방에 데 려다주라고 명한 후, 기디언을 따라 마구간으로 향했다.

＊　＊　＊

방으로 돌아온 레리아나는 화장대 앞에 앉아 인어의 눈물을 만지 작거렸다.

똑똑똑.

"영애."

밖에서 부르는 소리가 들리자 레리아나는 목걸이를 보석함에 넣어 놓고 들어오라 답했다. 헤일리가 문을 열고 들어왔다.

"아직 안 내려갔었어?"

그녀는 먼저 레리아나에게 감사를 표하고는 자기 전에 창문을 꼭 닫아라, 이불을 차지 마라, 추우면 벽난로를 켜지 말고 다른 방의 이불을 더 가져와 덮어라 등등…… 이것저것 당부하기 시작했다.

"아, 그리고 이건 정말 혹시나 해서 말씀드리는 거지만……. 아, 하녀장님께는 말씀드리지 말아 주세요. 이런 얘기하는 거 싫어하시거든요."

"음?"

레리아나가 궁금해하는 기색을 보이자 헤일리가 잠깐 망설이다 소리를 죽이며 말했다.

"절대. 서관 끝 방에서 거울을 보시면 안 돼요."

"……어째서?"

레리아나가 덩달아 소리를 줄이며 물었다. 헤일리가 조심스러운 어조로 말했다.

"감사절마다 서관에는 한 명씩 돌아가며 당번을 맡아요. 그런데 돌아오면 꼭 끝 방에 대한 이야기를 하더라고요."

"……끝 방."

레리아나가 읊조렸다. 끝 방이라면 전전대 원나이트 공작이 말년을 보냈다는 방이었다.

전전대 원나이트 공작은 주변국에서까지 알아주는 예술품 애호가이자…… 호구였다. 돈 많고 보는 눈은 없는데, 예술적 허영심이 강한, 호구의 요소요소를 다 갖춘 전전대 원나이트 공작은 기꺼이 많은 상인들의 지갑이 되어 주었다. 그래서 한때는 그를 등쳐 먹으려는 상인들의 줄이 10리를 넘었다는 우스갯소리도 돌았다.

사연이 그럴싸하다 싶으면 이것저것 사들이는 데다, 물건을 버리지 못하는 저장 강박증까지 보였던 공작이었다. 지금 공작저에 있는 출처가 불분명한 물품들은 대부분 그가 생전에 사 모은 것들이었는데, 그의 사후 사기당해 산 물품들은 전부 그의 방에 모아 두었고 그곳이 바로 끝 방이었다.

"작년에는 영감이 있는 아이가 당번을 맡았어요. 저랑 친한 아이라서 자세히 들었는데, 거기서……."

"응."

헤일리가 살짝 인상을 찌푸리며 말했다.

"말을 건대요."

"뭐가?"

헤일리는 마치 입에 담기도 망설여지는 것처럼 주저했다. 레리아나가 재촉하듯 불안한 얼굴을 가까이 하자 헤일리가 조그맣게 입을 열었다.

"영혼……."

순간 화병에서 꽃잎이 테이블 밑으로 우수수 떨어져 내렸다. 레리아나는 떨어진 꽃잎으로 시선을 돌리며 물었다.

"영혼?"

"예."

헤일리가 꽃잎을 주우며 말을 이었다.

"거울에 영혼이 갇혀 있는데, 꼭 혼자 남아 있을 때만 나온다나 봐요. 거울을 들어서 영혼과 눈을 마주치면……."

헤일리가 고개를 들어 레리아나와 눈을 마주쳤다.

소설이나 영화에서처럼 저주에라도 걸리는 것일까. 레리아나가 긴장하며 되물었다.

"마주치면……?"

"말을 건대요."

"뭐라고?"

"알려 주겠다고요……. 뭐든지."

뭐든지? 그 순간.

"헤일리."

열린 문 밖에서 깐깐한 하녀장의 목소리가 들렸다.

"네! 하녀장님!"

헤일리가 기합이 바짝 들어 일어섰다. 하녀장은 레리아나에게 허리를 깊이 숙여 인사하더니 헤일리에게 따라 나오라며 고갯짓을 했다.

헤일리가 미안한 표정으로 고개를 살짝 숙이고 종종걸음으로 문을 나섰다. 바깥에서는 왜 아직까지 짐을 싸지 않았느냐며 타박하는 소리가 멀어졌다.

"……."

레리아나는 치맛자락을 꾹 쥐고 주위를 살폈다. 어쩐지 큰 방에 혼자 있으려니 온몸이 으슬으슬하고 소름이 돋았다. 레리아나는 침대로 기어 올라가 얼굴만 내놓고 이불을 뒤집어썼다.

"……음."

한 15분 전까지는 기분이 좋았는데, 순간 발이 삐끗해 낭떠러지로 떠밀린 기분이었다. 초겨울 찬 바람에 창이 부르르 떨었다. 눈동자를 굴리던 레리아나는 몸을 둥글게 말고 이불 속으로 꾸물꾸물 들어갔다.

"헤일리, 이제 보너스는 없어."

* * *

휴가를 가는 고용인들로 떠들썩하던 저택은 곧 고요해졌다. 방 밖을 내다본 레리아나는 먼저 발을 꽉 죄는 신을 하나씩 벗어 멀리 내던졌다. 드레스도 아무렇게나 벗어 던져 얇은 슈미즈 하나만 입었다.

당분간은 가정 교사들도 방문하지 않겠다, 아침에 깨울 사람도 없겠다, 이제 오늘 사 둔 책을 밤새 읽다가 새벽에 잠들고 아주 늦게 일어날 생각이었다.

아주 방탕한 밤을 보낼 생각으로 가득 찬 레리아나가 만족스러운 미소를 짓는데, 뎅— 뎅— 괘종시계가 밤을 알렸다.

그녀가 무심코 뒤를 돌아보자 순간 헤일리의 목소리가 들리는 것 같았다.

"눈을 마주치면 말을 건대요."

오싹- 소름이 돋았다. 갓 공작가에 들어왔을 때 아무 생각 없이 밤에 나갔다가 만났던 그 정체를 알 수 없는 하녀가 떠올랐다.

"……."

자유라는 생각에 기뻐하며 올라갔던 손이 그녀의 기분처럼 밑으로 추락했다. 이전에는 초자연적인 현상은 믿지도 않았고, 귀신이 나온다는 폐가나 건설 현장에도 용감하게 들어갈 정도로 겁이 없는 편이었는데…….

레리아나는 입을 꾹 다물고 주먹을 쥐었다.

괴롭다. 겁도 나지만 일단 궁금해서 견딜 수가 없었다.

뭘까? 영혼이라니? 말을 건다니? 백설공주에 나오는 마술 거울 같은 것일까.

"알려 주겠다고요……. 뭐든지."

끙끙거리며 방 안을 뱅뱅 돌면서 고뇌하던 레리아나가 결국 촛대를 들었다.

'가 보자.'

물론 괴담일 뿐이겠지만. 혹시라도 정말 만에 하나라도 그런 거울이 있다면 알고 싶은 것이 하나 있었다.

'……베아트리스는 어디에 있는지.'

* * *

무기고에서 리볼버를 꺼내 들고 끝 방의 문 앞에 선 레리아나가 주위를 살폈다.

"부처를 만나면 부처를 죽이고, 공자를 만나면 공자를 죽이고, 귀신을 만나면 귀신을 죽이는 거지."

레리아나는 진지하게 헛소리를 하다 한 손으로 얼굴을 덮었다.

"아…… 그냥 방에 틀어박혀 있을걸."

15분 동안 이런 오락가락한 상태였다.

"가자, 가자. 이제 가자."

황동색 문고리에 슬그머니 손을 올린 레리아나는 숨을 크게 들이마셨다.

끼이익-

방 안에는 그림과 조각 등이 천에 싸인 채 차곡차곡 놓여 있었다. 레리아나는 촛대를 들어 올려 안을 밝히고 두리번거리면서 살폈다.

"별거 없네."

으스스하긴 했으나, 밤의 저택이란 늘 이런 싸함이 존재했다. 레리아나는 방 중앙까지 들어와 몸을 돌렸다.

'거울, 거울.'

속으로 읊조리던 레리아나는 서랍장 위에 얼굴을 겨우 비출 만한 크기의 거울을 찾아냈다.

'찾았다.'

레리아나는 서랍장 위에 촛대를 올리고 거울을 잡았다. 금색 테두리를 가진 동그란 거울은 손쉽게 잡을 수 있도록 밑을 얇은 기둥이 받치고 있었다.

"음."

막상 잡아 들긴 했는데, 바로 확인하기에는 겁이 난다. 레리아나는 거울에 얼굴이 비치지 않도록 일부러 멀리 떨어트렸다. 그러고는 정수리부터 얼굴 쪽으로 천천히 움직이며 내려왔다. 이마까지 내려온 그때.

푸드덕-

창밖에서 날갯짓 소리가 들렸다.

순간 거울에서 푸른색 안광이 스쳐 지나가고 레리아나의 고개가 돌아갔다.

"새인가."

창문에는 앙상한 나뭇가지만 그림자처럼 까맣게 모습을 보였다. 창문에 바짝 붙어 바깥을 살핀 레리아나는 안도의 숨을 내쉬다가 멈칫 몸을 굳혔다.

푸른색 안광.

레리아나의 눈동자 색은 녹색이었다. 그러나 방금 거울 속에 비쳤던 것은 분명.

'……파란 눈동자.'

레리아나가 침을 삼켰다.

'침착하자. 잘못 봤을 수도 있어.'

레리아나는 이성적으로 생각하자고 되뇐 후, 밑으로 내린 거울을 천천히 들어 올렸다. 거울은 레리아나의 목부터 턱선까지 차례로 비추기 시작했다.

손끝에 힘이 들어갔다.

'이대로 눈까지 마주쳐야 해?'

이건 셀프 고문이 아닌가. 포기하고 돌아가자는 생각이 그 짧은 시간 안에 총 23번쯤 들었다가 사라졌다. 거울을 든 손은 점차 느려졌지만, 이내 거울은 코끝을 비추었다. 레리아나는 절로 눈을 감았다.

'눈을 마주쳐야…….'

무엇이든 말해 준다는 건 거짓이고 사실은 저주에 걸리는 게 아닐까. 아니면 대가로 영혼을 가져간다든가. 아니면, 아니면…….온갖 부정적 상념들이 머릿속에 풍선처럼 둥둥 떠다녔다.

질끈 감은 눈꺼풀을 조금씩 들어 올리는 순간이었다. 흐릿한 시야에 파란빛이 어른거렸다. 그리고 귓가에 속살거림이 들려왔다.

'들렸어.'

또렷하지는 않았지만, 분명 실버들 가지를 가볍게 흔들 정도로 스치는 바람처럼 작은 소리가 들렸다.

'진짜일까.'

레리아나가 완연히 눈을 뜨며 입술을 달싹이려 했다. 그리고 그때, 누군가가 레리아나의 어깨에 손을 올렸다.

"─────!!"

쨍그랑.

산산이 깨져 버린 거울과 함께 바닥에 나동그라진 레리아나가 패닉 상태로 고개를 들었다.

"레리아나?"

조금 놀란 기색의 노아가 주저앉은 레리아나 쪽을 바라보며 몸을 굽혔다.

"괜찮아? 왜 그렇게 놀라?"

"……아니, 그게."

레리아나가 뻣뻣하게 고개를 돌렸다.

"……봤어요."

"뭘?"

레리아나가 심각한 얼굴로 조용히 속삭였다.

"귀신."

"……."

노아가 무표정을 고수하자 레리아나가 뒤를 한 번 흘긋 보더니 다시 진지하게 말했다.

"진짜 나오는 것 같아요."

"……."

"굿이라도, 아니! 구마의식이라도 한번 하는 게 어떨까요?!"

"후-"

노아가 한숨을 쉬며 고개를 푹 숙이니 레리아나가 노아의 소맷자락을 붙들었다.

"못 믿는 거 아니죠? 진짜예요. 할아버지의 이름을 걸고……!"

"알았어, 알았어."

레리아나가 꽤 절박하게 굴자 노아가 어르듯 답했다. 내일이라도 신관을 부르겠다는 노아의 말에 그녀가 고개를 열심히 끄덕였다. 노아는 그녀가 진정할 때까지 얌전히 기다려 주었다.

아직도 심장이 콩닥거리네. 레리아나는 가슴을 부여잡고 숨을 가라앉히다가 문득 노아에게 물었다.

"그런데 여긴 왜 왔어요?"

"놓고 간 게 있어서."

"설마 나 걱정돼서?"

레리아나와 노아가 동시에 말했다. 그러자 노아는 잠깐 입을 다

물었다가 다시 말했다.

"놓고 간 게 있어서."

"뭐…… 놓고 갔는데요? 다시 갈 거예요?"

소매를 잡은 손에 힘이 들어갔다. 하얗게 질린 손가락에 힐긋 시선을 준 노아가 낮게 답했다.

"……아니. 내일 처리해도 되는 일이야."

노아가 피식 웃으며 자리에서 일어섰다.

"거기 계속 그러고 있을 건 아니지?"

노아가 어깨를 으쓱하며 말하자 레리아나가 벌떡 일어섰다.

"방으로 갈 거예요."

"방까지 데려다주면 되나?"

"그…… 네. 먼저 가세요."

노아가 앞서 걷기 시작하고 레리아나가 조심스레 뒤를 따랐다.

'뒤에서 나오는 건 아니겠지.'

뒤를 연신 힐끔거리는 레리아나가 노아의 재킷 끄트머리를 잡고 따라가니, 그가 팔을 돌려 그녀의 손가락을 움켜잡았다.

"늘어나."

"……아, 그러십니까."

언제부터 그리 옷을 아꼈다고. 딱 한 번 입고 버려도 될 정도로 돈도 많으면서. 어이없는 말에 반사적으로 인상을 찌푸렸던 레리아나가 맞잡은 손을 바라보곤 금세 표정이 풀어졌다. 손이 뜨거웠다.

'왜 돌아왔을까.'

놓고 간 것이 있다니, 뻔히 보이는 거짓말이 아닌가.

'걱정되니까 온 거면서.'

레리아나는 입술을 삐죽거리다 작게 웃었다. 걱정된다고 솔직히 말하지 못하는 것 같으니 오늘은 그냥 모른 척해 주기로 했다.

노아가 멍하니 다른 생각에 빠져 있는 레리아나의 머리에 손을 올렸다.

"뭐 해."

"네?"

노아가 고갯짓을 했다. 어느새 그리 빨리 움직였는지, 제 방 앞이었다.

"아……. 다 왔네."

갈 때는 그렇게 멀었던 곳이었는데. 머뭇거리던 레리아나는 그럼 잘자라며 꾸벅 인사를 하고는 문을 열었다.

그때 노아가 문 사이를 손으로 막으며 물었다.

"안 무섭겠어?"

"네? 뭐가요?"

"봤다면서, 귀신."

"아아, 그거요."

레리아나가 눈을 깜빡였다. 잠깐 정신을 팔고 있는 바람에 잊고 있었다. 부르르 소름이 돋았다.

"울면서 못 자는 건 아니고?"

노아가 피식 웃음을 흘렸다. 레리아나의 이마에 힘줄이 솟았다. 됐고 그냥 가라며 레리아나가 밀어내려 하자, 노아가 웃으면서 레리아나의 정수리를 한 번 꾹 누르곤 방에 들어갔다.

"자─ 잠들 때까지 있어 줄 테니까."

노아가 재킷을 벗고 타이를 풀었다. 레리아나는 노아가 띄운 제 머리카락을 단정히 내리고는 침대에서 베개를 들어 올렸다.

"그럼 그냥 여기 침대에서 주무세요. 전 소파면 되니까."

베개를 가지고 가는 레리아나를 힐긋 바라본 노아가 팔을 걷고 침대로 올라갔다. 그러고는 소파로 향하는 레리아나를 보며 옆자리를 두드렸다.

"이리 와."

"……? 으음, 그건 좀……."

"처음도 아니잖아. 이리 와."

"……?!"

노아가 싱긋 웃으며 말하자 당황한 레리아나 손에서 베개가 툭 떨어졌다.

"아니, 왜, 누가 들으면 그렇게 오해할 말을."

레리아나가 시뻘겋게 달아오른 얼굴로 대꾸하니 노아가 어깨를 으쓱였다.

"약혼녀를 소파에서 재우는 말종이 되고 싶지는 않으니 부디 제 옆에서 주무시지 않으시겠습니까. 레리아나."

'그럼 당신이 소파에서 자시든가요.'라는 말이 턱 끝까지 차올랐으나, 차마 집주인이자 도우미 역을 자처한 남자에게 소파에서 자라는 매정한 말을 꺼낼 순 없었다.

'뭐, 이미 지난번에 안전성(?)은 입증되었으니.'

노아의 말마따나 처음은 아니어서 큰 걱정이 들진 않았다. 레리아나는 우물쭈물 침대로 다가갔다.

노아가 팔꿈치까지 셔츠의 소매를 걷고 스툴에서 레리아나가 사둔 책을 들었다.

"봐도 되지?"

기사와 공주의 신분의 격차를 넘어선 아련한 러브 스토리였다. 레리아나가 주저하며 말을 흐렸다.

"……그."

"왜? 안 돼?"

"아뇨. 그냥 취향에 안 맞을 것 같아서……."

노아가 로맨스 소설을 읽는다니, 아무리 봐도 너무 안 어울리는 조합이다. 그러나 노아는 대수롭지 않은 일처럼 말했다.

"괜찮아. 아무거나 잘 보니까. 불 꺼 줘?"

"네."

레리아나는 폭신한 베개에 머리를 묻고 이불을 코끝까지 끌어 올렸다. 불은 꺼졌고 옆에서 노아가 책을 읽을 정도의 적은 빛만 비춰 왔다.

레리아나는 눈을 깜빡였다. 그러다 곁눈질로 살짝 노아를 살폈다. 옆에 누가 있다고 생각하니 잠이 오질 않는다.

남자. 그것도 잘생긴. 무지 잘생긴…….

'아, 자자.'

쓸데없는 생각은 하지 말고 자자. 레리아나는 등을 돌렸다.

그렇게 잠에 드나 싶었건만…… 레리아나는 발을 움직였다가, 몸을 뒤집었다가, 베개에 얼굴을 파묻었다가, 다시 똑바로 뒤집어 누웠다.

"……."

레리아나가 눈동자만 움직여 그를 보자 그가 책에서 시선을 떼지 않은 채로 물었다.

"왜?"

"재밌어요?"

"응."

"원래 그런 책도 봐요?"

"아니. 처음이야."

"어디까지 봤어요?"

"둘이 무도회장에서 만나는 부분."

"아, 거기! 찌릿하지 않아요?"

"너무 허황된 장면이라 극적이긴 해."

"뭐가 허황돼요?"

"공주와 기사가 우연히 만나 첫눈에 반하지만, 우연히 생긴 사고 때문에 헤어지고. 몇 달 후에 사교계를 꺼리는 기사가 그날따라 무도회장에 끌려가서 또 우연히 서로의 약혼자를 데리고 무도회에서 만나잖아."

우연히가 몇 번이나 들어가는 거냐며 시큰둥하게 말한 노아는 기사가 공주의 얼굴을 모르고 그저 마을 처녀라고 생각하는 것이나, 우연이 거듭되는 상황 모두가 허황되다며 조목조목 짚었다. 레리아나는 그래야 얘기가 진행되지 않겠느냐며 항의했지만, 노아는 그렇다고 우연과 현실적이지 못한 상황을 전가의 보도처럼 휘두르냐며 반박했다.

"……."

듣다 보니 화가 난다. 왜 로맨스 소설에서 논리적인 설정과 현실적인 전개를 따진단 말인가. 더군다나 노아는 로맨스 소설의 주인공이 아닌가.

"……자기도 로맨스 소설 주인공이면서."

"방금 뭐라고 했어?"

"……아니에요. 아무튼 로맨스 소설에서 기대하는 바가 그게 아니란 거예요. 그런 우연이 없다면 공주는 나이 많고 머리도 벗겨진 데다 정부도 두고 있는 귀족과 정략결혼을 해야 할걸요. 그런 이야기 어디에 설렘과 낭만이 있겠어요."

"흐음."

노아가 책장을 넘기며 고개를 끄덕였다. 제대로 이해하는 것 같아 보이진 않았으나, 어쨌건 레리아나는 제 의견이 먹혔다는 것에 만족했다.

"기사가 고백하는 건 봤어요?"

"아직."

"빨리 봐요. 진짜 설레더라."

꼬박꼬박 대답해 주던 노아가 레리아나에게로 시선을 돌렸다.

"레리아나."

"네."

"안 자?"

"……왜요?"

"귀찮아서."

"아—"

레리아나가 인상을 찌푸리며 노려보자 노아가 웃으며 눈을 감겼다.

"늦었어. 빨리 자."

그러나 레리아나는 한참 동안 잠들지 못한 채 몸을 뒤척였다. 노아는 그런 레리아나를 보다가 책을 덮고 스탠드를 껐다. 그러고는 등을 돌리고 누웠다.

그가 누운 지 얼마나 됐을까. 그대로 움직임이 없자 레리아나가 조심스레 노아를 불렀다.

"노아."

"……."

"노아, 자요?"

"……."

대답이 없다.

'뭐야, 머리만 대면 자는 거야? 누구는 떨려서……. 아니, 아니지.'

레리아나는 일부러 손에 힘을 꾹 쥐고는 머리끝까지 이불을 뒤집어쓰고 누웠다. 아주 보란 듯이 자 줄 것이다.

'엄청난 숙면을 취해 줄 거라고.'

노아가 잠들었다고 생각하니 긴장은 풀렸고, 그에 눈꺼풀도 차츰 가라앉았다.

어느새 색색 규칙적인 숨소리가 들려오자, 어둠 속에서 황금색 눈동자가 슬며시 빛을 내기 시작했다. 노아는 소리를 죽이고 일어나 레리아나가 잠에 빠진 것을 확인한 후, 일어서려 했다.

그런데…….

"으음."

레리아나가 신음성을 내며 몸을 돌렸다. 그와 동시에 그녀가 노아의 팔을 가볍게 안았다. 침대에서 벗어나려던 노아가 미동 없이 멈춰서 이를 가만히 바라보았다.

"……."

체취는 유혹적이고, 숨소리는 달콤하다.

미쳤군. 그대로 자리에 누운 노아는 팔등으로 눈을 가리며 깊은 숨을 내뱉었다. 미친 게 틀림없다. 그녀와 지난밤을 같이 보냈던 기억은 마치 꿈이었던 것처럼, 심한 갈증 같은 욕망이 치밀어 올랐다.

그날 이후로 모든 것이 엉망이었다.

신전에서 돌아온 이후로, 자신의 모든 신경 한편에 계속 레리아나가 남아 있는 것처럼 느껴졌다. 아침에 눈을 뜨면 버릇처럼 레리아나를 찾았고, 그녀가 보이지 않으면 불안했다. 자꾸만 눈길이 움직이고, 손이 움직이고, 심장이 움직였다.

노아는 한 손으로 얼굴을 감쌌다. 잠에 들기 위해서는 이 손을 뿌리치고 자신의 침실로 가야 한다. 그러나 노아는 손을 놓는 대신 긴 밤을 지새우기로 했다. 길고 긴 밤이 될 것이 분명하리라.

(그녀가 공작저로 가야 했던 사정 2권에서 계속)

side story — END, AND

side story - END, AND

박은하는 눈을 가늘게 떴다. 눈앞이 부옇게 흐려져 아무것도 보이지 않는데, 귓가에 앵앵대는 알람 소리만 머리를 징징 울려 댄다. 이불 밖으로 삐져나온 이마 부근이 겨울의 냉기로 차가웠다.

그러나 그녀는 이불 속으로 더 파고들었다. 알람은 어느 순간 지쳐 버린 것처럼 앵앵거리는 소음을 멈췄다. 박은하는 다시 만족스럽게 눈을 감았다. 이 쫀득한 마성의 시간을 이겨 내기가 힘들다.

그때 다시 알람이 울리기 시작했다. 박은하가 와락 오만상을 찌푸렸다.

"⋯⋯으으."

이불 밖으로 쏙 나온 팔이 이리저리 움직였다. 핸드폰을 겨우 찾아낸 박은하는 시뻘겋게 빛나는 버튼을 눌러 알람을 껐다. 일어나야 하는데, 몸이 제 마음대로 따라 주질 않는다. 그렇게 뭉그적대고 있자니 결국 어머니가 방문을 벌컥 열었다.

"박은하!"

박은하가 찔끔해 번개처럼 상체를 일으켜 앉으며 소리쳤다.

"네!"

그녀가 방문 앞으로 고개를 돌리자, 문지방 앞에 선 그녀의 어머니가 국자를 휘휘 흔들었다.

"꼭 엄마가 들어와야 일어나지."

박은하가 배시시 웃으며 눈을 비볐다.

"엄마 들어오기 1초 전에 일어나려고 했어. 진짜."

"문답무용. 빨리 가서 씻어, 이것아."

"알았사옵니다."

침대에서 내려오니 바닥이 대리석에 선 것처럼 차가웠다. 박은하는 짧게 비명을 지르며 몸을 움츠렸다.

"바닥이 왜 이렇게 차가워?"

"이상하게 어제 보일러를 끄고 잤나 봐."

"오빠가 술 취해서 또 끈 거 아냐?"

"도진이는 집에 들어오지도 않았는데. 내가 껐나 봐. 요즘 내내 정신을 어디다 두고 다니는지 몰라. 아침에 켰으니까 곧 따뜻해질 거야."

어머니가 한숨을 쉬며 주방으로 향하자, 박은하는 '추워, 추워.' 하고 팔을 비비며 화장실로 향했다. 문고리를 돌리니 오빠인 박도진이 면도를 하면서 가느스름하게 뜬 눈을 자신에게로 향했다.

"재수생이 지금 일어났냐? 아주 팔자가 늘어지셨어."

"그래, 내 팔자 늘어졌다, 돼지야. 나 칫솔 좀 줘. 아, 화장실은 더 추워."

박은하가 소름이 돋은 팔을 비비는데, 박도진이 턱을 이리저리 돌리면서 면도를 다시 시작했다. 그 모습을 뚫어지게 바라보던 박은하는 문득 고개를 갸웃거렸다. 아까 들은 바로는 집에 들어오지도 않았다던 제 오빠가 왜 화장실에서 면도를 하고 있단 말인가.

"오빠, 언제 들어왔어? 어제 술 마셨어?"

"오라버니가 말이야⋯⋯. 어제 좀 마실 일이 있었다."

"오빠 맨날 술 취하면 보일러를 끄더라. 왜 그래, 대체."

"내 싸늘하게 식은 마음의 형상화랄까⋯⋯."

헛소리를 한다며 박은하가 혀를 차니 그가 진중하게 물어 온다.

"어제 무슨 일이 있었는지 듣고 싶어?"

"됐으니까 칫솔 좀 줘."

딱 잘라 대답한 박은하가 세면대를 가리키며 손을 흔들었다.

"이거?"

그러자 박도진이 세면대에서 분홍색 칫솔을 찾아 흔들었다. 그가 치약을 듬뿍 짜 올리자 박은하가 팔을 쭉 뻗어 이를 받으려 했다. 그러나 그는 낚아채려는 손을 피해 칫솔을 뒤로 물렸다.

"아-!"

박은하가 오만상을 찌푸리자 그가 느물거리는 웃음을 지었다.

"듣고 싶지? 어?"

"아, 참. 진짜! 알았으니까 줘."

"그래, 그래야지. 오라버니의 전 여자 친구. 그러니까 예쁜 스튜어디스 언니는 알고?"

"어. 지혜 언니잖아. 그- 렇게 예쁘다고 온 동네에 자랑, 자랑을 해 대더니 또 헤어졌냐."

"헤어진 건 좀 됐지. 계집애가 성격도 급해. 일단 들어 봐 봐."

그가 혀를 차며 칫솔을 흔들자 치약이 바닥으로 툭 떨어졌다. 박은하의 눈동자가 매섭게 떨어진 치약으로 향했다.

"지혜와 만난 건 강남에 있는 바에서였지."

그녀의 눈빛은 가볍게 무시한 박도진은 허공을 아련한 시선으로 응시했다. 기다리다 못한 박은하가 짜증스럽게 맨발로 화장실로 성큼성큼 들어서더니 그의 손에서 칫솔을 홱 낚아챘다.

"얼마나 예뻤는지 주변 남자들이 다 지혜만 보고 있었어."

박은하가 차가운 타일 위에서 발가락을 꼼질거리다가 박도진의 발등 위에 뒤꿈치를 대고 올라섰다. 그의 발 위에서 균형을 잡는데 박도진이 어깨를 잡아 주고는, 그녀와의 사랑이 얼마나 아름다웠는지, 그리고 이별마저 애절했던 우리 사랑, 따위의 이야기를 시작했다.

박은하는 한 귀로 흘리듯 들어 주며 칫솔질을 했다.

"그런데 말이야. 어젯밤, 지혜한테서 연락이 온 거야."

박도진의 목소리가 더 극적으로 변했다. 이제 굳이 이렇게까지 해서 들려주고 싶었던 대망의 클라이맥스인가. 지금까지의 경험으로 보아, 지금 그가 말하고자 하는 본론에 들어섰다는 것을 예민하게 파악한 박은하가 발등에서 내려와 치약 거품을 뱉었다.

"엄마! 박도진 화장실에 있어! 어제 술 먹고 들어왔대! 보일러 끈 거 박도진이야!"

"야! 박은하!"

박도진이 다급하게 박은하를 불렀고, 그사이에 주방에서 어머니가 나와 노성을 질렀다.

"박도진! 언제 들어왔어! 술 좀 작작 처먹든가, 보일러를 끄질 말든가, 하나만 하라고 몇 번을 말해!"

"아, 엄마. 내가 어제 보일러를 끈 건 내 마음의 추위 때문에―"

"너 때문에 내 몸과 마음이 추웠다, 이놈아."

어머니에게 끌려가며 박도진이 박은하에게 이를 드러내자, 박은하가 심드렁한 얼굴로 손을 흔들었다. 그러니까 춥게 보일러는 왜 껐는가, 못난 오빠여.

머리를 말리고 식탁으로 향하니 박도진이 계란 프라이를 입에 넣다가 그녀를 매섭게 쏘아보았다. 박은하가 웃으며 어깨를 두드렸다.

"맛있어? 많이 먹어, 우리 도진이 오빠. 마음이 허할 땐 속이라도 든든해야지."

"야―"

박도진의 입에서 계란 프라이가 밥 위로 떨어졌다. 제 밥을 퍼와 자리로 돌아온 어머니가 손가락으로 식탁을 두드렸다.

"밥상 앞에서 뭐 하는 거야. 그만해. 둘 다."

"네―"

길게 대답한 박은하가 제 밥을 펐고, 박도진이 항복 의사를 표하며 다시 계란 프라이를 입에 넣었다. 박은하가 식탁에 앉자 어머니가 물었다.

"은하야, 바로 학원 갈 거야?"

"오늘 학원 강의 쉬어. 개원 기념일이래."

"학원에 그런 것도 있어?"

"응. 학원에서 자습해도 되는데, 그냥 독서실 가려고."

"그래, 학원은 멀잖아. 독서실로 가. 그런데 나연이는?"

"나연이는 왜?"

"네가 다니는 독서실, 오겠대?"

"와야지. 걔도 재수할 거면."

박은하가 멸치조림을 우물거리며 말했다. 그때 이를 듣고 있던 박도진이 수저를 내려놓고 젓가락으로 바꿔 집으며 물었다.

"나연이 걔도 대학 다 떨어졌어?"

"아니, 그건 아니고. 지금까지 검색을 해 봤는데 자긴 철학과에서 도저히 버틸 자신이 없다고. 고심 끝에 재수를 결심한다나 뭐라나."

흐음, 목을 울린 박도진이 이죽거렸다.

"좋겠네. 재수생 패밀리 생겨서."

"아, 진짜— 아까부터 재수, 재수 하고."

박은하가 투덜거리고 박도진이 이죽거리며 아옹다옹하는 것은 어머니가 낮은 목소리로 그만하라고 말할 때까지 계속되었다.

"잘 먹었습니다."

박은하가 일어나 그릇을 싱크대에 넣는데 박도진이 제 그릇을 가지고 다가서며 물었다.

"야, 박은하. 독서실까지 데려다줘?"

"오빠 차로?"

"그럼 걸어서 데려다주겠냐."

"응, 응, 응!"

"그럼 빨리 준비해서 따라 내려와."

"알았어! 가방만 가지고 올게."

박은하가 방으로 쌩하니 달려가 가방만 들고 나와서는 운동화를 구겨 신었다.

"도진아, 은하야. 오늘 언제 올 거야?"

어머니가 문 앞에서 묻자 핸드폰을 보던 도진이 고개를 들었다.

"저녁 먹기 전에 올 거야."

"난 한 10시쯤?"

운동화를 신고 앞코를 바닥에 두드리며 박은하가 말했다. 그러자 어머니가 고개를 끄덕였다.

"알았어. 늦으면 연락해."

"응, 다녀오겠습니다!"

* * *

"일찍, 일찍, 다녀. 늦을 것 같으면 전화하고."

"알았어. 데려다줘서 고마워. 오빠 사랑해!"

박은하가 쪽쪽거리며 손 키스를 날리자 박도진이 소름끼친다는 표정을 지으며 손을 내저었다.

"야, 징그러워. 빨리 가."

"간다!"

그녀가 손바닥으로 차 문을 팡팡 두드리자 박도진이 차를 천천히 움직였다. 그때 어디선가 시선이 느껴졌다.

'누구지?'

박은하가 목을 쓸며 몸을 돌리는데 익숙한 목소리가 그녀의 이름을 불렀다.

"은하야!"

"어, 벌써 왔어? 왜?"

독서실 건물 계단을 내려오며 정나연이 그녀 앞으로 뛰어왔다.

"그냥. 집에 있기 눈치 보여서."

"독서실 등록은 했어?"

"아니, 지금 올라가서 하려고 했지."

정나연이 마지막 계단을 쿵- 하며 내려섰다. 박은하는 그 묵직한 소리에 의아해하다가 곧 이것저것 가득 차 빵빵해진 정나연의 가방을 보며 물었다.

"가방이 왜 이렇게 무거워?"

"아, 교진이한테 빌렸던 책 갖다 주려고. 오늘 여기 온다더라."

정나연이 가방을 열어서 박은하 앞에 들이밀었다.

"안 본 거 있으면 너도 빌려줘?"

박은하가 가방 안에서 제목을 훑었다. 장미의 저택, 꽃의 이름, 베아트리스…… . 대부분 고3 되기 전에 다 봐 버리겠다고 의지를 불태우던 시기에 본 책들이었다. 그래도 개중에 못 보던 신간을 발견해 손을 움찔하던 박은하가 한숨을 내쉬었다.

"아니다. 그냥 안 볼래."

"그래?"

정나연이 가방을 닫는데, 박은하가 문득 바깥 골목을 바라보았다.

"왜 그래?"

"아니…… ."

시선, 그리고 소리…… . 어디선가 삐걱거리는 계단 소리가 들렸다.

"뭐 있어?"

의아한 얼굴의 정나연이 바깥을 두리번거렸다. 골목은 텅텅 비어

지나는 이는 한 명도 보이지 않았다.

"아무것도 아니야. 가자."

박은하가 그녀의 등을 밀어 계단을 잰걸음으로 올라섰다. 근처에는 아무도 없다. 누군가가 지켜본 듯한 시선은 아마 착각이리라.

＊　＊　＊

레리아나는 눈을 느릿하게 한 번 깜빡였다. 알람이 울리지 않는다. 그 위화감에 배 속이 선뜩했다. 그렇게 지겨워했었는데. 진득하게 들러붙은 우울한 감상에 빠져 눈을 비볐다.

어제 박은하는 죽었다. 그리고 오늘 레리아나는 제 세상이 아니란 것을 다시 한 번 실감했다. 레리아나는 무릎을 모아 세우고 그 위에 얼굴을 파묻었다. 아직도 죽기 직전의 지독한 공포감이 목을 조이는 것처럼 숨을 막았다.

방문이 서서히 열리고 레리아나의 어머니인 케이티가 그녀 곁으로 소리 없이 들어섰다. 그 뒤로 아버지인 존데인이 조심스레 케이티를 따랐다.

"레리."

부드럽게 부른 케이티가 제 손목을 잡는 것을 가만히 바라보았다.

어머니, 케이티 맥밀런. 아버지, 존데인 맥밀런. 누군가 알려 주지 않았는데도 다른 이의 기억이 혼란스럽게 오가며 그녀에게 정보를 건넸다.

여긴 어디지. 이건 누구의 기억이지.

낯선 사람들. 낯선 천장. 낯선 침대. 이 모든 것이 자신이 아닌

이의 기억에 남겨져 있었다. 레리아나는 허리를 둥글게 말고 자신에게로 향하는 시선을 애써 피했다.

문틈 사이로 배웅하던 어머니, 일찍 다니고 늦으면 전화하라던 오빠, 독서실로 함께 올라가던 나연이.

'역시, 그때 옥상에서 죽은 건가.'

돌연 울음을 터져 나왔다. 케이티와 존데인이 당황하며 그녀를 다독이기 시작했다. 그 조심스러운 손길이 낯설었다.

* * *

이틀 내내 갑작스러운 잠에 빠졌다 깨어난 맥밀런가의 아가씨는 갑자기 다른 사람처럼 변해 버렸다. 아름다운 드레스는 불편해했고, 다른 이들이 하는 말을 알아들을 수는 있어도 이해하기는 어려워했다.

레리아나는 매일 아침이 되고 언제든 방문을 나서야 한다는 것이 두려웠다. 하루는 방문 바깥에 나섰다가도 다음 하루는 방 안에 틀어박혀 있는 나날이 반복적으로 이어졌다. 불면 날아갈 듯, 깨질 듯 유리처럼 대하는 가족들과, 물을 따라 주는 것 하나 조심스럽게 질문하는 고용인들에도 불구하고 적응하는 일이 결코 쉬운 일은 아니었다.

이제는 적응해야지, 체념하면서도 잠에 들기 전에는 무심코, 아침에 알람이 울리지 않을까 기대한다. 맥밀런가의 가족들이 걱정스럽게 그녀를 안아 줄 때면 엄마와 오빠에게 독서실에서 깜빡 잠이 드는 바람에 늦었다고 전화하고 싶었다.

레리아나가 자신이 책 속으로 들어왔단 것을 깨닫게 된 것은, 이 세계로 들어와 처음으로 프렌치 브룩스의 이름을 듣고 나서였다.

그날 이후, 그녀는 매일 방문을 나섰다. 미래를 안다는 것은 살아남는 데 큰 이점이 될 것이다. 이번에는 어떻게든 살아남기로 결심했으니까.